Danielle
STEEL

Vertauschtes Glück

Danielle
STEEL

Vertauschtes Glück

Roman

Aus dem Amerikanischen
von Margarethe van Pée

Marion von Schröder Verlag

Die Originalausgabe erschien 1998 unter dem Titel *Mirror Image*
bei Delacorte Press, New York

Der Marion von Schröder Verlag ist ein Verlag der
Ullstein Heyne List GmbH & Co. KG
Redaktion: Gisela Klemt
Satz: Leingärtner Nabburg
Druck und Bindung: Clausen & Bosse, Leck

Printed in Germany

ISBN 3-547-71031-6

Für die, die wir lieben.
Für die Träume, die wir träumen.
Für die Menschen, die aus uns werden,
wenn wir es wagen, uns lieben zu lassen.
Für den Mut, die Weisheit,
das Streben nach unseren Träumen.
Für die, die uns helfen,
unsere Ängste zu überwinden und
die Brücke von Hoffnung zu Liebe zu überschreiten.
Für die verlorene große Liebe
und für kleine Lieben, die wir betrauert haben.
Für gute Zeiten,
die wir uns schwer erarbeitet haben.
Für meine Töchter Beatrix, Samantha, Victoria,
Vanessa und Zara.
Mögen eure Träume rasch und leicht erfüllt werden
und möget ihr immer die richtige Wahl treffen.
Für meine Söhne: Maxx, mögest du gesegnet, tapfer,
klug und freundlich sein und immer geliebt werden.
Und Nick, der tapfer und liebevoll war
und so sehr geliebt wurde.
Mögen alle eure Träume sich eines Tages erfüllen,
und mit etwas Glück auch meine.
Möget ihr alle immer geliebt werden.
Ich liebe euch von ganzem Herzen.

Mom

1

Durch die schweren Brokatvorhänge von Henderson Manor drang das Vogelgezwitscher von draußen nur gedämpft herein. Olivia Henderson schob eine Strähne ihres langen, dunklen Haares zurück und widmete sich weiter der Inventur des Porzellans. Es war ein warmer Sommertag und ihre Schwester wie üblich irgendwo unterwegs. Ihr Vater, Edward Henderson, erwartete Besuch von seinen Anwälten, die häufig nach Croton-on-Hudson kamen, das drei Stunden Fahrt von New York entfernt lag. Edward Henderson führte seine Finanzgeschäfte von seinem Landsitz aus, ebenso wie das Stahlwerk, das zwar noch seinen Namen trug, das er aber nicht mehr persönlich leitete. Zwei Jahre zuvor, 1911, hatte er sich zurückgezogen und alle Angelegenheiten seinen Anwälten und Geschäftsführern überlassen. Er war erst fünfundsechzig, aber gesundheitlich ging es ihm nicht mehr besonders gut, und so zog er es vor, die Welt von seinem hochgelegenen, friedlichen Besitz in Croton-on-Hudson aus zu betrachten. Dort führte er mit seinen beiden Zwillingstöchtern ein zurückgezogenes, gesundes Leben, das zwar nicht besonders aufregend, aber auch keinesfalls langweilig war, denn sie hatten zahlreiche Freunde.

Das Anwesen der Van Cortlandts lag in der Nähe, und ebenfalls nicht weit entfernt wohnten die Shepards auf dem ehemaligen Besitz der Lyndhursts. Jay Gould, Helen Shepards Vater, war zwanzig Jahre zuvor gestorben und hatte das prächtige Haus seiner Tochter hinterlassen. Nun veranstalteten Helen und ihr Mann Finley dort häufig rauschende Feste für die jungen Leute in der Umgebung. In diesem Jahr hatten zudem die Rockefellers Kykuit in Tarrytown fertig gestellt, und mit seinem wunderschönen Park und den Gartenanlagen war es mindestens so großartig wie Edward Hendersons eigenes Haus geworden.

Henderson Manor war ein prachtvolles Herrenhaus, das auf einer Klippe hoch über dem Hudson stand, und die Leute kamen von weither, um es anzuschauen. Vom Tor aus war das Haus jedoch kaum zu sehen, weil es von hohen Bäumen verdeckt wurde. Das Leben dort verlief gemächlich; oft saß Edward stundenlang in seinem Arbeitszimmer und dachte an vergangene Zeiten, an die siebziger Jahre des 19. Jahrhunderts, als er das Stahlwerk von seinem Vater übernommen hatte, an die umwälzenden Veränderungen in der Industrie gegen Ende des Jahrhunderts. Damals war er sehr beschäftigt gewesen, er hatte ein ganz anderes Leben geführt. Edward Henderson hatte früh geheiratet, aber seine erste Frau und sein kleiner Sohn starben an Diphterie. Danach lebte er viele Jahre lang allein, bis er Elizabeth kennen lernte. Sie war der Traum eines jeden Mannes, ein heller Lichtstreif, ein Komet am Sommerhimmel, strahlend schön und viel zu schnell wieder verschwunden. Noch im selben Jahr heirateten sie, Elizabeth war damals neunzehn und er bereits Anfang vierzig. Mit einundzwanzig starb sie bei der Geburt der Zwillinge. Nach ihrem Tod stürzte sich Edward in die Arbeit, um den Schmerz zu betäuben. Seine Töchter überließ er der Obhut der Ammen und seiner Haushälterin. Es dauerte eine Weile, bis ihm klar wurde, dass er selbst für die Mädchen verantwortlich war. Damals, zu Beginn des zwanzigsten Jahrhunderts, begann er mit dem Bau von Henderson Manor, denn seine Töchter sollten auf dem Land aufwachsen. In seinen Augen war New York kein sicherer Ort für Kinder. Olivia und Victoria waren zehn, als die Familie nach Croton-on-Hudson zog, und jetzt waren sie zwanzig. Edward behielt das Haus in der Stadt, um dort zu arbeiten, besuchte die Mädchen aber, so oft es ging. Nach und nach fand er Gefallen am Leben auf dem Land und hielt sich immer häufiger in Croton auf. Als er einige Jahre später Probleme mit dem Herzen bekam, reduzierte er seine Arbeitsbelastung, bis er sich schließlich vollständig auf seinen Landsitz zurückzog. Solange er nicht viel arbeitete und sich nicht aufregte, ging es ihm gesundheitlich gar nicht so schlecht. Und zurzeit lebte er glücklich mit seinen Töchtern in Croton.

Jener Tag im Frühjahr 1893, als ihre Mutter starb, war warm und sonnig gewesen. Damals hatte Edward geglaubt, Gott habe ihn endgültig verraten. Während Elizabeth in den Wehen lag, hatte er stolz und aufgeregt vor der Tür gewartet und nicht im Traum daran gedacht, dass er zum zweiten Mal das Liebste verlieren könnte. Und als dann Elizabeth das Kindbett nicht überlebte, hatte es ihn beinahe umgebracht. In dem Haus in New York, wo sie gemeinsam gelebt hatten und wo Elizabeth auch gestorben war, hatte er ihre Anwesenheit in der ersten Zeit danach überall gespürt. Aber dann begann er, vor der Leere, die sie hinterlassen hatte, zu fliehen. Er ging auf Reisen, war monatelang unterwegs und mied seine beiden kleinen Töchter. Allerdings brachte er es nicht übers Herz, das Haus, das sein Vater gebaut hatte, zu verkaufen. Er fühlte sich verpflichtet, es seinen Töchtern zu erhalten.

Jetzt aber, hier in Croton, vermisste er jedoch weder das Haus noch die Stadt. Er war seit zwei Jahren nicht mehr in New York gewesen.

Olivia prüfte weiter in mühevoller Kleinarbeit das Porzellan. Auf langen Listen trug sie mit ihrer sorgfältigen Handschrift ein, was fehlte und was neu bestellt werden musste. Olivia fühlte sich wohl in Croton-on-Hudson. Seit ihrer Kindheit hatte sie sich kaum noch in New York aufgehalten, abgesehen von der kurzen Zeit vor zwei Jahren, als ihr Vater sie und ihre Schwester in die Gesellschaft einführte. Olivia hatte es damals als interessant, aber auch recht anstrengend empfunden. Die vielen Bälle, Theateraufführungen und die zahlreichen gesellschaftlichen Verpflichtungen waren aufregend, aber sie kam sich vor, als stünde sie ständig unter Beobachtung, und das hasste sie. Ihre Schwester Victoria hingegen genoss die Zeit in der großen Stadt und kehrte eher widerwillig nach Croton zurück. Aber Olivia war froh gewesen, sich endlich wieder ihren Büchern, ihrem Zuhause, ihren Pferden und den friedlichen Ausritten über die Klippen hingeben zu können. Und sie führte ihrem Vater gern den Haushalt. Das hatte sie schon als ganz junges Mädchen getan, mithilfe von Alberta Peabody, der Frau, die sie und ihre Schwester großgezogen hatte. »Bertie«, wie sie die Haushälterin nannten, war wie eine Mutter für die Mädchen. Mittlerweile sah Bertie nicht mehr besonders gut, aber sie hatte einen scharfen Verstand und konnte ihre beiden Schützlinge auch mit geschlossenen Augen auseinander halten.

Jetzt kam sie ins Zimmer und fragte Olivia, wie weit sie gekommen sei. Da sie selbst weder über die Geduld noch die ausreichende Sehschärfe verfügte, um diese Arbeit erledigen zu können, war sie dankbar dafür, dass Olivia die Aufgabe übernommen hatte. Das Mädchen kümmerte sich um alles, und es tat das gern, im Gegensatz zu Victoria, die alle häuslichen Arbeiten verabscheute.

»Wie sieht es aus? Sind all unsere Teller zerbrochen, oder reicht es noch für das Weihnachtsessen?« Lächelnd hielt Bertie Olivia ein Glas eiskalter Limonade und einen Teller mit frisch gebackenen, noch warmen Ingwerkeksen hin.

Alberta Peabody war eine kleine, rundliche Frau mit weißen Haaren, die sie am Hinterkopf zu einem Knoten geschlungen hatte. An ihrem ausladenden Busen hatte

Olivia sich seit ihren Kindertagen ausgeweint. Die Haushälterin hatte sie immer getröstet, vor allem, wenn ihr Vater nicht zu Hause war.

»Wir brauchen Suppenteller, Bertie«, erklärte Olivia ernst und schob sich wieder eine Haarsträhne aus der Stirn. Es war ihr gar nicht bewusst, wie unglaublich schön sie war, mit ihrer cremeweißen Haut, ihren großen, dunkelblauen Augen und den rabenschwarzen Haaren. »Fischteller brauchen wir auch. Ich werde sie nächste Woche bei Tiffany bestellen. Die Küchenmädchen müssen vorsichtiger mit dem Geschirr umgehen.« Lächelnd nickte Bertie. Olivia hätte mittlerweile längst verheiratet sein und sich um ihren eigenen Haushalt kümmern können, stattdessen war sie völlig zufrieden damit, für ihren Vater zu sorgen. Der Gedanke, woanders leben zu wollen, war Olivia nie gekommen. Sie war glücklich auf Henderson Manor, ganz im Gegensatz zu Victoria, die ständig von Reisen durch die ganze Welt – oder zumindest nach Europa – träumte und dauernd darüber schimpfte, was es doch für eine Verschwendung sei, das Haus in New York leer stehen zu lassen.

Olivia erwiderte Berties Lächeln. Sie trug ein blassblaues, knöchellanges Seidenkleid, in dem sie wirkte wie der Sommer selbst. Den Schnitt des Kleides hatte sie aus einem Magazin kopiert und es dann von der Schneiderin im Ort nähen lassen. Victoria besaß nicht Olivias Händchen für Mode und ließ sich alle ihre Kleider von ihrer Schwester aussuchen, zumal diese, wie sie gerne betonte, ja die Ältere war.

»Die Plätzchen sind köstlich heute, nicht wahr? Sie werden Vater schmecken.« Olivia hatte sie speziell für ihn und John Watson, seinen Anwalt, bei der Köchin in Auftrag gegeben. »Ich sollte sie ihnen auf einer Platte anrichten, oder hast du das bereits getan?« Die beiden Frauen wechselten ein wissendes Lächeln. Olivia war zur Herrin im Haus ihres Vaters herangereift und hatte die

Zügel fest in der Hand. Bertie wusste und respektierte das und beugte sich der Autorität der jungen Frau – was sie jedoch nicht daran hinderte, Olivia auszuschimpfen, wenn sie etwas Kindisches und Albernes tat, was durchaus auch noch vorkam. Allerdings fand Bertie das eher erfrischend als Besorgnis erregend. Es tat Olivia gut, manchmal ihre Verpflichtungen für eine Weile zu vergessen.

»Ich habe schon alles angerichtet, aber die Köchin weiß, dass du es ihnen selbst bringen möchtest«, erwiderte Bertie.

»Danke.« Olivia umarmte die alte Frau liebevoll und gab ihr einen Kuss auf die Wange. Einen Moment lang legte sie wie ein Kind ihren Kopf an Berties Schulter, dann eilte sie aus dem Zimmer.

Sie bestellte bei der Köchin einen Krug Limonade, eine große Platte mit Ingwerkeksen und kleine Sandwichs mit Gurken, Brunnenkresse und dünn geschnittenen Tomaten aus dem Garten. Auch Sherry und stärkere alkoholische Getränke sollten den Männern angeboten werden. Olivia gehörte nicht zu jenen zimperlichen Mädchen, die es verabscheuten, wenn Männer Whisky tranken oder Zigarren rauchten, im Gegenteil, genau wie ihre Schwester liebte sie den Geruch von beidem.

Als alles besprochen war, machte sich Olivia auf die Suche nach ihrem Vater. Sie fand ihn in der Bibliothek. Die schweren roten Brokatvorhänge mit den langen Fransen waren dicht zugezogen, damit es im Zimmer kühl blieb. »Wie geht es dir heute, Vater?«, fragte Olivia. »Es ist schrecklich heiß, nicht wahr?«

»Ich finde das Wetter wunderbar.« Edward lächelte seine Tochter stolz an. Ihm war bewusst, wie gut Olivia ihm den Haushalt führte. Manchmal sagte er sogar im Scherz, er habe Angst, einer der Rockefellers hielte um ihre Hand an und nähme sie mit nach Kykuit. Kürzlich war er dort wieder einmal zu Besuch gewesen. Das Haus, das John D. Rockefeller erbaut hatte, war einfach spektakulär. Es verfügte über jede erdenkliche moderne Bequemlichkeit, einschließlich Telefon und Zentralheizung, und Olivias Vater hatte scherzhaft bemerkt, dass sein Anwesen daneben aussähe wie eine armselige Hütte. Das war natürlich nicht der Fall, aber Kykuit war sicher der prächtigste Nachbar.

»Die Hitze tut meinen alten Knochen gut«, fuhr er jetzt fort und zündete sich eine Zigarre an. »Wo ist eigentlich deine Schwester?«, fragte er dann beiläufig. Olivia war immer irgendwo im Haus anzutreffen, doch Victoria war meistens schwerer zu finden.

»Ich glaube, sie spielt Tennis bei den Astors«, entgegnete Olivia, die sich keineswegs sicher war, wo sich ihre Schwester aufhielt.

»Das wäre typisch für sie«, sagte ihr Vater breit lächelnd. »Aber ich glaube, die Astors sind den Sommer über in Maine.« Die meisten ihrer Nachbarn hielten sich in der heißen Jahreszeit in Maine auf, und auch die Hendersons waren früher dorthin gefahren, aber mittlerweile zog Edward es vor, das ganze Jahr über in Croton zu bleiben.

»Entschuldige, Vater.« Olivia errötete, weil sie in Bezug auf ihre Schwester gelogen hatte. »Ich hatte geglaubt, die Astors seien schon wieder aus Bal Harbor zurück.«

»Ja, sicher.« Er blickte sie amüsiert an. »Weiß der Himmel, wo Victoria sich wieder herumtreibt.« Sie wussten jedoch beide, dass diese Streifzüge recht harmlos waren. Victoria war eigenwillig und unternehmungslustig, eben genauso unabhängig, wie es ihre verstorbene Mutter gewesen war. Edward Henderson fand seine jüngere Tochter ein wenig exzentrisch, aber solange sie es nicht zu wild trieb, duldete er ihr Betragen, zumal ihr hier auf dem Land nichts passieren konnte. Sie konnte höchstens vom Baum fallen, einen Hitzschlag bekommen, weil sie meilenweit zu Fuß zu ihrer besten Freundin lief, oder ein wenig zu weit flussabwärts schwimmen. Im Großen und Ganzen handelte es sich dabei also um harmlose Vergnügungen. Victoria hatte keine Romanze in der Nachbarschaft; niemand von den jungen Männern machte ihr ernsthaft den Hof. Zwar zeigten natürlich einige der jungen Rockefellers und Van Cortlandts lebhaftes Interesse an ihr, aber sie benahmen sich alle mustergültig. Außerdem war Victoria von Natur aus eher intellektuell als romantisch veranlagt.

»Ich gehe sie gleich suchen«, bot Olivia an. In diesem Moment brachte der Küchenjunge das Tablett, und sie zeigte ihm, wo er es hinstellen sollte.

»Wir brauchen noch ein Glas mehr, Liebes«, sagte Edward. Er zündete erneut seine Zigarre an und dankte dem Jungen, dessen Namen er sich nie merken konnte.

Olivia hingegen kannte alle Hausangestellten mit Namen, und sie kannte zudem ihre Geschichten, ihre Familienverhältnisse und ihre Probleme. Sie war in der Tat die Herrin auf Henderson Manor.

»Bringt John denn noch jemanden mit?« Olivia schaute ihren Vater überrascht an. Für gewöhnlich kam der Anwalt allein, es sei denn, es gab größere Probleme in der Fabrik, und davon war ihr nichts bekannt. Ihr Vater besprach immer alle geschäftlichen Angelegenheiten mit Victoria und ihr; schließlich würden sie das Werk eines Tages erben – und es dann wahrscheinlich verkaufen, wenn sie nicht Männer heirateten, die es führen konnten.

Seufzend antwortete ihr Vater: »Ja, John bringt heute noch einen Gast mit. Offenbar bin ich mittlerweile wirklich alt geworden. Ich habe zwei Frauen und die meisten meiner Freunde überlebt, und jetzt erklärt mir auch noch John Watson, dass er sich zur Ruhe setzen möchte. Er bringt einen jungen Mann mit, der erst kürzlich in die Kanzlei eingetreten ist, und von dem er sehr viel hält.«

»Aber John ist doch noch gar nicht so alt, und du auch

nicht, Vater, also sprich nicht so.« Edwards Krankheit trug viel dazu bei, dass er sich so verbraucht fühlte.

»Ich bin uralt. Du hast ja keine Ahnung, wie es ist, wenn um dich herum nach und nach alle verschwinden«, erwiderte er stirnrunzelnd. Der Gedanke an den neuen jungen Anwalt gefiel ihm gar nicht.

»Niemand verschwindet, und John schon gar nicht«, sagte Olivia beruhigend. Sie schenkte ihrem Vater ein Glas Sherry ein und reichte es ihm zusammen mit einem kleinen Teller voller Kekse. Er aß sofort einen und sagte ein wenig fröhlicher:

»Na, vielleicht hast du Recht, und er setzt sich nicht zur Ruhe, wenn er erst einmal diese Kekse probiert hat. Ich muss wirklich sagen, Olivia, du vollbringst wahre Wunder in der Küche!«

»Danke.« Sie gab ihm einen Kuss und nahm sich ebenfalls einen Keks. »Sag, wer ist denn der neue Mann bei John?«, fragte sie neugierig. Watson war nur ein oder zwei Jahre jünger als ihr Vater, aber er kam ihr viel zu jung vor, um sich schon zur Ruhe zu setzen. Aber vielleicht war es ja klug von ihm, früh genug für einen Nachfolger zu sorgen. »Hast du ihn schon kennen gelernt?«

»Noch nicht. Ich sehe ihn heute zum ersten Mal. Er heißt Charles Dawson, und John sagt, er sei äußerst tüchtig. Er hat schon ein paar Grundstücksangelegenheiten für die Astors geregelt. Offenbar war er, bevor er zu John kam, bereits in einer erstklassigen Kanzlei mit sehr gutem Ruf.«

»Warum ist er denn dort fortgegangen?«, fragte Olivia interessiert. Sie sprach gerne mit ihrem Vater über geschäftliche Dinge. Victoria eigentlich auch, aber sie äußerte ihre Ansichten hitzköpfiger, und wenn sie in Fahrt war, debattierten sie manchmal stundenlang über Politik oder Geschäfte.

»Dawson hat letztes Jahr einen schweren Schicksalsschlag erlitten. Ich habe Mitleid mit ihm, und deshalb habe ich John auch gestattet, ihn heute mitzubringen. Der junge Mann hat etwas erlebt, dessen Tragweite ich nur allzu gut nachvollziehen kann.« Traurig lächelte er sie an. »Seine Frau ist letztes Jahr beim Untergang der *Titanic* ums Leben gekommen. Sie hatte in England ihren Vater, Lord Arnsborough, und ihre Schwester besucht. Leider hatte sie die Passage zurück auf der *Titanic* gebucht. Ihr kleiner Sohn ist wohl noch in einem der Rettungsboote aufgenommen worden, aber da es eigentlich schon zu voll war, hat sie ihren Platz einem anderen Kind überlassen und dem kleinen Jungen gesagt, sie ginge in das nächste Boot. Es gab jedoch kein nächstes Boot mehr. John hat erzählt, dass Dawson nach dem Tod seiner Frau die Kanzlei verlassen und sich mit seinem Sohn ein Jahr lang in Europa aufgehalten habe. Das Unglück ist ja erst sechzehn Monate her, und Dawson ist auch erst seit Mai oder Juni bei Watson. Der arme Teufel! Er muss als Anwalt wohl sehr gut sein, nur ein bisschen melancholisch. Aber er wird schon darüber hinwegkommen – letztendlich wird er es schon allein des Kindes wegen schaffen müssen.« In diesem Moment musste Edward Henderson wieder an Elizabeths Tod denken. Sie war zwar im Kindbett gestorben und nicht bei einer Tragödie von solchen Ausmaßen wie der Untergang der *Titanic*, aber er hatte es doch als genauso tragisch empfunden. Schweigend saßen Vater und Tochter eine Weile lang nebeneinander. Sie zuckten beide zusammen, als auf einmal John Watson in der Tür stand.

»Wie bist du denn unangekündigt hier hereingekommen? Bist du durchs Fenster gestiegen?« Edward Henderson lachte seinen alten Freund an, dann stand er auf, um ihn zu begrüßen. Auch wenn er sich über sein Alter beklagte, so wirkte er doch in der letzten Zeit erstaunlich gesund, was sicherlich nicht zuletzt an Olivias guter Pflege lag.

»Niemand hat mich beachtet.« John Watson lachte. Er war groß und hatte dichtes weißes Haar, ähnlich wie Olivias Vater, der sehr aristokratisch wirkte und früher einmal genauso glänzende schwarze Haare wie seine Tochter gehabt hatte. Johns blaue Augen strahlten beim Anblick des Freundes. Die beiden Männer kannten sich seit ihrer Schulzeit und waren schon immer enge Freunde gewesen.

Olivia warf noch einen letzten prüfenden Blick auf das Tablett und wollte dann das Zimmer verlassen. Als sie sich zum Gehen wandte, stand sie plötzlich vor Charles Dawson. Da sie eben erst seine traurige Geschichte gehört hatte, musterte sie ihn verlegen. Er sah sehr gut aus – allerdings ein wenig streng – und hatte unsäglich traurige, dunkelgrüne Augen. Er rang sich ein kleines Lächeln ab, als er Olivia begrüßte, und sie las eine solche Sanftheit und Trauer aus seinem Gesicht, dass sie ihn am liebsten getröstet hätte.

»Es freut mich, Sie kennen zu lernen«, sagte Dawson höflich und schüttelte Olivia die Hand. Er betrachtete sie neugierig, jedoch nicht aufdringlich, und sie verbarg ihre aufkeimende Schüchternheit hinter ihren hausfraulichen Pflichten.

»Darf ich Ihnen ein Glas Limonade anbieten?«, fragte sie. »Oder möchten Sie lieber einen Sherry? Vater zieht selbst an so heißen Tagen wie heute Sherry vor.«

»Ich hätte gerne Limonade.« Er lächelte sie an.

Sie versorgte die drei Männer mit Getränken und zog sich dann leise zurück. Etwas in Charles Dawsons Blick beunruhigte sie, aber vielleicht lag es ja auch nur daran, dass sie gerade von seinem Schicksalsschlag erfahren hatte. Wie alt mochte sein kleiner Sohn jetzt wohl sein? Es war sicher schwierig für Dawson, das Kind ohne Mutter großzuziehen, aber vielleicht gab es ja mittlerweile auch schon wieder eine Frau in seinem Leben. Energisch versuchte Olivia, die Gedanken an Charles Dawson abzuschütteln. Das ist ungehörig, schalt sie sich, während sie in die Küche eilte. Dort stieß sie beinahe mit Petrie zusammen, einem der beiden Chauffeure ihres Vaters, ein sechzehnjähriger Junge, der bisher in den Stallungen gearbeitet hatte, jedoch wesentlich mehr von Autos als von Pferden verstand. Und da ihr Vater Technik liebte und sich schon in New York eines der ersten Autos, die auf den Markt gekommen waren, gekauft hatte, hatte Petrie eine erfreuliche Karriere gemacht.

»Was ist los, Petrie?«, fragte Olivia jetzt, weil der Junge völlig außer Atem und erhitzt war.

»Ich muss sofort zu Ihrem Vater, Miss«, stammelte er, den Tränen nahe.

»Das geht leider nicht. Er hat Besuch. Kann ich dir helfen?«, fragte Olivia.

Zögernd blickte er sich um, als fürchtete er, jemand könne sie belauschen. »Es geht um den Ford. Er ist gestohlen worden.« Er war vollkommen außer sich vor Angst, weil er fürchten musste, die beste Anstellung, die er jemals gehabt hatte, zu verlieren.

»*Gestohlen*?« Erstaunt blickte Olivia den Jungen an. »Wie ist das denn möglich? Wie konnte denn jemand aufs Grundstück gelangen und den Wagen stehlen, ohne dass es jemand gemerkt hat?«

»Ich weiß nicht, Miss. Ich habe den Wagen erst heute früh geputzt. Er hat geglänzt wie neu. Und dann habe ich das Garagentor nur kurz offen gelassen, damit ein wenig Luft in die Garage kommt. Eine halbe Stunde später war der Ford weg. Einfach verschwunden.« Wieder traten ihm die Tränen in die Augen, und Olivia legte ihm begütigend die Hand auf die Schulter. Irgendetwas an seiner Geschichte kam ihr merkwürdig vor; sie ahnte schon, wer den Wagen genommen hatte.

»Und wann war das ungefähr, Petrie? Weißt du das noch?« Sie wirkte völlig ruhig, aber schließlich war sie es auch gewohnt, Krisen im Haus zu bewältigen.

»Es war elf Uhr dreißig, Miss. Das weiß ich genau.« Olivia

hatte ihre Schwester zuletzt gegen elf Uhr gesehen. Den Ford, um den sich der Junge jetzt solche Sorgen machte, hatte ihr Vater ein Jahr zuvor angeschafft, damit das Personal damit Besorgungen machen konnte und nicht immer die Cadillac Limousine nehmen musste, in der ihr Vater gefahren wurde, wenn er Henderson Manor verließ.

»Weißt du was, Petrie? Am besten warten wir erst einmal ab«, sagte Olivia ruhig. »Es ist durchaus möglich, dass jemand vom Personal sich den Wagen ausgeliehen hat, ohne dir Bescheid zu sagen. Vielleicht der Gärtner – ich hatte ihn gebeten, drüben bei den Shepards ein paar Rosensträucher für mich auszusuchen. Vielleicht hat er ja einfach nur vergessen, es dir zu sagen.«

»Aber Kittering kann gar nicht Auto fahren, Miss. Er hätte bestimmt nicht den Ford genommen, eher hätte er die Pferde angespannt.«

»Nun, vielleicht fährt ihn ja jemand anders, aber ich glaube nicht, dass wir meinem Vater jetzt schon etwas davon sagen sollten. Er ist sowieso beschäftigt, also warten wir am besten bis heute Abend, einverstanden? Vielleicht wird der Wagen ja auch zurückgebracht. Da bin ich mir eigentlich sogar sicher. Möchtest du in der Küche eine Limonade trinken und ein paar Plätzchen essen?« Während sie sprach, hatte sie den Jungen bereits sachte in Richtung Küche dirigiert. Er wirkte ein wenig besänftigt, war allerdings immer noch nervös, weil er schreckliche Angst hatte, seine Stelle zu verlieren. Olivia redete weiter beruhigend auf ihn ein, während sie ihm ein Glas Limonade einschenkte und ihm einen Teller mit Keksen gab.

Sie versprach Petrie, später noch einmal mit ihm in der Garage nachzuschauen, und ließ sich von ihm versprechen, kein Wort zu ihrem Vater zu sagen. Dann zwinkerte sie der Köchin zu und schlüpfte rasch aus der Küche, um Bertie nicht in die Arme zu laufen. Als sie durch die breiten Terrassentüren in den Garten trat, traf sie die Hitze wie ein Schlag. Wegen dieser Temperaturen fuhren die Leute im Sommer nach Newport oder Maine. Niemand blieb hier, weil es so unerträglich heiß war. Im Herbst würden die Temperaturen wieder angenehm sein, und im Frühjahr war es geradezu idyllisch. Im Winter flohen jedoch alle in die Stadt und im Sommer an die Küste. Nur die Hendersons blieben das ganze Jahr über hier.

Wenn sie Zeit gehabt hätte, wäre Olivia gerne schwimmen gegangen, doch stattdessen spazierte sie in Gedanken versunken ihren Lieblingsweg entlang. Die Geschichte, die ihr Vater über Charles Dawson erzählt hatte, ging ihr nicht mehr aus dem Kopf. Wie schrecklich, dass er seine Frau auf so tragische Weise verloren hatte. Nachdenklich setzte sich Olivia auf einen Baumstumpf. Der arme Mann! Er war bestimmt außer sich vor Kummer gewesen.

Plötzlich hörte sie in der Ferne Motorengeräusche, und als sie aufblickte, sah sie den vermissten Ford näher kommen. Es gab ein hässlich knirschendes Geräusch, als der Wagen am Torpfosten entlangschrammte, aber der Fahrer – oder vielmehr die Fahrerin – verlangsamte das Tempo nicht. Es war ihre Schwester, die grinsend hinter dem Steuer saß und winkte. In der Hand hielt sie eine Zigarette. Victoria rauchte!

Olivia blieb sitzen und schüttelte nur mit dem Kopf, als Victoria den Wagen anhielt und eine Rauchwolke in ihre Richtung blies.

»Weißt du eigentlich, dass Petrie schon die Polizei holen wollte, weil er glaubte, das Auto sei gestohlen worden? Ich konnte gerade noch verhindern, dass er Vater informiert.«

Es überraschte Olivia keineswegs, dass ihre Schwester das Auto genommen hatte, sie war an deren übermütige Streiche gewöhnt. Die Schwestern waren vom Wesen her völlig verschieden, und so war es umso erstaunlicher, wie ähnlich sie sich sahen. Wenn sie einander gegenüberstanden, war es so, als blickten sie in einen Spiegel. Die gleichen Augen, der gleiche Mund, die gleichen Wangenknochen, die gleichen Haare, die gleichen Bewegungen. Selbst ihr Vater konnte die beiden meistens nicht auseinander halten. Da dies während ihrer Schulzeit für zahlreiche Verwirrungen gesorgt hatte – die Lehrer hatten die beiden ständig verwechselt –, beschloss Edward Henderson schließlich, seine Töchter zu Hause unterrichten zu lassen, damit sie ungestört lernen konnten. Sie waren traurig darüber gewesen, nicht mehr zur Schule gehen zu können, aber ihr Vater war hart geblieben. Mrs Peabody und die Hauslehrerinnen verwechselten die beiden jedoch nie, und Bertie konnte sie sogar im Dunkeln voneinander unterscheiden. Sie wusste, dass Olivia ein kleines Muttermal auf der rechten Handfläche hatte, während sich der winzige Fleck bei Victoria auf der linken Handfläche befand. Ihrem Vater war das natürlich ebenfalls bekannt, aber er machte sich nie die Mühe, nachzuschauen. Für ihn war es einfacher, seine Töchter zu fragen und zu hoffen, dass sie ihm wahrheitsgemäß antworteten.

Als sie vor zwei Jahren in New York in die Gesellschaft eingeführt worden waren, hatten sie als eineiige Zwillinge einen regelrechten Aufruhr verursacht, und deshalb hatte ihr Vater darauf bestanden, noch vor Weihnachten wieder mit ihnen nach Hause zu fahren. Er hatte das Gefühl, sie würden angestaunt wie Zirkusattraktionen. Ihm war das alles viel zu anstrengend. Victoria war deprimiert, dass sie wieder nach Hause mussten, aber Olivia hatte es eigentlich nicht viel ausgemacht. Sie war gerne wieder nach Croton zurückgekehrt. Seitdem redete Victoria ständig davon, wie langweilig ihr beschauliches Leben am Hudson sei, und dass sie es kaum ertragen könne.

Ein weiteres Lieblingsthema Victorias war die Gleichberechtigung und das Stimmrecht für Frauen. Dafür konnte sie sich begeistern, und sie hielt allen Familienmitgliedern flammende Vorträge. Olivia konnte es schon gar nicht mehr hören. Ständig sprach Victoria von Alice Paul, die im April einen Protestmarsch in Washington organisiert hatte, bei dem Dutzende von Frauen eingesperrt und vierzig verletzt worden waren. Kavallerietruppen mussten eingesetzt werden, um die Ordnung wiederherzustellen. Auch von Emily Davison, die sich zwei Monate zuvor dem Pferd des Königs beim Derby in England in den Weg gestellt hatte und dabei getötet worden war, hatte Victoria Olivia erzählt. Oder von den Pankhursts, Mutter und Töchter, die in England für die Rechte der Frauen kämpften. Victorias Augen blitzten, wenn sie darüber sprach, doch Olivia langweilte dieses Thema zu Tode.

»Und, hat Petrie die Polizei gerufen?«, fragte Victoria jetzt amüsiert. Sie klang nicht im Geringsten schuldbewusst.

»Nein«, erwiderte Olivia streng. »Ich habe ihn mit Limonade und Plätzchen bestochen und ihn gebeten, bis zum Abendessen zu warten. Aber ich hätte es besser zugelassen. Ich wusste ja, dass du das Auto genommen hast.« Sie gab sich große Mühe, ärgerlich zu wirken, aber Victoria sah ihr an, dass sie ihr eigentlich nicht böse war.

»Woher wusstest du das?« Victoria warf ihrer Schwester einen entzückten Blick zu.

»Ich hatte so ein Gefühl. Eines Tages rufen sie wegen dir wirklich noch die Polizei, und ich werde nichts dagegen unternehmen.«

»Doch, das wirst du«, erwiderte Victoria zuversichtlich. In ihren Augen stand jenes Glitzern, das ihren Vater immer an ihre Mutter erinnerte. Äußerlich war sie jedoch das Spiegelbild Olivias, bis hin zu dem blassblauen Seidenkleid, das sie trug.

Olivia legte jeden Morgen die Kleider für sich selbst und Victoria heraus, und diese zog nur das an, was ihre

Schwester ihr vorschrieb. Sie waren schon immer gerne Zwillinge gewesen, vor allem Victoria, die durch diese Tatsache schon als Kind aus so mancher misslichen Situation gerettet worden war. Ihr Vater hatte ihnen ständig gepredigt, sie dürften keinen Vorteil daraus ziehen, dass sie sich so ähnlich sahen, aber manchmal war ihnen das schwer gefallen. Sie standen einander näher als andere Menschen, und oft kamen sie sich vor wie ein und dieselbe Person. Und doch waren sie im Innersten völlig unterschiedlich. Victoria war kühner, mutiger und abenteuerlustiger. Ständig steckte sie in irgendwelchen Schwierigkeiten. Sie wollte die Welt entdecken, während Olivia lieber zu Hause war und sich innerhalb der engen Grenzen von Familie, Heim und Tradition bewegte. Victoria wollte für die Rechte der Frauen kämpfen, sie wollte demonstrieren und Reden halten. Für sie war die Ehe eine überflüssige und barbarische Einrichtung für wirklich unabhängige Frauen. Olivia fand diese Gedankengänge ziemlich verrückt, hielt sie jedoch nur für eine vorübergehende Laune ihrer Schwester. Sie war schon von anderen politischen Bewegungen, religiösen Idealen und intellektuellen Konzepten fasziniert gewesen. Olivia war viel bodenständiger und weniger bereit, für irgendwelche obskuren Ziele in die Schlacht zu ziehen. Ihre Welt war wesentlich kleiner. Und doch wirkten die beiden jungen Frauen für Außenstehende – und manchmal selbst für Familienmitglieder – wie ein und dieselbe Person.

»Wann hast du eigentlich Autofahren gelernt?«, fragte Olivia jetzt. Lachend warf Victoria ihren Zigarettenstummel aus dem Wagen. Olivia spielte immer die strenge ältere Schwester. Sie war zwar nur elf Minuten älter als Victoria, aber dabei handelte es sich um elf entscheidende Minuten. Als sie noch Kinder waren, hatte Victoria ihrer Schwester anvertraut, dass sie fürchtete, schuld am Tod ihrer Mutter zu sein.

»Dich trifft keine Schuld«, hatte Olivia damals mit fester Stimme erwidert. »Es war Gottes Wille.«

»Nein, das stimmt nicht!« antwortete Victoria. Mrs Peabody hatte sich schrecklich aufgeregt, als sie herausfand, worum es in dem Streit ging. Später erklärte sie ihnen, dass Geburten sehr dramatisch verlaufen könnten. Vor allem Zwillingsgeburten seien ein übermenschliches Unterfangen, das eigentlich nur Engel auf sich nehmen könnten. Und da ihre Mutter ja ein Engel gewesen sei, hätte sie ihre Töchter auf der Erde bei ihrem Vater zurückgelassen, der sie über alles liebte, und sei in den Himmel zurückgekehrt. Damals hatte sich Victoria von dieser Vorstellung ein wenig beruhigen lassen, aber insgeheim war sie doch fest davon überzeugt, dass sie schuld am Tod ihrer Mutter war.

»Ich habe es mir letzten Winter selbst beigebracht«, erklärte Victoria jetzt auf Olivias Frage hin und zuckte amüsiert mit den Schultern.

»Dir *selbst* beigebracht? Wie denn?«

»Ich habe einfach die Schlüssel genommen und es versucht. Die ersten Male habe ich ein paar Beulen ins Auto gefahren, aber Petrie hat nie etwas gemerkt. Er hat immer gedacht, dass irgendjemand in der Stadt ans Auto gestoßen sei, wenn er es dort geparkt hatte.« Victoria grinste selbstzufrieden, und Olivia musste sich sehr beherrschen, um ihre finstere Miene beizubehalten. »Sieh mich nicht so an«, fuhr Victoria fort. »Es ist verdammt nützlich, wenn man Auto fahren kann. Wenn du willst, kann ich dich jederzeit in die Stadt fahren.«

»Oder gegen einen Baum.« So leicht ließ Olivia sich nicht besänftigen. Was Victoria getan hatte, war gefährlich und verrückt. »Und dass du rauchst, finde ich ekelhaft.« Allerdings wusste sie es schon seit einiger Zeit, seit sie nämlich im Winter ein Päckchen Zigaretten in Victorias Kommode entdeckt hatte. Victoria zuckte jedoch nur lachend die Schultern.

»Sei nicht so altmodisch«, sagte sie liebenswürdig. »Wenn wir in London oder Paris wohnten, würdest du auch rauchen, weil es eben schick ist, und das weißt du auch.«

»Ich weiß nichts dergleichen, Victoria Henderson. Es ist eine abscheuliche Gewohnheit für eine Dame. Wo warst du überhaupt?«

Victoria zögerte einen Moment lang, und Olivia wartete geduldig auf die Antwort. Normalerweise sagte Victoria ihr immer die Wahrheit. Die beiden hatten keine Geheimnisse voreinander, und wenn es doch einmal der Fall war, so wussten sie es instinktiv. Es war, als ob sie gegenseitig ihre Gedanken lesen könnten.

»Gestehe!«, sagte Olivia streng. Victoria wirkte auf einmal viel jünger als zwanzig.

»Na gut. Ich war bei einem Treffen der amerikanischen Frauenrechtsbewegung in Tarrytown. Alice Paul war ebenfalls dort. Sie möchte eine Gruppe hier am Hudson organisieren, und eigentlich sollte auch die Präsidentin, Anna Howard Shaw, da sein, aber sie hatte keine Zeit.«

»Oh, um Himmels willen, Victoria, was tust du da? Vater ruft die Polizei, wenn du an Demonstrationen oder so etwas teilnimmst. Du wirst wahrscheinlich im Gefängnis landen, und dann muss Vater dich noch auslösen«, sagte Olivia erregt. Victoria schien diese Aussicht allerdings keineswegs zu entmutigen, im Gegenteil, sie schien ihr zu gefallen.

»Das wäre es doch wert, Ollie. Alice Paul war so mitreißend! Du solltest das nächste Mal wirklich mitkommen.«

»Das nächste Mal binde ich dich am Bettpfosten fest. Und wenn du noch einmal für einen solchen Unsinn das Auto stiehlst, dann lasse ich Petrie wirklich die Polizei rufen und verrate ihr, wer es gewesen ist.«

»Nein, das tust du nicht. Komm, steig ein. Ich nehme dich bis zur Garage mit.«

»Na, großartig! Damit wir beide Schwierigkeiten bekommen, was? Vielen Dank, meine geliebte Schwester.«

»Sei doch nicht so steif. So erfährt wenigstens niemand, wer von uns beiden gefahren ist.«

»Wenn sie auch nur einen Funken Verstand haben, wissen sie es ganz genau«, murrte Olivia, während sie vorsichtig einstieg. Victoria brauste den holperigen Weg entlang, wobei Olivia sich die ganze Zeit über ihre mangelnden Fahrkünste beschwerte. Als Victoria ihr auch noch eine Zigarette anbot, wollte sie ihr zunächst gehörig die Leviten lesen, musste aber plötzlich doch laut lachen. Ihre Schwester war einfach ein hoffnungsloser Fall.

Schließlich hatten sie die Garage erreicht. Victoria fuhr direkt hinein und hätte dabei fast Petrie überfahren, der sie mit offenem Mund anstarrte.

»Aber ich habe gedacht … ich … wann haben Sie … ich meine … ja, Miss … danke … Miss Olivia … Miss Victoria … Miss …« Der Junge war sprachlos vor Verwirrung, aber zugleich auch froh darüber, dass das Auto nicht gestohlen worden war. Während er sich um die Kratzer kümmerte, liefen die beiden jungen Frauen kichernd zum Haus.

»Du bist wirklich schrecklich«, schalt Olivia ihre Schwester. »Der arme Kerl dachte, Dad bringt ihn um. Eines Tages wirst du wirklich noch im Gefängnis landen, davon bin ich überzeugt.«

»Ja, schon möglich«, gab Victoria zu. »Aber vielleicht können wir ja auch dann mal die Plätze tauschen, damit ich zwischendurch auf ein paar Versammlungen gehen kann. Wie findest du die Idee?«

»Widerwärtig. Ich werde dich nie wieder decken.« Olivia drohte ihrer Zwillingsschwester liebevoll mit dem Finger. Victoria war ihre beste Freundin, die andere Hälfte ihrer Seele, und am glücklichsten waren sie beide immer, wenn sie zusammen waren.

Gerade als die beiden Schwestern die Halle betraten, wurde die Tür zur Bibliothek geöffnet, und die drei Männer traten heraus. Charles blieb stehen und starrte die jungen Frauen völlig verblüfft an.

»Ach, du liebe Güte«, sagte Edward Henderson lächelnd, als er Charles' Reaktion sah. »Habe ich vergessen, Sie vorzuwarnen?«

»Ja, leider, Sir«, erwiderte Charles Dawson errötend und blickte verwirrt von Victoria zu Olivia. An einen solchen Anblick war er offensichtlich nicht gewöhnt.

»Das ist nur eine optische Täuschung, machen Sie sich nichts daraus«, neckte Edward Henderson ihn. Er mochte Charles. Das Treffen war äußerst erfolgreich verlaufen, und der junge Anwalt hatte sehr intelligente Vorschläge gemacht. »Wahrscheinlich liegt es am Sherry.« Er grinste Charles an, und dieser musste lachen, wodurch er auf einmal ganz jungenhaft aussah. Er war erst sechsunddreißig, doch das letzte Jahr hatte ihm sehr zugesetzt, sodass er viel älter wirkte. Seine Verwirrung beim Anblick der beiden Schönheiten ließ ihn jedoch wieder wie einen Jungen erscheinen.

Edward stellte ihm seine Töchter noch einmal vor, und sie schüttelten einander die Hände, wobei die beiden lachend bemerkten, dass ihr Vater sie wieder einmal verwechselt habe. Charles lachte mit.

»Passiert ihm das häufig?«, fragte er.

»Ständig, aber wir sagen es ihm nicht immer«, erwiderte Victoria und blickte Charles direkt an. Er war fasziniert von ihr. Sie wirkte sinnlicher als ihre Schwester, obwohl äußerlich kein Unterschied festzustellen war.

»Als sie klein waren mussten sie Haarschleifen in unterschiedlichen Farben tragen, damit wir sie auseinander halten konnten«, erklärte Edward. »Es klappte wunderbar, bis wir eines Tages entdeckten, dass die kleinen Ungeheuer ihre Bänder ausgetauscht hatten, um uns durcheinander zu bringen. Wir haben es erst Monate später gemerkt. Als Kinder waren sie ziemlich schlimm«, fügte er voller Stolz und Zuneigung hinzu. Er vergötterte seine Töchter.

»Benehmen sie sich heutzutage denn besser?«, fragte Charles amüsiert.

»Ein wenig«, brummte Edward gespielt mürrisch, und alle lachten. »Aber ihr sollet euch besser ein bisschen zusammennehmen«, fügte er an seine Töchter gewandt hinzu. »Diese beiden Herren hier haben mir geraten, für einen Monat nach New York zu gehen, um meine Geschäfte in Ordnung zu bringen, und wenn ihr mir versprecht, nicht wieder die Stadt auf den Kopf zu stellen, nehme ich euch mit. Beim kleinsten Unfug schicke ich euch jedoch auf der Stelle wieder nach Hause.«

»Ja, Sir«, erwiderte Olivia lächelnd, obwohl sie wusste, dass die Warnung nicht ihr galt.

Victoria versprach allerdings lieber nichts. Sie fragte nur entzückt: »Meinst du das ernst?«

»Dass ich euch zurückschicke?«, entgegnete er. »Völlig ernst.«

»Nein, das mit New York meine ich.« Aufgeregt blickte sie von ihrem Vater zu den Anwälten.

»Durchaus«, sagte ihr Vater. »Möglicherweise werden es auch zwei Monate.«

»Oh, wie wundervoll, Daddy!« Victoria klatschte begeistert in die Hände und wirbelte einmal um die eigene Achse. Sie packte ihre Schwester an der Schulter. »Denk nur! New York, Ollie, New York!« Sie war völlig außer sich vor Freude und Aufregung, und in Edward stieg ein leises Schuldgefühl auf, weil er seine Töchter so vom Leben in der großen Stadt isolierte. Schließlich waren sie jetzt in einem Alter, wo sie mit Menschen zusammenkommen und Ehemänner finden mussten. Aber eigentlich hasste er den Gedanken, sie für immer zu verlieren, vor allem Olivia. Sie half ihm so sehr, was würde er ohne sie nur tun? Doch dann schob er den Gedanken gleich wieder beiseite. Bis jetzt hatten sie schließlich noch nicht einmal ihre Koffer gepackt.

»Ich hoffe, wir werden Sie in der Stadt häufiger sehen, Charles«, sagte Edward, als sie sich schließlich an der Haustür verabschiedeten. Victoria redete immer noch aufgeregt auf ihre Schwester ein und schenkte den Männern nicht viel Beachtung, aber Olivia beobachtete schweigend, wie Charles Dawson ihrem Vater die Hand schüttelte. Er versicherte Edward Henderson, dass sie sich sicher häufig sehen würden, wenn John Watson ihm erst die Geschäfte übertragen hätte. Als er sich zum Gehen wandte, blickte er noch ein letztes Mal auf Victoria. Er fühlte sich auf seltsame Weise zu dieser einen Schwester hingezogen, und es durchfuhr ihn wie ein Stromschlag, wenn er in ihre Augen blickte. Eine Frau wie sie war ihm noch nie begegnet.

Olivia stand am Fenster und sah den Männern nach, die von ihrem Vater zum Wagen begleitet wurden. Trotz ihrer Aufregung wegen New York fiel es Victoria auf.

»Was ist los?«, fragte sie.

»Was soll los sein?«, erwiderte Olivia und machte sich auf den Weg zur Bibliothek, um zu überprüfen, ob das Tablett fortgeräumt worden war.

»Du wirkst so ernst, Ollie«, erklärte Victoria.

»Charles Dawsons Frau ist letztes Jahr beim Untergang der *Titanic* umgekommen. Vater sagt, er hat einen kleinen Jungen.«

»Das mit seiner Frau tut mir Leid«, sagte Victoria gleichmütig. »Aber er wirkt schrecklich langweilig, nicht wahr? So trübsinnig.« Im nächsten Moment hatte sie Charles schon wieder vergessen. Die Aussicht auf die zahllosen Freuden in der Großstadt beschäftigten sie weit mehr.

Olivia nickte stumm und verschwand in der Bibliothek, während ihre Schwester nach oben ging, um sich umzuziehen. Olivia hatte ihr bereits das Kleid für den Nachmittag herausgelegt. Sie würden beide ein weißes Seidenkleid mit passender Aquamarinbrosche tragen.

Ein paar Minuten später trat Olivia in die Küche zu Bertie, die sofort wusste, wen sie vor sich hatte.

»Geht es dir gut?«, fragte sie besorgt. Es war schrecklich heiß, und sie wusste, dass Olivia einen Spaziergang gemacht hatte. Die junge Frau sah plötzlich so blass aus.

»Ja, mir geht es gut. Vater hat uns eben gesagt, dass wir Anfang September nach New York fahren. Wir werden ein oder zwei Monate dort bleiben, weil er sich um seine Geschäfte kümmern muss.« Die beiden Frauen lächelten sich an. Sie wussten beide, dass es viel Arbeit bedeutete, das Haus in der Stadt zu beziehen. »Ich dachte, wir beide könnten uns morgen früh schon einmal zusammensetzen, um alles zu planen«, fügte Olivia ruhig hinzu.

»Du bist ein braves Mädchen«, erwiderte Bertie leise und strich ihr sanft über die Wange. Irgendetwas belastete Olivia, das sah sie ihr an. »Du arbeitest so schwer für deinen Vater.«

»Dann also bis morgen früh«, sagte Olivia ausweichend und ging rasch aus der Küche. Sie verspürte ein Gefühl, das sie nicht kannte, und es bereitete ihr Sorgen, dass ihre Schwester ihre Gedanken lesen konnte. Es gelang ihr jedoch nicht, sich abzulenken, und unwillkürlich sah sie immer wieder im Geiste Charles Dawson vor sich. Diese dunkelgrünen Augen, durch die sie direkt in die Seele des einsamen Mannes schaute. Entschlossen wandte sie ihre Gedanken banaleren Dingen zu und überlegte, was sie alles nach New York mitnehmen musste, um das Stadthaus wieder bewohnbar zu machen.

2

Am ersten Mittwochnachmittag im September brachte Donovan, Edward Hendersons Chauffeur, Victoria und Olivia im Cadillac nach New York. Petrie fuhr mit Bertie im Ford direkt hinter ihnen her. Die Wagen waren beladen mit Kisten voller Bettwäsche und Kleider und all den Dingen, die Olivia und Bertie für notwendig befunden hatten. Victoria waren die Bedürfnisse des Haushalts gleichgültig. Sie hatte lediglich Bücher und Zeitungen eingepackt und alles andere ihrer Schwester überlassen.

Olivia machte sich ernsthafte Sorgen um den Zustand des Hauses an der Fifth Avenue, da es jetzt schon seit zwei Jahren unbewohnt war. Vor zwanzig Jahren war es ein äußerst komfortables Haus gewesen, aber es würde ihnen sicher nicht leicht fallen, sich dort wieder einzuleben. Schließlich war es das Haus, in dem ihre Mutter gestorben war, und Olivia wusste, wie schmerzlich die Erinnerungen ihres Vaters an diese Zeit waren. Aber es war auch das Haus, in dem Victoria und sie zur Welt gekommen waren, und während seiner Ehe war ihr Vater dort unendlich glücklich gewesen.

Nachdem sie die Örtlichkeiten besichtigt und Donovan mit einer Zange bewaffnet die ersten kleinen Reparaturen ausgeführt hatte, ließ Olivia sich von Petrie zum Blumenmarkt fahren, damit sie das Haus für die Ankunft ihres Vaters, der zwei Tage später eintreffen würde, schmücken konnte.

Die Schonbezüge wurden abgenommen, die Zimmer gelüftet, Betten bezogen und Teppiche geklopft. Zahllose Bedienstete waren im Einsatz, und als sich Bertie und Olivia am nächsten Nachmittag zu einer Tasse Tee in der Küche trafen, stellten sie stolz fest, wie viel sie bereits geschafft hatten. Die Kronleuchter funkelten, die Möbel waren umgestellt worden, und manche Zimmer waren kaum wiederzuerkennen.

»Dein Vater wird sich freuen«, erklärte Bertie und schenkte ihnen noch eine Tasse Tee ein. Olivia machte sich im Geiste eine Notiz, unbedingt Theaterkarten zu besorgen. Ein paar neue Stücke waren angekündigt worden, und sie und Victoria hatten sich gelobt, alle anzuschauen, bevor sie wieder nach Croton-on-Hudson zurückkehrten. Bei dem Gedanken daran fragte sie sich unwillkürlich, wo ihre Schwester eigentlich steckte. Sie hatte sie nicht mehr gesehen, seit Victoria am Morgen verkündet hatte, sie wolle in die Bibliothek und ins Metropolitan Museum. Das war ein weiter Weg, und Olivia schlug ihr vor, sich von Petrie fahren zu lassen, aber Victoria wollte lieber die Straßenbahn nehmen. Sie zog eben das Abenteuer vor. Danach hatte Olivia sie völlig vergessen, doch jetzt stieg auf einmal ein unbehagliches Gefühl in ihr auf.

»Glaubst du, es macht Vater etwas aus, dass wir die Möbel umgestellt haben?«, fragte sie zerstreut. Sie hoffte sehr, dass Bertie ihr ihre Unruhe nicht anmerkte. Sie wusste immer instinktiv, wenn Victoria in Schwierigkeiten geriet. Die Schwestern verfügten in dieser Hinsicht über eine Art Warnsystem.

»Deinem Vater wird das Haus gefallen«, beruhigte Bertie sie. Anscheinend bemerkte sie Olivias wachsendes Unbehagen nicht. »Du musst ja völlig erschöpft sein.«

»Ja, das bin ich auch«, gab Olivia sofort zu. Eigentlich war das untypisch für sie, aber so hatte sie einen Vorwand, um sich auf ihr Zimmer zurückziehen und ein wenig nachdenken zu können. Es war jetzt vier Uhr nachmittags, und Victoria hatte das Haus um kurz nach neun verlassen. Panik stieg in Olivia auf, und insgeheim machte sie sich Vorwürfe, dass sie nicht darauf bestanden hatte, dass jemand ihre Schwester begleitete. Sie waren hier schließlich nicht in Croton. Victoria war jung und elegant gekleidet, und was das Leben in einer Großstadt anging, so war sie völlig unerfahren. Wenn sie nun überfallen oder entführt worden war? Olivia mochte gar nicht daran denken. Unruhig ging sie in ihrem Zimmer auf und ab. Plötzlich klingelte das Telefon, und instinktiv wusste sie, dass das ihre Schwester war. Bevor irgendjemand anderer abnehmen konnte, war sie schon zu dem Apparat in der oberen Diele gelaufen.

»Hallo?«, fragte sie atemlos. Sie war sich ganz sicher, dass es Victoria war, aber zu ihrer Enttäuschung erklang eine unbekannte männliche Stimme. Offensichtlich hatte sich jemand verwählt.

»Ist dort das Haus der Hendersons?«, fragte der Anrufer mit unverkennbar irischem Akzent. Olivia runzelte die Stirn. Sie kannten niemanden in New York, und sie konnte sich beim besten Willen nicht vorstellen, wer wohl bei ihnen anrufen sollte.

»Ja. Wer spricht dort?«, fragte sie mit fester Stimme. Ihre Hand, die den Hörer hielt, zitterte jedoch.

»Sind Sie Mrs Henderson?«

»Ja. Wer spricht denn dort?«, wiederholte sie.

»Ich bin Sergeant O'Shaunessy vom fünften Bezirk«, erwiderte der Mann. Olivia schloss die Augen und hielt den Atem an. Sie wusste, was jetzt kam.

»Ich ... geht es ihr gut?«, flüsterte sie. Wenn Victoria nun verletzt war ...

»Ja, es geht ihr gut.« Der Mann klang eher aufgebracht als mitfühlend. »Sie ist hier mit ... äh ... einer Gruppe junger Damen … und wir … hm … der Lieutenant hat aus ihrem Aussehen geschlossen, dass sie … äh … eigentlich nicht hierhin gehört. Die anderen … äh … jungen Damen werden wir über Nacht hier behalten. Um ganz ehrlich zu sein, Miss Henderson, sie sind alle verhaftet worden, weil sie ohne Erlaubnis demonstriert haben. Wenn Sie so freundlich sein würden und Ihre Schwester sofort abholen kommen, werden wir sie nicht registrieren. Sie sollten jedoch besser nicht allein hierher kommen, falls Sie vielleicht jemand begleiten kann.« Olivias Gedanken überschlugen sich. Petrie und Donovan mussten nicht unbedingt erfahren, dass Victoria gerade von der Polizei aufgegriffen worden war, weil sie es sonst sicher ihrem Vater erzählen würden.

»Was hat meine Schwester denn angestellt?«, fragte Olivia.

»Sie hat mit den anderen zusammen demonstriert, aber sie ist noch sehr jung, und sie hat mir gesagt, sie sei erst gestern in New York angekommen. Ich schlage vor, Sie beide gehen am besten auf dem schnellsten Weg wieder dahin zurück, wo Sie hergekommen sind, bevor sie noch tiefer in Schwierigkeiten gerät. Sie hat sich mit dieser verdammten Frauenrechtsbewegung eingelassen, die uns hier das Leben schwer macht. Sie wollte nicht, dass wir Sie anrufen, sondern wollte lieber eingesperrt werden.« Olivia schloss entsetzt die Augen.

»Oh mein Gott, bitte hören Sie nicht auf sie! Ich komme sofort.«

»Kommen Sie nicht allein!«, wiederholte der Sergeant streng.

»Bitte sperren Sie sie nicht ein!«, flehte Olivia ihn an, wusste jedoch im gleichen Atemzug, dass er dies nicht tun würde. Sie brauchte nur sich selbst anzuschauen, um sich im Klaren darüber zu sein, dass Victoria für die Polizisten ganz bestimmt nicht zu den anderen Frauen gehörte. Sie würden sich hüten, die Tochter eines vornehmen Mannes ins Gefängnis zu werfen.

Fieberhaft überlegte Olivia, wer sie wohl auf die Polizeiwache begleiten könnte. Sie konnte nicht Auto fahren wie ihre Schwester, aber sie wollte auch keinen der Dienstboten einweihen. Am besten würde sie sich wohl eine Droschke nehmen, um schnell genug dort zu sein. Und dann würde sie Victoria die Meinung sagen! Was hatte sie sich bloß dabei gedacht, in einer fremden Stadt ihren Abenteuern nachzugehen! Wenn sie nur wüsste, wen sie mitnehmen sollte! Selbst John Watson, den sie schon ihr ganzes Leben lang kannte, konnte sie unmöglich einweihen, er würde die Geschichte sofort ihrem Vater erzählen.

Trotz dieser Bedenken griff sie zum Hörer und wählte die Nummer seiner Kanzlei. Als sich die Empfangsdame meldete, bat Olivia sie kurz entschlossen darum, mit Charles Dawson verbunden zu werden. Es war mittlerweile schon halb fünf – hoffentlich war er noch nicht nach Hause gegangen.

Es dauerte eine kleine Weile, dann ertönte Charles' tiefe, ruhige Stimme im Hörer.

»Miss Henderson?«, fragte er überrascht, und Olivia musste all ihre Selbstbeherrschung aufbieten, um nicht zu flüstern.

»Es tut mir schrecklich Leid, wenn ich Sie störe«, begann sie entschuldigend.

»Nein, keineswegs. Es freut mich, dass Sie anrufen.« Offenbar hörte er ihr jedoch an, dass irgendetwas nicht stimmte. »Ist etwas vorgefallen?«, fragte er sanft. Olivia stiegen die Tränen in die Augen bei dem Gedanken daran, was sich Victoria geleistet hatte.

»Ich ... es tut mir Leid ... Ich brauche Ihre Hilfe, Mr Dawson ... und ich muss Sie um absolute Diskretion bitten ... Meine Schwester – könnten Sie vielleicht hierher kommen?«

»Jetzt gleich?« Er war gerade aus einer Sitzung gekommen und konnte sich beim besten Willen nicht vorstellen, wozu seine sofortige Anwesenheit erforderlich war. »Ist es so dringend?«

»Ja, sehr«, erwiderte sie verzweifelt.

»Ich soll also sofort zu Ihnen kommen?«

Sie nickte nur, da ihr die Stimme versagte, und als sie weitersprach, hörte er, dass sie weinte. »Es tut mir schrecklich Leid ... ich brauche Ihre Hilfe ... Victoria hat etwas entsetzlich Dummes getan.«

Knapp fünfzehn Minuten später stand Charles vor der Haustür. Petrie ließ ihn ein und führte ihn in den unteren Salon, wo Olivia bereits wartete. Bertie war zum Glück irgendwo im Haus beschäftigt und hatte seine Ankunft nicht bemerkt.

Als Charles eintrat, fielen Olivia sofort wieder seine faszinierenden Augen auf.

»Danke, dass Sie so rasch hergekommen sind«, sagte sie zu ihm. Sie ergriff ihren Hut und die Handtasche. »Wir müssen sofort aufbrechen.«

»Was ist denn passiert? Wo ist Ihre Schwester, Miss Henderson? Ist sie weggelaufen?« Fragend blickte er sie an.

Olivia erwiderte seinen Blick stumm und verlegen. Sie war ein tatkräftiges, tüchtiges Mädchen, aber diese neuerliche Eskapade ihrer Schwester ging über ihre Kräfte. Zum ersten Mal in ihrem Leben fühlte sie sich vollkommen hilflos.

»Sie ist auf der Polizeiwache im Fünften Bezirk, Mr Dawson«, sagte sie schließlich mit erstickter Stimme. »Man hat mich soeben angerufen. Victoria wird dort festgehalten, aber wenn ich mich beeile, wird man sie nicht einsperren.«

»Grundgütiger Himmel!« Überrascht folgte Dawson ihr durch die Haustür und sprang dann rasch auf die

Straße, um eine Droschke anzuhalten. Er half Olivia hinein. Sie trug noch das schlichte, graue Kleid, das sie nach dem Aufstehen angezogen hatte, und hatte sich rasch einen eleganten schwarzen Hut aufgesetzt. Dabei war ihr eingefallen, dass Victoria am Morgen zu genau dem gleichen Hut gegriffen hatte. Selbst wenn die Schwestern nicht vorhatten, die gleichen Sachen zu tragen, taten sie es für gewöhnlich doch. Aber das spielte im Moment keine Rolle, denn Olivia musste Charles Dawson erklären, was ihrer Meinung nach passiert war.

»Sie ist vollkommen vernarrt in diese Suffragettenvereinigung und die Frauen, die sie leiten.« Rasch erzählte sie ihm alles. »Diese Leute sind ganz verrückt danach, sich verhaften zu lassen, als sei das eine Art Auszeichnung. Vermutlich hat Victoria heute Nachmittag an einer Demonstration teilgenommen und wurde zusammen mit ihnen verhaftet. Der Sergeant, der mich angerufen hat, sagte, sie wollten Victoria eigentlich freilassen, aber sie habe ihn geradezu angefleht, sie einzusperren.« Charles Dawson unterdrückte ein Schmunzeln, und Olivia musste unwillkürlich ebenfalls lächeln. Es klang alles so albern.

»Na, Ihre Schwester scheint ja ziemlich ungebärdig zu sein. Macht sie das immer so, während Sie Ihrem Vater den Haushalt führen?«

»An dem Tag, an dem Sie bei uns in Croton waren, hatte sie eines der Autos meines Vaters gestohlen, um damit zu einer Versammlung der Frauenrechtlerinnen zu fahren.« Unwillkürlich stimmte sie in sein Lachen ein, obwohl ihr fast übel vor Sorge um Victoria war.

»Nun, zumindest ist sie nicht langweilig«, sagte er bedächtig. »Stellen Sie sich bloß vor, wie ihre Kinder einmal sein werden. Man könnte es mit der Angst zu tun bekommen.« Wieder lachte er.

Als sie sich der Wache näherten, wurden sie jedoch beide wieder ernst. Das Gebäude lag in einer finsteren

Gegend. Überall auf den Straßen lag Abfall herum, und in den Hauseingängen kauerten zerlumpte Gestalten. Als Olivia aus der Droschke stieg, huschte eine Ratte vor ihr über die Straße. Instinktiv drängte sie sich näher an Charles, und er zog ihre Hand unter seinen Arm, um sie zu beruhigen.

»Alles in Ordnung?«, fragte er leise, während sie auf den Eingang der Polizeiwache zugingen. Er bewunderte Olivia für ihre Haltung. Andere Frauen wären auf der Stelle in Ohnmacht gefallen.

»Ja, es geht mir gut«, flüsterte sie. »Aber wenn wir hier jemals heil herauskommen, bringe ich Victoria um.«

Wieder musste er ein Lächeln unterdrücken, wandte aber dann pflichtbewusst seine Aufmerksamkeit dem Sergeant zu, der sie zu einer Zelle führte, in der Victoria, bewacht von einer älteren Frau, auf einem Stuhl saß und Tee trank. Beim Anblick ihrer Schwestern erhob sie sich wütend.

»Das ist alles deine Schuld!«, schrie sie Olivia an. Dawson beachtete sie gar nicht.

»Was ist meine Schuld?«, gab Olivia zornig zurück.

»Dass sie mich nicht verhaftet haben!«

»Du bist nicht bei Sinnen, Victoria Henderson«, erwiderte Olivia. »Zweifellos verdienst du es, eingesperrt zu werden, aber nicht hier. Du gehörst nach Bedlam. Ist dir eigentlich klar, was für einen Skandal es verursachen würde, wenn du verhaftet würdest? Hast du auch nur eine Vorstellung davon, wie schrecklich das für Vater wäre? Hast du jemals an irgendjemand anderen als immer nur an dich gedacht, Victoria? Oder ist dir das nie in den Sinn gekommen?« Der Sergeant und die ältere Frau wechselten einen Blick und schmunzelten. Sie hatten Olivias Vorwürfen wenig hinzuzufügen.

Da kein wirklicher Schaden entstanden war, konnte Charles die Angelegenheit rasch regeln. Der Sergeant empfahl noch, in Zukunft ein Auge auf Victoria zu haben, und fragte den Anwalt, ob die beiden Damen seine jüngeren Schwestern seien.

Charles verneinte, doch bei näherer Überlegung kam ihm der Gedanke recht schmeichelhaft vor. Schließlich hatte Olivia recht daran getan, ihn um Hilfe zu bitten.

Da die Droschke draußen wartete, unterbrach er den Streit der Schwestern und erklärte ihnen, sie könnten im Wagen damit fortfahren. Die Zwillinge schäumten vor Wut, deshalb setzte er sich zur Sicherheit zwischen sie.

»Meine Damen, am besten vergessen wir den unglückseligen Vorfall. Es ist nichts geschehen, und deshalb brauchen Sie sich auch nicht zu streiten.« Zuerst wandte er sich an Olivia und schlug ihr vor, sie solle ihrer Schwester ihr törichtes Verhalten verzeihen, dann bat er Victoria, sich in Zukunft von Demonstrationen fern zu halten, da sie sonst am Ende wirklich noch eingesperrt würde.

»Das wäre auch aufrichtiger gewesen, als nach Hause zu Daddy zu rennen, finden Sie nicht?« Victoria war immer noch böse darüber, dass ihre Schwester und der Anwalt ihres Vaters sie »gerettet« hatten. Sie hielt Charles für einen Narren, weil er Olivia auf die Polizeiwache begleitet hatte. Am liebsten hätte Victoria ihm erklärt, er solle sich in Zukunft um seine eigenen Angelegenheiten kümmern.

»Kannst du dir eigentlich vorstellen, wie Vater reagieren würde, wenn er davon erführe?«, fragte Olivia. »Warum denkst du zur Abwechslung nicht mal an ihn statt immer nur an deine blöden Versammlungen und das Stimmrecht für Frauen? Warum benimmst du dich nicht mal anständig, statt immer zu erwarten, dass ich dir aus der Patsche helfe?« Olivias Hände zitterten, während sie ihre Handschuhe überstreifte. Charles beobachtete die beiden Schwestern fasziniert. Die eine so beherrscht und tüchtig, die andere so tollkühn und ohne jedes Schuldbewusstsein. In gewisser Weise erinnerte Victoria ihn an seine verstorbene Frau Susan, die auch ständig ungewöhnliche Ideen und Vorstellungen verfolgt hatte. Allerdings hatte sie auch eine sanftere, gefügigere Seite gehabt, nach der er sich in den langen, einsamen Nächten sehnte, in denen er jetzt häufig wach lag. Doch dieses törichte wilde Mädchen mit dem schwarzen Strohhut und den blitzenden blauen Augen bezauberte ihn weit mehr als ihre offensichtlich sanftere Schwester.

»Ich möchte darauf hinweisen, dass ich keinen von euch gerufen habe und nicht vorhatte, mich retten zu lassen«, sagte Victoria kühl, als die Droschke vor dem Haus in der Fifth Avenue hielt. Bei dieser kindischen Äußerung konnte Charles ein Lächeln nicht unterdrücken. In seinen Augen war Victoria ein ungezogenes Mädchen, das einmal tüchtig ausgeschimpft werden musste.

»Vielleicht sollten wir Sie dann besser wieder zurückschicken«, erwiderte er. Victoria funkelte ihn wütend an. Sie sprang aus der Droschke und schloss die Haustür auf. Während sie ihren Hut ablegte, wandte sie den beiden den Rücken zu.

»Danke«, sagte Olivia verlegen zu Charles. »Ohne Sie hätte ich nicht gewusst, was ich tun sollte.«

»Stets zu Ihren Diensten.« Er lächelte, aber Olivia verdrehte in gespieltem Entsetzen die Augen.

»Das will ich nicht hoffen.«

»Sie binden sie besser fest, bis Ihr Vater eintrifft«, flüsterte Charles ihr zu.

»Gott sei Dank kommt Vater morgen Abend«, erwiderte Olivia. Besorgt blickte sie Charles an. »Bitte, erzählen Sie ihm nichts davon. Er würde sich schrecklich aufregen.«

»Ich verspreche es. Von mir wird er kein Wort erfahren. Aber eines Tages, wenn Sie beide Großmütter sind, werden Sie sich lachend daran erinnern, wie Victoria einmal fast ins Gefängnis gekommen wäre.« Olivia lächelte, während ihre Schwester mit einem knappen Dankeschön die Treppe hinaufrauschte, um sich für das Abendessen umzuziehen. An diesem Abend würden sie nur mit Mrs Peabody essen, und Olivia fragte Charles, ob er sich ihnen nicht anschließen wolle. Das schien ihr das Mindeste zu sein, was sie ihm als Entschädigung für seine Mühen anbieten konnte.

»Leider kann ich nicht, aber herzlichen Dank für die Einladung.« Er warf ihr einen verlegenen Blick zu. »Ich versuche so oft es geht zum Abendessen bei meinem Sohn zu Hause zu sein.«

»Wie alt ist er?«, fragte Olivia interessiert.

»Er ist neun.« Dann war er also acht gewesen, als seine Mutter starb … Bei dem Gedanken lief ihr ein Schauer über den Rücken.

»Ich hoffe, wir werden ihn eines Tages kennen lernen«, sagte sie. Charles blickte sie dankbar an.

»Er ist ein lieber Junge«, sagte er und fügte dann etwas leiser hinzu: »Es ist schwer für uns beide ohne seine Mutter.« Olivia hatte etwas an sich, das es ihm leicht machte, mit ihr zu sprechen, während er Victoria am liebsten übers Knie gelegt hätte.

»Ja, das kann ich mir vorstellen. Ich habe meine Mutter gar nicht gekannt«, erwiderte Olivia. »Aber Victoria und ich hatten wenigstens einander.« Sie schaute ihn mit ihren großen, seelenvollen Augen an, was ihm einen Stich durchs Herz versetzte.

»Es muss wirklich außergewöhnlich sein, eine Zwillingsschwester zu haben«, sagte er nachdenklich. »Ich kann mir gar nicht vorstellen, wie man jemandem so nahe sein kann. Sicher, vielleicht einem Ehepartner, aber das ist nicht dasselbe. Bei Ihnen ist es so, als seien Sie zwei Hälften derselben Person.«

»Manchmal empfinde ich es auch so.« Grüblerisch blickte Olivia zu Boden. »Gelegentlich kommt es mir allerdings auch so vor, als seien wir uns völlig fremd. Wir sind in mancher Hinsicht sehr verschieden, aber in vielen Dingen auch wieder völlig gleich.«

»Macht es Ihnen eigentlich etwas aus, dass Sie ständig verwechselt werden? Das ist doch bestimmt manchmal sehr ärgerlich.«

»Man gewöhnt sich daran. Früher fanden wir es lustig, aber heute nehmen wir es einfach hin.« Es fiel Olivia leicht, sich mit Charles zu unterhalten. Charles war auch sehr gern mit Olivia zusammen, aber trotzdem fühlte er sich stärker zu Victoria mit ihrer ungestümen Art und ihrer scharfen Zunge hingezogen. Olivia erschien ihm eher wie eine liebe Freundin oder jüngere Schwester.

Kurz darauf ging er, und nachdem sie leise die Haustür hinter ihm geschlossen hatte, eilte sie nach oben zu ihrer Schwester.

Victoria saß in ihrem Zimmer und starrte unglücklich aus dem Fenster. Sie dachte daran, wie dumm sie sich vorgekommen war, als der Sergeant sie von den anderen Frauen getrennt hatte.

»Wie soll ich ihnen denn jemals wieder in die Augen sehen?«, fragte sie verzweifelt.

»Du hättest dich besser nie mit ihnen eingelassen.« Seufzend setzte Olivia sich auf das Bett. »Du kannst dich nicht weiter so benehmen, Victoria, denk doch einmal an die Folgen! Ich möchte nicht, dass du dich oder andere verletzt.«

Langsam wandte Victoria den Kopf und blickte sie mit funkelnden Augen an. »Und wenn dadurch mehr Menschen geholfen wird? Vielleicht muss man ja für eine gute Sache erst sterben! Ich weiß, das klingt verrückt in deinen Ohren, aber ich denke manchmal, dass ich dazu fähig wäre.« Das Schlimme war, dass Olivia im tiefsten Inneren wusste, dass Victoria die Wahrheit sagte. In ihr brannte ein solches Feuer, dass sie tatsächlich fähig wäre, um einer guten Sache willen zu sterben.

»Du machst mir Angst, wenn du so redest«, erwiderte Olivia leise. Victoria ergriff ihre Hand.

»Das wollte ich nicht. Ich bin eben einfach so. Ich bin nicht wie du, Ollie. Warum sind wir nur so verschieden, wo wir uns doch so ähnlich sehen?«

»Das weiß ich auch nicht.« Grübelnd schlug Olivia die Augen nieder.

»Es tut mir Leid wegen heute Nachmittag. Ich wollte dir nicht wehtun.« Victoria empfand zwar kein Schuldgefühl wegen dem, was sie getan hatte, aber sie hatte ihre Schwester nicht verletzen wollen, dazu liebte sie sie viel zu sehr.

»Ich habe gespürt, dass etwas nicht in Ordnung war. Ich hatte so ein Gefühl.« Victoria nickte. Solche Empfindungen waren ihr bekannt.

»Um wie viel Uhr war das?«, fragte sie interessiert. Die telepathische Verbindung zwischen Olivia und ihr hatte sie schon immer fasziniert.

»Um zwei«, erwiderte Olivia, und wieder nickte Victoria.

»Das kommt hin. Ich glaube, da haben sie uns gerade gepackt und in den Wagen geschoben.«

»Das war bestimmt eine reizende Situation«, sagte Olivia missbilligend, aber Victoria lachte nur.

»Ich fand es recht lustig. Alle Frauen wollten unbedingt verhaftet werden.« Victoria prustete vor Lachen.

»Ich bin froh, dass sie dich nicht eingesperrt haben«, erklärte ihre Schwester.

»Warum hast du eigentlich gerade Charles Dawson zu Hilfe geholt?«, fragte Victoria.

»Ich wusste nicht, an wen ich mich sonst wenden sollte. Und Donovan oder Petrie wollte ich nicht mitnehmen. Die Polizei hat ausdrücklich darum gebeten, dass ich nicht allein komme.«

»Das hättest du aber durchaus machen können. Du hast ihn doch gar nicht gebraucht. Ich finde übrigens, dass er total langweilig ist.« Victoria machte eine wegwerfende Handbewegung.

»Nein, das ist er nicht«, verteidigte Olivia ihn. In ihren Augen war Charles durch seinen grausamen Schicksalsschlag gebrochen, und er tat ihr entsetzlich Leid. Sie mochte ihn einfach, weil sie in ihm den Mann sah, der er früher einmal gewesen war. »Er hat etwas Furchtbares erlebt«, fügte sie hinzu.

»Ach, verschon mich.« Victoria hatte nicht viel Mitleid mit gebrochenen Männern.

»Das ist nicht fair, Victoria. Er war innerhalb von zehn Minuten bei mir, um dir zu helfen.«

»Wahrscheinlich ist unser Vater sein wichtigster Klient.«

»Das ist gemein. Er hätte es auch ablehnen können.«

»Vielleicht mag er dich ja«, sagte Victoria. Allzu interessiert klang sie jedoch nicht.

»Oder dich«, erwiderte Olivia.

»Vermutlich kann er uns nicht einmal auseinander halten.«

»Deswegen ist er noch lange kein schlechter Mensch. Vater kann uns auch nicht immer auseinander halten. Das kann nur Bertie.«

»Sie ist wahrscheinlich auch der einzige Mensch, dem jemals etwas daran gelegen hat«, sagte Victoria.

»Warum bist du eigentlich manchmal so grausam?« Olivia hasste es, wenn ihre Schwester so etwas sagte. Manchmal konnte sie richtig gefühllos sein.

»Ich bin eben so.« Victoria wirkte überhaupt nicht schuldbewusst. »Ich bin ja auch hart mir selbst gegenüber. Ich erwarte viel von anderen, Ollie. Ich möchte mein Leben nicht damit verschwenden, hier herumzusitzen und auf Partys, Bälle oder ins Theater zu gehen.« Auf einmal klang sie sehr erwachsen, und Olivia warf ihr einen überraschten Blick zu.

»Ich dachte, du wolltest unbedingt nach New York. Du beschwerst dich doch immer, wie langweilig es in Croton ist.«

»Ich weiß. Ich bin ja auch schrecklich gerne in der Stadt, aber das liegt nicht am gesellschaftlichen Leben. Ich möchte, dass in meinem Leben etwas Bedeutsames geschieht. Ich möchte eine Idee vertreten und nicht nur Edward Hendersons Tochter sein«, erklärte Victoria temperamentvoll.

»Das klingt ja richtig nobel«, erwiderte Olivia lächelnd. Victoria hatte manchmal recht hochfliegende Ziele, aber in gewisser Weise war sie ein verwöhntes Kind. Sie wollte alles. Menschen, Spaß und Partys in New York auf der einen Seite, aber auch den Kampf gegen die Ungerechtigkeiten dieser Welt. Manchmal hatte Olivia das Gefühl, dass Victoria wirklich zu Höherem geschaffen war als zu einem Leben in Croton.

»Wie denkst du eigentlich übers Heiraten?«, fragte Olivia leise. Sie selbst dachte manchmal darüber nach, aber sie konnte es sich eigentlich nicht vorstellen. Ihr Vater brauchte sie viel zu sehr.

»Eine Ehe interessiert mich nicht«, erklärte Victoria mit fester Stimme. »Ich will niemandem gehören, wie ein Tisch oder ein Stuhl oder ein Auto. ›Das ist meine Frau‹ klingt so, als sage man, mein Hut, mein Mantel, mein Hund. Ich bin doch kein Objekt.«

»Du verbringst zu viel Zeit mit deinen blöden Suffragetten«, murrte Olivia. Sie konnte mit den Forderungen dieser Frauen nichts anfangen, abgesehen vielleicht vom Stimmrecht. Ihre Vorstellungen von Freiheit und Unabhängigkeit widersprachen allen Werten, die Olivia schätzte, wie Familie, Kinder, Respekt vor dem Vater oder dem Ehemann. Sie glaubte nicht an die Anarchie, die sie predigten. Und bei Victoria konnte sie es sich eigentlich auch nicht vorstellen. Sicher, Victoria rauchte, nahm sich einfach das Auto ihres Vaters und kämpfte voller Überzeugung für ihre Ideen, aber auch sie liebte ihren Vater aufrichtig. Olivia war davon überzeugt, dass Victoria eines Tages doch heiraten würde, wenn nur der richtige Mann käme. Sie war leidenschaftlicher als jede andere Frau, und wenn sie liebte, würde dieses Feuer sie verzehren.

»Ich meine es ernst«, sagte Victoria. »Ich habe schon vor langer Zeit beschlossen, nie zu heiraten.« Olivia lächelte ihre schöne Zwillingsschwester an. Sie glaubte ihr nicht.

»Was heißt vor langer Zeit? Bei der Versammlung der Suffragetten heute oder letzte Woche? Ich glaube, du weißt gar nicht, was du sagst.«

»Doch. Ich werde nie heiraten«, wiederholte Victoria überzeugt. »Ich glaube nicht, dass ich für die Ehe geschaffen bin.«

»Woher willst du das wissen? Willst du mir etwa erzählen, du bleibst lieber zu Hause und kümmerst dich um Vater?« Olivia fand schon die Vorstellung lächerlich. Glaubte ihre Schwestern wirklich, sie könne ein Leben lang in Croton glücklich sein?

»Das habe ich nicht gesagt. Aber vielleicht lebe ich eines Tages in Europa. Ich glaube, in England würde es mir gut gefallen.« Die Frauenbewegung war dort schon sehr viel weiter, allerdings wurde sie nicht besser aufgenommen als in New York oder sonst irgendwo in den Vereinigten Staaten. Allein in den letzten Monaten waren zahlreiche Suffragetten in England ins Gefängnis gegangen.

Olivia erschienen solche Gedankengänge fremd und abwegig, und wieder dachte sie darüber nach, wie verschieden Victoria und sie doch waren.

»Vielleicht solltest du Charles Dawson heiraten«, neckte Victoria sie jetzt, als sie begannen, sich für das

Abendessen mit Bertie umzuziehen. »Du findest ihn doch so nett, dann kannst du ihn auch heiraten.« Sie zog den Reißverschluss an Olivias Kleid zu und drehte ihr dann den Rücken zu, damit sie dasselbe bei ihr tat. Der Reißverschluss war eine Erfindung, die gerade in Mode gekommen war, und die Schwestern fanden ihn unglaublich praktisch im Vergleich zu den winzigen Knöpfen, mit denen sie sich sonst abmühen mussten.

»Red keinen Unsinn«, erwiderte Olivia. »Ich habe ihn doch erst zweimal gesehen.«

»Aber du magst ihn. Lüg mich nicht an. Ich durchschaue dich.«

»Na gut, ich mag ihn. Und wenn schon? Er ist intelligent, man kann sich gut mit ihm unterhalten, und er ist schrecklich nützlich, wenn meine Schwester im Gefängnis sitzt. Vielleicht muss ich ihn am Ende ja heiraten, weil du eine Gewohnheit daraus machst. Oder ich muss selbst Jura studieren.«

»Das wäre viel besser«, erklärte Victoria sofort.

Als sie sich umgekleidet hatten, war der Streit zwischen den Schwestern beigelegt. Olivia hatte Victoria ihr Abenteuer fast schon wieder verziehen, aber sie hatte ihre Schwester auch schwören lassen, dass sie sich für die Dauer ihres Aufenthaltes in New York von weiteren Demonstrationen fern hielt. Sie hatte keine Lust, sie ständig aus irgendwelchen Schwierigkeiten zu befreien. Widerwillig versprach Victoria es. Als Olivia ihr anschließend im Badezimmer die Haare kämmte, zündete sie sich eine Zigarette an. Sie lachte nur, als Olivia sich laut darüber beklagte, was für eine unattraktive Angewohnheit das Rauchen doch für Damen sei. »Du hörst dich an wie Bertie«, warf sie ihr vor.

»Wenn Bertie jemals erfahren würde, dass du rauchst, würde sie dich umbringen!«, erklärte Olivia und drohte scherzhaft mit der Haarbürste. Victoria, die lachend auf dem Rand der großen Badewanne saß, sah unglaublich rassig aus. Sie trug ein hellrotes Kleid, das Olivia gerade für sie beide gekauft hatte. Es war ein wenig kürzer als die anderen Kleider, äußerst schick und stand ihnen hervorragend.

»Das Kleid ist übrigens schön«, sagte Victoria, als sie sich eng umschlungen auf den Weg zum Esszimmer machten. »Mir gefallen die Kleider, die du für uns aussuchst. Vielleicht sollte ich besser doch bis an mein Lebensende mit dir zusammen wohnen und Europa vergessen.«

»Ich hätte nichts dagegen«, erwiderte Olivia leise. Es stimmte sie traurig, sich eine Zeit vorzustellen, in der sie vielleicht nicht mehr zusammen wären. Deshalb gestattete sie es sich auch nicht, an eine Ehe zu denken, weil sie dann ihren Vater und ihre Zwillingsschwester verlassen müsste. »Ich kann mir gar nicht vorstellen, jemals von dir getrennt zu sein«, sagte Olivia und betrachtete das vertraute Gesicht ihrer Schwester. »Ich könnte dich nie verlassen.« Victoria lächelte und gab ihr einen Kuss auf die Wange.

»Das brauchst du auch nicht, Ollie. Ich könnte es auch nicht ertragen, irgendwo ohne dich hinzugehen. Ich rede doch nur dummes Zeug.« Sie hatte gespürt, dass sie Olivia mit ihren Europaplänen verängstigt hatte. »Ich bleibe mit dir zu Hause, und wenn ich ein bisschen Aufregung brauche, lasse ich mich einfach verhaften.«

»Bloß nicht!« Olivia drohte ihr scherzhaft mit dem Finger. Mittlerweile waren sie im Esszimmer angelangt. Bertie war bereits da. Sie trug ein schwarzes Seidenkostüm, dessen Schnitt Olivia aus einem Pariser Magazin kopiert hatte. Es stand ihr ausgezeichnet, und sie trug es immer, wenn sie mit der Familie zusammen aß, was sie als große Ehre ansah.

»Wo warst du denn den ganzen Nachmittag, Victoria?«, fragte Bertie. Beide Mädchen schlugen die Augen nieder.

»Im Museum. Dort gibt es gerade eine großartige Turner-Ausstellung aus der National Gallery in London.«

»Ach ja?«, fragte Bertie und blickte sie mit großen Augen an. Sie tat so, als ob sie ihr glaubte. »Die muss ich mir auch unbedingt anschauen, solange wir hier sind.«

»Sie gefällt dir bestimmt«, erwiderte Victoria fröhlich lächelnd.

Als sie beim Kaffee angelangt waren, meinte Bertie: »Ihr freut euch sicher, dass euer Vater morgen endlich kommt, nicht wahr, Mädchen?«

»Ja«, erwiderte Olivia. Sie dachte daran, dass sie ihm unbedingt noch Blumen ins Schlafzimmer stellen musste. Victoria hingegen gingen ganz andere Dinge durch den Kopf. Sie hatte auf dem Weg ins Gefängnis von einer weiteren Demonstration gehört und eigentlich versprochen, daran teilzunehmen. Aber sie hatte den Gedanken noch nicht ganz zu Ende gedacht, als Olivia ihr einen Blick zuwarf und den Kopf schüttelte, so als ob sie genau wüsste, was ihre Schwestern gerade dachte. Das kam bei den beiden häufig vor.

»Wage es nicht«, flüsterte Olivia Victoria hinter Berties Rücken zu, als sie vom Tisch aufstanden.

»Ich habe keine Ahnung, wovon du sprichst«, entgegnete Victoria trocken.

»Das nächste Mal lasse ich dich einfach da, merk dir das. Dann kannst du Vater alles erklären.«

»Das bezweifle ich«, erwiderte Victoria lachend und warf ihre langen, schwarzen Haare zurück. Sie hatte vor nichts Angst, und es hatte auch keinen Eindruck auf sie gemacht, dass sie im Gefängnis gewesen war. Das fand sie eher interessant als Furcht erregend.

»Du bist unverbesserlich«, erklärte Olivia. Sie gaben Bertie einen Gutenachtkuss und gingen nach oben in ihr Zimmer. Olivia blätterte in einem Modemagazin, während Victoria ein Pamphlet von Emmeline Pankhurst über Hungerstreik im Gefängnis las. Da sie wusste, dass Bertie schon zu Bett gegangen war, zündete sie sich eine Zigarette an und drängte Olivia, es auch einmal zu probieren. Aber ihre Schwester lehnte ab. Sie stellte sich an diesem warmen Septemberabend lieber ans Fenster, und unwillkürlich wanderten ihre Gedanken zu Charles Dawson.

»Lass es«, sagte Victoria, die auf dem Bett lag und sie beobachtete.

»Was soll ich lassen?« Olivia drehte sich um und blickte ihre Schwester fragend an.

»Denk nicht an ihn«, erwiderte Victoria leise.

»Wie meinst du das?«, fragte Olivia verblüfft. Es war ihr immer ein wenig unheimlich, wenn die eine erraten konnte, was die andere dachte.

»Du weiß genau, was ich meine. Charles Dawson. Wenn du von ihm redest, hast du den gleichen Gesichtsausdruck. Er ist viel zu langweilig für dich. Hier gibt es bestimmt viel aufregendere Männer. Das spüre ich.« Olivia blickte sie verwirrt an.

»Woher weißt du eigentlich, was ich denke?«

»Dir geht es bei mir doch genauso. Manchmal höre ich deine Gedanken wie meine eigenen im Kopf, aber manchmal sehe ich es dir auch einfach nur an.«

»Mir macht das oft Angst«, sagte Olivia nachdenklich. »Wir sind uns so nahe, dass ich nicht weiß, wo du aufhörst und ich anfange. Ob wir wohl manchmal zu einer einzigen Person verschmelzen?«

»Ja, ab und zu.« Victoria lächelte sie an. »Aber das passiert nicht allzu oft. Mir gefällt es einfach zu wissen, was du denkst. Ich würde auch gerne noch einmal die Leute an der Nase herumführen und deinen Platz einnehmen, so wie wir es früher immer getan haben. Das fehlt mir jetzt manchmal. Wir sollten es hier in New York wieder einmal ausprobieren. Es merkt doch keiner. Das wäre doch ein Riesenspaß, oder?«

»Ich glaube, dazu sind wir mittlerweile zu alt. Es wäre Betrug«, erwiderte Olivia.

»Sei doch nicht so moralisch, Ollie. Es ist doch nur ein harmloser Ulk, der niemandem schadet. Ich bin sicher, dass alle Zwillinge es machen. Komm, lass es uns noch einmal versuchen.« Sie sah jedoch an Olivias Gesichtsausdruck, dass sie sich nicht darauf einlassen würde. Sie waren jetzt schließlich erwachsen, und Olivia hielt ein solches Benehmen für kindisch. »Wenn du nicht aufpasst, wirst du eine langweilige alte Jungfer«, warnte Victoria. Olivia musste lachen.

»Und vielleicht würdest *du* dann endlich lernen, dich besser zu benehmen.«

Gutmütig erwiderte Victoria: »Verlass dich darauf bloß nicht, große Schwester. Ich glaube, das lerne ich nie.«

»Ich wohl auch nicht«, flüsterte Olivia. Sie ging aus dem Zimmer, um sich für die Nacht fertig zu machen, während Victoria sehnsüchtig aus dem Fenster blickte.

3

Pünktlich am Freitagnachmittag traf Edward in New York ein. Donovan hatte ihn im Cadillac abgeholt. Im Haus war alles für seine Ankunft vorbereitet; überall standen Vasen mit Blumen, und es duftete köstlich. Selbst den Garten hatte Olivia herrichten lassen, sodass ihr Vater dort spazieren gehen konnte. Allerdings handelte es sich nur um ein kleines Rasenquadrat, nicht mit dem zu vergleichen, was er von Croton-on-Hudson gewöhnt war. Edward Henderson freute sich sehr, dass alles so wunderbar in Ordnung war, und er lobte Bertie und seine Töchter überschwänglich. Er wusste zwar, dass es Olivia war, die den Haushalt führte, bezog jedoch Victoria immer mit ein.

Liebevoll zog er die Mädchen in die Arme und begrüßte sie. An ihrem Kichern merkte er, dass er sie wieder einmal verwechselt hatte. »Ich werde Bertie darum bitten, euch verschiedenfarbige Haarschleifen zu geben. Allerdings tauscht ihr die dann wohl auch wieder aus, so wie früher.«

»Das haben wir schon seit einer Ewigkeit nicht mehr getan, Vater«, protestierte Victoria. Olivia warf ihr einen strengen Blick zu.

»Das stimmt zwar, aber wer hat denn gestern Abend versucht, mich dazu zu überreden?«, fragte sie. Victoria gab vor, sich an nichts erinnern zu können.

»Olivia will uns den Spaß nicht mehr gönnen, Papa«, beklagte sie sich jedoch gleich darauf. Edward lachte verschmitzt. »Ihr bringt ohnehin schon alle durcheinander, auch wenn ihr nicht die Haarbänder tauscht.« Er erschauerte immer noch, wenn er daran dachte, wie er seine Töchter zwei Jahre zuvor in die Gesellschaft eingeführt hatte. Wenn er mit ihnen durch die Stadt gegangen war, war der Verkehr zum Erliegen gekommen, so hinreißend hatten sie beide ausgesehen. Es blieb abzuwarten, ob sie dieses Mal auch wieder so viel Aufsehen erregten. Für den nächsten Abend war ein Theaterbesuch geplant, und dann würde man sehen.

Zur Begrüßung hatte Olivia sein Lieblingsessen zubereiten lassen, mit Wildbret, Spargel und wildem Reis. Als Vorspeise gab es Muscheln, die am Morgen von Long Island geliefert worden waren. Donovan hatte aus ihrem Garten in Croton Gemüse mitgebracht, und außerdem gab es noch einen Schokoladenkuchen, den Edward für sein Leben gerne aß. Nach dem Essen, als die drei beim Kaffee zusammensaßen, erzählte Edward seinen Töchtern, was er alles an Vergnügungen für sie geplant hatte. Sie würden ein paarmal ins Theater gehen, einige Bekannte besuchen und zwei neu eröffnete Restaurants ausprobieren. Außerdem wollte er ein Fest für sie geben. Das hatte er schon seit Jahren nicht mehr getan, aber der Zeitpunkt war günstig, weil alle aus dem Sommerurlaub wieder zurück waren und gerade die Ballsaison begann.

»Wir sind auch bereits auf einen Ball bei den Astors eingeladen«, sagte er lächelnd zu seinen Töchtern, »und in zwei Wochen geben die Whitneys eine große Party. Ihr werdet euch wohl neu einkleiden müssen.« Das klang alles sehr aufregend, aber am besten gefiel Olivia der Gedanke an das Fest, das sie selbst geben wollten. Ihr Vater hatte gesagt, er wolle ungefähr fünfzig Gäste einladen. Er hatte bereits alle Namen aufgeschrieben und wollte Olivia am nächsten Tag die Gästeliste geben.

Schon früh am nächsten Morgen saß Olivia an ihrem Schreibtisch und schrieb die Einladungen. Die Party sollte in zwei Wochen stattfinden, es wartete also eine Menge Arbeit auf sie. Erfreut sah Olivia, dass sie sich an die meisten Namen von ihrem Debüt zwei Jahre zuvor erinnerte, allerdings konnte sie nicht immer gleich ein Gesicht zuordnen. Aber sie erinnerte sich doch, die Leute kennen gelernt zu haben, und es würde sicher Spaß machen, sie wieder zu sehen. Sie liebte es, die Gastgeberin in ihrem eigenen Haus zu spielen.

Olivia verbrachte den größten Teil des Morgens an ihrem Schreibtisch und beschäftigte sich mit der Planung des Festes, während Victoria mit ihrem Vater spazieren ging. Auf der Fifth Avenue begegnete Edward Henderson einigen Bekannten und stellte ihnen stolz seine Tochter vor. Als sie nach Hause kamen, waren sie beide in bester Stimmung, ebenso wie Olivia, die bereits mit der Planung des gesamten Festes fertig war.

Als sie an diesem Abend ins Theater gingen, schien Edward wirklich jeden zu kennen. Und wie üblich erregten seine Töchter gewaltiges Aufsehen. Die Mädchen trugen schwarze Abendkostüme aus Samt mit Kragen und Manschetten aus Hermelin, und jede von ihnen hatte eine einzelne lange schwarze Reiherfeder ins Haar gesteckt. Sie sahen aus, als seien sie einem Pariser Modemagazin entsprungen. Am nächsten Morgen erschien sogar ein Foto von ihnen in der Zeitung. Dieses Mal regte sich Edward jedoch nicht mehr so darüber auf wie zwei Jahre zuvor, und auch die Mädchen nahmen es gelassener. Sie waren älter geworden und hatten sich daran gewöhnt, Aufsehen zu erregen.

»Es war einfach wundervoll«, schwärmte Victoria, als sie sich beim Frühstück über das Theaterstück unterhielten. Sie hatte so fasziniert gelauscht, dass sie von den Blicken der Leute um sie herum gar nichts bemerkt hatte.

»Viel besser, als im Gefängnis zu sitzen«, flüsterte ihr Olivia schmunzelnd zu und erhob sich, um ihrem Vater Kaffee nachzuschenken.

Nach dem Frühstück gingen sie in die Kirche, und nachdem Donovan sie von dort abgeholt hatte, verbrachten sie einen ruhigen Sonntag zu Hause. Am nächsten Morgen musste Olivia mit den Vorbereitungen für die Party beginnen, und ihr Vater traf sich mit seinen Anwälten. Nachmittags brachte er John Watson und Charles Dawson mit nach Hause. Olivia fürchtete einen Moment lang, Charles könne etwas über den unglückseligen Besuch im Gefängnis verraten, aber er erwähnte ihn mit keinem Wort. Victoria reagierte fast beleidigt, als sie es ihr erzählte, aber Olivia warnte sie: »Vater würde an die Decke gehen. Er würde dich mit dem nächsten Zug nach Croton zurückschicken.«

»Vielleicht hast du ja Recht.« Victoria lächelte ihre Schwester an. Sie genoss das Leben in der Stadt viel zu sehr, um noch einmal dieses Risiko einzugehen.

Abends gingen sie wieder ins Theater. Ein paar Tage später waren sie bei Freunden ihres Vaters zum Abendessen, und Olivia lauschte amüsiert, als sie von einem gewissen Tobias Whitticomb erzählten, der offensichtlich ein riesiges Vermögen durch Spekulation erworben hatte, aber noch reicher geworden war, indem er eine Astor heiratete. Angeblich sah er äußerst gut aus und hatte viel Erfolg bei Frauen. Die ganze Stadt redete über seine jüngste skandalöse Liaison, allerdings wollte sich in Olivias und Victorias Anwesenheit niemand genauer darüber äußern. Edward erklärte jedoch zum Entsetzen aller, er habe kürzlich Geschäfte mit Whitticomb gemacht, und seiner Meinung nach sei er ein sehr wohlerzogener, angenehmer junger Mann.

Alle widersprachen und redeten heftig auf Edward ein, obwohl sie zugeben mussten, dass der junge Mann trotz seines zweifelhaften Rufs nur in die besten Häuser eingeladen wurde. Aber das hätte nur etwas damit zu tun, dass er mit Evangeline Astor verheiratet sei, hieß es. Sie sei so ein süßes Mädchen und habe eine Engelsgeduld mit Toby. Mittlerweile waren die beiden bereits seit fünf Jahren verheiratet und hatten drei Kinder.

Als die Hendersons an jenem Abend nach Hause fuhren, fiel Olivia ein, dass Toby Whitticomb und seine Frau ebenfalls auf ihrer Gästeliste standen.

»Ist Mr Whitticomb wirklich so schlimm, wie alle behaupten?«, fragte sie ihren Vater. Victoria achtete nicht auf ihre Unterhaltung. Sie hatte während des Essens angeregt mit einer anderen Frau über Politik diskutiert, und die Dame wusste anscheinend genau, wovon sie redete.

Edward Henderson lächelte seiner Tochter zu. »Bei Männern wie Tobias Whitticomb muss man vorsichtig sein, Liebes. Er sieht sehr gut aus, ist jung und wirkt auf die meisten Frauen äußerst attraktiv. Allerdings beschränkt er seine Eroberungen wohl größtenteils auf verheiratete Frauen, und die sollten es eigentlich besser wissen. Wenn nicht, kann man sie nur bedauern. Ich glaube nicht, dass er junge Mädchen verführt, sonst hätte ich seinen Namen nicht auf die Gästeliste gesetzt.«

»Von wem sprecht ihr?«, mischte sich Victoria ins Gespräch, obwohl sie sich eigentlich nicht wirklich dafür interessierte, was ihre Schwester und ihr Vater besprachen.

»Vater hat einen schrecklichen Wüstling auf unser Fest eingeladen, vor dem uns unsere Gastgeberin heute Abend gewarnt hat.«

»Ermordet er Frauen und kleine Kinder?«, fragte Victoria.

»Nein, eher im Gegenteil«, erklärte Olivia. »Er soll äußerst charmant sein, und alle Frauen liegen ihm zu Füßen.«

»Wie widerlich«, sagte Victoria voller Abscheu, aber ihr Vater und Olivia lachten sie aus. »Warum haben wir ihn überhaupt eingeladen?«

»Er hat auch eine charmante Frau.«

»Liegen ihr auch die Männer zu Füßen? Das könnte ein ziemliches Problem werden, wenn sich auf unserer Party überall die Gäste auf den Fußboden fallen lassen.«

Mittlerweile waren sie zu Hause angekommen, und das Thema Tobias Whitticomb war rasch vergessen.

Die Zwillinge freuten sich auf das Fest. In der Zwischenzeit hatten fast alle Gäste ihr Kommen zugesagt. Sechsundvierzig Personen würden an vier runden Tischen im Esszimmer sitzen, und nach dem Dinner sollte im Wohnzimmer getanzt werden. Außerdem würden sie im Garten ein Zelt aufbauen lassen, sodass die Gäste auch dorthin spazieren konnten.

Olivia hatte alle Hände voll zu tun, und die Zeit schien wie im Flug zu vergehen. Sie überprüfte die Tischwäsche, die Blumen und das Porzellan, probierte die Speisen und sah zu, wie das Zelt im Garten aufgestellt und im Esszimmer Eisskulpturen aufgebaut wurden. Anschließend musste sie der Kapelle ihren Platz im Wohnzimmer zuweisen. Die Vorbereitungen schienen kein Ende zu nehmen.

Mrs Peabody tat, was sie konnte, aber selbst sie wirkte ein wenig überwältigt von den Ereignissen. Victoria war natürlich nirgends zu finden, wenn man sie brauchte. Sie hatte intellektuelle Freunde gefunden, Künstler und Schriftsteller, deren politische Ansichten sie teilte, und besuchte sie häufig. Olivia hingegen war viel zu sehr mit ihren hausfraulichen Pflichten beschäftigt, als dass sie jemanden hätte kennen lernen können.

Victoria hatte ihr schon oft gesagt, sie solle mehr ausgehen, und Olivia versprach auch, es zu tun, aber erst einmal musste die Party vorüber sein. Danach konnte sie tun, was sie wollte, zum Beispiel auf den Ball der Astors gehen, auf den sie sich schon sehr freute. Als der Abend gekommen war, schlug ihre große Stunde als Gastgeberin. Es war die erste Party, die Olivia jemals in New York gegeben hatte, und sie zitterte vor Aufregung, als sie mit ihrer Schwester – beide in den dunkelgrünen Satinkleidern, die sie bei der Schneiderin in Croton hatte anfertigen lassen – die Treppe hinunterstieg. Die tief ausgeschnittenen Mieder waren mit winzigen Perlen bestickt. Die beiden Schwestern hatten sich die Haare hochgesteckt und trugen hochhackige, schwarze Samtpumps. Ihr Schmuck bestand aus den langen Perlenketten, die sie zu ihrem achtzehnten Geburtstag geschenkt bekommen hatten, und aus Diamantohrringen. Die Kapelle hatte gerade zu spielen begonnen, und das Haus, das nur von Kerzen erleuchtet war, wirkte wie verzaubert. Überall standen duftende Blumenbuketts, aber den hinreißendsten Anblick boten die Zwillinge selbst.

Sie traten auf ihren Vater zu, der sie stolz musterte. Nach und nach trafen die Gäste ein, und obwohl sich die Schwestern zu erkennen gaben, machten die meisten Leute gar nicht erst den Versuch, sie auseinander zu halten. Sie begrüßten sie einfach als Einheit, zumal die eine ohne die andere unvollkommen schien. Auch Charles Dawson hielt es so, und erst, als er sich mit ihnen im Wohnzimmer unterhielt, spürte er wieder, welche die wildere der beiden Schwestern war, und begann, sie leise zu necken.

»Der Fünfte Bezirk ist weit entfernt von hier, nicht wahr?«, fragte er. Victoria lächelte ihn ohne die leiseste Spur von Verlegenheit fröhlich an.

»Ich habe Olivia bereits gesagt, Sie hätten mich besser im Gefängnis gelassen. Ich hatte fest damit gerechnet und war ziemlich enttäuscht, als Sie mich herausholten.«

»Ihre Schwester war aber bestimmt froh darüber«, entgegnete Dawson und blickte sie bewundernd an. Victoria und ihre Schwester waren die schönsten Frauen, die er je kennen gelernt hatte. »Ich glaube, sie war äußerst erleichtert, dass wir Sie so einfach wieder mit nach Hause nehmen konnten. Ich hatte es ehrlich gesagt auch für schwieriger gehalten.«

»Wir können es ja jederzeit noch einmal versuchen. Das nächste Mal rufe ich Sie direkt an«, erwiderte Victoria keck. Charles fragte sich, wie Edward Henderson wohl bei Verstand blieb mit solchen Töchtern. Allerdings war ja nur die eine so ungestüm, die andere, so hatte Edward ihm anvertraut, war der reinste Engel.

»Ich stehe jederzeit zu Ihrer Verfügung. Rufen Sie nur an, wenn Sie mich brauchen«, erwiderte Charles jetzt und wandte sich ab, um andere Gäste zu begrüßen. Olivia und ihr Vater bewegten sich durch die Menge und unterhielten sich mit ihren Freunden, und so stand Victoria allein an der Tür, als die Whitticombs eintrafen. Sie hatte keine Ahnung, wer die beiden waren, aber die hübsche Frau in dem silbernen Kleid mit dem dazu passenden silbernen Turban, unter dem ein paar Strähnen ihrer blonden Haare hervorlugten, fiel ihr sofort auf. Der Mann an ihrer Seite sah sogar noch besser aus als sie. Victoria stockte fast der Atem, als sie ihn anschaute, und auch er blieb stocksteif stehen und blickte sie fasziniert an, während seine Frau gleich auf einige Freunde zusteuerte, die sie in der Menge entdeckt hatte.

»Hallo, ich bin Tobias Whitticomb«, sagte der Mann. Er nahm ein Glas Champagner von einem Tablett, wandte dabei jedoch den Blick nicht von Victoria. »Und wer sind Sie?«, fragte er, da er sie noch nie gesehen hatte und sich überlegte, wie ihm eine so atemberaubende Schönheit bisher hatte entgehen können.

»Ich bin Victoria Henderson«, erwiderte sie. Sein weltmännisches Benehmen machte sie plötzlich verlegen.

»Oh Gott, Sie sind mit unserem Gastgeber verheiratet«, sagte er enttäuscht. »Was für ein glücklicher Mann!« Wehmütig lächelte er sie an, während Victoria lachte. Sie wusste nichts von seinem schlechten Ruf, weil sie nicht auf die Klatschgeschichten geachtet hatte. Sie fand, er habe ein Gesicht wie ein Schauspieler.

»Ich bin nicht mit dem Gastgeber verheiratet«, korrigierte sie Whitticomb. »Ich bin seine Tochter.«

»Oh, Gott sei Dank, der Abend ist gerettet! Ich hätte es nicht ertragen, wenn Sie seine Frau gewesen wären, so charmant er auch sein mag. Wir haben schon Geschäfte miteinander gemacht.« Bei diesen Worten waren sie ins Wohnzimmer getreten, und ohne ein weiteres Wort zu verlieren, zog Whitticomb Victoria an sich und begann, mit ihr zu tanzen. Es war, als würden sie magnetisch voneinander angezogen. Er erzählte ihr, dass er einige Jahre in Oxford studiert habe, dass er dort auch Polo gespielt habe und zwei Jahre später nach Südamerika gegangen sei, um in Argentinien Polo zu spielen. Victoria fand ihn faszinierend. Er tanzte hervorragend und brachte sie durch seine Bemerkungen über die anderen Gäste zum Lachen. Nur über seine Frau Evangeline und die gemeinsamen Kinder sprach er nicht. Als sie das zweite Glas Champagner miteinander tranken, sprachen sie bereits wie alte Bekannte miteinander. Es amüsierte Toby sehr, als er sich eine Zigarette anzündete und Victoria einen tiefen Zug nahm, als gerade niemand hinsah.

»Du meine Güte, Sie sind ja ein wahres Rasseweib! Was machen Sie denn sonst noch so? Trinken, Zigarren rauchen, die ganze Nacht über aufbleiben? Haben Sie noch andere Laster? Absinth vielleicht? Irgendwelche Geheimnisse des Orients?«, flüsterte er ihr ins Ohr. Ein so gut aussehender und weltgewandter Mann war ihr noch nie begegnet. Nach dem nächsten Tanz entschuldigte sie sich unter einem Vorwand bei ihm, versprach aber, sofort wieder zurückzukommen.

Als sie kurz darauf das Zimmer wieder betrat, sah sie Olivia bei Toby stehen. Er wirkte völlig verwirrt. Olivia sagte gerade etwas zu ihm, woraufhin er errötete. Er hatte ihr ins Ohr geflüstert, ob sie ihn auf eine Zigarette in den Garten begleiten wolle, und sie dabei um die Taille gefasst, wie er es kurz zuvor noch bei Victoria getan hatte. Aber Olivia wirkte alles andere als erfreut. Sie war sich sofort im Klaren darüber, dass hier ihre Schwester die Hände im Spiel hatte. Da tauchte auch schon Victoria neben ihr auf, und Toby Whitticomb hatte plötzlich das Gefühl, er sähe alles doppelt.

»Oh mein Gott!«, rief er. Er sah aus, als ob ihm übel sei. »Habe ich etwa zu viel Champagner getrunken? Was ist denn geschehen?« Ungläubig starrte er die beiden Frauen an.

»Haben Sie sich meiner älteren Schwester gegenüber ungezogen benommen?«, fragte Victoria ihn verschmitzt grinsend. Olivia warf ihr einen ungehaltenen Blick zu. Sie hatte keine Ahnung, wer dieser unmögliche Mann war.

»Ja, leider«, erwiderte er zerknirscht. »Ich habe ihr eine Zigarette angeboten, aber offenbar raucht sie nicht. Jetzt brauche ich erst einmal was zu trinken.« Er griff nach einem weiteren Glas Champagner und trank einen großen Schluck. »Sie wissen wohl, dass Sie beide ganz außergewöhnlich sind? So etwas wie Sie habe ich noch nie gesehen.«

»Im ersten Moment ist es immer ein Schock«, erwiderte Olivia gnädig, obwohl ihr weder die Manieren des Mannes noch sein Umgang mit ihrer Schwester gefielen. »Aber dann gewöhnt man sich daran.«

»Es tut mir schrecklich Leid, wenn ich mich ungehörig benommen habe«, sagte er, da er spürte, dass sie nicht so unkompliziert wie ihre Schwester war. »Offenbar sind Sie auch eine Miss Henderson. Ihre Schwester habe ich bereits für Edwards Frau gehalten.« Er lachte und streckte seine Hand aus. »Ich bin Toby Whitticomb.« Victoria sah, wie Olivia sich verkrampfte, als sie ihm die Hand schüttelte.

»Ich habe viel von Ihnen gehört«, sagte sie kühl.

»In meinem Fall ist das wahrscheinlich kein Kompliment«, erwiderte er ungerührt. In diesem Moment wurde das Abendessen angekündigt. Erleichtert dachte Olivia, dass sie für Victoria einen guten Platz zwischen zwei gut aussehenden, wohlerzogenen jungen Männern vorgesehen hatte, weit von Tobias Whitticomb entfernt. Sie selbst würde zwischen einem alten, schwerhörigen Freund ihres Vaters und einem äußerst schüchternen jungen Mann, der zudem noch erschreckend unattraktiv war, sitzen. Es würde ein anstrengendes Dinner für sie werden, aber sie hatte den beiden etwas Gutes tun wollen.

Bis jetzt war der Abend glänzend verlaufen. Die Kapelle war exzellent, das Essen hervorragend und der Champagner, den ihr Vater ausgesucht hatte, superb. Olivia folgte den anderen ins Speisezimmer, wobei sie darauf achtete, dass jeder seinen Platz fand. Es gab vier große, wunderschön gedeckte Tische. Kristall und Silber schimmerten im sanften Licht der Kerzen mit dem Schmuck der Damen um die Wette. Als Victoria sich hinsetzte, keuchte Olivia entsetzt auf – ihre Schwester hatte einfach mit einem anderen Gast den Platz getauscht, um neben Toby Whitticomb sitzen zu können.

Ärgerlich machte Olivia ihr Zeichen, aber Victoria beachtete sie gar nicht. Die unscheinbare Dame, mit der sie den Platz getauscht hatte, war glücklich darüber, sich in der Gesellschaft der beiden gut aussehenden Männer wiederzufinden, die Victoria zugedacht gewesen waren. Und ihre Schwester hatte noch ein Weiteres getan: Sie hatte auch Olivias Platz vertauscht, sodass diese jetzt plötzlich neben Charles Dawson saß. Errötend sank sie auf den Stuhl neben ihm.

»Was für eine Ehre«, sagte er höflich, aber dann flüsterte er ihr zu: »Wer sind Sie? Die Inhaftierte oder die Retterin? Ich muss leider zugeben, dass ich Sie beide immer noch nicht auseinander halten kann.« Olivia lachte über seinen Optimismus – er würde sie wahrscheinlich nie unterscheiden können.

»Sind Sie wirklich der Ansicht, dass Ihnen das jemals gelingen könnte, Mr Dawson?«, neckte sie ihn. Einen Moment lang war sie versucht, ihn im Unklaren zu lassen, aber das war eigentlich nicht ihre Art. Ein paar Minuten lang konnte sie das Spiel jedoch noch spielen.

»Sie sind sich bis hin zu Ihren Bewegungen so unglaublich ähnlich. Der Ausdruck in Ihren Augen ist manchmal unterschiedlich, aber selbst dann weiß ich nicht genau, wer von Ihnen wer ist. Eine von Ihnen hat etwas Ruheloses und Wildes an sich, aber die andere ist sehr beherrscht und hat eine ruhige, friedliche Seele.« Er ahnte jedoch bereits, wer neben ihm saß, und war erleichtert darüber, denn Victorias Nähe hätte ihn nervös gemacht.

Olivia gab zu, dass er sie beide gut beobachtet hatte. »Sie scheinen uns schon recht gut zu kennen, Sir«, erwiderte sie lächelnd. »Sie sind offenbar ein äußerst aufmerksamer Beobachter.«

Charles nickte. »Ich versuche es jedenfalls. Es gehört zu meinem Beruf«, sagte er. »Verraten Sie mir denn jetzt, wer Sie sind?«, fragte er. »Oder möchten Sie das Geheimnis heute Abend lieber wahren?« Victoria hätte ihn bestimmt leiden lassen, aber Olivia brachte es nicht übers Herz.

»Das wäre nicht fair. Ich bin Olivia.« Lächelnd blickte sie ihn an, und obwohl sie immer noch wütend auf ihre

Schwester war, war sie auf einmal froh darüber, neben Charles Dawson zu sitzen.

»Dann sind Sie die Retterin, die mit der ruhigen Seele. Sind Sie eigentlich wirklich so verschieden? Ihre Schwester hat so etwas Unzufriedenes, Suchendes an sich. Sie hingegen scheinen sich viel wohler in Ihrer Haut zu fühlen.«

»Ich weiß nicht, woran das liegt. Vielleicht daran, dass sie denkt, sie sei schuld am Tod unserer Mutter.« Das war ein seltsames Geständnis, doch Olivia hatte das Gefühl, Charles vertrauen zu können. Schließlich hatte er ja auch ihr Geheimnis nicht verraten. »Unsere Mutter starb bei unserer Geburt, und Victoria ist der jüngere Zwilling, deshalb glaubt sie, es sei bei ihrer Geburt geschehen, obwohl elf Minuten da sicher keine Rolle spielen. Wenn überhaupt, dann waren wir alle beide schuld daran.«

»So dürfen Sie das nicht sehen. Niemand weiß, warum solche Dinge geschehen. Sie beide waren ein großes Geschenk für Ihre Mutter, und es ist eine Schande, dass sie Sie nicht mehr erleben konnte. Aber Ihr Vater hat bestimmt in all den Jahren viel Freude an Ihnen gehabt. Es muss wundervoll sein, ein Zwilling zu sein. Ich beneide Sie um diese Erfahrung.«

Olivia war klar, dass er bei ihren Worten bestimmt auch an den Tod seiner Frau gedacht hatte. Er hatte sich in den vergangenen anderthalb Jahren sicher oft gefragt, warum sie so jung sterben musste.

»Erzählen Sie mir von Ihrem Sohn«, bat sie ihn leise.

»Geoffrey?« Er lächelte sie an. »Er ist neun Jahre alt, meine ganze Freude, und ich liebe ihn sehr. Wir leben allein«, fügte er hinzu, da er sich nicht sicher war, ob sie es wusste. »Seine Mutter ist vor über einem Jahr ums Leben gekommen … beim Untergang der *Titanic.*« Er erstickte fast an dem Wort, und sie legte unwillkürlich ihre Hand auf seine. Er blickte sie an. »Es war für alle ein furchtbarer Schock, vor allem für meinen Sohn. Er war auch auf dem Schiff. Danach ging ich für eine Weile mit Geoff zur Familie meiner Frau nach Europa.«

»Wie grauenhaft«, sagte sie aufrichtig.

»Er leidet seitdem unter Albträumen, aber es wird langsam besser.« Wehmütig lächelnd blickte er sie an. Es tat so gut, mit ihr zu reden, sie war so warmherzig und verständnisvoll. »Besser als bei mir jedenfalls. Ich gehe eigentlich abends nicht mehr aus, aber Ihr Vater und John haben darauf bestanden, dass ich heute Abend kommen soll.«

»Sie können sich nicht ewig zurückziehen – das sollten Sie sich nicht antun.«

»Vermutlich nicht«, erwiderte er.

»Sie müssen Ihren Sohn einmal nach Croton mitbringen. Kindern gefällt es gut dort. Als wir damals nach Henderson Manor umgezogen sind, war ich ungefähr in seinem Alter.«

»Und jetzt?«, fragte er neugierig. »Leben Sie immer noch gerne in Croton?«

»Ja. Aber meiner Schwester gefällt es nicht. Sie würde lieber hier oder in England wohnen, um auf Demonstrationen gehen zu können oder im Gefängnis zu verhungern.«

»Genau wie ich gesagt habe: ruhelos.« Er lächelte sie an.

»Eigentlich schulde ich ihr etwas heute Abend.« Olivia lachte leise. »Ich bin für diese Tischordnung nicht verantwortlich.«

»Ich dachte, diese Dinge erledigen Sie immer für Ihren Vater.«

»Ja, das ist normalerweise auch so, aber Victoria hat heute Abend einfach ihren Platz getauscht, und meinen gleich mit. Ihr gefiel es nicht, wo ich sie hingesetzt hatte.«

»Nun, ich bin ihr dankbar. Vielleicht sollten Sie ihr immer die Tischordnung übertragen.« Nach dem Essen forderte Charles Olivia zum Tanzen auf, und sie drehten sich gemächlich durch das Wohnzimmer. Er berührte sie kaum, und als der Tanz vorbei war, brachte er sie sofort wieder an den Tisch zurück. Es war nicht gerade eine sinnliche Erfahrung, aber Olivia fand es angenehm, mit ihm zusammen zu sein. Er war intelligent, und man konnte sich gut mit ihm unterhalten. Außerdem verstand sie jetzt auch, warum er Distanz wahrte. Er musste seine Frau sehr geliebt haben, und offensichtlich hatte er zurzeit nicht die Absicht, sich einer anderen Frau zu nähern. Olivia verstand ihn, aber sie fühlte sich trotzdem von ihm angezogen. Darüber brauchte sie jedoch jetzt nicht nachzudenken. Sie konnte ihren Vater ohnehin nicht allein lassen, und Charles Dawson war offenbar auch nicht bereit, ihr sein Herz zu öffnen.

Als sich die Schwestern nach dem Essen kurz zurückzogen, fand Olivia endlich Gelegenheit, ein paar Worte mit Victoria zu sprechen. Sie warnte sie davor, sich mit Toby einzulassen.

»Das tue ich doch gar nicht.« Victoria warf ihr einen verärgerten Blick zu. Er war charmant, intelligent, konnte hervorragend tanzen und war noch extravaganter als Victoria selbst. Es schadete doch niemandem, wenn sie ein wenig mit ihm flirtete! Sie wusste allerdings nicht, dass Toby immer bekam, was er wollte.

»Ich verbiete dir für den Rest des Abends, dich ihm zu nähern«, sagte Olivia zu ihr. Aber so leicht unterwarf sich Victoria ihrer Schwester nicht.

»Dazu hast du kein Recht, Olivia. Du bist nicht meine Mutter, und er ist nicht so, wie du glaubst. Er ist nett und anständig, und ich unterhalte mich gerne mit ihm. Mehr ist es nicht, Olivia. Du meine Güte, wir geben heute Abend ein Fest! Ich brenne doch nicht mit ihm durch, und er hat auch keine Affäre mit mir. Ich finde es traurig, dass du das nicht verstehst.«

»Ich verstehe weit mehr, als du denkst«, flüsterte Olivia wütend. »Du spielst mit dem Feuer, Victoria! Du weckst schlafende Löwen«, fügte sie hinzu, musste dann jedoch selbst über ihre Worte lachen. Arm in Arm gingen die Schwestern schließlich wieder hinunter, wo Victoria gleich auf Toby zueilte und für ihn wiederholte, was ihre Schwester gesagt hatte. Niemand schien zu bemerken, was zwischen den beiden vorging, und so hielt sie auch niemand auf, als sie im Garten hinter dem Zelt verschwanden. Toby legte den Arm um Victoria, und sie rauchten zusammen eine Zigarette. Er sagte ihr, er habe sich auf den ersten Blick in sie verliebt, mit seiner Frau verbinde ihn nur ein Arrangement, und er sei seit Jahren zum Sterben einsam. Ihre Familien hätten sie in diese Ehe gezwungen, die ihm nichts bedeute. Lange schon sehne er sich nach wahrer Liebe, und jetzt, wo er Victoria kennen gelernt habe, werde alles anders für ihn. Wenn Olivia ihn so reden gehört hätte, wäre sie wahrscheinlich auf der Stelle über ihn hergefallen.

Victoria in ihrer unglaublichen Naivität glaubte Toby jedoch jedes Wort. Bewundernd blickte sie zu ihm auf, und er küsste sie. Drängend fragte er, wann sie sich wieder sehen würden, denn er könne nicht einen einzigen Tag ohne sie weiterleben. Natürlich wisse er, wie streng ihre Prinzipien seien, weil sie so von den Zielen des Feminismus überzeugt sei, aber er teile ihre Ansichten und würde niemals versuchen, ihre Lage auszunutzen. Er wolle nur mit ihr zusammen sein und sie besser kennen lernen.

Victoria war ganz benommen und wie gebannt von seinen Worten. Noch nie hatte jemand so mit ihr geredet. Sie hatte das Gefühl, einen Seelenverwandten gefunden zu haben. Entzückt stellten sie fest, dass sie beide am nächsten Tag zum Ball der Astors gingen. Danach würden sich Mittel und Wege finden, damit sie sich wiedersehen konnten, erklärte Toby. Mit einem seltsamen Glitzern in den Augen fragte er sogar, ob Victoria sich wohler fühlen würde, wenn sie zu ihren Treffen ihre Schwester mitbrächte. Das lehnte Victoria jedoch entsetzt ab. Sie wusste ja, wie Olivia über ihn dachte. Sie verabredeten, sich am Tag nach dem Ball bei den Astors zu treffen, und anschließend begleitete Toby Victoria zurück ins Wohnzimmer. Dort musste er zu seinem Entsetzen feststellen, dass Evangeline schreckliche Kopfschmerzen bekommen hatte und unbedingt nach Hause fahren wollte. Aber da war das Unglück bereits geschehen, und Victoria hatte sich Hals über Kopf in Toby Whitticomb verliebt.

Als die Whitticombs gingen, war Olivia nicht in der Nähe und bemerkte von dem ganzen Aufruhr nichts, aber Charles beobachtete Victoria voller Interesse. In der Art, wie sie ihren Kopf drehte und Männer anblickte, lag etwas Verführerisches und Geheimnisvolles, das sie von ihrer Schwester unterschied. Olivia war offen, warmherzig und liebevoll. Und doch faszinierte und reizte ihn Victoria mehr. Am liebsten hätte er sie bei den Schultern gepackt und geschüttelt, um ihr Verstand einzubläuen.

Ein anderer Teil von ihm fühlte sich jedoch zu der vernünftigen Olivia hingezogen. Aber deren Wärme und Liebesfähigkeit erfüllten ihn auch mit Angst. Susans Tod hatte ihn zu sehr verletzt, als dass er die Gefühle, die Olivia ihm bot, hätte annehmen können. Im Laufe der Zeit hatte er sich an Schmerz, Wut und Unglauben gewöhnt, und es fiel ihm viel leichter, mit jemandem zusammen zu sein, der ihn nicht wollte und keine Erwartungen an ihn stellte. Hätte er Olivia näher an sich herangelassen, wäre ihm das wie ein Verrat an Susan erschienen. Bei Victoria war das ganz anders. Und so sah er fasziniert zu, wie sie sich in das Abenteuer mit Whitticomb stürzte. Ob sie es wohl würde geheim halten können? Ob Olivia es ihr verbieten würde?

Als Charles sich schließlich von Edward Henderson verabschiedete und ihm für den schönen Abend dankte, war er so aufgewühlt, dass er später zu Hause keinen Schlaf fand. Was ihm fehlte, konnte ihm keine der beiden Zwillingsschwestern geben. Er sehnte sich nach einem einzigen Menschen, und der war für immer von ihm gegangen.

Olivia wusste, dass Victoria in Gefahr war. Sie hatte sie mit Toby zusammen gesehen, und als der letzte Gast gegen zwei Uhr nachts gegangen war und sie endlich allein in ihrem Zimmer waren, stellte sie ihre Schwester zur Rede.

»Du willst dich mit ihm treffen, nicht wahr?« Das ganze Fest war ihr verdorben, weil sie sich große Sorgen um Victoria gemacht hatte.

»Natürlich nicht«, antwortete Victoria, aber Olivia wusste, dass sie die Unwahrheit sagte. Sie sah es ihr an, dazu bedurfte es noch nicht einmal ihrer besonderen mentalen Verbindung. »Außerdem geht es dich nichts an«, fügte Victoria hinzu.

»Der Mann ist durch und durch verdorben!«, schrie Olivia sie an. »Jeder in New York weiß das.«

»Er weiß, dass er einen schlechten Ruf hat. Er hat mir selbst davon erzählt.«

»Wie geschickt von ihm. Aber das macht es nicht besser. Victoria, du darfst dich nicht mit ihm treffen.«

»Ich tue, was ich will, und du kannst mich nicht aufhalten«, zischte Victoria. Der Reiz, den Toby auf sie ausübte, war viel stärker als der Einfluss, den ihre vorsichtige Schwester auf sie hatte.

»Bitte … hör mir zu …«, flehte Olivia mit Tränen in den Augen. »Er wird dir wehtun. Du bist nicht erfahren genug für einen solchen Mann. Victoria, hör auf mich! Die Geschichten, die man sich über ihn erzählt, sind grauenhaft.«

»Er sagt, das seien nur Lügen«, erwiderte Victoria überzeugt. An einem einzigen Abend war es Toby Whitticomb gelungen, sie völlig in seinen Bann zu schlagen. »Die anderen sind nur eifersüchtig auf ihn.«

»Warum sollten sie eifersüchtig sein?« Olivia versuchte, ihrer Schwester mit vernünftigen Argumenten beizukommen, doch es war aussichtslos.

»Wegen seines guten Aussehens, seiner Stellung, seines Geldes.« Das hatte Toby Victoria erzählt, und sie glaubte ihm.

»Mit seinem guten Aussehen wird es bald vorbei sein, seine Stellung hängt nur von seiner Frau ab, und mit dem Geld hat er Glück gehabt. Warum sollte da jemand eifersüchtig sein?«, erwiderte Olivia kühl.

»Vielleicht willst du ihn ja selbst haben«, entgegnete Victoria gehässig. Sie war außer sich vor Wut, weil Olivia ihr Toby ausreden wollte. »Vielleicht willst du ja ihn und nicht diesen sterbenslangweiligen Anwalt.«

»Hör auf, schlecht von Charles zu reden. Er ist ein tüchtiger Mann, Victoria, und das weißt du auch.«

»Er langweilt mich«, sagte Victoria abfällig.

»Charles Dawson würde dir nie etwas antun, im Gegensatz zu Toby Whitticomb. Er wird dich benutzen und dann einfach wegwerfen. Und wenn es vorbei ist, geht er wieder zu seiner Frau zurück und macht ihr noch ein Kind.«

»Du bist widerlich!«, schrie Victoria. Olivia krampfte sich der Magen zusammen. Sie hasste es, sich mit ihrer Schwester zu streiten, was eigentlich auch nur selten vorkam. Dies hier war jedoch keine harmlose Zankerei, sondern ein Kampf auf Leben und Tod.

»Ich werde nicht mehr mit dir darüber sprechen, aber du sollst wissen, dass ich immer für dich da sein werde und dich liebe. Und ich bitte dich, dich nicht mit ihm zu treffen. Ich weiß, dass du immer tust, was du willst, Victoria, aber dieser Mann ist gefährlich. Vater würde sich sehr aufregen, wenn er erführe, dass du den Abend mit ihm verbracht hast. Er hat ihn nur aus Höflichkeit eingeladen, und es war dumm von dir, dich neben ihn zu setzen. Zum Glück saß Vater mit dem Rücken zu dir und hat nichts gemerkt. Du spielst mit dem Feuer, Victoria! Am Ende wirst du verbrennen.«

»Ich habe keine Angst«, erklärte Victoria zuversichtlich. »Wir sind nur Freunde, mehr nicht. Schließlich ist er verheiratet.« Sie versuchte angestrengt, Olivia von der Spur abzubringen, damit sie freiere Hand hatte. Dass Toby behauptet hatte, seine Ehe bestünde nur noch auf dem Papier, erwähnte sie lieber gar nicht erst, auch nicht, dass er angedeutet hatte, seine Frau und er hätten sogar schon über Scheidung gesprochen. Das würde natürlich einen großen Skandal verursachen, hatte er erklärt, aber er halte es in einer solch lieblosen Ehe nicht länger aus. Er tat Victoria schrecklich Leid.

Als die Schwestern schließlich zu Bett gingen, war es bereits weit nach drei Uhr, aber sie fanden trotzdem beide keinen Schlaf. Victoria aus Freude, weil sie nur an den Ball bei den Astors dachte, wo sie Toby endlich wieder sehen würde, und Olivia aus Kummer über die missliche Lage, in die sich ihre Schwester gebracht hatte.

4

Am nächsten Morgen wachte Olivia von lauten Geräuschen unten im Haus auf. Während sie sich noch streckte, fiel ihr plötzlich der entsetzliche Streit mit Victoria wieder ein. Sie drehte sich zum Bett ihrer Schwester um und sah, dass es leer war. Olivia stand rasch auf, kämmte sich die Haare und warf sich ihren Morgenmantel über, um nachzusehen, woher der Lärm kam.

Im Erdgeschoss waren Männer damit beschäftigt, das Zelt abzubauen und das Haus wieder in Ordnung zu bringen. Mittendrin standen Mrs Peabody und der Butler und beaufsichtigten die Arbeiten.

»Hast du gut geschlafen?« Bertie lächelte Olivia an. Die junge Frau nickte und entschuldigte sich, weil sie nicht früher aufgestanden war, um zu helfen.

»Du hast gestern Abend hervorragende Arbeit geleistet, Liebes. Du hast dir deinen Schlaf verdient. Ich bin froh, dass wir dich nicht früher aufgeweckt haben.« Die Männer machten wirklich einen gewaltigen Lärm. »Alle sagen, der Abend sei ein großer Erfolg gewesen. Den vielen Blumen nach zu urteilen, die wir bekommen haben, wird heute ganz New York davon reden. Ich habe die Sträuße zunächst einmal ins Esszimmer gestellt.«

Leise trat Olivia ins Esszimmer. Sie fragte sich, wo Victoria wohl sein mochte. Der erste Strauß, der ihr ins Auge fiel, bestand aus zwei Dutzend langstieligen rote Rosen. Auf der Karte, die daran befestigt war, stand: »Danke für den wichtigsten Abend meines Lebens.« Die Karte war an ihre Schwester adressiert, trug aber – im Gegensatz zu sämtlichen anderen Karten – keine Unterschrift. Auch Charles bedankte sich mit einem hübschen Bukett für den netten Abend, worüber sich Olivia sehr freute.

Als sie ins Frühstückszimmer trat, entdeckte sie Victoria, die allein vor einer Tasse Kaffee saß. Olivia blieb für einen Moment an der Tür stehen und musterte ihre Schwester besorgt, ging dann aber auf sie zu und setzte sich neben sie.

»Hast du gut geschlafen?«, fragte sie Victoria unbehaglich. So heftig wie am Vorabend hatten sie noch nie gestritten, aber Olivia war auch noch nie so überzeugt gewesen, dass ihre Schwester im Begriff war, einen großen Fehler zu begehen.

»Ja, sehr gut, danke«, erwiderte Victoria höflich, ohne aufzublicken. »Es überrascht mich, dass du bei all dem Lärm hier unten schlafen konntest«, fügte sie hinzu. Olivia fand, dass ihre Schwester an diesem Morgen besonders schön aussah. Es war seltsam, aber von sich selbst dachte sie nie so, doch Victoria hatte in ihren Augen immer etwas Faszinierendes und Strahlendes. Und jetzt stand in ihren Augen ein Ausdruck, den sie noch nie gesehen hatte.

»Ich war wohl einfach erschöpft.« Während Olivia sich von einem der Küchenmädchen Kaffee einschenken ließ, fragte sie ihre Schwester, ob sie die Blumensträuße schon gesehen hätte.

»Ja«, erwiderte Victoria nach kurzem Zögern.

»Ich kann mir schon denken, wer dir die Rosen geschickt hat. Du wohl auch«, fuhr Olivia vorsichtig fort. »Ich hoffe, du vergisst nicht, was ich dir letzte Nacht gesagt habe, Victoria. Es ist eine gefährliche Situation.«

»Es ist nur ein Strauß Rosen, Olivia, du brauchst dir keine Sorgen zu machen. Toby ist ein interessanter

Mann, aber mehr steckt nicht dahinter«, sagte Victoria beiläufig, doch der Ausdruck in ihren Augen jagte Olivia Angst ein. Sie wirkte sehr entschlossen, und Olivia war klar, dass sie Toby nicht aufgeben würde.

»Ich hoffe, du wirst heute nicht wieder den ganzen Abend mit ihm verbringen. Die Leute würden reden, denn schließlich findet der Ball im Haus der Kusine seiner Frau statt. Du musst wirklich vorsichtig sein«, warnte Olivia sie.

»Danke, Olivia«, erwiderte Victoria und stand auf. Olivia fröstelte, als sie spürte, welche Kluft plötzlich zwischen ihnen entstanden war.

»Was machst du heute?«, fragte sie.

»Ich gehe zu einem Vortrag. Ist es dir recht, meine Liebe, oder brauche ich dazu auch deine Erlaubnis?«

»Ich habe ja nur gefragt. Du brauchst gar nicht so empfindlich zu sein«, sagte Olivia spitz. »Seit wann bittest du mich um Erlaubnis? Du erwartest doch nur, dass ich dir im Ernstfall aus der Patsche helfe, und tust ansonsten das, was du willst.«

»Heute brauchst du mir nicht aus der Patsche zu helfen, vielen Dank. Und was machst du heute?«, fragte Victoria. »Hausarbeit, wie üblich?« Es klang, als sei Olivia unglaublich langweilig, und plötzlich empfand sie sich auch so. Ihr hatte noch nie jemand Rosen mit einer anonymen Karte geschickt. Der Mann, den sie bewunderte, hatte sich lediglich mit einem formellen Blumenstrauß bei der ganzen Familie bedankt. Vielleicht hatte Victoria ja Recht, und sie war nur eifersüchtig.

»Ich werde Bertie helfen, das Haus wieder in Ordnung zu bringen. Vater wird verrückt, wenn wir das Chaos nicht bald wieder beseitigt haben. Ich hatte eigentlich gedacht, du würdest mir dabei helfen.«

»Wie aufregend!«

Victoria rauschte aus dem Zimmer und verließ eine

Stunde später in einem dunkelblauen Seidenkostüm und mit einem schicken Hut auf dem Kopf das Haus. Sie ließ sich von Petrie zu der Versammlung fahren, die in einer heruntergekommenen Gegend stattfand. Er beeilte sich, nach Hause zurückzukehren, nachdem er Victoria abgesetzt hatte.

Der Rest des Tages verging wie im Fluge. Victoria kehrte am frühen Nachmittag zurück, worauf Bertie sie sofort zum Arbeiten einspannte. Olivia arbeitete wie eine Besessene, und wie durch ein Wunder war das Haus um fünf Uhr nachmittags bereits wieder in einem Zustand, als habe das Fest niemals stattgefunden. Bertie gratulierte den beiden Mädchen zu dieser Leistung, und wie auf ein Stichwort erschien auch ihr Vater und bemerkte, wie hübsch alles wieder aussah.

»Man würde kaum vermuten, dass wir einen Gast zum Dinner hier hatten, geschweige denn fünfzig, die alles niedergetrampelt haben«, fügte er hinzu. »Ganz New York schwärmt davon, was ihr für wunderbare Gastgeberinnen seid.« Victoria nahm das Lob ihres Vaters teilnahmslos entgegen und verschwand ein paar Minuten später nach oben, um sich für den Ball umzuziehen. Olivia hatte für ihre Schwester und sich blassrosa, relativ hochgeschlossene Kleider herausgelegt, die sie wie üblich von Poiret hatte kopieren lassen. Einen Augenblick lang hatte sie gezögert, gerade diese Kleider zu nehmen, aber dann hatte sie gedacht, dass es vermutlich die richtige Wahl war. In einem solchen Kleid würde Victoria Toby nicht den Kopf verdrehen können.

»Es war wirklich ein schönes Fest, Olivia«, versicherte Edward seiner Tochter noch einmal, bevor er es sich im Arbeitszimmer in seinem Lieblingssessel gemütlich machte. Olivia schenkte ihrem Vater ein Glas Portwein ein und reichte es ihm. Liebevoll lächelte er sie an. »Du verwöhnst mich so sehr, Liebes! Wahrscheinlich hätte es noch nicht einmal deine Mutter so getan, wenn sie noch am Leben wäre. Sie war mehr wie deine Schwester, manchmal ein wenig heftig und entschlossen, ihre Unabhängigkeit zu wahren.« Wenn Edward sich im Stadthaus aufhielt, musste er immer an seine verstorbene Frau denken. Das war oft schmerzlich für ihn, aber die Anwesenheit seiner Töchter lenkte ihn ab. Außerdem war er sehr zufrieden mit seinen Geschäftsabschlüssen, und er beriet sich gerne mit seinen Anwälten. Es waren intelligente Männer, und in ihrer Gegenwart kam er sich immer so vor, als stünde er noch mitten im Berufsleben. Einige Tage zuvor hatte er daran gedacht, das Stahlwerk in Pittsburgh zu verkaufen, und Charles hatte einen ernsthaft interessierten Käufer ausgemacht. Es war jedoch keine leichte Entscheidung, und wahrscheinlich würden sie deshalb länger als ursprünglich geplant in New York bleiben müssen.

»Gefällt es dir in der Stadt?«, fragte Edward jetzt seine Tochter.

»Ja, Vater, ich finde New York sehr schön«, erwiderte Olivia lächelnd. »Ich weiß zwar nicht, ob ich immer hier leben möchte, weil mir das Land doch sehr fehlt, aber die Museen, die Menschen und die Feste gefallen mir. Es ist immer so viel los.« Einen Moment lang strahlte sie ihn an wie ein Kind, aber ihm war durchaus bewusst, dass sie eine erwachsene Frau war, und manchmal machte er sich Vorwürfe, dass er sie zu lange zu Hause festhielt. Eigentlich waren seine Töchter bereits in dem Alter, in dem sie heiraten und eine Familie gründen sollten. Aber Edward wusste, dass es ihm das Herz brechen würde, wenn sie ihn verließen.

»Ich sollte euch vermutlich öfter einmal heiratswilligen jungen Männern vorstellen«, sagte er halbherzig und trank einen Schluck Port. »Du und Victoria, ihr solltet bald heiraten, aber ich muss zugeben, dass es mir vor dem Gedanken graut. Ich weiß gar nicht, was ich ohne euch tun sollte, vor allem ohne dich. Du musst aufhören, so gut für mich zu sorgen, Liebes, damit es mir nicht so schwer fällt, wenn du einmal fortgehst. Ich fürchte mich vor diesem Augenblick.« Er blickte Olivia liebevoll an, die seine Hand ergriff und sie küsste.

»Ich werde dich niemals verlassen. Das könnte ich gar nicht.« Das hatte sie schon zu ihm gesagt, als sie noch ein Kind war, und sie hatte es damals wie heute aufrichtig gemeint. Edwards Gesundheitszustand ließ in den letzten Jahren zu wünschen übrig, insbesondere das Herz machte ihm Probleme, und Olivia konnte sich einfach nicht vorstellen, ihn allein zu lassen. Wer sollte denn dann für ihn sorgen? Wer sollte ihm den Haushalt führen? »Nein, ich werde dich nie verlassen«, wiederholte sie.

»So hübsch, wie ihr beide seid, könnt ihr gar nicht als alte Jungfern enden«, erwiderte er. Ihm war klar, wie selbstsüchtig es von ihm war, dass er seine Töchter unbedingt bei sich behalten wollte. Aber darüber mochte er jetzt nicht nachdenken, deshalb wechselte er rasch das Thema. »Hat Victoria eigentlich jemand Nettes kennen gelernt? Ich habe gestern Abend nicht darauf geachtet, ob sie Verehrer hatte.« Ihm war zwar aufgefallen, dass Charles Dawson ganz fasziniert von seiner Tochter war, aber das galt vermutlich für beide Mädchen. Das ging den meisten Menschen so, schließlich waren die Zwillinge überwältigend schön.

»Ich glaube nicht, Vater«, log Olivia. »Wir haben eigentlich noch niemanden kennen gelernt. Niemand Besonderes jedenfalls …« Natürlich waren ihnen im Theater oder bei den verschiedenen Partys Männer vorgestellt worden, aber unter ihnen war keiner gewesen, der sie wirklich interessiert hatte. Außerdem waren die meisten jungen Männer allein schon beim Anblick der beiden Schwestern eingeschüchtert, weil sie sich nicht klar machten, dass sie zwei getrennte Wesen waren. Die meisten Menschen gingen davon aus, dass die Zwillinge sowieso unzertrennlich seien.

»Victoria benimmt sich doch, oder?«, fragte Edward amüsiert. Er hatte mittlerweile erfahren, dass seine Tochter sich das Autofahren beigebracht und sogar seinen Wagen gestohlen hatte und damit in Croton umhergefahren war, hielt das Ganze aber für eine recht harmlose und alberne Eskapade. Seiner verstorbenen Frau wäre so etwas vermutlich auch zuzutrauen gewesen. Sie war einmal, aufgrund einer Wette mit einer Freundin, mit dem Pferd ins Wohnzimmer geritten, und alle waren ganz entsetzt gewesen. Edward hatte jedoch nur darüber gelacht. Für einen Mann seines Alters war er überraschend tolerant, und Victorias Unternehmungslust hatte ihm nie besonders viel ausgemacht. Er war nachsichtig mit ihr, weil sie ihn an ihre Mutter erinnerte. Von der Verhaftung seiner Tochter hatte er allerdings bisher nichts erfahren.

»Hast du alles, was du brauchst?«, fragte ihn Olivia jetzt, bevor sie nach oben ging, um sich für den Ball bei den Astors umzuziehen. Auf dem Weg in ihr Zimmer dachte sie noch einmal über die Unterhaltung mit ihrem Vater nach. Sie konnte sich wirklich nicht vorstellen, ihn allein zu lassen. Was, wenn sein Herz versagte? Sie würde sich ihr Leben lang Vorwürfe machen. Und wenn nun ein Mann wie Charles ihr den Hof machen würde? Aber nein, solche Gedanken durfte sie nicht zulassen. Charles hatte überhaupt kein Interesse an ihr. Er wollte einfach nur nett zu der Tochter seines Klienten sein.

Als Olivia das Schlafzimmer betrat, hörte sie, wie ihre Schwester im angrenzenden Ankleidezimmer herumrumorte. Als sie nachschauen ging, sah sie Victoria vor einem Berg von Kleidern stehen, die sie aus den Schränken gerissen hatte, darunter auch das rosafarbene, das Olivia bereits herausgelegt hatte.

»Was tust du da?«, fragte sie ihre Schwester entgeistert.

»Dieses *Ding*, das du für heute Abend ausgesucht hast, werde ich nicht anziehen«, erwiderte Victoria empört. »Darin sehe ich aus wie eine Landpomeranze, aber das lag ja wohl in deiner Absicht.«

»Ich finde die Kleider sehr hübsch«, erwiderte Olivia gleichmütig. »An was hast du denn gedacht?« Victoria hatte bereits den halben Schrank ausgeräumt. Und gerade schlüpfte sie in ein Kleid, das Olivia noch nie gefallen hatte. Es war ein Modell von Beer, das sie hatte nacharbeiten lassen, aus dunkelrotem Samt mit winzigen Perlenschnüren und einer langen Schleppe. Olivia fand die Kleider viel zu tief ausgeschnitten, und die Schwestern hatten sie bisher nur einmal zu Weihnachten, zu Hause in Croton, getragen. »Ich mag das Kleid nicht, das weißt du doch. Es ist zu tief ausgeschnitten und liegt viel zu eng an. Wir sehen vulgär darin aus.«

»Wir gehen auf einen Ball, nicht auf eine Teeparty in Croton, Olivia«, erwiderte Victoria kühl.

»Du willst dich für ihn herausputzen, Victoria, aber ich werde dich nicht dabei unterstützen. In diesem Kleid wirken wir hier in New York wie Huren. Ich werde es nicht anziehen.«

»Gut.« Victoria drehte sich einmal um die eigene Achse, und Olivia musste zugeben, dass sie sensationell aussah. Das Kleid war viel eleganter, als sie es in Erinnerung gehabt hatte, aber es war trotzdem zu gewagt. »Dann trag du doch das Rosafarbene, liebe Olivia, und ich trage dieses hier.«

»Sei nicht albern.« Die Schwestern waren noch nie unterschiedlich gekleidet ausgegangen. Ihr ganzes Leben lang hatten sie immer das Gleiche getragen, bis hin zu Unterwäsche und Haarnadeln. Olivia wäre sich nackt vorgekommen, wenn sie in der Öffentlichkeit etwas anderes angehabt hätte als ihre Zwillingsschwester.

»Warum nicht? Wir sind schließlich erwachsen. Früher war es ja ganz niedlich, dass wir immer gleich angezogen waren, aber jetzt brauchen wir nicht mehr niedlich zu sein, Olivia. Und ich weigere mich, dieses rosafarbene Kleid anzuziehen. Ich werde heute Abend dieses Kleid hier tragen, und wenn es dir nicht gefällt, kannst du dir gerne etwas anderes aussuchen.«

»Das ist gemein von dir, Victoria. Ich weiß genau, was du vorhast. Und lass dir gesagt sein, gestern war nicht der wichtigste Abend in *seinem*, sondern in deinem Leben, das du für Toby Whitticomb ruinieren willst. Du bist eine Närrin!« Olivia riss das andere Samtkleid aus dem Schrank. »Ich hasse dieses blöde Kleid, und ich bedauere, dass ich es habe nähen lassen, damit du uns heute Abend darin bloßstellen kannst!«

Victoria bürstete sich gleichmütig die Haare. »Ich habe dir doch gesagt, dass du es nicht anziehen musst.« Olivia schwieg.

Während die Schwestern sich badeten, anzogen, puderten und parfümierten, sprachen sie kein Wort mehr miteinander. Überrascht sah Olivia, dass Victoria Lippenrouge auflegte. Das hatten sie noch nie zuvor getan, und Victoria sah auf einmal ganz anders aus, viel verführerischer als sonst.

»Ich schminke mir die Lippen nicht«, erklärte Olivia mürrisch.

»Das verlangt ja auch keiner von dir.«

»Du wagst dich weit vor, Victoria.«

»Vielleicht bin ich darin besser als du.«

»Du machst einen Fehler«, erwiderte Olivia traurig, aber Victoria rauschte bereits aus dem Zimmer.

Als die beiden Mädchen ein paar Minuten später die Treppe hinunterschritten, blickte ihnen ihr Vater stumm entgegen. Seine Töchter waren keine kleinen Mädchen mehr, sondern verführerische junge Frauen. Vor allem

Victoria wirkte auf einmal so weltgewandt. Olivia konnte man allerdings ansehen, dass sie sich in dem Kleid nicht besonders wohl fühlte. Der Schnitt der Kleider betonte die schlanken Taillen der Schwestern, ihre cremeweiße Haut und ihre hoch angesetzten Brüste.

»Du liebe Güte, wo habt ihr denn diese Kleider her?«, fragte Edward überrascht.

»Olivia hat sie für uns nähen lassen«, erwiderte Victoria. »Ich glaube, sie hat sie selbst entworfen.«

»Eigentlich habe ich sie kopieren lassen«, sagte Olivia unglücklich, während der Butler ihnen in die Capes half, »aber sie sind nicht so geworden, wie ich es mir vorgestellt hatte.«

»Auf jeden Fall wird mich heute Abend jeder Mann beneiden«, erklärte Edward galant und geleitete seine Töchter zur Limousine, die wartend vor der Haustür stand. Während sie in den Wagen stiegen, dachte er, dass er mit seinen Überlegungen Recht gehabt hatte. Seine Töchter waren keine Kinder mehr, und es würde an ein Wunder grenzen, wenn ihnen an diesem Abend nicht wenigstens ein Mann einen Antrag machte. Fast bedauerte er es, sie so in der Öffentlichkeit präsentieren zu müssen. Sie sahen viel zu sinnlich und attraktiv aus. Noch mehr jedoch bedauerte es Olivia, dieses Kleid tragen zu müssen. Sie war immer noch wütend auf ihre Schwester.

Das prächtige Haus der Astors in der Fifth Avenue war hell erleuchtet und wirkte wie ein Palast. Vierhundert Gäste waren geladen, und die Mädchen entdeckten zahlreiche Gesichter, die sie nur aus den Gazetten kannten. Die Goelets und die Gibsons waren da, Prinz Albert von Monaco, ein französischer Graf, ein englischer Herzog und zahlreiche Adelige aus allen möglichen Ländern. Auch die gesamte New Yorker Aristokratie war versammelt, darunter einige Menschen, die schon seit Jahren nicht mehr ausgegangen waren, wie zum Beispiel ein paar der Überlebenden von der *Titanic.* Als Olivia es erfuhr, musste sie sofort an Charles Dawson denken. Sie begrüßte Madeleine Astor, die beim Untergang des Schiffes ihren Mann John verloren hatte. Sie sah an diesem Abend ganz besonders hübsch aus. Ihr Baby musste jetzt fast ein Jahr alt sein, und der Gedanke, dass es seinen Vater nie kennen lernen würde, stimmte Olivia traurig.

»Sie sehen heute Abend fantastisch aus«, ertönte in diesem Moment eine vertraute Stimme hinter ihr, und als sie sich umdrehte, stand sie Charles Dawson gegenüber. Er lachte. »Ich weiß, dass Sie Miss Henderson sind, und ich könnte durchaus vorgeben zu wissen, welche der beiden Sie sind, aber das wage ich nicht. Helfen Sie mir also bitte.«

»Ich bin Olivia«, erwiderte sie lächelnd. »Was tun Sie hier, Mr Dawson?« Am Abend zuvor hatte er ihr noch erklärt, er ginge nie aus.

»Hoffentlich schwindeln Sie mich nicht an«, erwiderte er. »Ich muss Ihnen einfach glauben. Ich bin durch meine Ehe mit den Astors verwandt. Meine verstorbene Frau war die Nichte unserer Gastgeberin, die darauf bestanden hat, dass ich heute Abend komme. Ich bin mir allerdings nicht sicher, ob ich ihrem Wunsch entsprochen hätte, wenn Sie nicht gestern Abend das Eis gebrochen hätten. Und jetzt weiß ich nicht, ob ich es bedauern soll – das ist ein absolutes Irrenhaus hier!«

Sie unterhielten sich eine Weile lang über seinen Sohn und die wenigen Gäste, die Olivia kannte, und dann erwähnte Charles, dass Madeleine Astor auch auf der *Titanic* gewesen sei. Wenn er über die Katastrophe sprach, sah er immer so verzweifelt traurig aus, dass es Olivia das Herz zerriss. Sie wusste nicht, was sie sagen sollte, und dachte nur, dass er sich von diesem Schicksalsschlag wohl nie mehr erholen würde.

»Ihre Schwester ist vermutlich auch hier«, sagte er schließlich. »Ich habe sie noch gar nicht gesehen.«

»Ich auch nicht. Sie ist gleich nach unserer Ankunft verschwunden. Sie trägt im Übrigen das gleiche grässliche Kleid wie ich«, fügte Olivia hinzu. Charles lachte.

»Ich habe mir schon gedacht, dass es Ihnen nicht gefällt. Es steht Ihnen aber sehr gut. Es wirkt sehr« – er räusperte sich verlegen – »›erwachsen‹ – oder ist das das falsche Wort für eine junge Frau in Ihrem Alter?«

»Unpassend würde wohl eher zutreffen. Ich habe zu Victoria gesagt, ich käme mir darin vor wie eine Hure. Aber da ich es habe schneidern lassen, denkt jetzt sogar mein Vater, ich hätte es ausgesucht.«

»Hatte er denn Einwände gegen die Kleider?«, fragte Charles amüsiert.

»Nein, ihm gefielen sie.«

»Männer mögen Frauen in rotem Samt«, sagte Charles. »Vermutlich vermittelt ihnen der Stoff die Illusion von Verruchtheit.« Olivia nickte, wobei sie inständig hoffte, dass es im Fall ihrer Schwester bei der Illusion blieb.

Charles geleitete sie zu einem Tisch, wo er sie einer Gruppe junger Damen vorstellte. Dann machte er sich auf die Suche nach seinen Verwandten. Er hatte Olivia bereits erzählt, dass sein kleiner Sohn krank sei und er nicht allzu lange bleiben wolle. In diesem Moment begann die Kapelle zu spielen, und Olivia blickte Charles enttäuscht nach. Ein paar Minuten später entdeckte sie ihre Schwester als Erste auf der Tanzfläche, wie vorauszusehen gewesen war, in den Armen von Toby Whitticomb. Sie ließen keinen Tanz aus.

»Du meine Güte, das ist ja, als sähe man Sie doppelt«, sagte eines der Mädchen an Olivias Tisch fasziniert. »Sind Sie in jeder Hinsicht vollkommen gleich?«, fragte sie neugierig.

»So ziemlich. Wir sind zwar eineiige Zwillinge, aber sozusagen spiegelverkehrt. Alle Merkmale, die ich auf der rechten Seite habe, hat meine Schwester auf der linken. Meine rechte Augenbraue ist ein wenig höher geschwungen, bei ihr ist es die linke. Mein linker Fuß ist größer, bei ihr ist es der rechte.«

»Das muss ja lustig gewesen sein, als Sie Kinder waren«, sagte eine Kusine der Astors. Auch zwei Mädchen aus der Familie Rockefeller waren mittlerweile an den Tisch gekommen und beteiligten sich am Gespräch. Olivia hatte eine von ihnen einmal auf dem Besitz der Goulds kennen gelernt, und die andere kannte sie von einer Teegesellschaft, die die Rockefellers im Musikzimmer in Kykuit gegeben hatten. Olivia konnte sich nur noch an die gewaltige Orgel erinnern. Da die Rockefellers weder tanzten noch tranken, gaben sie selten Bälle wie die Vanderbilts oder Astors, aber sie luden häufig zum Frühstück oder zu musikalischen Soirees nach Kykuit ein.

»Haben Sie ständig die Rollen getauscht?«, fragte jetzt eines der Mädchen.

»Nein.« Olivia lachte. »Nur, wenn wir irgendjemandem einen Streich spielen oder einer misslichen Situation entgehen wollten. Meine Schwester hat zum Beispiel die Prüfungen in der Schule gehasst, und deshalb bin ich oft für sie hingegangen. Als wir noch klein waren, hat sie mich auch immer überredet, den Lebertran für sie zu schlucken. Es fiel unserer Kinderfrau erst auf, als ich davon krank wurde. Sie konnte uns eigentlich immer auseinander halten, aber manchmal kümmerte sich eben auch eine der Hausangestellten um uns, und die haben wir dann zum Narren gehalten.«

»Warum haben Sie das denn für Ihre Schwester getan?« Eines der Mädchen verzog angewidert das Gesicht bei der Vorstellung, dass Olivia freiwillig eine doppelte Portion Lebertran geschluckt hatte.

»Weil ich sie liebe«, erwiderte Olivia. Wie tief die Gefühle waren, die sie und Victoria verbanden, konnte sie niemandem erklären. »Ich habe viele dumme Dinge für sie getan und sie für mich auch. Am Ende hat uns unser Vater von der Schule genommen und zu Hause unterrichten lassen, damit wir nicht mehr so viel Unfug anstellen konnten.«

Die jungen Mädchen unterhielten sich angeregt, und als Olivia eine Stunde später aufschaute, stellte sie fest, dass Victoria immer noch mit Toby tanzte. Sie hielten sich eng umschlungen und hatten nur Augen für einander.

Olivia entschuldigte sich bei den anderen Mädchen und machte sich auf die Suche nach Charles. Sie war erleichtert, als sie ihn noch antraf. Er stand an der Haustür und hatte bereits den Mantel an.

»Könnten Sie mir einen Gefallen tun?«, fragte sie leise und blickte Charles flehend an.

»Stimmt irgendetwas nicht?«, fragte er besorgt. Es überraschte ihn immer wieder, wie wohl er sich in Olivias Gegenwart fühlte. Sie kam ihm in gewisser Weise wie eine kleine Schwester vor, weckte jedoch nicht die beunruhigenden Gefühle in ihm, die Victoria auslöste. »Ist Ihre Schwester schon wieder in Schwierigkeiten?«

»Ja, leider. Tanzen Sie mit mir, Mr Dawson?«

»Charles, bitte. Ich glaube, über den Mr Dawson sind wir hinaus.« Er zog seinen Mantel aus, reichte ihn dem Butler und folgte Olivia zur Tanzfläche, wo Toby und Victoria jetzt noch enger umschlungen als zuvor tanzten. Olivia machte ein unglückliches Gesicht, als sie es sah.

Charles führte sie zum Tanz und bemühte sich, so dicht wie möglich an Toby und Victoria heranzukommen, Toby wich ihnen jedoch immer wieder geschickt aus. Victoria schien die missbilligenden Blicke, die ihre Schwester und die anderen Tanzenden ihr zuwarfen, gar nicht zu bemerken. Sie flüsterte Toby etwas ins Ohr, worauf die beiden den Ballsaal verließen und im angrenzenden Zimmer verschwanden.

»Danke«, sagte Olivia mit grimmigem Gesicht zu Charles. Er lächelte sie an.

»Das ist keine leichte Aufgabe, die Sie sich da gestellt haben. Ihre Schwester ist ein sehr eigensinniges Mädchen.« Er erinnerte sich noch allzu gut daran, wie undankbar sie reagiert hatte, als Olivia sie aus dem Gefängnis geholt hatte. »Das war Toby Whitticomb, nicht wahr?« Wie jeder andere in New York, kannte auch Charles die Geschichten, die man sich über Whitticomb erzählte. Wenn er jetzt allerdings Victoria Henderson zu seinem nächsten Opfer auserkoren hatte, so bekamen sie ein ganz neues Gewicht. Charles hoffte, dass er ihrer überdrüssig werden würde, bevor er wirklichen Schaden anrichtete. Oder vielleicht würde auch ihre Familie einschreiten und etwas gegen die Verbindung unternehmen. Olivia schien jedenfalls die Absicht zu haben. Sie dankte Charles noch einmal für seine Hilfe.

»Sie hat sich zum Gespött aller Leute gemacht«, sagte sie wütend.

»Machen Sie sich darüber keine Gedanken. Sie ist hübsch und jung, und es werden ihr mit Sicherheit noch einige Taugenichtse den Hof machen, bis sie schließlich verheiratet ist. Sie können sich nicht um alle kümmern«, beruhigte er sie.

»Victoria behauptet, sie will nie heiraten. Sie will lieber in Europa leben und für das Stimmrecht der Frauen kämpfen.«

»Ach du meine Güte! Nun, sie wird ihre Meinung schon noch ändern. Wenn ihr erst der richtige Mann begegnet, wird sie das alles vergessen. Erzählen Sie ihm dann bloß nicht, dass ihre Schwester gerne ins Gefängnis geht«, neckte er sie, »und machen Sie sich nicht so viele

Sorgen um sie. Sie hätten übrigens auch ein wenig Spaß verdient«, fügte er hinzu, als sie sich kurz darauf an der Haustür voneinander verabschiedeten.

Olivia ging in den Toilettenraum und betrachtete sich nachdenklich im Spiegel. Sie hatte schreckliche Kopfschmerzen; der Streit mit Victoria hatte sie sehr mitgenommen. Plötzlich sah sie, dass Evangeline Whitticomb hinter ihr stand. Langsam drehte sich Olivia um.

»Darf ich vorschlagen, Miss Henderson, dass Sie sich eher auf gleichaltrige Junggesellen konzentrieren, statt auf verheiratete Männer mit drei Kindern?« Sie blickte Olivia direkt in die Augen, und Olivia spürte, wie ihr die Röte in die Wangen stieg. Offenbar verwechselte Evangeline sie mit Victoria. Tobys Frau kochte vor Wut, und Olivia konnte es ihr nicht verdenken.

»Es tut mir schrecklich Leid«, erwiderte sie in der Hoffnung, die Wogen glätten zu können. »Ihr Gemahl hatte geschäftlich mit meinem Vater zu tun, Ma'am, und wir haben uns nur über solche Themen unterhalten. Er hat beim Tanzen immer nur von Ihnen und den Kindern gesprochen.«

»Das bezweifle ich«, sagte Evangeline ärgerlich. »Es überrascht mich, dass er sich überhaupt daran erinnert, eine Familie zu haben. Also denken Sie an meine Worte, sonst werden Sie es bedauern, das kann ich Ihnen versichern. Sie bedeuten ihm nichts. Er wird eine Zeit lang mit Ihnen spielen und Sie dann fallen lassen, und daran werden Sie zerbrechen. Letztendlich kehrt er immer wieder zu mir zurück … er kann nicht anders.« Mit diesen Worten drehte sie sich auf dem Absatz um und ging. Olivia hatte das Gefühl, keine Luft mehr zu bekommen. Gott sei Dank war sonst niemand im Raum gewesen, und als Evangeline Whitticomb die Tür hinter sich geschlossen hatte, sank Olivia erschöpft auf einen Stuhl. Natürlich hatte die Frau Recht. Sie kannte ihren Mann gut, hatte alle seine Affären miterlebt und wusste, dass er immer wieder zu ihr zurückkehren würde, weil er bei weitem nicht so dumm war wie die Frauen, mit denen er spielte.

Die meisten waren jung und unerfahren, manche sogar noch Jungfrauen. Sie fielen auf seine schönen Worte und sein gutes Aussehen herein, aber am Ende verließ er sie unweigerlich. Olivia hoffte nur, dass Victoria früh genug wieder zu Verstand käme, aber als sie wieder in den Ballsaal trat, sah sie, dass ihre Schwester und Toby bereits wieder miteinander tanzten. Dieses Mal wirkten sie sogar noch intimer als zuvor. Olivia hätte am liebsten laut aufgeschrien, wollte sich jetzt aber nicht mehr einmischen. Sie ging zu ihrem Vater und sagte ihm, dass sie schreckliche Kopfschmerzen habe und nach Hause fahren wolle. Sofort ließ er ihr ihren Umhang bringen und machte sich dann auf die Suche nach Victoria. Als er sie mit Toby Whitticomb auf der Tanzfläche fand, dachte er sich nichts Böses dabei. Er wusste ja nicht, dass die beiden sich in einem kleinen Pavillon im Garten zum ersten Mal geküsst hatten und fest entschlossen waren, sich wiederzusehen.

»Es tut mir so Leid, Liebes«, sagte Edward auf der Heimfahrt zu Olivia. »Diese beiden Feste hintereinander waren wohl einfach zu viel für dich. Was habe ich mir nur dabei gedacht, als ich die Einladung angenommen habe? Ich habe geglaubt, dass es euch Freude machen würde, aber du bist bestimmt völlig erschöpft.« Victoria schoss ihrer Schwester wütende Blicke zu. Sie glaubte nicht an die Kopfschmerzen.

»Das war äußerst geschickt von dir«, sagte sie eisig, als sie schließlich in ihrem Schlafzimmer waren.

»Ich weiß nicht, wovon du sprichst. Ich habe Kopfschmerzen«, erwiderte Olivia, während sie das verhasste Kleid auszog. Am liebsten hätte sie es verbrannt. So wie

Victoria sich benommen hatte, fühlte Olivia sich wirklich wie eine Hure.

»Du weißt ganz genau, was ich meine. Aber deine kleine List ändert gar nichts. Du hast ja keine Ahnung.« Victoria war überzeugt davon, dass Toby völlig aufrichtig war. Er hatte sich wahnsinnig in sie verliebt, und es schockierte sie nicht im Geringsten, dass er sich von seiner Frau scheiden lassen wollte. Evangeline war das schließlich völlig gleichgültig. Und Toby und sie brauchten ja nicht zu heiraten, um zusammenzuleben. Toby wollte mit ihr nach Europa gehen. Er war ihr Traummann, ein Ritter in glänzender Rüstung, der sie aus ihrem langweiligen, bedeutungslosen Leben erlösen würde. Er hatte schon in Paris, in London und in Argentinien gelebt. Seine Worte hatten wie Musik in Victorias Ohren geklungen, und sie erbebte, wenn sie an ihn dachte.

»Seine Frau ist heute Abend im Toilettenraum auf mich losgegangen«, sagte Olivia. »Sie hat mich für dich gehalten.«

»Wie praktisch! Hast du ihr gesagt, dass es dir Leid täte und dass alles nur ein Irrtum sei?«

»So in etwa«, erwiderte Olivia ernst. Victoria lachte nur.

»Sie hat mir gesagt, dass Toby die Frauen, mit denen er spielt, nach einer Weile einfach fallen lässt. Ich möchte nicht, dass du diese Erfahrung machst. Victoria, bitte, sei vernünftig – halt dich fern von ihm, er ist gefährlich! Bitte versprich mir, dass du ihn nicht wiedersiehst!«

»Ich verspreche es«, sagte Victoria gleichmütig.

»Ich meine es ernst.« Olivia stiegen die Tränen in die Augen. Sie hasste diesen Mann, der sich zwischen sie und ihre Schwester drängte. Dazu hatte niemand das Recht.

»Du bist eifersüchtig«, sagte Victoria kühl.

»Nein, das stimmt nicht«, erwiderte Olivia heftig.

»Doch. Toby liebt mich, und das macht dir Angst. Du fürchtest, dass er mich dir wegnimmt.«

»Siehst du denn nicht, wie riskant es ist, sich in diesen Mann zu verlieben? Ich kann es gar nicht oft genug sagen, Victoria, er ist gefährlich! Das musst du doch auch sehen.«

»Ich passe schon auf, ich schwöre es«, erwiderte Victoria versöhnlich. Sie hasste es, sich mit ihrer Schwester zu streiten, dafür liebte sie sie viel zu sehr. Aber sie liebte auch Toby, und jetzt war es zu spät für eine Umkehr. Als er sie an diesem Abend geküsst hatte, hatte sie das Gefühl gehabt, ihr Körper stünde in Flammen, und als er ihre Brust gestreichelt hatte, hätte sie alles getan, was er wollte. Noch nie hatte jemand sie so berührt. Wie sollte sie das ihrer Schwester nur erklären?

»Versprich mir, dass du ihn nicht wiedersiehst«, flehte Olivia. »Bitte!«

»Verlang das nicht von mir! Ich verspreche dir aber, dass ich nichts Dummes tue.«

»Ihn wiederzusehen ist dumm. Das hat seine Frau auch gesagt.«

»Sie ist doch nur wütend, weil er sich von ihr scheiden lassen will.«

»Denk doch einmal an den Skandal, den eine Scheidung verursachen würde. Vor allem für eine Astor. Warum wartest du denn nicht wenigstens, bis sie wirklich geschieden sind und sich die Aufregung ein wenig gelegt hat? Dann könnte er sich in aller Öffentlichkeit mit dir treffen, und du könntest es Vater erklären.«

»Ach, das dauert doch noch Ewigkeiten!«

»Und wenn wir wieder nach Hause gehen? Kommt er dich da auch besuchen? Was werden die Leute sagen … und Vater?«

»Ich weiß nicht. Toby hat gesagt, dass unsere Liebe alle Hindernisse überwinden wird. Und ich liebe ihn, Ollie, ich liebe ihn so sehr.« Victoria schloss die Augen. Beim Gedanken an Toby zersprang ihr fast das Herz in der Brust. »Ach, Ollie, wie soll ich es dir nur erklären? Ich würde für ihn sterben, wenn es sein müsste.«

»Genau davor habe ich Angst«, erwiderte Olivia traurig. »Ich möchte nicht, dass dir jemand wehtut.«

»Das wird er auch nicht, ich schwöre es dir. Du musst einmal mit uns zum Tee kommen, ich möchte, dass du ihn kennen lernst. Du sollst ihn auch lieben … Ollie, bitte … Ohne deine Hilfe schaffe ich es nicht.«

»Dieses Mal kann ich dir nicht helfen, Victoria«, erwiderte Olivia leise. »Ich halte das Ganze für gefährlich und falsch, und ich befürchte, dass er dir eines Tages wehtun wird. Vielleicht kann ich dich ja nicht aufhalten, aber helfen werde ich dir auch nicht. Dieses Mal nicht.«

»Dann versprich mir, dass du kein Wort verrätst … versprich es!«, flehte Victoria sie weinend an. Auch Olivia kamen die Tränen. Sie zog ihre Schwester an sich und hielt sie eng umschlungen.

»Wie kannst du mich nur darum bitten? Ich kann doch nicht zulassen, dass er dich verletzt.«

»Das wird er nicht … glaub es mir … vertrau mir …«

»Nicht dir misstraue ich.« Olivia seufzte tief auf und wischte sich die Tränen weg. »Ich werde erst einmal nichts mehr sagen. Aber wenn er dir Schaden zufügt, weiß ich nicht mehr, was ich tue.«

»Das wird er nicht. Ich kenne ihn besser als jeden anderen Menschen, von dir einmal abgesehen.« Victoria sah aus wie ein Kind, als sie lächelnd ins Bett schlüpfte.

»Du kennst ihn doch erst seit zwei Tagen, Victoria. Du bist eine Träumerin. Wie kannst du nur einem Mann so rasch vertrauen?«

»Weil ich weiß, wer er ist. Ich verstehe ihn. Wir sind zwei Seelenverwandte, die das Glück hatten, sich zu begegnen. Es ist ein Wunder, Ollie, wirklich. Er sagt, er hat sein ganzes Leben lang auf mich gewartet und kann es kaum glauben, dass ich jetzt endlich da bin.«

Olivia warf ihrer Schwester einen skeptischen Blick zu. »Und was ist mit seiner Frau und den Kindern? Wie passen sie in das Bild?« Diese Frage verunsicherte Victoria ein wenig.

»Er sagt, sie habe ihm die Kinder aufgezwungen, er habe nie Kinder in dieser lieblosen Ehe haben wollen. Es ist nur ihre Schuld, und deshalb muss sie jetzt auch zusehen, wie sie damit fertig wird.«

»Na, das ist ja eine nette Einstellung«, erwiderte Olivia, aber ihr Sarkasmus erreichte Victoria gar nicht.

Kurz darauf schalteten sie das Licht aus, und Olivia schlang die Arme um ihre Schwester. »Sei vorsichtig, kleine Schwester … sei klug und wachsam …«, flüsterte sie, aber Victoria schlief schon halb und freute sich darauf, von Toby zu träumen. Sie hatten sich für den nächsten Tag verabredet und wollten sich um zehn Uhr in der Bibliothek treffen.

5

Während Olivia am nächsten Morgen das Menü mit der Köchin besprach, schlüpfte Victoria heimlich aus dem Haus. Sie hatte Bertie gesagt, sie ginge in die Bibliothek, um sich mit einem Mädchen aus der Familie Rockefeller zu treffen, und sei gegen Nachmittag wieder zu Hause. Bertie hatte Donovan angewiesen, Victoria zu ihrer Verabredung zu fahren, und niemand schien zu merken, dass sie zum ersten Mal das neue weiße Kostüm trug. Sie sah äußerst elegant aus, als sie die Treppe zur Bibliothek hinaufstieg. Nachdem Donovan die junge Frau abgesetzt hatte, kehrte er nach Hause zurück, weil er Mr Henderson zu John Watsons Kanzlei bringen musste.

Victoria gab einige Bücher zurück, und während sie am Rückgabeschalter stand, sah sie, dass Toby bereits da war und sie beobachtete. Strahlend trat Victoria auf ihn zu, und kurz darauf verließen sie Arm in Arm die Bibliothek. Victoria hatte keine Ahnung, wohin Toby sie führte, aber es war ihr auch gleichgültig, solange sie nur zusammen waren.

Toby hatte seinen Wagen – einen Stutz, den er gerade erst gekauft hatte – vor dem Gebäude geparkt, und als Victoria verkündete, sie würde gerne fahren, lachte er.

»Du willst mir doch nicht erzählen, dass du Auto fahren kannst!«, erwiderte er entzückt. »Du bist ja wirklich ein modernes Mädchen.« Er bot ihr eine Zigarette an, die sie dankend annahm, obwohl es noch so früh am Tag war.

Nachdem sie eine Weile lang durch die East Side gefahren waren, hielt Toby am Straßenrand an und blickte Victoria nachdenklich an. »Ich bete dich an, Victoria«, flüsterte er. »Eine Frau wie du ist mir noch nie begegnet.« Seine Worte berauschten die junge Frau, und als er sie küsste, flog ihm ihre Seele entgegen. In diesem Moment hätte sie alles für ihn getan. Als er sich atemlos von ihr löste, sagte er: »Du machst mich verrückt. Am liebsten würde ich dich nach Kanada oder Mexiko entführen oder mit dir nach Argentinien durchbrennen … du bist eine Frau, die an exotische Orte gehört. Ich würde jetzt so gerne irgendwo mit dir am Strand liegen, Musik hören und dich küssen.« Erneut versanken sie in einem langen Kuss.

Als sie sich voneinander lösten, blickte er sie sehnsüchtig an. Doch dann lächelte er plötzlich, als sei ihm etwas eingefallen. »Ich habe eine Idee«, sagte er und ließ das Auto an. »Ich weiß, wohin wir heute fahren. Ich war seit einer Ewigkeit nicht mehr dort.«

»Und wohin?«, fragte sie.

»Das ist ein Geheimnis«, erwiderte er und reichte ihr eine Taschenflasche. Sie trank einen Schluck und stellte fest, dass die Flasche Brandy enthielt, der ihr heiß die Kehle hinunterrann. Ihr war, als würden Toby und sie sich schon seit einer Ewigkeit kennen.

»Trinkst du immer Brandy vor dem Mittagessen?«, fragte sie erstaunt.

»Ich war ziemlich nervös heute Morgen«, gestand er, »und da dachte ich, der Alkohol hilft mir vielleicht. Mir haben die Knie gezittert, als ich zu unserem Treffen fuhr.« Jungenhaft grinsend blickte er sie an, und Victoria kam sich auf einmal sehr weltgewandt und erfahren vor. Toby Whitticomb war zweiunddreißig, und er liebte sie so sehr, dass ihn das Treffen mit ihr nervös machte. Diese Geschichten, die man sich über ihn erzählte, konnten gar nicht stimmen. Er würde sich scheiden lassen, und alles würde gut werden.

Mittlerweile waren sie Uptown angelangt, und die Häuser wurden immer kleiner und schlichter. Schließlich hielt Toby vor einem kleinen weißen Haus, das von hohen Hecken und einem Zaun umgeben war.

»Was ist das?«, fragte Victoria amüsiert.

»Das ist mein Traumhaus.« Lächelnd stieg er aus, half ihr aus dem Wagen und holte dann einen Picknickkorb aus dem Kofferraum, der Champagner, Kaviar, einen kleinen Kuchen und andere Leckereien enthielt. Offenbar hatte Toby alles sorgfältig vorbereitet. Jetzt zog er einen Schlüssel aus der Tasche, und Victoria blickte ihn staunend an.

»Wem gehört das Haus?«, fragte sie neugierig. Sie hatte keine Ahnung, wo sie sich befanden, und folgte ihm neugierig bis zur Haustür. Er schloss sie auf, und sie traten in einen einfach eingerichteten, aber sehr gemütlichen Wohnraum. Toby zog Victoria in seine Arme und küsste sie. Dann umfasste er ihr Gesicht mit beiden Händen und blickte lächelnd auf sie hinunter.

»Eines Tages wirst du meine Frau sein, Victoria Henderson«, sagte er leise. »Du kennst mich bis jetzt noch kaum, aber eines Tages wirst du Mrs Whitticomb sein … wenn du mich haben willst …« Er verstummte. Victoria war vollkommen überwältigt. Sie hatte immer gesagt, sie wolle nie heiraten, und jetzt stand sie diesem Mann gegenüber, für den sie alles getan hätte. Sie liebte ihn über alles und vertraute ihm wie ihrem eigenen Vater.

»Ich liebe dich«, flüsterte sie. Er küsste sie und drückte sie sanft auf die Couch. Eng umschlungen lagen sie dort, und Victoria spürte seinen festen Körper neben sich. Sie hatte keine Ahnung, was Toby von ihr erwartete, und sie wollte ganz bestimmt auch keine Dummheit begehen, aber als er begann, ihre Bluse aufzuknöpfen, konnte sie nichts anderes denken, als dass sie ihm gehören und für immer bei ihm bleiben wollte.

Nach einer Weile löste sich Toby von ihr. Sie brachten den Picknickkorb in die Küche, wo Toby den Champagner öffnete. Er schenkte zwei Gläser ein, und sie stießen miteinander an. Victoria knöpfte ihre Bluse wieder zu, und sie gingen in den Garten. Das Haus lag ganz einsam, ringsherum gab es keine Nachbarn. Toby erklärte, er habe das Haus gemietet, um sich gelegentlich von Evangeline zurückziehen zu können und Zeit für sich selbst zu haben. Hier habe er auch beschlossen, sich endlich scheiden zu lassen.

»Wirst du deine Kinder nicht vermissen?«, fragte Victoria mitfühlend, während sie zum Haus zurückschlenderten.

»Doch. Aber ich hoffe, Evangeline ist vernünftig und lässt mich sie sehen. Natürlich wird es ein Schock für sie werden, aber ich glaube, sie wird auch erleichtert sein. Nur unsere Familien werden es nicht verstehen, für sie wird es schwer werden.« Victoria nickte. Plötzlich wurde ihr klar, dass es einen entsetzlichen Skandal geben würde. Auch ihr Vater würde außer sich sein, aber letztendlich würde er es wohl verstehen, und dann könnte Toby sie besuchen, während sein Scheidungsverfahren lief. Es war doch seltsam, wie sich das Leben innerhalb weniger Tage ändern konnte. Alles hatte auf einmal eine andere Richtung genommen.

Toby fragte Victoria, wie es sich anfühle, ein Zwilling zu sein, und lachte über die Geschichten, die sie ihm erzählte. Dann saßen sie wieder im Wohnzimmer, er schenkte ihr noch ein Glas Champagner ein, und dieses Mal knöpfte er ihre Bluse nicht nur auf, sondern zog sie ihr aus. Einen Moment lang wehrte sich Victoria dagegen, aber ihr Verlangen nach ihm war zu stark, und so ließ sie es zu, dass seine Lippen von ihrem Hals langsam zu ihren Brüsten und dann zu ihren Brustwarzen hinabwanderten. Sie stöhnte leise und wehrte sich nicht, als er sie nach und nach auszog. Sanft nahm er sie auf die Arme und trug sie ins Schlafzimmer.

Die Vorhänge waren zugezogen, wodurch das Zimmer in ein beinahe mystisches Zwielicht getaucht war. Behutsam und mit großer Erfahrung nahm er sie. Ihr ganzer Körper vibrierte, und sie bog sich ihm entgegen. Stunden später lag sie erschöpft und schläfrig in seinen Armen, erfüllt von Liebe und Vertrauen. Toby war die Liebe ihres Lebens, und sie hatte ihm alles gegeben.

Um fünf Uhr weckte er sie schließlich, weil sie aufbrechen mussten. Er hasste zwar den Gedanken, wollte aber auf keinen Fall, dass sie Probleme bekam. Es tat Victoria fast körperlich weh, sich von ihm lösen zu müssen, und schweigend kleidete sie sich an, während er ihr bewundernd zuschaute, als könne er sein Glück noch immer nicht fassen.

»Du sollst es nie bereuen, dass du mich liebst«, sagte er zu ihr, bevor sie das Haus verließen.

Auf dem Heimweg ließ er sie ein Stück fahren, und sie lachten und sangen und waren ausgelassen wie Kinder.

»Ich liebe dich, Toby Whitticomb«, sagte Victoria, als er sie drei Häuserblocks von ihrem Zuhause entfernt aus dem Wagen steigen ließ.

»Nicht so sehr, wie ich dich liebe. Du wirst schon sehen, eines Tages bist du mein«, erwiderte er stolz, »obwohl ich dich nicht verdient habe.«

»Ich gehöre dir bereits«, flüsterte sie und küsste ihn zum Abschied auf die Wange. Wie berauscht winkte sie ihm nach, als er davonfuhr. Am nächsten Tag wollten sie sich wieder in der Bibliothek treffen und dann in das kleine Haus fahren.

6

Der Oktober wurde für alle ein ereignisreicher Monat. Edward Henderson stand kurz vor dem Abschluss eines wichtigen Geschäfts und nahm täglich an den Verhandlungen in John Watsons Kanzlei teil.

Olivia hatte Freunde gefunden und wurde überall zum Tee oder zum Mittagessen eingeladen. Victoria war zwar auch immer eingeladen, kam jedoch nur selten mit. Sie erklärte ihrer Schwester, sie ginge zu Vorträgen und Versammlungen der Frauenbewegung, aber Olivia vermutete, dass sie sich heimlich mit Toby Whitticomb traf. Sie sagte zwar nichts mehr dazu, beobachtete Victoria aber genau. Sie sah ihrer Schwester an, wie verliebt sie war, und wusste genau, dass sie wenig dagegen unternehmen konnte.

Die Hendersons besuchten Konzerte und gingen ins Theater, und auf die Bitte ihres Vaters hin gab Olivia noch zwei kleine Dinnerpartys. Zu einer kam auch Charles Dawson, der jedoch den ganzen Abend lang mit ihrem Vater über Geschäfte diskutierte. Auch Olivia war nicht so gesprächig wie sonst, weil sie sich schreckliche Sorgen um ihre Schwester machte.

Die Zwillinge sprachen kaum noch miteinander, und Olivia begann, das Ende ihres Aufenthaltes in New York herbeizusehnen, damit sie ihre Schwester endlich wieder für sich hatte. Doch gegen Ende des Monats erklärte Edward, dass sie wohl vor Mitte November nicht nach Croton zurückkehren könnten, weil seine Geschäfte ihn noch länger in Anspruch nehmen würden. Außerdem dachte er, dass es seinen Töchtern gut tun würde, noch eine Weile länger in der Stadt zu bleiben. Vielleicht würden sie ja sogar einen Ehemann finden.

»Sie sind doch der Stadt noch nicht überdrüssig, oder?«, fragte Charles Dawson Olivia eines Nachmittags, als er ihren Vater besuchte.

»Ein wenig vielleicht.« Sie lächelte. »Mir gefällt es hier, aber ich möchte auch gerne sehen, wie sich das Laub in Croton färbt.«

»Bald sind wir ja wieder zu Hause«, warf ihr Vater ein und blickte sie dankbar an. In den letzten zwei Monaten hatte sie das Stadthaus wunderbar geführt.

»Sie müssen uns einmal mit Geoffrey besuchen kommen«, sagte Olivia zu Charles. Sie wollte den Jungen gerne einmal kennen lernen.

»Ja, das würde ihm bestimmt gefallen«, stimmte Charles ihr zu.

»Kann er reiten?«, fragte sie, und als Charles verneinend den Kopf schüttelte, fuhr sie fort: »Vielleicht könnte ich es ihm beibringen.«

»Daran hätte er bestimmt Freude.«

»Wo ist übrigens deine Schwester heute Nachmittag?«, fragte Edward plötzlich.

»Sie ist mit Freunden ausgegangen. Oder in der Bibliothek. Ich weiß es nicht so genau. Sie müsste eigentlich jeden Augenblick nach Hause kommen.«

»Sie geht in der letzten Zeit häufig aus.« Edward lächelte zufrieden. Es gefiel ihm, dass sich seine Töchter in New York wohl fühlten.

Kurz darauf brach Charles auf. Als er aus der Haustür trat, kam ihm Victoria auf der Treppe entgegen. Im selben Moment fuhr ein Auto rasch davon, aber Charles bemerkte es nicht, weil er stehen blieb, um ein wenig mit

Victoria zu plaudern. In ihren Augen stand ein seltsam verträumter Ausdruck. Wenn er dieses Mal beide Mädchen vor sich gehabt hätte, hätte er sie nicht verwechseln können, weil Victoria etwas ausstrahlte, das er nicht benennen konnte. Er dachte noch darüber nach, als er nach Hause zu seinem Sohn fuhr. Thanksgiving und Weihnachten standen bevor, und Charles fürchtete sich vor den Feiertagen. Im Jahr zuvor hatte er sie zum ersten Mal ohne Susan verbracht, und es war eine Qual für ihn gewesen.

An jenem Abend besuchten die Hendersons ein Konzert in der Carnegie Hall. Sie begegneten zahlreichen Bekannten, darunter auch Toby Whitticomb, der mit Freunden in einer Loge saß. Seine Frau war nicht dabei, und es wurde gemunkelt, sie sei entweder krank oder wieder schwanger. Victoria lächelte nur darüber, denn sie wusste es besser. Evangeline konnte nicht schwanger sein, schließlich wollten sich die beiden doch scheiden lassen. Wahrscheinlich waren sie übereingekommen, sich im Moment besser nicht gemeinsam in der Öffentlichkeit zu zeigen. Den ganzen Abend über konnten Toby und Victoria die Blicke nicht voneinander lösen.

Dieses Mal fiel es auch ihrem Vater auf, aber er erwähnte seiner Tochter gegenüber nichts davon und hoffte nur im Stillen, dass der junge Whitticomb die Finger von ihr ließe.

»Vater hat heute Abend etwas gemerkt«, sagte Olivia später zu Hause, als sie sich auszog, doch Victoria antwortete nicht, sondern bürstete sich nur schweigend die Haare. Die Kluft, die zwischen ihnen entstanden war, schmerzte Olivia.

»Vater weiß gar nichts«, erwiderte Victoria schließlich.

»Was gibt es denn zu wissen?«, fragte Olivia leise und voller Angst. Doch wieder blieb Victoria ihr eine Antwort schuldig.

Am nächsten Tag wurden Olivias schlimmste Befürchtungen wahr. John Watson kam vorbei, wie er es häufig tat, und bat darum, mit Edward Henderson sprechen zu dürfen. Bertie servierte ihnen Kaffee in der Bibliothek, und zunächst schwieg John. Er dachte an das schwache Herz seines alten Freundes und hätte am liebsten gar nichts gesagt, aber er wusste, dass er es Edward schuldig war.

»Ich habe leider schlechte Neuigkeiten«, setzte er schließlich an.

»Ist der Verkauf des Stahlwerkes geplatzt?«, fragte Edward enttäuscht. John schüttelte verneinend den Kopf.

»Nein, in dieser Hinsicht ist zum Glück alles in Ordnung. Bis Weihnachten wird die Angelegenheit wohl über die Bühne sein.«

»Gut, das habe ich gehofft«, erwiderte Edward.

»Nein, es geht um etwas Persönliches. Etwas, das ich dir am liebsten gar nicht erzählen würde, weil ich weiß, dass es dir Kummer bereiten wird. Ich habe gestern Abend noch lange mit Martha darüber gesprochen, und wir sind beide der Meinung, dass du es erfahren musst. Es geht um Victoria, Edward.« Mühsam rang er nach Worten. »Sie hat etwas sehr Dummes getan. Sie hat sich mit dem jungen Whitticomb eingelassen … ernsthaft eingelassen … es tut mir so Leid.« Die Blicke der beiden alten Männer trafen sich. »Es gibt anscheinend ein kleines Haus im Norden der Stadt, wo sie sich heimlich treffen. Die Haushälterin eines meiner Bekannten hat sie dort in den vergangenen Wochen täglich gesehen. Den Rest kannst du dir ja selbst denken. Oh Gott, Edward, es tut mir so Leid«, wiederholte er, als er sah, wie sich die Augen seines alten Freundes mit Tränen füllten. Edward schwieg einen Moment lang, dann fragte er: »Bist du dir sicher? Wer ist diese Frau? Soll ich einmal mit ihr reden? Vielleicht lügt sie ja, um uns zu erpressen.«

»Möglich. Aber da ich Whitticombs Ruf kenne, bin ich geneigt, ihren Worten Glauben zu schenken. Ich hätte es dir nicht erzählt, wenn ich mir nicht ziemlich sicher wäre. Soll ich einmal mit ihm reden? Oder vielleicht sollten wir beide mit ihm sprechen.«

»Wenn es stimmt, bringe ich ihn um«, erwiderte Edward grimmig. »Ich kann das von Victoria einfach nicht glauben. Sie ist manchmal sehr impulsiv, stiehlt meinen Wagen oder reitet mit einem meiner besten Pferde über die Felder, aber das – nicht das, John. Ich kann es einfach nicht glauben.«

»Ich eigentlich auch nicht. Aber Victoria ist noch sehr jung und naiv und Whitticomb äußerst erfahren in solchen Affären. Jene Haushälterin sagte, er habe das Haus eigens zu diesem Zweck gemietet.«

»Der Kerl gehört ins Gefängnis!«

»Und wenn es nun stimmt? Was ist mit deiner Tochter? Sie kann ihn nicht heiraten. Er ist bereits verheiratet, hat drei Kinder, und Martha hat mir erzählt, dass seine Frau das vierte erwartet. Die Lage ist wirklich ernst.«

»Glaubst du, es weiß sonst noch jemand davon?«, fragte Edward zögernd. Diese Frage hatte Watson gefürchtet.

»Whitticomb hat vor ein paar Tagen mit Lionel Matheson in seinem Club darüber geredet. Ich habe meinen Ohren nicht getraut, als ich es erfuhr. Jemand aus der Kanzlei hat es mir erzählt. Der Mann ist ein verantwortungsloser Schuft. Er macht sich offenbar gar nichts daraus, den Ruf eines jungen Mädchens zu zerstören. Er hat Matheson erzählt, er habe eine Affäre mit einem süßen jungen Ding, das eine Zwillingsschwester habe. Er erwähnte zwar keine Namen, aber das brauchte er unter diesen Umständen natürlich auch nicht.«

Edward Henderson wurde blass, und wäre John nicht da gewesen, wäre er schnurstracks zu seinen Töchtern hinaufgeeilt. »Du musst etwas unternehmen«, fügte Watson hinzu. »Wenn er weiter so redet, weiß es bald die ganze Stadt. Was hältst du davon, deine Töchter für eine Weile nach Europa zu schicken … weit weg von ihm? Und danach solltest du dir ernsthaft überlegen, wie ihre Zukunft aussehen soll. Du musst etwas unternehmen, bevor ihr Ruf völlig ruiniert ist. Nach dieser Affäre wird Victoria nie wieder einen Mann finden; niemand wird sie mehr zur Frau haben wollen.«

»Das weiß ich«, erwiderte Edward kläglich. Er war seinem alten Freund dankbar für seine Aufrichtigkeit, aber er erstickte fast an der Qual. »Ich muss darüber nachdenken. Gleich morgen werde ich die beiden nach Croton zurückschicken. Ich bin mir allerdings nicht sicher, was danach geschehen soll. Europa ist keine Lösung … Ich weiß nicht, was ich mit Victoria machen soll. Ich würde diesen Schuft ja zwingen, sie zu heiraten, wenn ich könnte – aber wie soll ich das bei einem verheirateten Mann mit vier Kindern anstellen?«

»Erschieß ihn«, erwiderte John Watson in dem Versuch, die Angelegenheit mit ein wenig Humor zu nehmen. Wenigstens bewirkte er damit, dass Edward sich ein kleines Lächeln abrang.

»Glaub mir, das täte ich am liebsten auch. Aber ich sollte ihn wohl am besten zunächst einmal zur Rede stellen. Ich möchte gerne wissen, was passiert ist.«

»Ich halte das nicht für klug. Was passiert ist, liegt doch auf der Hand, und du würdest dich nur unnötig aufregen. Er wird dir gegenüber sowieso nicht aufrichtig sein, und selbst wenn, was würde das Victoria nützen? Heiraten kann er sie ja doch nicht. Er kann sich von Evangeline nicht scheiden lassen, zumal sie ja auch schon wieder ein Kind erwartet. Es gäbe einen entsetzlichen Skandal. Victoria muss den Mann einfach vergessen.«

»Versuch einmal, ihr das klar zu machen, wenn sie ihn wirklich liebt. Ich habe sie ein- oder zweimal mit ihm tanzen gesehen, aber ich hätte nie geglaubt, dass es so weit geht. Dabei hätte ich es voraussehen müssen. Ich weiß nicht, was ich mir gedacht habe. Kein Wunder, dass sie ständig ausgeht.« Edward gab sich selbst die Schuld an allem und war aufs Äußerste erregt. Es war ein Albtraum. Als John Watson aufbrach, waren die beiden Männer übereingekommen, dass er mit Toby Whitticomb reden würde und Edward sich völlig heraushalten sollte, da dies der diskreteste Weg wäre. Zudem fürchtete John, dass Edwards schwaches Herz eine Auseinandersetzung mit Toby Whitticomb nicht überstehen würde.

Und so fuhr John Watson direkt von den Hendersons zu Toby Whitticombs Büro, wo er ihn auch antraf, da Victoria an diesem Morgen einen Termin beim Zahnarzt hatte.

Was John nun zu hören bekam, war noch entsetzlicher als alles, was er bisher erfahren hatte. Ganz Gentleman, versicherte ihm Toby, dass er sich jetzt, da alles ans Licht gekommen sei, nicht mehr mit dem Mädchen treffen würde. Es habe einfach nur Spaß gemacht, sagte er. Victoria sei ein wildes Ding, das offenbar Vergnügen daran habe, verheirateten Männern nachzustellen. Er habe ihr nie irgendwelche Versprechungen oder Hoffnungen auf eine gemeinsame Zukunft gemacht, da er mit Evangeline entgegen allen Gerüchten sehr glücklich sei. Außerdem erwarte sie im April ihr viertes Kind, und es sei ihm nie in den Sinn gekommen, sie jemals zu verlassen. Toby stellte die Angelegenheit so dar, als sei er Victorias Opfer gewesen und nicht umgekehrt. Sie habe ihn buchstäblich verführt, behauptete er.

John Watson glaubte ihm kein Wort. Höchstwahrscheinlich hatte er dem Mädchen die unglaublichsten Dinge versprochen, und sie hatte seinen Lügen geglaubt und sich von ihm verführen lassen. Victoria war jung und naiv, und er war ein äußerst attraktiver Mann. Es blieb jetzt nur die Frage, wie ihre Zukunft aussehen sollte.

Mittags war John wieder bei Edward Henderson und erzählte ihm so viel, wie er wagte. Die Einzelheiten verschwieg er, aber an der Tatsache, dass Victoria eine Affäre mit Toby Whitticomb hatte, war nicht zu rütteln. Und die Frage, was jetzt mit Victoria geschehen sollte, blieb ein ernstes Problem. Wenn sie nichts unternahmen und Toby etwas über die Geschichte verlauten ließe, würde kein anständiger Mann mehr etwas mit Victoria zu tun haben wollen.

Edward dankte John für seine Hilfe und begleitete ihn zur Haustür, wo er sich von ihm verabschiedete. Als seine Töchter vom Zahnarzt zurückkehrten, war er grau im Gesicht. Wie ein gebrochener Mann erwartete er sie an der Tür zur Bibliothek.

»Wir fahren morgen früh nach Hause, Olivia«, sagte er mit finsterem Gesicht. Er war sich nicht sicher, ob Olivia ihre Schwester womöglich wieder einmal gedeckt hatte, und machte ihr dies im Stillen zum Vorwurf. »Bitte lass sofort packen und bereite alles vor. Was du heute nicht mehr schaffst, werden Petrie und die anderen Dienstboten nach unserer Abreise erledigen.« Er blickte seine Töchter so streng an, dass Olivia unwillkürlich zu zittern begann.

»Wir reisen jetzt schon ab? So schnell? Aber ich dachte … du hattest doch gesagt …« Verwirrt blickte sie ihren Vater an.

»Ich sagte, wir fahren!«, brüllte er, was er äußerst selten tat. Dann wandte er sich an Victoria und bedeutete ihr stumm, näher zu treten. Mit zitternden Knien trat sie auf ihn zu, wobei sie ihrer Schwester einen Hilfe suchenden Blick zuwarf.

»Ist etwas geschehen?«, fragte Olivia leise. Aber Edward antwortete nicht, sondern wartete stumm, bis Victoria vor ihm stand. Dann führte er sie in die Bibliothek und schloss die Tür hinter sich. Olivia stand in der Halle und starrte fassungslos auf die Tür. Er konnte doch wohl nicht herausbekommen haben, dass Victoria sich heimlich mit Toby Whitticomb traf? Olivia hatte ihren Vater noch nie so aufgebracht gesehen.

Sie eilte in die Küche, um Bertie zu fragen, ob sie wisse, was los sei, und um ihr zu sagen, dass sie abreisten. Aber Bertie war genauso erstaunt wie sie selbst und wusste von nichts. Da Edwards Anweisungen klar und deutlich gewesen waren, machten sich die beiden Frauen sofort an die Arbeit.

Zur selben Zeit saß Victoria schluchzend in der Bibliothek. Ihr Vater schäumte vor Wut.

»Du hast dein Leben ruiniert, Victoria! Du hast keine Zukunft mehr. Kein anständiger Mann wird dich mehr haben wollen.« Edward fühlte sich miserabel, und das Schluchzen seiner Tochter zerriss ihm das Herz. Er wusste noch nicht einmal genau, was eigentlich zwischen ihr und Toby Whitticomb passiert war, doch er wollte es auch gar nicht wissen, weil er den Gedanken nicht ertragen konnte.

Jämmerlich schluchzend wandte sie ein: »Ich wollte sowieso niemals heiraten.«

»Hast du es deshalb getan? Weil es dir egal war? Wolltest du deine Zukunft zerstören? Und vielleicht sogar die deiner Schwester? Und den Ruf deiner Familie?« Weinend schüttelte Victoria den Kopf. »Hat er dir etwas versprochen? Hat er versprochen, dich zu heiraten, Victoria?« Sie schlug die Augen nieder und rang die Hände. Dann nickte sie. »Wie konnte er nur? Was hat er sich dabei gedacht? Der Mann ist ein Schurke! Ich hätte ihn nie in mein Haus einladen dürfen. Es ist alles meine Schuld.« Und dann erzählte Edward seiner Tochter, wie Toby in der Öffentlichkeit über sie redete, wie er bei den Männern in seinem Club damit prahlte, dass er ein Verhältnis mit ihr habe. Auch dass er John Watson gegenüber behauptet hatte, Victoria habe ihn verführt, verschwieg er ihr nicht.

Als Victoria ihm dann zögernd gestand, was Toby zu ihr gesagt hatte, traten Edward die Tränen in die Augen.

»Er hat gesagt, er habe noch nie jemanden so geliebt wie mich, ein solches Gefühl habe er noch nie erlebt…« Sie schluchzte jämmerlich. »Er hat gesagt, sie wollten sich scheiden lassen, es sei eine Ehe ohne Liebe, und er wolle seine Frau verlassen und mich heiraten.« Victoria hatte Toby das alles geglaubt, denn trotz ihrer großartigen, modernen Ideen war sie im Grunde noch ein Kind, und eine Romantikerin dazu.

»Und du hast ihm geglaubt?«, fragte Edward entsetzt. Sie nickte. »Warum hast du dich überhaupt allein mit ihm getroffen?« Diese Vorstellung erschütterte ihn, weil er sich eingestehen musste, dass er nicht genug auf seine beiden Töchter aufgepasst hatte. Aber zumindest Olivia tat nie etwas Ungehöriges und besuchte auch keine verbotenen Orte.

»Ich dachte, wir wollten nur den Nachmittag miteinander verbringen. Ich hatte nie die Absicht… Ich dachte ja nicht… Ich hätte nie… oh Vater…«, schluchzte Victoria auf. Sie weinte weniger wegen des Kummers, den sie ihrem Vater verursachte, als über die plötzliche Erkenntnis, dass Toby sie belogen hatte. Er hatte John Watson gegenüber behauptet, es habe sich nur um eine belanglose Affäre gehandelt, und sie hätte ihn verführt. Sie konnte kaum glauben, wie unglaublich dumm sie gewesen war, auf seine Lügen hereinzufallen. Er war tatsächlich so schlimm, wie die Leute behaupteten, sogar noch schlimmer. Er hatte sie von Anfang an belogen, aber sie hatte ihm geglaubt.

Edward warf seiner Tochter einen verzweifelten Blick zu und sagte: »Ich glaube zwar nicht, dass du mir die Wahrheit sagen wirst, aber ich frage dich trotzdem:

Wusste deine Schwester davon, Victoria? Hat sie gewusst, was du tatest?«

Victoria konnte vor lauter Schluchzen kaum sprechen, aber sie erwiderte seinen Blick aufrichtig und schüttelte den Kopf. »Nein«, flüsterte sie. »Sie hat uns auf dem Ball bei den Astors miteinander tanzen sehen, und danach haben wir einen schrecklichen Streit gehabt. Sie hat mir all die Dinge gesagt, die ich selbst hätte wissen müssen … Aber ich wollte nicht auf sie hören. Deshalb habe ich ihr nicht mehr erzählt, was vor sich ging. Sie wusste wahrscheinlich, dass ich mich ein- oder zweimal mit ihm getroffen habe, aber … das Übrige nicht …« Sie schämte sich so schrecklich, dass sie ihrem Vater kaum ins Gesicht sehen konnte. Bald würde die ganze Stadt über ihre Affäre Bescheid wissen, und Toby würde sie zum Gespött aller Leute machen. Auf einmal war sie froh, dass sie wieder nach Croton zurückfuhren. Nie wieder wollte sie nach New York zurück. Auch Edward hatte absolut kein Verlangen mehr, nach New York zurückzukehren. In dieser Stadt geschah seiner Familie nichts Gutes. Seine Frau war hier gestorben, das Debüt der beiden Mädchen vor zwei Jahren war die reinste Zirkusnummer gewesen, und jetzt hatte ihr Aufenthalt zu einer wahren Katastrophe geführt. Edward Henderson bezweifelte, dass er jemals in seinem Leben sein friedliches Haus in Croton wieder verlassen würde.

»Ich verbiete dir, ihn jemals wiederzusehen, Victoria. Ist das klar?«, sagte er jetzt streng. »Du bist dem Mann gleichgültig. Er hat dich verleugnet, dich lächerlich gemacht, dich betrogen. Wenn er zu John gesagt hätte, du seiest seine große Liebe, und er wisse nicht, was er tun solle, dann wäre es etwas anderes gewesen. Es hätte vermutlich kein anderes Ende genommen, aber du hättest zumindest dein Leben in der Gewissheit weiterführen können, dass der Mann dich wirklich geliebt hat. In deinen dunkelsten Stunden hättest du dich daran klammern können. Aber jetzt bleibt dir nichts, außer deinem zerstörten Ruf und dem Wissen, dass du von einem gewissenlosen Schuft missbraucht worden bist. Ich werde darüber nachdenken, wie du eines Tages wieder ein normales Leben führen kannst, aber vorläufig solltest du dich keinen Illusionen hingeben. Und denk daran, ich verbiete dir, ihn wiederzusehen. Hast du verstanden?«

»Ja, Sir.« Victoria putzte sich die Nase und bemühte sich, ihr Schluchzen zu unterdrücken, doch es gelang ihr nicht. So hatte ihr Vater noch nie mit ihr geredet. Es war schrecklich.

»Und jetzt geh auf dein Zimmer und bleib dort bis morgen früh.«

Hastig schlüpfte Victoria aus der Bibliothek. Zum Glück war niemand in der Halle, und sie gelangte ungesehen in ihr Zimmer. Bertie und Olivia waren gerade auf dem Speicher, um die Koffer zu holen. Als sie wieder herunterkamen, war Victoria bereits in einem schwarzen Kleid und tief verschleiert aus dem Haus gelaufen. Sie hatte zwar gehört, was ihr Vater ihr berichtet hatte, aber sie musste sich selbst davon überzeugen, dass es wahr war. Vielleicht log John Watson ja.

Sie nahm eine Droschke zu Tobys Büro und stieß auf der Treppe beinahe mit ihm zusammen, weil er gerade gehen wollte. Er schien sich nicht gerade zu freuen, sie zu sehen.

»Ich muss mit dir reden«, sagte sie, mühsam die Tränen zurückhaltend.

»Warum hast du nicht einfach wieder den Anwalt vorbeigeschickt? Was hast du bloß damit beabsichtigt? Wolltest du, dass ich meine Frau sofort verlasse? Wozu die Eile?«

»Damit hatte ich nichts zu tun. Jemand hat dem Anwalt meines Vaters erzählt, du hättest dich vor einem Bekannten damit gebrüstet, dass wir eine Affäre haben, und er hat es meinem Vater berichtet. Offenbar hat uns jemand bei dem Haus beobachtet.«

»Na und wenn schon! Meine Güte! Du bist erwachsen, und du wolltest doch sowieso nie heiraten. Du wusstest doch, was los war. Natürlich hast du dir gerne all die schönen Worte angehört, aber du wusstest doch, dass ich es nicht so meinte. Erzähl mir bloß nicht, du hättest mir geglaubt!« Entsetzt blickte Victoria ihn an. Sie wäre gerne mit ihm irgendwo hingegangen, wo sie ungestört miteinander reden konnten, aber er blieb einfach auf der Treppe stehen.

»Was war das denn zwischen uns? Ich weiß nicht mehr, was ich denken soll«, sagte sie mit erstickter Stimme. Er konnte nicht sehen, dass ihr unter dem dichten Schleier die Tränen über die Wangen liefen.

»Das war damals, und jetzt ist jetzt. Es hat doch Spaß gemacht. Ich könnte es sofort wieder tun. Aber mehr war nicht dabei, wir hatten einfach nur eine schöne Zeit. Ihr verdammten Frauen seid doch alle gleich, ihr müsst euch alle vormachen, dass ihr am Ende einen Ring an den Finger gesteckt bekommt. Erzähl mir doch nicht, wie modern du bist – du bist genauso unaufrichtig wie alle anderen! Ohne Ehering wollt ihr alle nicht mit einem Mann ins Bett gehen. Hast du wirklich geglaubt, ich könnte Evangeline und drei Kinder … nein, bald sind es vier … verlassen? Oder sie würde mich gehen lassen? Und hast du wirklich geglaubt, du seiest meine große Liebe? Woher sollte ich das denn nach zwei Tagen schon wissen? Und dir ist es doch nicht anders ergangen. Du wusstest genau, dass nur das zählte, was du zwischen den Beinen hast, also erzähl mir doch nichts. Wir hatten eine gute Zeit, Kleines, aber jetzt ist sie vorbei. Und mach mir bloß nicht weis, du hättest geglaubt, ich würde Evangeline verlassen. Die Astors würden mich umbringen. Wir haben nur ein bisschen gespielt. Ach übrigens: Wenn du über die Angelegenheit redest, werde ich es auch tun. Ich werde allen erzählen, wie gut du warst – und du *warst* gut, Kleines … du warst toll.« Er tippte sich an den Hut und machte eine spöttische Verbeugung. Als er sich wieder aufrichtete, schlug Victoria ihm mit aller Kraft ins Gesicht.

»Du bist ein Bastard, Toby Whitticomb«, sagte sie mit tränenerstickter Stimme. Er hatte sie missbraucht und besaß noch nicht einmal den Anstand, es zuzugeben. Im Gegenteil, er versuchte, ihr einen Teil der Schuld zuzuschieben und stellte sie als ein leichtes Mädchen hin. Dabei hatte sie ihn so geliebt – sie war unglaublich dumm gewesen.

»So haben mich schon viele genannt.« Er lächelte. »Und zwar Erwachsene, die wirklich Ahnung davon haben, nicht solche Kinder wie du.« Victoria war eine leichte Beute für ihn gewesen. Er hatte sie ausgenutzt, und es war ihm gleichgültig, was jetzt aus ihr wurde.

»Wir reisen morgen ab«, sagte sie kläglich, als ob sie immer noch hoffte, er würde sie aufhalten. Aber das tat er natürlich nicht.

»Das ist gut. Wird dein Vater mich auch noch aufsuchen?«, erkundigte er sich beiläufig. »Oder schickt er immer nur seine Handlanger?«

»Mehr hast du nicht verdient«, erwiderte sie. Sie hätte ihn gerne gehasst, war aber noch nicht so weit. Er hatte ihr das Herz gebrochen, doch sie liebte ihn immer noch.

»Du weißt sehr wohl, dass es einfach nur eine schöne Zeit war, Victoria«, sagte er noch einmal und begleitete sie langsam zur Droschke. »Lass es dabei bewenden.«

»Du hast gesagt, dass du mich liebst«, erwiderte sie schluchzend. »Du hast gesagt, dass du noch nie eine Frau so sehr geliebt hast wie mich …« Er hatte sogar gesagt, er würde seine Frau verlassen, er wollte den Rest seines Lebens mit ihr verbringen und mit ihr Kinder haben. Sie hatten zusammen nach Paris gehen wollen.

»Ich weiß, was ich gesagt habe. Ich habe gelogen«, erklärte er und setzte sie in die Droschke. »Es spielt jetzt keine Rolle mehr.« Beinahe tat sie ihm Leid. Sie war fast noch ein Kind, aber er konnte an dem Ganzen nun auch nichts mehr ändern. Das Spiel war vorüber. »Geh nach Hause und vergiss mich. Eines Tages wirst du heiraten, aber ich wette, so viel Spaß wie mit mir wirst du mit niemandem haben.« Er grinste sie an, und am liebsten hätte sie ihn wieder geohrfeigt. Doch das hätte zu nichts geführt. Es war vorbei. Victoria tat das Herz weh, als sie ihn anschaute, doch tief in ihrem Innern spürte sie, dass sie bereits begann, ihn zu hassen. »Ich bin schlimm«, flüsterte er. »Aber so ist es eben manchmal.« Er nannte dem Fahrer ihre Adresse, drehte sich um und ging die Straße entlang, ohne sich noch einmal umzublicken. Victoria Henderson würde nur eine Episode in seinem Leben sein.

Auf dem Heimweg saß Victoria weinend in der Droschke. Unbemerkt schlüpfte sie durch die Hintertür ins Haus, froh darüber, dass anscheinend niemand ihre Abwesenheit bemerkt hatte. Aber das stimmte nicht. Olivia war ihr Verschwinden aufgefallen. Sie hatte ihr eine Tasse Tee bringen wollen, und als sie das Zimmer leer vorfand, wusste sie, dass Victoria zu Toby gefahren war. Sie hatte jedoch niemandem etwas davon gesagt, sondern sich schweigend wieder an die Arbeit gemacht.

Am späten Nachmittag schaute sie noch einmal nach ihrer Schwester. Victoria saß am Fenster und starrte hinaus. Sie drehte sich nicht einmal um, als Olivia das Zimmer betrat, auf sie zutrat und ihr die Hand auf die Schulter legte.

»Wie geht es dir?«, flüsterte Olivia. Aller Zorn war verraucht. Olivia wusste, wie sehr ihre Schwester sie jetzt brauchte.

Eine Weile weinte Victoria nur stumm, aber schließlich flüsterte sie: »Wie konnte ich nur so dumm sein?«

»Toby ist ein aufregender Mann, und du wolltest ihm einfach glauben. Schließlich hat er auch dafür gesorgt, dass du ihm glaubst. Das beherrscht er offenbar hervorragend.« Victoria schluchzte noch heftiger, und Olivia zog sie in ihre Arme. »Es wird alles wieder gut. Wir fahren nach Hause, und du wirst ihn nie wiedersehen ... du wirst ihn vergessen. So etwas dauert nicht ewig.«

»Woher weißt du das?«, schluchzte Victoria. Olivia lächelte sie an. Sie liebte ihre Schwester so sehr und wünschte, sie hätte ihr einen Teil ihres Kummers abnehmen können. Sie hätte Toby Whitticomb umbringen können.

»Ich bin älter als du, ich weiß eben manche Dinge. Du wirst nicht ewig leiden«, erklärte sie beruhigend.

»Ich wusste nicht, dass es Menschen wie ihn gibt ... so betrügerisch ... so böse ... ich hasse Männer ...«

»Nein«, erwiderte Olivia und küsste sie auf den Scheitel. »Du sollst nur ihn hassen.« Victoria sah sie vertrauensvoll an, und in diesem Moment wusste Olivia, dass das Band zwischen ihnen nie zerreißen würde. Es war zu stark und zu bedeutsam.

Als sie am nächsten Tag nach Croton fuhren, saßen die beiden Schwestern Hand in Hand im Fond des Wagens. Victoria weinte leise, während Olivia tröstend ihre Hand drückte. Ihr Vater saß stumm vorne neben dem Fahrer.

7

Es war für alle eine Erleichterung, nach den beiden anstrengenden Monaten in New York wieder in Henderson Manor zu sein. Die Zwillinge genossen es, wieder zusammen zu sein und miteinander reden zu können. Die Affäre mit Toby hatte Victoria völlig in Anspruch genommen; sie hatte für ihn all ihre Ziele und Vorstellungen aufgegeben und sich in den zurückliegenden fünf Wochen mehr und mehr ihrer Schwester entfremdet. Jetzt bemühte sich Victoria, ihren Fehler gutzumachen und die frühere innige Verbundenheit mit ihrer Schwester wiederherzustellen. Auch Edward hatte die Angelegenheit sehr mitgenommen. Er sprach nur selten davon, aber man merkte ihm an, wie tief er getroffen war. Bei der ganzen Aufregung ringsum blieb allein Olivia der ruhende Pol.

Sie verwöhnte ihren Vater, servierte ihm seinen Tee, ließ seine Lieblingsgerichte für ihn zubereiten und verteilte überall im Haus Vasen mit Blumen, die er mochte. Und doch wirkte er in dieser ersten Novemberwoche seltsam abwesend.

Mittlerweile hatte der Herbst das Laub golden und rot gefärbt. Olivia liebte diese Jahreszeit am Hudson. Bei jeder Gelegenheit drängte sie Victoria, mit ihr spazieren zu gehen oder auszureiten.

Gegen Ende der ersten Woche in Henderson Manor ging alles wieder seinen normalen Gang. Das Haus in

New York war geschlossen worden, und Bertie war mit dem Rest des Gepäcks und den anderen Dienstboten ebenfalls nach Croton zurückgekehrt.

»Sollen wir heute nach Kykuit reiten?«, fragte Olivia eines Morgens, aber Victoria schien von der Aussicht nicht begeistert zu sein.

»Die Rockefellers haben wahrscheinlich längst gehört, was ich für eine Schlampe bin, und werden mit Steinen nach mir werfen, wenn ich mich ihrem Haus nähere«, prophezeite sie düster. Olivia schmunzelte.

»Hör auf, dich selbst zu bemitleiden«, sagte sie. »Wenn du heute Nachmittag nicht mit mir ausreitest, werfe *ich* mit Steinen nach dir! Ich habe keine Lust mehr, mir ständig ansehen zu müssen, wie du und Vater düster vor euch hin starrt. Ich will ausreiten und dich dabei mitnehmen.« Widerwillig gab Victoria nach. Zwar ritten die Schwestern dann doch nicht nach Kykuit, machten aber einen wunderschönen Ausritt am Fluss entlang. Auf dem Rückweg scheute Victorias Pferd vor einem Eichhörnchen, und da sie eine Weile nicht geritten und deshalb aus der Übung war, stürzte sie. Verblüfft rappelte sie sich auf und blickte ihrem Pferd nach, das in Richtung Stall davongaloppierte.

»Siehst du, wenn ich mit Vaters Autos fahre, passiert mir das nie!«, schimpfte Victoria lachend.

»Du bist ein hoffnungsloser Fall, Victoria! Komm, steig hinter mir auf.« Olivia reichte ihrer Schwester die Hand, und Victoria schwang sich hinauf. Es war ein kalter Novembertag, und als sie zu Hause ankamen, waren sie völlig durchgefroren. Lachend erzählten sie ihrem Vater von ihrem Missgeschick, worauf er sich sogar ein Lächeln abrang. Victoria hatte das Gefühl, dass er zum ersten Mal, seit sie aus New York zurückgekehrt waren, wieder normal mit ihr redete. Als sich die Schwestern in ihrem Zimmer zum Abendessen umzogen, erwähnte sie es Olivia gegenüber.

»Sag so etwas nicht«, antwortete Olivia. »Vater ist längst wieder ganz der Alte.«

»Nicht, wenn er mit mir allein ist. Ich glaube, er wird mir niemals verzeihen«, sagte Victoria leise.

»Unsinn«, erwiderte Olivia fest. Doch in Wahrheit war auch ihr aufgefallen, dass ihr Vater stiller als früher war, und dabei verhielt sich Victoria viel gefügiger. Sie sprach nur wenig und ging kaum jemals aus. Auch die Suffragetten interessierten sie offenbar nicht mehr so sehr wie früher, denn sie besuchte nur noch selten ihre Versammlungen. Die Affäre mit Toby hatte Victoria verletzbarer gemacht; sie war längst nicht mehr so selbstsicher und abenteuerlustig wie in früheren Zeiten. Olivia hätte gerne die Zeit zurückgedreht, damit ihr Vater und ihre Schwester wieder so wären wie vor der Zeit in New York. Sie wusste, dass dies nur eine Frage der Zeit war und sie deshalb Geduld haben musste, aber es fiel ihr schwer. Das einzig Gute an der ganzen Angelegenheit war, dass sie und Victoria sich wieder so nahe gekommen waren. Die Schwestern waren in der letzten Zeit so unzertrennlich wie eh und je. Victoria brauchte Olivia, und diese war froh, ihrer Schwester helfen zu können. Im Übrigen schien glücklicherweise in Croton-on-Hudson bisher niemand etwas von Victorias Abenteuer erfahren zu haben.

An jenem Abend aßen sie mit ihrem Vater zusammen und gingen danach wie gewöhnlich früh zu Bett. Olivia las noch ein wenig, doch schon bald fielen ihr mit dem Buch in der Hand die Augen zu. Victoria war schon längst eingeschlafen. Mitten in der Nacht wachte Olivia auf und schaltete das Licht neben ihrem Bett aus. Im Kamin knisterte noch ein Feuer, und im Zimmer war es angenehm warm. Olivia war schon halb wieder eingeschlafen, als sie auf einmal ein leises Stöhnen neben sich hörte. Zuerst dachte sie, sie träume, doch dann durchfuhr sie plötzlich ein heftiger Schmerz. Keuchend schnappte sie nach Luft und griff instinktiv nach der Hand ihrer Schwester. Als sie jedoch richtig wach wurde, stellte sie fest, dass gar nicht sie den Schmerz verspürte, sondern Victoria. Olivia hatte nur das Gefühl gehabt, es sei ihr eigener. Victoria hatte die Knie an die Brust gezogen und lag mit schmerzverzerrtem Gesicht da. Entsetzt beugte sich Olivia über ihre Schwester.

»Was ist los? Was hast du?« Olivia warf Victorias Bettdecke zurück und sah, dass alles voller Blut war. »Oh, mein Gott… Victoria… sag doch etwas!«

Victorias Gesicht war kreidebleich, und sie umklammerte die Hand ihrer Schwester. »Ruf keinen Arzt!«, stieß sie mühsam hervor.

»Warum nicht?«

»Bitte nicht!« Sie wand sich vor Schmerzen. »Hilf mir ins Badezimmer.«

Olivia zog ihre Schwester aus dem Bett und musste sie fast ins Bad tragen. Dort krümmte Victoria sich weinend auf dem Badezimmerboden. Überall war Blut, und Olivia wusste nicht, was sie tun sollte. Sie hatte schreckliche Angst, ihre Schwester könnte sterben.

»Sag mir doch, was los ist!« Olivia spürte, dass Victoria es wusste, es ihr aber nicht sagen wollte. »Wenn du es mir nicht sagst, rufe ich Bertie und den Arzt.«

»Ich bin schwanger!«, stieß Victoria hervor.

»Oh Gott… warum hast du mir nichts davon gesagt?«

»Ich wollte es nicht wahrhaben!«, schluchzte Victoria.

»Was soll ich jetzt bloß tun?« Olivia kniete sich neben ihre Schwester und betete darum, dass sie nicht verblutete. Sie fragte sich, ob die heftigen Blutungen etwas mit Victorias Sturz vom Pferd zu tun haben konnten. »Ich muss Hilfe rufen, Victoria, bitte!«

»Nein… bleib… bei mir… bitte, verlass… mich… nicht.« Plötzlich krampfte sich Victoria zusammen, und im nächsten Moment glitt etwas aus ihrem Körper heraus. Die beiden Schwestern wussten zunächst nicht, was das zu bedeuten hatte, doch dann begriffen sie, dass Victoria gerade eine Fehlgeburt erlitt. Wieder und wieder krümmte sie sich unter Schmerzen zusammen, doch schließlich hatte ihr Körper alles ausgestoßen. Nach einer Weile ließ die Blutung endlich nach, und Olivia begann, ihre hysterisch schluchzende Schwester behutsam zu waschen. Anschließend wickelte sie Victoria in eine Decke und wischte mit Handtüchern und Lappen notdürftig den Fußboden auf. Als sie endlich alles gesäubert hatte, war es bereits sechs Uhr morgens. Sie zog ihrer Schwester und auch sich ein frisches Nachthemd an und half der noch immer schluchzenden Victoria ins Bett zurück.

»Es ist alles vorbei, Victoria. Ich bin da, dir kann nichts geschehen. Ich liebe dich. Alles ist gut.« Olivia vermied es, die Fehlgeburt zu erwähnen. Sie wusste, dass das Leben ihrer Schwester zerstört gewesen wäre, wenn sie ein uneheliches Kind von Toby Whitticomb zur Welt gebracht hätte. Außerdem hätte ihr Vater eine solche Schande nicht überlebt. Doch diese Gefahr bestand jetzt nicht mehr.

Olivia legte Holz im Kamin nach, breitete eine zweite Decke über ihre Schwester und setzte sich dann auf den Stuhl neben ihrem Bett. Schon bald fiel Victoria in einen erschöpften Schlaf. Traurig grübelte Olivia darüber nach, ob wohl ein Fluch auf den Frauen ihrer Familie lag. Sie dachte an ihre Mutter, die bei der Geburt der Zwillinge gestorben war, und fragte sich, ob Victoria und sie wohl jemals in der Lage sein würden, Kinder zu bekommen.

Als Victoria fest schlief, zog Olivia sich einen Morgenmantel über, nahm die blutige Bettwäsche und die Handtücher und schlich leise nach unten, um sie zu verbrennen. Es war jedoch schon fast acht Uhr, und zu Olivias Entsetzen herrschte in der Küche bereits lebhafter Betrieb. Als sie den Raum betrat, kam ihr sogleich Bertie entgegen.

»Was hast du da?«, fragte sie fröhlich, aber Olivia wandte sich ab.

»Nichts. Ich … ich kümmere mich schon darum.«

Bertie warf ihr einen misstrauischen Blick zu. »Was ist los?«

»Nichts, Bertie«, erwiderte sie. »Ich will nur diese Sachen hier verbrennen.« Schweigend blickten die beiden Frauen einander in die Augen, dann nickte Bertie langsam.

»Petrie soll draußen ein Feuer für dich entzünden. Einen Teil davon sollten wir vielleicht auch begraben.« Olivia nickte. Sie hatte den Fötus in ein kleines Bündel gewickelt, das sie auch hatte vergraben wollen.

Mit starren Gesichtern und zitternd vor Kälte sahen Olivia und Bertie an diesem trüben Novembermorgen zu, wie Petrie eine kleine Grube aushob und ein Feuer entfachte. Die Frauen wachten darüber, dass keine Spur von den blutigen Handtüchern zurückblieb. Bertie legte sanft den Arm um Olivia.

»Du bist ein gutes Mädchen, Olivia«, sagte sie ruhig. »Wie geht es ihr?«

»Sie sieht grauenhaft aus«, erwiderte Olivia bekümmert. »Aber sag ihr bitte nicht, dass ich dir etwas erzählt habe. Das würde sie mir nie verzeihen.«

»Nein, ich werde nichts erwähnen. Aber der Arzt muss heute noch nach ihr sehen, denn die Gefahr, dass sie an einer Infektion stirbt, ist recht groß.«

Olivia nickte besorgt. »Dann lass ihn rufen«, erwiderte sie. »Ich werde es Victoria schon beibringen. Was sollen wir Vater sagen?«

»Am besten, dass sie die Grippe hat«, sagte Bertie seufzend. Vor einer solchen Situation hatte sie sich gefürchtet, als sie, wie alle im Haus, das Getuschel und die Gerüchte gehört hatte. »Aber eigentlich ist es nicht fair, ihn dadurch zu ängstigen. Vielleicht solltest du ihm die Wahrheit sagen.«

»Oh, Bertie, das kann ich nicht.« Olivia machte ein entsetztes Gesicht. Sie konnte ihrem Vater doch unmöglich sagen, dass Victoria schwanger gewesen war! »Ich wüsste nicht, wie ich es ihm beibringen sollte.«

»Dir fällt schon etwas ein, mein Liebes«, erwiderte Bertie zuversichtlich.

Als Olivia später an diesem Morgen noch einmal nach Victoria schaute, hatten bei ihr erneut Blutungen eingesetzt, und sie war kaum noch ansprechbar. Am Nachmittag kam der Arzt und veranlasste, dass Victoria sofort mit dem Krankenwagen ins Krankenhaus nach Tarrytown gebracht wurde, wo sie drei Bluttransfusionen erhielt. Das konnte natürlich vor Edward nicht mehr geheim gehalten werden. Olivia saß am Bett ihrer hemmungslos schluchzenden Schwester und versuchte, sie zu beruhigen, aber es gelang ihr nicht.

Währenddessen ging Edward ruhelos auf dem Flur des Krankenhauses auf und ab. Nach einer Weile trat Olivia aus dem Krankenzimmer und berichtete, dass Victoria endlich eingeschlafen sei. Der Arzt hatte ihr versichert, dass ihre Schwester wieder gesund werden würde und durchaus auch in der Lage sei, weitere Kinder zu bekommen. Der Arzt hatte Edward Henderson versprochen, die Angelegenheit so diskret wie möglich zu behandeln, aber Edward war sich im Klaren darüber, dass letztendlich doch etwas nach außen dringen würde. Bald würde ganz New York wissen, dass Victoria von Toby Whitticomb schwanger gewesen war und eine Fehlgeburt erlitten hatte, und das würde ihren Ruf endgültig ruinieren.

»Dieser Schuft hätte sie genauso gut erschießen können«, sagte Edward unglücklich, kurz bevor er das Krankenhaus verließ. Olivia hatte bereits erklärt, sie würde die Nacht auf einer Liege im Zimmer ihrer Schwester verbringen.

»Vater, sag so etwas nicht«, schalt Olivia ihn sanft. Sie sah ihm an, wie sehr ihn die Angelegenheit mitnahm.

»Doch. Der Mann hat sie zerstört. Und sie hat selbst dazu beigetragen. Sie war unglaublich dumm. Ich wünschte, jemand hätte sie daran gehindert.« Diese letzte Äußerung war auf niemand Bestimmten gemünzt gewesen, doch Olivia nahm sie persönlich.

»Ich habe es ja versucht, Vater«, sagte sie leise.

»Ja, ich weiß«, erwiderte er mit zusammengebissenen Zähnen. Nachdenklich blickte er Olivia an. »Sie muss verheiratet werden. Damit könnten wir wenigstens die Gerüchte stoppen.«

»Er kann sie nicht heiraten«, widersprach Olivia.

»Nein, da hast du Recht«, stimmte ihr Vater zu, »aber ein anderer kann sie heiraten. Vielleicht findet sich ja ein Mann. Das wäre das Beste für sie.«

»Sie will doch gar nicht heiraten«, erwiderte Olivia. »Sie sagt, dass sie von Männern nichts mehr wissen will, und ich glaube, sie meint es ernst.«

»Verständlich, nach all dem, was sie durchgemacht hat.« Edward kannte zwar nicht alle Details, aber er konnte sich vorstellen, dass die vergangene Nacht alles andere als angenehm für seine Tochter gewesen war. Doch dadurch war ihr gewiss noch eine weitere Lektion erteilt worden. »Später wird sie anders darüber denken. Mach dir jetzt keine Gedanken darüber, Liebes.« Er küsste Olivia geistesabwesend auf die Wange und machte sich auf den Weg nach Hause.

Mitten in der Nacht erhielt Victoria eine weitere Bluttransfusion. Eine Weile lang sah es so aus, als müsse sie doch noch operiert werden, aber am Morgen schien es ihr ein wenig besser zu gehen, obwohl sie noch entsetzlich schwach war. Zwei Tage später konnte sie schon aufrecht im Bett sitzen, und nach weiteren zwei Tagen stand sie zum ersten Mal wieder auf. Nach einer Woche durfte sie schließlich nach Hause zurückkehren, wo sie in ihrem eigenen Bett lag und sich von Olivia und Bertie pflegen ließ.

Edward war nach New York gefahren, um sich um seine Geschäfte zu kümmern. Er traf sich mit seinen Anwälten, und als er mit ihnen im University Club zu Mittag aß, lief ihm Toby Whitticomb über den Weg. Edward konnte sich nur mühsam beherrschen, ihn nicht in aller Öffentlichkeit zur Rede zu stellen, doch zum Glück verließ Toby den Club bereits ein paar Minuten später mit einer Gruppe von Freunden wieder.

Zwei Tage später kehrte Edward nach Croton zurück. Er war äußerst zufrieden mit sich, da er alles, was er sich vorgenommen hatte, erledigt hatte. Er hatte während seines Aufenthaltes in der Stadt im *Waldorf Astoria* gewohnt, da er den Gedanken nicht ertragen konnte, in sein Haus zurückzukehren. Zu viel Schreckliches war dort geschehen.

Als er zu Hause eintraf, schlenderten die Zwillinge gerade langsam durch den Garten. Victoria ging es schon sehr viel besser, und ihr Vater hoffte, dass sie nach ein paar Tagen vollkommen wiederhergestellt sein würde. So lange wollte Edward warten, bevor er mit ihr sprach.

Am Samstagnachmittag bat er schließlich seine beiden Töchter zu sich in die Bibliothek. Olivia sollte bei der Unterredung anwesend sein, da Edward hoffte, dass sie ihn bei seinem Anliegen unterstützen würde. Andererseits waren alle Vereinbarungen bereits getroffen, und alles würde nach seinen Vorstellungen geschehen, ganz gleich, ob Victoria einwilligte oder nicht.

»Victoria, ich muss dir etwas sagen«, begann Edward jetzt ohne Einleitung. »In New York redet man über dich.

Mr Whitticomb verbreitet überall, du seiest nicht nur leichtfertig, sondern auch herzlos, weil du versucht hättest, ihn zu verführen. Es gibt zwar einige, die ihm keinen Glauben schenken, aber ganz gleich, was er erzählt, die Wahrheit ist auch nicht besser. Daran können wir nichts ändern, und ich denke, das Beste wird sein, wir schweigen dazu. Auch hier wird das Gerede bald losgehen, vor allem, seitdem du im Krankenhaus warst.«

»Ich war dumm, Vater«, gab Victoria mit zitternder Stimme ihre Schuld zu. »Ich habe falsch gehandelt … ich war leichtfertig … aber ich habe nun einmal geglaubt, er liebt mich.«

»Dann warst du eben nicht herzlos, sondern nur dumm«, erwiderte ihr Vater barsch. Es sah ihm gar nicht ähnlich, doch er war der ganzen Sache längst überdrüssig. »Was geschehen ist, können wir leider nicht rückgängig machen, und wir können auch Mr Whitticomb nicht zum Schweigen bringen. Doch wir sind zumindest in der Lage, deine und dadurch auch die Ehre unserer Familie wiederherzustellen. Ich glaube, das bist du uns schuldig.«

»Was soll ich denn tun, Vater? Du weißt, dass ich alles tun würde.«

»Es freut mich, das zu hören. Du wirst heiraten, Victoria. Dann wird das Gerede endlich ein Ende haben, und du wirst eines Tages eine respektable, verheiratete Frau sein, die über jeden Vorwurf erhaben ist. Und letztendlich wird die Geschichte in Vergessenheit geraten. Andernfalls«, fügte er hinzu und warf ihr einen einschüchternden Blick zu, »wirst du von der Gesellschaft ausgestoßen und wie eine Hure behandelt werden.«

Olivia und Victoria starrten ihren Vater fassungslos an. »Aber er will mich doch gar nicht heiraten, Vater«, erwiderte Victoria. »Das weißt du doch. Er hat mich angelogen, das hat er selbst zugegeben. Er hatte nie die Absicht, mich zu heiraten. Für ihn war alles nur ein Spiel. Und außerdem bekommt Evangeline im Frühjahr schon wieder ein Baby. Er kann sie unmöglich verlassen.«

»Nein, Tobias Whitticomb wird dich zweifellos nicht heiraten, Victoria«, sagte Edward grimmig. »Du wirst Charles Dawson heiraten. Wir haben bereits alles besprochen. Er ist ein vernünftiger, intelligenter Mann, freundlich und von hoher Moral, und er versteht die Situation. Er macht sich keine Illusionen über deine Gefühle ihm gegenüber, und er kennt zwar die Details nicht, weiß aber, dass in New York etwas Unerfreuliches vorgefallen ist. Er hat vor einiger Zeit seine Frau verloren, die er von ganzem Herzen liebte, und er sucht keinen Ersatz für sie, sondern lediglich eine Mutter für seinen kleinen Sohn.«

Victorias Augen weiteten sich, während sie ihm zuhörte. »Soll das so etwas wie eine Stellenbeschreibung sein? Mutter für seinen Sohn, aber nicht die Frau seines Herzens? Vater, wie konntest du mir das nur antun?«

»Ich? *Ich*?«, schrie ihr Vater sie an. »Wie kannst du es wagen, so mit mir zu reden, nachdem du uns entehrt hast, dich in New York mit einem verheirateten Mann herumgetrieben und uns sogar seinen Bastard ins Haus gebracht hast? Du wirst tun, was ich sage, und zwar auf der Stelle, sonst sperre ich dich für den Rest deines Lebens ein oder werfe dich ohne einen Penny aus dem Haus!«

»Dann tu das!«, erwiderte Victoria ebenso heftig. Olivia war entsetzt. Was war nur aus ihrer Familie geworden? »Du wirst mich nicht dazu zwingen können, einen Mann zu heiraten, den ich kaum kenne und nicht liebe. Du verkaufst mich wie ein Möbelstück, wie eine Sklavin, aber du hast kein Recht dazu, so über mich zu verfügen, Vereinbarungen mit deinem Anwalt zu treffen und ihm zu befehlen, mich zu heiraten. Willst du ihn dafür auch bezahlen?« Sie war zutiefst verletzt, zumal sie Charles Dawson nicht einmal besonders mochte. Wie konnte ihr Vater ihr das nur antun?

»Ich bezahle niemanden, Victoria. Und Charles versteht die Situation vollkommen, vielleicht sogar besser als du. Du bist nicht in der Position, um auf den strahlenden Ritter zu warten oder hier in Croton bei mir und deiner Schwester zu bleiben. Bevor diese schreckliche Situation nicht bereinigt ist, können wir nie wieder einen Fuß nach New York setzen. Du musst jetzt das, was du angerichtet hast, wieder in Ordnung bringen.«

»Schneide mir die Haare ab, köpfe mich, sperr mich ein, tu, was du willst – aber verkaufe mich nicht zur ›Wiedergutmachung‹ an einen Mann! Das kannst du nicht tun!«

»Ich kann und ich werde es tun, und jetzt will ich kein Wort mehr davon hören, Victoria. Ansonsten enterbe ich dich auf der Stelle. Ich werde nicht zulassen, dass du dich ruinierst, nur weil du so eigensinnig und verstockt bist. Charles ist ein guter Mann, und du hast großes Glück gehabt, dass er in eine Ehe mit dir eingewilligt hat. Wenn der Junge nicht wäre, hätte er sich vermutlich gar nicht darauf eingelassen, also solltest du dich glücklich schätzen.«

»Meinst du das ernst?« Victoria starrte ihren Vater ungläubig an. Olivia war genauso entsetzt wie sie, wenn auch aus anderen Gründen. »Du willst mich tatsächlich enterben, wenn ich ihn nicht heirate?«

»Ja, das meine ich ernst, Victoria. Und du *wirst* ihn heiraten. Das ist der Preis, den du für deine Dummheit zahlst, und er ist beileibe nicht zu hoch. Du wirst äußerst komfortabel in New York leben. Charles ist ein ehrenhafter Mann mit blendenden beruflichen Aussichten. Und eines Tages wirst du dir mit Olivia teilen, was ich euch hinterlassen habe. Dadurch wirst du größere Freiheit gewinnen. Ohne dieses Vermögen würdest du fremder Leute Fußböden scheuern müssen. Ich meine es wirklich ernst, Victoria. Du wirst mir gehorchen. Und wenn meine

Worte dich nicht zur Vernunft bringen, dann tu es für Olivia. Wenn du Charles nicht heiratest, wird auch sie sich nie wieder in New York sehen lassen können. Es braucht ja noch nicht diese Woche zu sein – meinetwegen kannst du sogar bis zum Frühling warten –, aber du wirst Charles Dawson heiraten. Und nach Thanksgiving wird er eure Verlobung bekannt geben.«

Victoria erhob sich mühsam aus ihrem Sessel und trat ans Fenster. »Hast du mich verstanden?«, fragte Edward und gab zu erkennen, dass er das Gespräch als beendet betrachtete.

Victoria drehte sich nicht um. »Ja, Vater, vollkommen«, erwiderte sie. Sie hasste ihn in diesem Moment genauso wie Toby, wie Charles, wie alle Männer. Sie waren doch alle gleich. Als sie sich schließlich doch umwandte, sah sie zu ihrer Überraschung, dass Olivia weinte. Sicher, weil sie jetzt für immer von ihrer Schwester getrennt werden würde. New York war zwar nicht weit, aber doch weit genug, und sie würden sich nur noch selten sehen. Ihr Vater würde bestimmt nicht zulassen, dass Olivia sie besuchen kam.

»Es tut mir Leid, dass du das alles mit anhören musstest«, sagte Edward sanft zu Olivia und tätschelte ihr die Schulter. »Aber ich glaubte, du könntest vielleicht deine Schwester zur Vernunft bringen. Ich möchte einfach nur sicherstellen, dass sie versteht, dass sie keine andere Wahl hat.«

»Ja, Vater«, erwiderte Olivia leise. »Du hattest für alle nur das Beste im Sinn.« Seltsamerweise war der Victoria zugedachte Schlag jedoch für sie viel grausamer. Sie hatte sich in Charles Dawson verliebt, während Victoria ihn für einen Langweiler hielt, mit dem sie sich noch nicht einmal unterhalten mochte. Ohne es zu wissen, hatte ihr Vater mit demselben Schwert beide Schwestern tödlich getroffen.

»Es ist alles gesagt, ihr könnt gehen«, sagte Edward in diesem Moment. Er hatte sich klar und deutlich ausgedrückt, und Victoria würde sich am Ende seinem Willen beugen.

Benommen gingen die beiden Mädchen in ihr Zimmer. Sobald sie die Tür hinter sich geschlossen hatten, tobte und schrie Victoria. »Wie konnte er mir das nur antun?«, weinte sie. »Wie konnte er nur nach New York fahren und mich an diesen elenden Wurm verkaufen? Wie konnte er nur?«

»Charles ist kein Wurm.« Trotz ihrer Tränen musste Olivia lächeln. »Er ist anständig, nett und intelligent. Du wirst ihn mögen.«

»Ach, hör doch auf!«, fauchte Victoria sie an. »Du klingst schon genauso wie Vater.«

»Vielleicht hat er ja Recht, und du hast wirklich keine andere Wahl. Vielleicht kannst du nur wieder eine achtbare Frau werden, wenn du Charles Dawson heiratest.«

»Mir ist es egal, ob ich achtbar bin. Ich werde noch heute Abend mit dem Schiff nach England fahren. Ich kann dort arbeiten und mich den Pankhursts anschließen.«

»Sind sie nicht für die nächsten drei Jahre im Gefängnis? Oder zumindest eine von ihnen? Ich meine, das hättest du mir erzählt. Und wovon willst du denn überhaupt die Schiffspassage bezahlen? Vater hat Recht, Victoria: Du hast keine andere Wahl, als Charles zu heiraten.«

»Welcher Mann will denn schon eine Frau, die er auf diese Art und Weise bekommt? Wie kann er das nur tun?«

»Du hast doch gehört, was Vater gesagt hat. Charles braucht eine Mutter für seinen Sohn.« Olivia kam das Arrangement allerdings auch recht seltsam vor. »Versuch wenigstens, ihn zu mögen, Victoria, zu deinem eigenen Besten.« Sie hatte noch niemandem, nicht einmal ihrer Zwillingsschwester, gestanden, wie sehr sie Charles mochte, und Victoria war viel zu sehr mit ihrem eigenen Kummer beschäftigt, um zu bemerken, wie niedergeschlagen Olivia war.

»Wie geht es ihr?«, fragte Edward, als Olivia später allein zum Abendessen herunterkam.

»Sie ist aufgebracht und schockiert. Die letzten Wochen waren schlimm für sie. Aber sie wird sich schon an den Gedanken gewöhnen. Lass ihr Zeit.« Edward nickte zustimmend. Dann ergriff er Olivias Hand und blickte sie betrübt an.

»Dann bleiben wir beide hier allein zurück. Wirst du nicht schrecklich einsam sein?«

»Ja, ich werde Victoria sehr vermissen«, erwiderte sie, und erneut traten ihr Tränen in die Augen. Nicht nur würde ihr ihre Schwester fehlen – der Gedanke, sie ausgerechnet an den Mann zu verlieren, den sie selbst liebte, war unerträglich. »Aber ich werde dich nicht verlassen, Vater, das verspreche ich dir.«

»Aber wir müssen auch an deine Zukunft denken, Liebes. Wenn endlich Gras über diese Sache gewachsen ist, sollten wir uns vielleicht wieder nach New York wagen und zusehen, ob du nicht einen gut aussehenden Prinzen findest.« Zärtlich lächelte Edward seine Tochter an, nicht ahnend, wie sehr er sie soeben verletzt hatte.

»Ich will keinen gut aussehenden Prinzen, Vater. Ich habe doch dich. Und ich gehöre hierher. Ich wüsste niemanden, den ich heiraten wollte«, erwiderte Olivia überzeugt. Die Aussicht, dass seine Tochter eine alte Jungfer werden sollte, gefiel Edward zwar nicht, aber da er auch eine selbstsüchtige Seite besaß, tröstete es ihn sehr, dass sie in Croton bleiben und ihm weiterhin den Haushalt führen wollte. Vielleicht war es ja so das Beste.

»Ich werde immer für dich sorgen, das verspreche ich dir. Und eines Tages wird Henderson Manor dir gehören, Olivia. Du kannst dein ganzes Leben hier verbringen.

Victoria bekommt das Haus in New York, wenn ich einmal tot bin. Dort kann sie mit Charles leben.« Edward hatte diese Dinge bereits in seinem Testament geregelt. In diesem Moment fragte Olivia sich, welche Götter sie wohl verstimmt haben mochte, dass ihr ein solches Schicksal widerfuhr. Zwar hatte sie nicht zu träumen gewagt, dass Charles sie jemals heiraten würde, aber sie hatte auch nicht damit gerechnet, dass er ausgerechnet ihrer Schwester auf dem Silbertablett präsentiert werden würde.

»Darf ich denn hin und wieder nach New York fahren, um Victoria zu besuchen?«, fragte Olivia. Gespannt wartete sie auf die Antwort.

»Natürlich, Liebes«, erwiderte ihr Vater. »Ich möchte euch nicht trennen. Du kannst sie besuchen, wann immer du willst, solange du mich darüber nicht vernachlässigst.« Er lächelte, und sie schlang weinend die Arme um ihn. Ihr blieb nichts mehr. Sie hatte das Gefühl, ihr Leben sei vorüber.

8

Charles Dawson und sein Sohn Geoffrey trafen an einem sonnigen Herbsttag Ende November in Croton-on-Hudson ein. Es war klar und kalt, überall brannten Feuer, und ein Hauch von Winter lag bereits in der Luft. Es war der Tag vor Thanksgiving, und die Köchin hatte bereits einen Truthahn geschlachtet.

Edward war nach Tarrytown gefahren, um eine Besorgung zu machen, und Victoria war allein ausgeritten, wie sie es in der letzten Zeit häufig tat. So war Olivia allein zu Haus, als sie aus dem Küchenfenster sah und dabei zufällig Charles und seinen Sohn erblickte. Sie wischte sich die Hände an der Schürze ab und lief rasch hinaus. Am liebsten wäre sie Charles um den Hals gefallen und hätte ihn geküsst, so sehr freute sie sich, ihn zu sehen. Vielleicht konnte sie das ja eines Tages unbedenklich tun, wenn sie erst einmal seine Schwägerin war. Olivia schob diesen Gedanken beiseite und begrüßte die beiden lächelnd. Als sie Geoffrey anblickte, klopfte ihr Herz unwillkürlich schneller. Sie hatte das merkwürdige Gefühl, ihn schon immer zu kennen. Sie beugte sich zu dem kleinen Jungen hinunter und schüttelte ihm feierlich die Hand.

»Hallo, Geoffrey. Ich bin Olivia, Victorias Schwester.« Offenbar hatte Charles ihm jedoch noch nichts gesagt. Er wollte wohl zunächst allein mit Victoria sprechen. »Victoria und ich sind Zwillinge«, erklärte sie dem Jungen. Das schien ihn zu faszinieren. »Wir sehen ganz genau gleich aus. Warte, bis du sie kennen lernst – ich wette, du kannst uns nicht auseinander halten.«

»Doch, das kann ich«, widersprach Geoffrey. Er war ein hübscher kleiner Kerl mit blonden Haaren und strahlenden grünen Augen. Er sah Charles sehr ähnlich, hatte aber offenbar auch viel von seiner Mutter, der sich Olivia auf einmal seltsam nahe fühlte.

»Wenn wir Freunde geworden sind, verrate ich dir, wie man uns ganz leicht auseinander halten kann. Es ist nämlich ein Geheimnis«, sagte sie augenzwinkernd.

Charles lachte. »Warum haben Sie mir in New York nichts davon erzählt?«

»Das haben wir noch nie jemandem erzählt, aber Geoffrey ist etwas Besonderes«, erwiderte sie und legte dem Jungen die Hand auf die Schulter.

»Niemand sonst weiß davon?« Geoffrey blickte sie mit großen Augen an.

»Nur Bertie«, erklärte Olivia und nutzte die Gelegenheit, um den beiden Mrs Peabody vorzustellen, die sie mit nach oben auf ihr Zimmer begleitete, um ihnen beim Auspacken zu helfen. Kurz darauf kam Charles allein wieder herunter. Geoffrey war oben bei Bertie geblieben. »Er ist ein wunderbarer kleiner Junge«, sagte Olivia lächelnd. Charles blickte sie stumm an und wandte sich dann traurig ab. »Er ist seiner Mutter sehr ähnlich«, erwiderte er nach einer Weile leise. Dann drehte er sich wieder um. »Wie ist es Ihnen denn ergangen, seit Sie New York verlassen haben?« Dabei blickte er sie an, als interessierte er sich wirklich für ihr Wohlergehen. Olivia verspürte einen Stich in ihrem Herzen, und plötzlich sehnte sie die Rückkehr der anderen herbei.

»Gut. Wir hatten viel zu tun.« Sie erwähnte nicht, dass Victoria krank gewesen war. Vielleicht hatte ihr Vater es ihm ja erzählt.

»Ist Ihre Schwester noch einmal im Gefängnis gewesen?«, fragte Charles, und darüber mussten sie beide lachen. In diesem Moment betrat Victoria in ihrem Reitdress das Zimmer.

»Ich finde das überhaupt nicht witzig«, sagte sie.

»Charles ist hier«, erklärte Olivia nervös. Victoria warf ihr einen verächtlichen Blick zu.

»Das sehe ich. Ich finde diese Geschichte über die Demonstration in New York wirklich nicht witzig«, wiederholte sie, worauf Charles und Olivia einen Blick wechselten, wie zwei ungezogene Kinder, die ausgeschimpft werden.

»Entschuldigung, Victoria«, sagte Charles sanft und schüttelte ihr die Hand. »Wie war der Ausritt?« Aber sie war offenbar an einem Gespräch mit ihm nicht interessiert, sondern antwortete kurz angebunden und verschwand sofort nach oben, um sich umzuziehen. »Besonders glücklich wirkt sie nicht«, kommentierte Charles.

Olivia musste unwillkürlich lachen. »Ja, so könnte man es wohl ausdrücken. Seit unserer überstürzten Abreise aus New York hat sie es nicht leicht gehabt. Sie war kürzlich auch krank.«

»Dass Ihr Vater sie verheiraten will, ist sicher nicht einfach für Victoria«, erwiderte er mit einer Offenheit, die Olivia überraschte. »In gewisser Weise ist es auch für mich ein Schock, aber ich glaube, für Geoffrey ist es das Beste.«

Am liebsten hätte Olivia ihn gefragt, ob das der einzige Grund war, warum er Victoria heiraten wollte, aber sie wagte es nicht. Schließlich kannte sie ihn ja kaum.

»Allein kann ich meinen Sohn nicht richtig erziehen«, sagte er.

»Meinem Vater ist es gelungen«, erwiderte sie leise, und Charles lachte.

»Wollen Sie mir damit sagen, ich soll Ihre Schwester nicht heiraten?«

Olivia wünschte, sie hätte den Mut dazu, aber stattdessen lächelte sie Charles nur an. »Nein«, erwiderte sie. »Ich wollte nur sagen, es sollte auch andere Gründe für eine Heirat geben.«

»Wenn wir einander erst besser kennen lernen, werden sich bestimmt noch andere Gründe finden.«

Auf der Treppe erklangen Stimmen. Victoria kam mit Geoffrey herunter.

»Du siehst genauso aus wie sie«, sagte er gerade fasziniert zu ihr.

»Ich weiß. Und wer bist du?«

»Geoffrey«, erwiderte er schüchtern.

»Wie alt bist du?« Man hörte ihrer Stimme an, dass es ihr eigentlich egal war, und der Junge merkte es mit dem sicheren Instinkt des Kindes.

»Neun«, beantwortete er ihre Frage.

»Bist du nicht ein bisschen zu klein für dein Alter?«

»Nein, ich bin ziemlich groß«, erklärte er geduldig.

»Ich verstehe nicht viel von Kindern.«

»Olivia schon. Ich mag sie.«

»Ja, ich auch«, erwiderte Victoria lächelnd. Sie trat zu ihrer Schwester, und Geoffrey betrachtete die Zwillinge eine Weile lang mit zusammengekniffenen Augen. Dann schüttelte er den Kopf.

»Ich finde, ihr seht überhaupt nicht gleich aus«, sagte er schließlich ernst, worauf die Erwachsenen lachten.

»Ich glaube wirklich, er braucht eine Brille«, sagte Charles schmunzelnd.

»Nein, Daddy, wirklich. Sieh sie dir doch an!«

»Das habe ich schon oft getan. Und ich verwechsele sie ständig. Wenn du sie auseinander halten kannst, gratuliere ich dir. Ich kann es nicht.« Aber eigentlich wusste er, dass es nicht stimmte. Natürlich konnte er sie äußerlich nicht auseinander halten, manchmal spürte er jedoch, welche der jungen Frauen Victoria war und welche Olivia. Und genau das meinte Geoffrey. Er hatte die Verschiedenartigkeit ihrer Wesen erkannt.

»Das ist Olivia«, sagte er und zeigte ohne Zögern auf sie. »Und das ist Victoria.« Er ließ sich nicht verwirren, auch nicht, als sie die Plätze tauschten, und alle waren verblüfft, sogar Victoria, die immer behauptet hatte, Kinder zu hassen. Olivia hatte sie bereits gebeten, das in Geoffreys Gegenwart auf keinen Fall zu erwähnen.

»Warum denn nicht?«, hatte sie geantwortet. »Vielleicht will Charles mich dann ja nicht heiraten.«

»Und Vater schickt dich ins Kloster, oder du musst einen Fischer in Alaska heiraten. Bitte, Victoria, sag nichts«, hatte Olivia gebeten, und Victoria hatte widerstrebend eingewilligt.

Jetzt sprach sie fast den ganzen Abend lang überhaupt nicht. Den größten Teil des Tischgesprächs bestritten Olivia und Charles.

»Warum heiratest *du* ihn eigentlich nicht?«, fragte Victoria, als die Schwestern später zu Bett gingen. »Du scheinst keine Schwierigkeiten zu haben, dich mit ihm zu unterhalten.«

»Erstens muss ich nicht meinen Ruf wiederherstellen, und zweitens möchte Vater, dass ich ihm den Haushalt führe«, erwiderte Olivia. Ihr Vater hatte seinen Standpunkt ganz klar gemacht, und es konnte nicht die Rede davon sein, dass sie Charles an Victorias Stelle heiraten würde. »Geoffrey ist entzückend, nicht wahr?«, fragte sie ihre Schwester, als sie im Bett lagen.

»Ich weiß nicht«, sagte Victoria. »Ich habe nicht darauf geachtet. Du weißt doch, dass ich Kinder eigentlich hasse.«

»Er ist fasziniert von unserer Ähnlichkeit.« Olivia musste unwillkürlich lächeln, als sie sich daran erinnerte, wie er versucht hatte, sie auseinander zu halten. Meistens war es ihm gelungen. Olivia hatte das Gefühl, dass sie mit dem Jungen durch ein unsichtbares Band verbunden war. Victoria schien er auch zu mögen, obwohl sie ihm nur wenig Aufmerksamkeit geschenkt hatte.

Am nächsten Morgen wollte Edward einen langen Spaziergang mit Geoffrey machen, und Olivia schloss sich ihnen an. Sie hatte gesehen, dass Victoria mit Charles nach draußen gegangen war, und wollte die beiden nicht stören. Sie hatten jetzt viel zu besprechen, und Olivia hoffte, dass Victoria sich endlich mit dem Gedanken an die Heirat anfreunden würde.

»Das Ganze ist ein bisschen ungewöhnlich, nicht wahr?«, sagte Charles nun, während er langsam mit Victoria durch den Garten spazierte. »Ich weiß eigentlich nicht, was ich Ihnen sagen soll. Ich war ein wenig verblüfft, als Ihr Vater mich ansprach, aber die Vorstellung gefällt mir. Und vor allem im Hinblick auf Geoffrey erscheint mir diese Lösung äußerst sinnvoll.«

»Haben Sie nur deshalb eingewilligt?«, fragte Victoria unverblümt. Sie konnte sich nicht vorstellen, aus welchem Grund ein Mann eine Frau heiraten sollte, die ihn nicht liebte.

»Ja, vor allem deshalb«, erwiderte er aufrichtig. »Es ist ihm gegenüber einfach nicht fair, wenn ich weiter allein bleibe. Ich habe seine Mutter sehr geliebt, und eine Frau wie sie wird es für mich nie wieder geben. Wir kannten uns seit unserer Jugend. Susan hatte Temperament und lachte gerne. Und sie hatte einen starken Willen.« Er lächelte Victoria an. »In gewisser Hinsicht ähneln Sie ihr«, fügte er hinzu.

»Vater hat erzählt, dass Ihre Frau auf der *Titanic* umgekommen ist«, warf Victoria ein. Sie klang interessiert, aber bei weitem nicht so mitfühlend wie ihre Schwester. Seltsamerweise fiel es Charles dadurch jedoch leichter, über das Unglück zu sprechen. Wenn er mit Olivia darüber redete, stiegen ihm oft die Tränen in die Augen.

»Ja. Sie wollte eigentlich mit Geoff in das Rettungsboot steigen, aber weil noch so viele Kinder an Bord waren, hat sie einem von ihnen ihren Platz überlassen. Bis zuletzt hat sie Kindern geholfen, in die Boote oder auf ein Floß zu kommen, und die letzte Person, die sie gesehen hat, hat berichtet, sie habe ein Kind auf dem Arm gehabt. Gott sei Dank war es nicht Geoffrey.« Er schwieg für einen Moment, dann sagte er: »Sie war eine außergewöhnliche Frau.«

»Es tut mir Leid«, erwiderte Victoria leise.

»Sie hätten bestimmt nicht anders gehandelt«, sagte er, aber sie schüttelte den Kopf. Sie kannte sich besser.

»Olivia vielleicht, aber ich nicht. Ich bin zu selbstsüchtig. Außerdem kann ich nicht besonders gut mit Kindern umgehen.«

»Das werden Sie schon noch lernen«, sagte Charles zuversichtlich. »Und was ist mit Ihrer geplatzten Verlobung? Sie war vermutlich noch inoffiziell.«

»So könnte man es ausdrücken.« Victoria hatte mit einem verheirateten Mann geschlafen, aber Charles' Formulierung klang wesentlich netter. »Hat Vater Ihnen das erzählt?«

»Eigentlich nicht«, erwiderte Charles lächelnd. Er wollte ihre Gefühle nicht verletzen. »Es war wohl alles ein wenig unerfreulich. Ich mache mir keine Illusionen über unser Verhältnis, aber ich glaube, wir könnten gute Freunde werden. Geoff braucht eine Mutter, und Sie brauchen nach dem Sturm einen sicheren Hafen.« Einige der Gerüchte über Victoria und Toby waren ihm zu Ohren gekommen, das ganze Ausmaß der Geschichte war ihm jedoch nicht bekannt. Auch von der Fehlgeburt, an der sie beinahe gestorben wäre, wusste er nichts. »Eigentlich haben wir glücklichere Voraussetzungen als die meisten anderen Paare, weil wir uns keine Illusionen machen. Keine zerbrochenen Träume oder Herzen. Keine Versprechen, die nicht eingehalten werden. Ich wünsche mir nur, dass wir wirklich gute Freunde werden.« Charles konnte sich nicht vorstellen, sich jemals wieder zu verlieben.

»Warum stellen Sie nicht einfach eine Haushälterin ein?«, fragte Victoria. »So jemanden wie Bertie?« Er warf ihr einen erheiterten Blick zu.

»Sie halten mich wahrscheinlich für ziemlich seltsam, weil ich eine Frau heirate, die ich nicht liebe. Aber ich will mich nicht wieder verlieben, weil ich nie mehr einen geliebten Menschen verlieren möchte. Das würde ich nicht ertragen.«

»Und wenn wir uns letztendlich doch ineinander verlieben?«, fragte Victoria, obwohl ihr diese Vorstellung äußerst unwahrscheinlich erschien.

»Haben Sie das denn vor?«, fragte er zurück. Er war sich im Klaren darüber, dass er ihr gleichgültig war. »Finden Sie mich denn so unwiderstehlich, dass Sie glauben, Sie würden sich in mich verlieben?«

»Nein, nicht im Geringsten«, wehrte Victoria lachend ab. Überrascht stellte sie fest, dass sie Charles mochte. Sie fand ihn zwar nicht attraktiv, aber er war ein angenehmer Gesprächspartner. »Sie haben diesbezüglich nichts zu befürchten«

»Hervorragend. Übrigens, wenn ich eine Haushälterin einstellen würde, hätten Sie noch lange keinen Ehemann – zumindest nicht mich. Also müssten Sie sich auf die Suche nach jemand anderem machen, und das wäre sicher ein Problem. So ist es also viel einfacher. Nur noch eins …«, fügte er hinzu.

»Was?«, fragte sie misstrauisch, aber er zwinkerte ihr beruhigend zu.

»Es wäre mir lieb, wenn Sie möglichst keine Versuche unternähmen, sich einsperren zu lassen, zumindest nicht zu oft. Für mich als Anwalt könnte das auf Dauer peinlich werden.«

»Ich werde mein Bestes tun«, erwiderte Victoria lächelnd. Sie fragte sich, wie es wohl sein mochte, wieder in New York zu leben und Toby zu begegnen. »Allerdings werde ich weiter zu Versammlungen gehen. Ich bin eine Suffragette, und wenn Ihnen das peinlich ist, tut es mir Leid.«

»Es ist mir keineswegs peinlich. Ich finde es sogar recht interessant. Warum sollte ich etwas gegen Ihre politischen Ansichten haben? Sie dürfen doch Ihre eigene Meinung vertreten.«

»Ich frage mich, warum Sie sich auf das alles einlassen«, sagte sie.

»Das weiß ich selbst nicht«, erwiderte er. Und als sie langsam wieder zum Haus zurückgingen, stellte er ihr die alles entscheidende Frage, und sie einigten sich, als träfen sie eine geschäftliche Vereinbarung. »Wann ist es Ihnen am liebsten?« So spät wie möglich, hätte Victoria am liebsten geantwortet, doch stattdessen sagte sie: »Wir sollten uns noch ein wenig Zeit lassen. Es kommt alles so plötzlich.« Niemand sollte denken, sie sei schwanger. »Wie wäre es mit Juni?«

»Das klingt vernünftig. Dann hat Geoff Ferien und kann sich an Sie gewöhnen. Sollen wir Flitterwochen machen? Möchten Sie gerne verreisen?«

»Ja, das wäre schön«, erwiderte sie.

»Nach Kalifornien vielleicht?«, schlug er vor.

»Nein, Europa wäre mir lieber.«

»Ich möchte nicht gerne mit dem Schiff fahren«, erwiderte er. Das war verständlich, aber sie beharrte trotzdem auf ihrem Wunsch.

»Ich will aber nicht nach Kalifornien fahren«, sagte sie.

»Wir reden später noch einmal darüber.«

»Gut.« Sie blickten einander an und gingen dann schweigend zurück ins Haus.

Das Wochenende verlief überraschend harmonisch. Victoria schien sich in ihr Schicksal gefügt zu haben. Sie sprach zwar nur wenig mit Charles, und an Geoff richtete sie nie das Wort, aber der Junge hatte sich ohnehin in Olivia verliebt und verbrachte die meiste Zeit des Tages mit ihr. So hatte Charles reichlich Gelegenheit, seinen zukünftigen Schwiegervater besser kennen zu lernen.

Olivia fiel es zwar schwer, die ganze Zeit in Charles' Nähe zu sein, doch von Geoffrey war sie völlig bezaubert. Am Samstag machte sie einen Ausritt mit dem Jungen, was ihm besonders gut gefiel, zumal sie ihm Sunny, ihr Lieblingspferd, gab. Und als sie am Sonntagmorgen nebeneinander auf einem Felsen saßen, zeigte sie ihm das Muttermal auf ihrer rechten Handfläche, das sie von Victoria unterschied. Geoffrey musste ihr versprechen, nie jemandem etwas davon zu erzählen, noch nicht einmal seinem Vater.

»Als wir so alt waren wie du jetzt, haben wir den Leuten manchmal Streiche gespielt und einfach die Rollen getauscht. Ich tat so, als sei ich Victoria, und sie, als sei sie ich. Es hat Spaß gemacht, und niemand hat je davon erfahren, außer Bertie.«

»Tut ihr das bei meinem Dad auch?«, fragte Geoffrey interessiert. Olivia lachte.

»Natürlich nicht. Das wäre gemein ihm gegenüber. So etwas haben wir nur als Kinder gemacht.«

»Und seitdem nie wieder?« Er blickte sie überrascht an, ganz so, als wisse er es besser. Er war klug für sein Alter, und er liebte Olivia, die seine Tante werden würde, wenn sein Vater und Victoria heirateten. Am Tag zuvor hatten Charles und Victoria es ihm gesagt, aber er schien sich nicht allzu viele Gedanken darüber zu machen.

»Seit wir erwachsen sind, haben wir nur noch ein paarmal die Rollen getauscht«, gestand Olivia. »Meistens bei Leuten, die wir nicht leiden konnten, oder wenn einer von uns etwas wirklich Unangenehmes bevorstand.«

»Wie der Zahnarzt zum Beispiel?«, fragte er.

»Nein, beim Zahnarzt geht das nicht. Aber wenn eine von uns zu einem langweiligen Dinner musste und eigentlich keine Lust hatte.«

»Wirst du Victoria nicht sehr vermissen, wenn sie zu uns kommt?«

»Ja, sie wird mir schrecklich fehlen«, erwiderte Olivia traurig. »Ihr müsst mich oft besuchen kommen, vor allem du.« Sie lächelte ihn an. »Ich bin froh, dass du Thanksgiving hier verbracht hast.«

»Ich auch«, erwiderte er, und seine kleine Hand schlüpfte vertrauensvoll in ihre. »Und ich erzähle auch niemandem von dem Muttermal.«

»Nein, das darfst du auch nicht«, sagte sie und nahm ihn in den Arm. Victoria hatte solches Glück, dass sie schon bald die Mutter des kleinen Jungen sein durfte.

Langsam schlenderten sie zum Haus zurück. Am späten Nachmittag brach Charles mit seinem Sohn wieder nach New York auf. Sie hatten jedoch versprochen, an Weihnachten erneut zu Besuch zu kommen. In der Zwischenzeit würden Charles und Victoria ihre Verlobung offiziell verkünden, und Olivia würde dann an Weihnachten eine Dinnerparty für sie ausrichten.

Am Abend nach Charles' Abreise ging Victoria früh zu Bett. Sie wirkte völlig erschöpft. Es waren anstrengende Tage für sie gewesen. Olivia hingegen saß noch stundenlang nachdenklich am Kamin, starrte in die Flammen und dachte an Charles und seinen Sohn.

Es war seltsam, sich Victoria, Charles und Geoffrey als Familie vorzustellen. Sie gehörten jetzt zusammen. Und sie selbst war auf einmal eine alte Jungfer geworden.

9

Am Mittwoch nach Thanksgiving erschien eine Anzeige in der *New York Times*, in der die Verlobung von Victoria Elizabeth Henderson und Charles Westerbrook Dawson bekannt gegeben wurde. Die Hochzeit wurde für Juni angekündigt, wobei das genaue Datum noch nicht feststand. Zufrieden faltete Edward Henderson die Zeitung zusammen und legte sie auf seinen Schreibtisch. Sie hatten es geschafft.

Es gab das übliche Gerede nach der Ankündigung, ein paar Anrufe aus New York und einige Briefe. Auch in der Stadt schwirrten verschiedene Gerüchte umher, aber die Lage war bei weitem nicht so schlimm, wie sie hätte sein können. Es wurde lediglich behauptet, Victoria habe mit Toby Whitticomb geflirtet und sei mit ihm gesehen worden, aber mehr wusste eigentlich niemand. Nur Toby kannte die Wahrheit, aber unter diesen Umständen hätte es ihm natürlich eher geschadet, wenn er sich geäußert hätte. Victoria war in Sicherheit, vor allem, wenn sie erst einmal Mrs Charles Westerbrook Dawson wäre.

Victoria ihrerseits starrte dumpf auf die Anzeige in der Zeitung. Warum hatte sie nur zugestimmt? Jetzt war sie die Sklavin eines Mannes, aus dem sie sich nichts machte. Und sie würde mit ihm die gleichen Dinge tun müssen, die sie mit Toby getan hatte. Aber vielleicht blieb ihr das ja erspart. Charles hatte gesagt, sie könnten gute Freunde sein, er suche nur eine Mutter für seinen Sohn. Doch selbst der Gedanke an Geoffrey stieß Victoria ab. Sie wollte nicht die Mutter eines fremden Kindes sein. Und wenn sie erst einmal mit Charles verheiratet war, würde sie auch alles tun, um eine erneute Schwangerschaft zu verhindern. Sie wusste zwar nicht, was sie dagegen unternehmen musste, aber es würden sich schon Mittel und Wege finden. Aber vielleicht, so dachte sie hoffnungsvoll, erwartet er diese Sache ja sowieso nicht von mir.

»Warum machst du so ein ernstes Gesicht?«, fragte Olivia, die gerade mit einem Stapel frischer Handtücher das Zimmer betrat. Als sie die aufgeschlagene Zeitung entdeckte, lächelte sie verständnisvoll.

»Du wirst glücklich mit ihm werden, Victoria – er ist ein guter Mann. Und denk daran, als verheiratete Frau kannst du dich in New York frei bewegen ...« Victoria nickte benommen. Sie war so in ihrem Selbstmitleid gefangen, dass sie Olivias Kummer gar nicht bemerkte.

Victoria unternahm jetzt jeden Tag lange Spaziergänge, und Olivia wusste, dass sie wieder die Versammlungen der Suffragetten besuchte. In Gesprächen neigte ihre Schwester zu scharfen Bemerkungen über Männer, und Olivia war klar, dass das nur noch wenig mit ihrer politischen Überzeugung zu tun hatte, sondern lediglich aus der Tatsache resultierte, dass sie sich persönlich als Opfer der Männer fühlte. Victoria hatte das Gefühl, von ihrem Vater und Charles dafür bestraft worden zu sein, dass sie Toby geliebt hatte.

Auch an der Dinnerparty, die Olivia für sie plante, hatte sie nur wenig Interesse. Sie hörte kaum zu, als Olivia ihr berichtete, wer bereits alles zugesagt hatte. Ihrer Meinung nach gab es nichts zu feiern, schließlich ging es doch nur um eine geschäftliche Vereinbarung.

»Sprich nicht so, Victoria«, sagte Olivia, als ihre Schwester die bevorstehende Heirat wieder einmal so nannte. »Es ist doch gut gemeint. Ihr seid wichtig füreinander.

Charles hat dich vor dem schrecklichen Gerede bewahrt, und der kleine Geoffrey wird glücklich sein, wenn er dich endlich als Mutter hat.«

»Ich will nicht seine Mutter sein«, erwiderte Victoria ärgerlich. »Ich habe doch überhaupt keine Ahnung von der Rolle als Mutter. Und der Junge mag mich noch nicht einmal.«

»Natürlich mag er dich, sei nicht albern.«

»Nein, er mag *dich*«, erwiderte Victoria bestimmt. »Und er hat ja Recht. Er kennt den Unterschied zwischen uns, und ich glaube, er spürt ganz genau, dass ich Kinder nicht ausstehen kann.« Das wollte Olivia jedoch nicht gelten lassen.

»Er mag uns beide. Und du wirst ihn schon bald lieben lernen.«

Doch Victoria beharrte darauf, dass sie zu etwas gezwungen wurde, das sie nicht wollte. Dabei hatte ihr der Gedanke an Verpflichtungen stets widerstrebt. In ihren Augen war das Beste an der Ehe mit Charles, dass sie dadurch die Möglichkeit haben würde, in New York zu Versammlungen der Frauenrechtlerinnen zu gehen. Vielleicht konnte sie ja eines Tages selbst politisch tätig werden. Ihrer Meinung nach war das ihre wirkliche Berufung. Sie sah sich als eine Art Jeanne d'Arc, die ihr Leben ihren Idealen opferte.

Olivia beobachtete diese Entwicklung mit Besorgnis. »Du solltest häufiger an normale Dinge denken, Victoria, an deinen Ehemann zum Beispiel, an dein Heim oder deine Hochzeit.« Es tat ihr jedoch weh, Charles als Victorias »Ehemann« zu bezeichnen. Sie wusste, dass sie nicht das Recht hatte, anders an ihn zu denken, dass die Zeit der heimlichen Mädchenträume unwiederbringlich vorbei war. Sie und Victoria waren beide auf ihre Art zu erwachsenen Frauen geworden. Victoria hatte die körperliche Liebe kennen gelernt und würde bald heiraten, und sie, Olivia, gehörte jetzt für immer zu ihrem Vater und würde ihr Leben seiner Pflege widmen müssen.

Ein paar Tage später sprach Olivia ihre Schwester erneut auf die Dinnerparty an und zwang sie dieses Mal, ihr zuzuhören. Sie hatte modische, elegante Kleider aus schwarzem Samt und mit kurzer Schleppe bestellt, die nach Entwürfen der Schwestern Callot in Paris gefertigt worden waren.

»Wenn ich nach Paris fahre«, – Victoria lächelte Olivia an – »dann kaufe ich uns Originale von den Modeschöpfern, die du so gerne magst. Was willst du haben? Ein Kleid von Beer? Von Worth? Von Poiret? Du machst mir einfach eine Liste, und ich gehe für uns einkaufen.« Die Vorstellung, schon bald nicht mehr täglich zusammen sein zu können, war quälend für beide Schwestern. Sie waren bisher kaum einen Tag in ihrem Leben getrennt gewesen, und wenn Victoria wegzöge, würden sie sich gegenseitig schrecklich vermissen.

»Du solltest in New York bei uns wohnen«, schlug Victoria vor. Ihr erschien das als die einzige Möglichkeit.

»Charles wäre sicher begeistert.« Olivia lachte hohl. Es wäre eine Qual für sie, mit ihm unter einem Dach zu leben, aber nie zu bekommen, wovon sie einst geträumt hatte.

»Damit würde er doch zwei Fliegen mit einer Klappe schlagen«, erwiderte Victoria. »Und du kannst dich um Geoff kümmern. Das wäre doch perfekt.« Grinsend zündete sie sich eine Zigarette an. Olivia verzog das Gesicht und öffnete das Fenster.

»Bertie bringt dich um, wenn sie dich beim Rauchen erwischt.« Olivia schloss die Tür zu ihrem Schlafzimmer ab. »Und was wird aus Vater, wenn ich mit dir komme? Soll er auch bei euch wohnen?« Sie lächelte Victoria wehmütig an. Sie konnten sich jetzt alles Mögliche ausdenken, an der bevorstehenden Trennung war nicht zu rütteln. »Vater hat schon gesagt, ich darf euch besuchen kommen, wann immer ich will.«

»Das ist nicht dasselbe, Ollie, und das weißt du auch.«

»Nein, es ist nicht dasselbe«, gab Olivia seufzend zu, »aber mehr kann ich nicht erreichen. Was ist eigentlich mit Geoff? Wollt ihr ihn mit auf eure Hochzeitsreise nehmen?«

»Du liebe Güte, nein, ich hoffe nicht.« Victoria verzog angewidert das Gesicht. »Charles und ich haben zwar noch nicht darüber gesprochen, aber ich kann es mir nicht vorstellen. Ich möchte gerne nach Europa fahren.«

»Vielleicht sollte Geoff dann hier bei mir bleiben. Das wäre doch schön für ihn, und mir würde es auch gefallen.«

»Was für eine tolle Idee!« Victoria strahlte ihre Schwester an. Die Vorstellung, den Jungen in Croton zu lassen, gefiel ihr sehr gut. Sie hatte keine Lust, sich während der Überfahrt ständig um ihn kümmern zu müssen. Charles hatte zwar noch nicht eingewilligt, mit ihr nach Europa zu fahren, aber Victoria war davon überzeugt, dass sie ihn letztendlich dazu würde überreden können. Sie würde jedenfalls nicht nach Kalifornien reisen.

»Ich schlage es Charles einfach vor. Oder möchtest du lieber mit ihm reden?«, fragte Olivia, während sie das Fenster wieder schloss.

Es war kalt draußen; seit Thanksgiving hatte es bereits zweimal geschneit.

»Nein, schlag du es ihm vor. Ich muss noch daran arbeiten, dass er mit mir nach Europa fährt.«

Als die Schwestern kurz darauf Arm in Arm hinuntergingen, fühlten sich beide ein wenig besser. Victoria dachte an ihre Flitterwochen und all die großartigen Frauen, die sie in Europa treffen wollte, und Olivia freute sich darauf, dass Geoff den Sommer bei ihr verbringen würde. Es würde sie ein wenig dafür entschädigen, dass ihre Schwester so weit weg war.

Am nächsten Tag trafen die Dawsons in Charles' neuem Packard aus New York ein. Geoff flog beinahe aus dem Auto, lief sofort auf Victoria zu, die sie vor dem Haus erwartete, und fragte: »Wo ist Ollie?«

»In der Küche«, erwiderte sie, worauf er sofort zur Hintertür rannte. In diesem Moment wünschte Charles, er könnte die Zwillinge so sicher auseinander halten wie sein Sohn, aber es gelang ihm immer noch nicht.

»Bist du wirklich Victoria?«, fragte er. Es kam ihm lächerlich vor, die eigene Verlobte nicht zu erkennen, aber er wurde in der Tat immer unsicherer. Manchmal verhielt sich Victoria genauso scheu wie Olivia, während ihre Schwester sich im Umgang mit ihm bereits so entspannt hatte, dass sie gelegentlich genauso draufgängerisch wie Victoria wirkte. Die Ähnlichkeit zwischen den beiden jungen Frauen verwirrte Charles zunehmend.

Als Victoria lächelnd nickte, gab Charles ihr einen züchtigen Kuss auf die Wange.

»Ich glaube, ich muss euch beiden eine Diamantbrosche mit euren Initialen kaufen, sonst mache ich mich ja zum Narren, wenn ich euch gegenüberstehe.« Lachend traten sie Arm in Arm ins Haus.

»Das ist eine nette Idee«, erwiderte sie. Sie konnte der Versuchung nicht widerstehen, ein wenig mit ihm zu spielen. »Woher weißt du denn eigentlich, dass ich nicht doch Ollie bin?«, fragte sie unschuldig.

»Bist du denn Olivia?« Verlegen ließ er ihren Arm los. Victoria nickte, aber gerade in diesem Moment bog Geoffrey, der Olivia an der Hand hinter sich herzog, um die Ecke.

»Hallo, Victoria«, sagte er lässig. Jetzt war Charles völlig verwirrt. Olivia durchschaute sofort, was ihre Schwester mit ihrem armen Bräutigam angestellt hatte. Lächelnd drohte sie ihr mit dem Finger.

»Hast du Charles gequält?«, fragte sie anklagend.

»Ja, das hat sie«, erwiderte Charles errötend. »Sie hat vorgegeben, du zu sein. Und einen Moment lang hat sie mich völlig verwirrt.«

Geoffrey lachte seinen Vater aus. Er konnte gar nicht verstehen, wie man die Schwestern verwechseln konnte.

»Warum bist du dir eigentlich immer so sicher?«, fragte Charles.

»Ich weiß nicht.« Geoffrey zuckte mit den Schultern. »Ich finde, sie sehen völlig verschieden aus.«

»Außer Bertie ist er der Einzige, der den Unterschied sofort erkennt.« Olivia zwinkerte dem Jungen zu. Dann schüttelte sie Charles die Hand. Charles wandte sich wieder an Victoria.

»Ich werde dir nie wieder trauen, Victoria Henderson!«, erklärte er. Olivia lachte.

»Das ist klug von dir, Charles! Vergiss es nicht!«

»Was ist denn hier los?« Edward Henderson trat in die Halle, um die Gäste zu begrüßen. Er freute sich, Charles und seinen Sohn zu sehen.

Während des Abendessens unterhielten sich die Männer angeregt über New York und Edwards geschäftliche Angelegenheiten. Das Stahlwerk war nun endlich verkauft, und Edward war äußerst zufrieden mit dem Ergebnis.

Nach dem Essen ließen Edward und Olivia das Brautpaar allein. Arm in Arm gingen Vater und Tochter nach oben, und Edward flüsterte Olivia ins Ohr, wie wunderbar sich doch alles gefügt habe und wie erleichtert er über die Entwicklung sei. Olivia nickte nur. Sie verschwieg ihrem Vater, dass sie durchaus gemischte Gefühle hatte.

Dann ging sie noch einmal in das Gästezimmer, um nach Geoff zu schauen. Bertie hatte ihn zu Bett gebracht, aber er schlief noch nicht. Er lag in einem der großen Gästebetten und hatte die Arme fest um ein zerschlissenes Kuscheltier geschlungen.

»Wer ist das?«, fragte Olivia und setzte sich auf die Bettkante.

»Das ist Henry, mein Affe. Er ist schon sehr alt, so alt wie ich. Ich nehme ihn überallhin mit, nur nicht in die Schule«, erwiderte der Junge und lächelte Olivia an. Er wirkte in dem großen Bett so klein und verloren, dass sie ihn am liebsten in die Arme genommen und geküsst hätte, aber dazu kannten sie sich noch nicht gut genug.

»Er sieht sehr nett aus«, sagte Olivia ernsthaft. »Beißt er? Das tun Affen manchmal.«

»Natürlich nicht.« Geoffrey grinste. »Ich wünschte, ich hätte auch einen Zwillingsbruder. Dann könnten wir den Leuten dauernd Streiche spielen, so wie Victoria es heute mit Daddy gemacht hat. Er hat wirklich geglaubt, sie sei du. Und es war ihm so peinlich.«

»Wie kannst du uns denn eigentlich auseinander halten, ohne unsere Hände zu untersuchen?«, fragte Olivia neugierig. Vielleicht sahen ja unschuldige Kinder die Dinge klarer als Erwachsene.

»Du denkst anders«, erwiderte er. »Das sehe ich.«

»Du kannst sehen, was ich denke?«, fragte Olivia erstaunt. Geoffrey war sehr aufgeschlossen für sein Alter, und sie fragte sich, ob er wohl immer schon so gewesen war, oder erst seit dem Tod seiner Mutter.

»Manchmal«, antwortete er. »Victoria mag mich nicht.«

»Doch, natürlich mag sie dich!«, erwiderte Olivia hastig. »Sie ist nur nicht an Kinder gewöhnt.«

»Sie ist genauso daran gewöhnt wie du. Sie mag Kinder nur nicht, und sie redet auch nicht so mit mir wie du. Mag sie denn meinen Vater eigentlich?« Das war eine erstaunliche Frage für ein Kind seines Alters, und Olivia fiel nicht sofort eine Antwort ein.

»Ich glaube, sie mag deinen Vater sehr, Geoff«, sagte sie schließlich. »Sie kennen sich nur noch nicht besonders gut.«

»Warum heiraten sie dann? Das ist doch dumm!« Damit hatte er nicht ganz Unrecht, aber Olivia konnte ihm natürlich nicht erklären, welche komplizierten Zusammenhänge dahinter steckten.

»Manchmal heiraten zwei Menschen, weil sie wissen, dass es gut ist, und mit der Zeit lieben sie sich dann auch. Das sind oft sogar die besten Ehen.« Es klang in ihren Ohren vernünftig, doch Geoffrey blickte sie zweifelnd an.

»Meine Mom hat immer gesagt, dass sie mich über alles in der Welt liebt. Und sie hat auch gesagt, dass sie Daddy über alles geliebt hat, als sie ihn heiratete, sogar mehr als ihre eigenen Eltern. Und dann bekam sie mich, und mich hat sie genauso geliebt.« Verschwörerisch senkte er die Stimme. »Eigentlich hat sie sogar gesagt, sie würde mich mehr lieben, aber das durfte ich Daddy nicht sagen, um seine Gefühle nicht zu verletzen.«

»Das glaube ich sofort«, erwiderte Olivia gerührt. »Deine Mom hat dich bestimmt sehr, sehr geliebt.«

»Ja«, antwortete Geoff traurig. Er dachte oft an seine Mutter und träumte fast jede Nacht von ihr. Im Traum trug sie immer ein weißes Kleid und kam lächelnd auf ihn zu, aber er wachte jedes Mal auf, kurz bevor sie ihn erreichte. »Ich habe sie auch geliebt«, sagte er und umklammerte Olivias Hand. »Sie war so hübsch, und sie hat oft gelacht… ein bisschen wie du…« Olivia küsste ihn auf die Hand und zog ihn an sich. In diesem Moment war er der Sohn, den sie niemals haben würde, ein Geschenk, das sie unerwartet bekommen hatte.

»Ich liebe dich, Geoffy«, sagte sie leise und strich ihm über die Haare. Sie lächelten sich an.

»Meine Mom hat mich auch immer so genannt… aber du darfst mich auch so nennen. Ich glaube, das würde ihr gefallen.«

»Danke.«

Über eine Stunde blieb Olivia an seinem Bett sitzen und erzählte ihm Geschichten aus der Zeit, als Victoria und sie noch Kinder waren, bis er schließlich einschlief. Sie gab ihm noch einen Kuss auf die Stirn und verließ dann leise das Zimmer. Dabei dachte sie an seine Mutter, der sie sich so seltsam verbunden fühlte, fast, als ob sie sie gekannt hätte.

Victoria war bereits im Schlafzimmer. Sie rauchte eine Zigarette und hatte noch nicht einmal das Fenster geöffnet.

»Ich kann es kaum erwarten, dass du endlich weg bist.« Olivia verdrehte anklagend die Augen, aber Victoria lachte nur. Sie wusste, dass ihre Schwester sich genauso vor der Trennung fürchtete wie sie selbst.

»Wo warst du?«

»Bei Geoff. Das arme Kind. Ich glaube, seine Mutter fehlt ihm sehr.« Victoria nickte, erwiderte aber nichts darauf. Stattdessen erklärte sie fröhlich: »Charles fährt in den Flitterwochen mit mir nach Europa.« Olivia schüttelte lächelnd den Kopf.

»Der arme Mann! Du bist wirklich ein Ungeheuer. Weiß er eigentlich, dass du rauchst?« Victoria schüttelte verneinend den Kopf, und sie mussten beide lachen. »Vielleicht solltest du es ihm sagen. Oder besser noch, hör einfach auf.«

»Vielleicht sollte er anfangen zu rauchen.«

»Na, das wäre doch reizend«, sagte Olivia.

»Ich habe ihm gesagt, dass du Geoffrey gerne hier behalten möchtest. Er fand die Idee hervorragend. Er glaubt nämlich, dass dem Jungen die Schiffspassage Angst machen würde.«

»Das denke ich auch«, erwiderte Olivia. Seit dem Untergang der *Titanic* waren noch nicht einmal zwei Jahre vergangen, und die Erinnerung war sicher noch viel zu frisch. »Habt ihr schon ein Datum festgelegt?«

Victoria nickte. »Zwanzigster Juni. Die *Aquatania* legt am einundzwanzigsten Juni von New York ab, es ist die Rückreise von ihrer Jungfernfahrt.« Olivia blickte ihre Schwester besorgt an.

»Meinst du nicht, dass eine Schiffsreise eine große seelische Belastung für Charles sein wird?«

Victoria zuckte mit den Schultern. »Er war damals ja nicht mit ihr zusammen auf dem Schiff. Sie ist allein mit Geoffrey von England zurückgekommen.«

»Aber er war doch bestimmt außer sich vor Sorge. Du musst auf der Reise sehr nett zu ihm sein«, erwiderte Olivia. Victoria warf ihr einen verärgerten Blick zu.

»Vielleicht solltest du besser mit ihm fahren. Er würde den Unterschied ja sowieso nicht merken.«

»Vielleicht nicht«, sagte Olivia leise. Aber Geoff würde es auffallen, fügte sie in Gedanken hinzu.

Am nächsten Tag machte Charles vor dem Mittagessen einen Spaziergang mit Victoria, und sie setzten sich eine Zeit lang auf eine Bank, von der aus man einen schönen Blick auf den Hudson hatte.

»Es ist so wunderschön hier! Wird es dir nicht schwer fallen, fortzugehen?«, fragte Charles. Victoria lag auf der Zunge, ihm zu erwidern, dass ihr Vater sie ja dazu zwang, aber das tat sie natürlich nicht. Stattdessen erwiderte sie: »Ich bin sowieso lieber in New York. Es ist unglaublich langweilig hier. Olivia gefällt es ja, aber ich habe lieber ein bisschen mehr Abwechslung.«

»Ach ja?«, neckte er sie. »Darauf wäre ich nie gekommen.« Sie lachte ihn an. Sein Humor gefiel ihr. »Mir ist übrigens etwas eingefallen, wie ich euch auseinander halten kann«, fuhr er fort. »Ich hoffe, es gefällt dir.« Victoria wollte schon Einwände erheben, weil sie dachte, es handle sich um etwas so Albernes wie die verschiedenfarbigen Bänder, die sie als Kinder tragen mussten, als er ihre Hand ergriff und ihr wortlos einen wunderschönen Diamantring an den Finger steckte. Der Stein war nicht groß, aber sehr schön geschliffen. Der Ring hatte seiner Mutter gehört, die vor einigen Jahren gestorben war und Charles ihren ganzen Schmuck hinterlassen hatte. Ein paar Stücke hatte er seiner ersten Frau geschenkt, den Ring jedoch nicht, weil seine Mutter bei ihrer Heirat noch gelebt und ihn selbst getragen hatte.

Überrascht blickte Victoria auf ihre Hand. Der Ring passte perfekt.

»Er ist wunderschön … danke …«, stammelte sie. Einen Moment lang wünschte sie, die Dinge stünden anders zwischen ihnen.

»Ich hoffe, wir werden eines Tages glücklich sein«, sagte er und ergriff ihre Hand. »Eine Ehe zwischen guten Freunden kann sehr erfüllend sein.«

»Gehört zu einer guten Ehe nicht noch mehr?«, fragte sie traurig, wobei sie an die köstlichen Augenblicke mit Toby dachte, an die tiefe Liebe und Leidenschaft, die sie für ihn empfunden hatte.

»Manchmal, wenn man sehr viel Glück hat«, antwortete Charles, wobei er an seine eigene Vergangenheit dachte. Diese Ehe würde ganz anders werden als seine erste. Aber vielleicht konnte er Victoria ja im Laufe der Zeit für sich gewinnen und ein wenig zähmen, und dann würde sie ihm auch eine gute Frau sein. Geoffrey zuliebe wollte er es zumindest versuchen. »Die Liebe ist etwas Seltsames, nicht wahr?«, sagte er und legte den Arm um sie. »Manchmal findet man sie, wenn man sie am wenigsten erwartet. Ich verspreche dir, dass ich dir nie wehtun werde, Victoria. Ich werde dein Freund sein … und ich werde immer für dich da sein, wenn du es zulässt.« Er war sich im Klaren darüber, dass sie im Moment noch scheute wie ein wildes Pferd, und dass er ihr gegenüber sehr viel Geduld würde aufbringen müssen. »Ich werde sehr vorsichtig sein«, fügte er hinzu. Victoria nickte.

»Es tut mir Leid, dass ich dir nicht mehr geben kann, Charles.« Er sah ihr an, dass sie es aufrichtig meinte.

»Es braucht dir nicht Leid zu tun«, erwiderte Charles leise. Sie machten sich beide keine Illusionen. »Du schuldest mir nichts.« Noch nicht, dachte Victoria. Aber wie würde es später einmal aussehen? Würde sie ihn eines Tages genauso begehren wie Toby, nur weil sie miteinander verheiratet waren? Würde das überhaupt etwas ändern?

»Dann ist es jetzt vermutlich offiziell«, sagte sie vorsichtig und betrachtete den Ring an ihrem Finger. »Wir sind verlobt.« Er lachte leise.

»Ja. Und im Juni wirst du Mrs Charles Dawson. Dir bleiben also sechs Monate, um dich an den Gedanken zu gewöhnen.« Er legte ihr sanft die Hände auf die Schultern. »Darf ich denn die Braut schon vorher küssen?«, fragte er. Sie nickte zögernd.

Er nahm sie in die Arme und küsste sie. Unwillkürlich stiegen Erinnerungen an Susan in ihm auf, und er musste sich zusammenreißen, um nicht von Verlangen und Sehnsucht überwältigt zu werden. Doch Victoria spürte nichts davon. Sie fühlte nur die Lippen eines Mannes, den sie nicht liebte.

»Sollen wir wieder hineingehen?«, fragte er nach einer Weile. Als er ihre Hand ergriff, spürte er den Diamantring, den er ihr an den Finger gesteckt hatte.

Zu Hause erwähnte Victoria den Ring zunächst nicht, und es war Olivia, die ihn beim Mittagessen als Erste bemerkte. Der Ring an Victorias Finger verwirrte sie. Auf einmal war alles so real, die Verlobung, die Hochzeit, die Tatsache, dass Victoria bald fort sein würde. Bei diesem Gedanken stiegen Olivia die Tränen in die Augen, und sie senkte verlegen den Kopf. Victoria spürte sofort, dass etwas nicht stimmte, und als das Mittagessen vorüber war, trat sie zu ihrer Schwester und legte den Arm um sie.

»Du wirst mir schrecklich fehlen«, flüsterte Olivia, während sie das Esszimmer verließen.

»Dann musst du eben mit mir kommen«, erwiderte Victoria.

»Du weißt, dass das nicht geht.« Erneut stiegen Olivia Tränen in die Augen. Charles beobachtete die Schwestern von der Türschwelle aus und fragte sich, worüber sie wohl sprachen.

»Ich werde immer nur dich lieben«, erklärte Victoria, doch Olivia schüttelte den Kopf.

»Du musst versuchen, *ihn* zu lieben«, erwiderte sie. »Das bist du ihm schuldig.« Dann trat sie zu Charles und sagte ihm, wie schön der Ring sei. Er freute sich über das Kompliment, und Arm in Arm traten die drei in die Wintersonne.

10

Durch die Anwesenheit der Dawsons wurden die Weihnachtstage vergnüglicher als sonst. An Heiligabend schneite es heftig, und als sie aus der Kirche traten, waren die Hügel mit einer dichten weißen Schneedecke umhüllt. Glücklich beobachtete Olivia, wie Geoffs Gesicht aufleuchtete, als er am Weihnachtsmorgen seine Geschenke auspackte. Anschließend gingen sie alle gemeinsam zum Schlittenfahren. Olivia ließ Geoff den Schlitten lenken, und dann bewarfen sie Charles und Victoria so lange mit Schneebällen, bis die beiden ins Haus flüchteten. Danach baute Olivia mit Geoff einen Schneemann. Erst bei Einbruch der Dunkelheit kamen sie wieder ins Haus.

Für alle war es ein wunderschöner Tag, der lediglich durch den Umstand getrübt wurde, dass Edward sich eine Erkältung zugezogen hatte und das Bett hüten musste. Zum Glück konnte er jedoch an der Dinnerparty, die Olivia für Victoria und Charles gab, bereits wieder teilnehmen. Es war ein fröhliches Fest, auf dem der Champagner in Strömen floss und sogar getanzt wurde. Die Gäste gratulierten Victoria ohne jede Missgunst, und es wurde auch nicht hinter ihrem Rücken über sie getuschelt. Ihr Ruf war gerettet und ihre Zukunft gesichert. Charles und sie gingen miteinander um wie gute Freunde, und langsam begann Victoria, sich an ihn zu gewöhnen. Nur Geoffrey bereitete ihr noch Unbehagen. Olivia merkte es ihrer

Schwester natürlich an, und wann immer es ging, kümmerte sie sich um den Jungen. Dennoch drängte sie Victoria, selbst ebenfalls mehr auf ihn einzugehen.

»Du meine Güte, Victoria, er ist doch noch ein Kind, ein neunjähriger Junge. Wovor hast du Angst? Sei doch nicht so albern.«

»Er hasst mich«, erwiderte Victoria.

»Nein, das tut er nicht. Er mag dich.« Das war eine Lüge, aber Olivia wollte unbedingt, dass ihre Zwillingsschwester dem Jungen näher kam. »Er ist eben einfach mehr an mich gewöhnt. Wir könnten vermutlich die Plätze tauschen, und er würde es noch nicht einmal merken.« Aber natürlich entsprach auch das nicht der Wahrheit.

Am Neujahrsmorgen beschloss Olivia, mit Geoffrey auszureiten.

»Seien Sie vorsichtig, Miss«, warnte der Stallbursche sie. »Es hat gefroren, der Boden ist glatt. Außerdem wird es gleich regnen.«

»Wir reiten nicht weit, Robert. Danke.« Olivia gab Geoffrey das bravste Pferd, das sie im Stall hatten, eine gutmütige alte Stute, die Victoria und sie als Kinder geritten hatten. Sie selbst nahm ihr eigenes Pferd, das ein wenig übermütig war, weil es während der letzten Tage lange im Stall gestanden hatte. Gemeinsam ritten sie über die Hügel, und Olivia zeigte dem Jungen all die Plätze, an denen sie sich als Kind gerne aufgehalten oder mit ihrer Schwester vor Bertie versteckt hatte.

Sie erzählte ihm, dass sie als Zwölfjährige einmal sogar über Nacht ausgeblieben waren, weil sie in der Schule solchen Unfug angestellt hatten, dass sie sich nicht mehr nach Hause trauten. Der Sheriff hatte mit seinen Spürhunden nach ihnen gesucht, und natürlich waren sie gefunden worden. Zum Glück war ihr Vater ihnen nicht lange böse gewesen.

»Hast du niemals eine Tracht Prügel bekommen?«, fragte Geoffrey. Olivia schüttelte den Kopf. Ihr Vater hatte in der Tat nie die Hand gegen sie erhoben. »Ich auch nicht«, sagte Geoff und bestätigte damit den Eindruck, den Olivia von Charles Dawson hatte.

Danach spielten sie für eine Weile Cowboy und Indianer auf ihren Pferden. Wenn jemand beobachtet hätte, wie Olivia hinter dem Jungen herjagte, hätte er wohl kaum geglaubt, dass sie bereits zwanzig Jahre alt war, so übermütig spielte sie mit dem Kind. Als es dunkel wurde, ritten die beiden langsam heimwärts. Sie hatten die Ställe fast erreicht, als plötzlich ein lauter Donner ertönte. Kurz darauf zuckte ein Blitz über den Himmel, im selben Moment donnerte es erneut, und ein heftiger Regen setzte ein. Noch bevor Olivia überhaupt reagieren konnte, scheute Geoffreys Pferd und ging durch.

»Halt dich fest, Geoff!«, schrie sie, während sie hinter dem Jungen hergaloppierte. »Halt dich gut fest! Ich bin gleich da!« Die alte Stute war nicht mehr so schnell, und sie hatte sie bald eingeholt. Olivia griff nach den Zügeln des Pferdes und hatte es schon beinahe zum Stehen gebracht, als ein weiterer Donner grollte. Jetzt stieg Olivias Pferd, und weil sie die Zügel von Geoffs Stute nicht loslassen wollte, stürzte sie auf den vereisten Boden, wo sie hart mit dem Kopf aufschlug. Voller Entsetzen sah Geoffrey sie zusammengekrümmt am Boden liegen. Er begriff sofort, dass sie bewusstlos war.

»Olivia! Ollie!«, schrie er. Als sie nicht antwortete, ritt er weinend zum Stall zurück.

Sein Vater und der Stallbursche sahen ihn schreiend und winkend näher kommen, doch bevor er noch etwas sagen konnte, tauchte auch schon Olivias Pferd auf. Charles begriff sofort, was passiert war. Er half seinem Sohn vom Pferd und schwang sich selbst auf den Rücken der alten Stute. Robert stieg auf Olivias Pferd, und die beiden Männer galoppierten zu der Stelle, die Geoffrey ihnen atemlos und mit sich überschlagender Stimme beschrieben hatte.

Charles schlug das Herz bis zum Hals, als sie sich der regungslos am Boden liegenden Gestalt näherten. Olivia war leichenblass und lag da wie tot.

»Ist sie …?«, flüsterte Charles dem Stallburschen zu, der bereits neben Olivia kniete, aber der Mann schüttelte den Kopf. Er erhob sich und sagte, er müsse die Kutsche holen, damit sie Olivia nach Hause transportieren konnten.

»Bleiben Sie bei ihr. Ich werde auch gleich den Arzt verständigen und bin in zehn Minuten wieder zurück.«

Charles kniete sich neben Olivia auf den Boden und breitete seinen Mantel über sie, um sie vor dem Regen zu schützen. Tränen brannten in seinen Augen, und er spürte ein Gefühl in sich aufsteigen, wie er es zuletzt seiner verstorbenen Frau gegenüber empfunden hatte. Es tat ihm unendlich weh, Olivia so leblos am Boden liegen zu sehen. Geoffrey hatte Recht, die Zwillinge waren völlig verschieden. Dort die wilde, freiheitsliebende Victoria, die er zähmen wollte, aber nie lieben würde. Und hier Olivia, die sein Herz berührte, vor der er sich jedoch in Sicherheit bringen musste, weil er nie wieder jemanden verlieren wollte, den er liebte. Wenn sie jetzt starb … Charles konnte den Gedanken nicht ertragen. Aber es war nicht richtig, was er für sie empfand, denn er würde ihre Schwester heiraten.

»Olivia …« Er beugte sich über die junge Frau und flüsterte ihren Namen. Sanft strich er ihr über die Haare und betete, dass sie am Leben blieb. »Olivia … sprich mit mir … Ollie, bitte …«, flehte er. Er weinte wie ein Kind, spürte seine Liebe zu ihr und hasste sich dafür. »Olivia …« Sie schlug die Augen auf und blickte ihn verwirrt an, als sei er ein Fremder. »Du bist vom Pferd gestürzt, beweg dich nicht«, sagte er. Er war mittlerweile von dem Regen völlig durchnässt.

»Ist Geoff in Ordnung?«, brachte Olivia mühsam hervor. Sie sah zunächst nur ein verschwommenes Gesicht über sich und begriff erst nach einer Weile, dass es zu Charles gehörte, der neben ihr kniete. Mühsam versuchte sie zu lächeln, aber es tat zu weh.

»Geoff geht es gut. Er hat Hilfe geholt.« Sie versuchte zu nicken, zuckte jedoch vor Schmerz zusammen und schloss die Augen wieder. Charles beobachtete sie ängstlich. Es erschreckte ihn, wie viel er auf einmal für Olivia empfand. Doch er war davon überzeugt, dass es richtig war, Victoria zu heiraten, weil es viel zu gefährlich wäre, eine Frau wie Olivia zu lieben. Bei ihr würde sein mühsam errichteter Schutzwall zusammenbrechen.

»Wie fühlst du dich?«, fragte er. Am liebsten hätte er sie gestreichelt.

»Großartig.« Sie lächelte tapfer. Charles strich ihr über die Wange und ließ dann seine Hand dort liegen. Mehr erlaubte er sich nicht. »Hilfst du mir aufzustehen?«, fragte sie.

»Ich glaube, du solltest dich besser nicht bewegen. Robert holt die Kutsche, er muss gleich hier sein.«

»Ich möchte Vater nicht beunruhigen.«

»Olivia, du hättest tot sein können! Du musst in Zukunft besser auf dich aufpassen.« Geoffrey braucht nicht noch eine Tragödie in seinem Leben, fügte er in Gedanken hinzu, und ich auch nicht. Er beugte sich über sie und hätte sie am liebsten geküsst.

»Es geht schon wieder.«

»Ja, das sehe ich.« Er grinste sie an, und sie wechselten einen Blick, der Bände sprach. Olivia sah nur noch ihn, es gab nur noch diesen Moment, seine Hand, die auf ihrer Wange lag, und seine Augen, die sie liebkosten.

»Geht es meinem Pferd gut?«

»Ja, besser als dir jedenfalls.« In diesem Moment kam Robert mit der Kutsche über den Hügel, und in diesem Augenblick hätte Charles am liebsten die Zeit angehalten, um Olivia für immer so nahe sein zu können. Doch sie wussten beide, dass dieser Moment unwiderruflich vorbeigehen würde und nie wieder erwähnt werden dürfte. Sehnsüchtig versuchten sie einander mit ihren Blicken festzuhalten.

»Wie geht es ihr?«, fragte Robert.

»Ich glaube, ein bisschen besser.« Vorsichtig hob Charles Olivia hoch und trug sie in die Kutsche. Stöhnend ließ sie den Kopf gegen die Polster sinken. Sie schien sich nichts gebrochen zu haben, aber offenbar hatte sie eine schwere Gehirnerschütterung. Charles nahm ihr gegenüber in der Kutsche Platz. Er wollte so viel sagen, doch er schwieg. Es war viel zu gefährlich für ihn. Er hatte seinen Weg gewählt; er würde Victoria heiraten, da sie keine Bedrohung für ihn darstellte. Nie wieder wollte er es wagen, eine Frau wirklich zu lieben, aus Angst davor, dass er auch sie wieder verlieren könnte.

Olivia streckte ihm die Hand entgegen, als könne sie seine Gedanken lesen.

»Es tut mir Leid«, sagte er leise. Lächelnd lehnte sie den Kopf an die Polster. Sie kam sich vor wie in einem Traum.

Als sie zu Hause ankamen, war der Arzt bereits eingetroffen. Er veranlasste, dass Olivia sofort zu Bett gebracht wurde. Sie bestand darauf, Geoffrey zu sehen, da sie ihn nicht ängstigen wollte. Als der Junge neben ihrem Bett stand, erklärte sie ihm, wie dumm es von ihr gewesen sei, bei diesem schlechten Wetter mit ihm auszureiten, und er nickte verständig. Victoria, die neben dem Bett ihrer Schwester saß, verabreichte ihr ein Schlafmittel, das der Arzt verordnet hatte. Das Mittel wirkte schnell, doch Olivia wollte ihrer Schwester unbedingt noch etwas sagen, bevor sie in den Schlaf sank.

»Du musst ihn lieben, Victoria, du *musst*… er braucht dich«, flüsterte sie. Dann schlief sie ein und träumte von Charles und Victoria, die in einem Hochzeitskleid neben ihm stand. Charles sagte etwas zu Victoria, das Olivia nicht verstehen konnte. Sie befanden sich auf einem Schiff. Auch Geoffrey war da und neben ihm seine Mutter, die ihn an der Hand hielt. Susan beobachtete Victoria und Charles, sie wollte Victoria mit ihrem Blick etwas mitteilen, doch Victoria begriff nicht, sie begriff nichts… Und dann ging das Schiff völlig lautlos unter.

Am Mittag des nächsten Tages wachte Olivia mit schrecklichen Kopfschmerzen auf. Victoria erzählte ihr, dass die Dawsons abgereist seien. Geoffrey hatte ihr einen Strauß Blumen dagelassen und Charles einen kurzen Brief, in dem er ihr gute Besserung wünschte. Olivia blickte auf seine Schrift und fragte sich, ob sie wohl nur geträumt hatte, was nach ihrem Sturz vom Pferd vorgefallen war. Sie hatte doch etwas in seinen Augen gesehen, oder etwa nicht?

»Du Ärmste hast einen ziemlichen Schlag auf den Kopf bekommen«, sagte Victoria und schenkte ihrer Schwester eine Tasse Tee ein.

»Ja, vermutlich. Ich hatte heute Nacht so einen verrückten Traum.«

»Das überrascht mich nicht. Der Arzt sagt, in ein paar Tagen wird es dir wieder besser gehen. Schließ einfach die Augen und schlaf weiter.« Liebevoll strich Victoria ihrer Schwester über die Haare. Sie blieb an ihrem Bett sitzen, während Olivia den Tee trank und wartete, bis sie wieder eingeschlafen war.

Einige Tage später konnte Olivia das Bett wieder verlassen. Als sie zum ersten Mal nach unten gehen wollte, um mit den anderen zu Abend zu essen, half Victoria ihr beim Aufstehen und Anziehen. Mittlerweile war Olivia davon überzeugt, dass sie alles nur geträumt hatte. Es war nur ein Traum gewesen, dass Charles ihr Gesicht gestreichelt hatte ... dass er geweint hatte ...

»Geht es dir wirklich besser?«, fragte Victoria.

»Ja, viel besser«, erwiderte Olivia, obwohl sie in Wahrheit noch ein wenig wackelig auf den Beinen war. »Wir müssen uns allmählich mit deiner Hochzeit beschäftigen.«

Als sie im Esszimmer eintrafen, sagte Edward erfreut: »Du siehst gut aus.« Auch Olivia war froh, endlich wieder am Leben im Haus teilnehmen zu können. Entschlossen verdrängte sie alle Gedanken und Träume, die sie in der Abgeschiedenheit ihres Zimmers heimgesucht hatten.

»Danke, Vater«, erwiderte sie leise. Die Schwestern nahmen ihre Plätze rechts und links von ihrem Vater ein und setzten sich zum Essen.

11

Den ganzen Januar und Februar über musste sich Charles um die Geschäfte seines zukünftigen Schwiegervaters kümmern und eine wichtige Verhandlung vorbereiten, sodass er zu beschäftigt war, um noch einmal nach Croton zu kommen. Doch Olivia wollte Ende Februar mit ihrer Schwester nach New York fahren, um sich nach einem passenden Hochzeitskleid für sie umzusehen. Victoria hatte sich damit einverstanden erklärt, war allerdings wesentlich interessierter an den Neuigkeiten aus London, als an ihrem Hochzeitskleid. Emmeline Pankhurst war nach einem Jahr endlich aus dem Gefängnis entlassen worden und hatte sofort einen Angriff auf das Innenministerium organisiert. Die Frauen hatten Fenster eingeworfen und anschließend ein Feuer im *Lawn Tennis Club* gelegt, und das alles im Namen der Freiheit für Frauen.

»Das haben sie gut gemacht!«, erklärte Victoria voller Genugtuung. Seit ihrer Verlobung war sie eine noch glühendere Feministin geworden.

»Victoria!«, erwiderte Olivia empört. »Ich finde diese Gewalttätigkeiten abscheulich! Wie kannst du solche Handlungen nur gutheißen?«

»Sie dienen einer guten Sache, Olivia. Es ist das Gleiche wie mit dem Krieg, er ist nicht schön, aber manchmal eben notwendig. Frauen haben nun einmal das Recht auf Freiheit.«

»Red keinen Unsinn«, erwiderte Olivia ernstlich verärgert. »Du sprichst von uns Frauen, als seien wir Zootiere im Käfig.«

»Ist dir noch nie in den Sinn gekommen, dass es genauso ist? Wir sind doch nichts anderes als Haustiere, über die die Männer nach Belieben verfügen können. Und *das* ist abscheulich.«

»Sag solche Dinge bloß nie in der Öffentlichkeit«, entgegnete Olivia, um anschließend das Thema fallen zu lassen. Es war hoffnungslos, mit Victoria über die Rechte der Frauen zu diskutieren.

Da war es schon leichter, mit ihr über den Schnitt des Hochzeitskleides zu sprechen, das rief wenigstens keine Emotionen hervor, sondern war ihr sogar ausgesprochen gleichgültig. Victoria hatte Olivia gebeten, einfach etwas auszusuchen, was ihr gefiel und gut stehen würde.

»Ich werde dein Hochzeitskleid nicht allein kaufen. Das bringt Pech, und außerdem macht es keinen Spaß.« Manchmal hätte Olivia ihre Schwester erwürgen können. Wie üblich blieben alle Vorbereitungen ihr überlassen. Die Gästeliste hatte sie mit Charles' Unterstützung bereits zusammengestellt. Er hatte ihr ungefähr hundert Personen genannt, die er gerne dabeihaben wollte, und hinzu kamen noch ungefähr zweihundert, die ihr Vater einladen wollte. Zusammen mit den Namen, die ihr selbst und Victoria einfielen, kamen sie auf ungefähr vierhundert Gäste. Die Hochzeit sollte in Croton stattfinden, der Empfang in Henderson Manor.

Olivia würde Trauzeugin sein, und Geoffrey sollte den Ring überreichen. Victoria hatte es allerdings strikt abgelehnt, Brautjungfern zu haben.

»Ich mag sowieso niemanden so sehr wie dich«, erklärte sie eines Abends und blies eine Rauchwolke in Olivias Richtung.

»Ich wünschte, du würdest woanders rauchen«, grollte Olivia. In der letzten Zeit hatte ihre Schwester – offenbar aus lauter Nervosität – ständig eine Zigarette im Mund. »Außerdem gibt es eine ganze Menge netter Mädchen, mit denen wir zur Schule gegangen sind. Sie würden bestimmt schrecklich gerne deine Brautjungfern sein.«

»Nun, ich will sie aber nicht. Außerdem sind wir ja nicht lange zur Schule gegangen. Und unsere Hauslehrerinnen kann ich mir nun wahrhaftig nicht als Brautjungfern vorstellen.« Die Schwestern mussten lachen, als sie an ihre ältlichen, pferdegesichtigen Lehrerinnen dachten.

»Na gut, ich gebe auf, dann muss eben dein Kleid besonders schön werden.«

»Deins auch«, erwiderte Victoria mit ihrem ausgeprägten Sinn für Gerechtigkeit, wobei sie immer noch nicht sonderlich interessiert an der ganzen Angelegenheit wirkte. Sie ertrug den Gedanken an die Hochzeit nur, weil gleich darauf die Flitterwochen in Europa folgen würden. »Warum tragen wir eigentlich nicht beide das gleiche Kleid?«, fragte sie grinsend. »Damit würden wir sie alle durcheinander bringen. Was hältst du davon?«

»Victoria! Du hast offenbar nicht nur geraucht, sondern auch getrunken.«

»Nein, ich finde, das ist wirklich eine gute Idee. Glaubst du, Vater würde es merken?«

»Vater nicht, aber Bertie, also vergiss es. Und übrigens: Ich habe nicht vor, dir zu erlauben, dass du hier eine Bar und einen Rauchersalon betreibst.« Olivia drohte ihrer Schwester scherzhaft mit dem Finger. Der Gedanke, dass Victoria bald fort sein würde, versetzte ihr einen Stich.

Wie geplant fuhren die beiden jungen Frauen Ende Februar nach New York. Sie stiegen im *Plaza* ab, damit Olivia nicht extra das Haus öffnen und Dienstboten mitnehmen musste. Ihr Vater hatte ihnen vorgeschlagen, Mrs Peabody als Anstandsdame mitzunehmen, aber Victoria hatte sich geweigert. Als sie ihr Hotelzimmer betraten, warf sie jubelnd ihren Hut in die Luft. Sie waren ganz allein in New York und konnten tun und lassen, was sie wollten. Als Erstes bestellte Victoria sich etwas zu trinken aufs Zimmer und zündete sich eine Zigarette an.

»Es ist mir gleichgültig, was du hier in diesem Zimmer treibst«, sagte Olivia streng zu ihr, »aber wenn du dich in diesem Hotel oder überhaupt in New York nicht benimmst, dann rufe ich sofort Vater an und fahre wieder mit dir nach Hause. Ich habe keine Lust, mit dir verwechselt zu werden, wenn du über die Stränge schlägst. Also benimm dich!«

»Ja, Ollie.« Victoria grinste spitzbübisch. Es war wunderbar, unbeaufsichtigt in der Stadt zu sein! Am Abend musste sie mit Charles essen gehen, aber nachmittags wollten sich die Schwestern bei *Bonwit Teller* Kleider anschauen. Und zum ersten Mal in ihrem Leben würden sie nicht einfach die gleichen Kleider kaufen, da Olivia keine großen Roben für die Schiffspassage und den Aufenthalt in Europa brauchte.

Sie aßen eine Kleinigkeit im Hotel und fuhren dann mit der Droschke zu *Saks*, wo sie, wie immer, großes Aufsehen erregten und sofort von einer ganzen Armee von Verkäuferinnen und leitenden Angestellten umringt waren. Olivia hatte Bilder aus Zeitschriften und Skizzen mitgebracht. Sie wusste schon genau, wie das Hochzeitskleid aussehen sollte. Sie stellte sich weißen Satin vor, mit Spitze belegt, und eine Schleppe, so lang wie die Kirche. Auf dem Kopf sollte Victoria die Diamantentiara ihrer Mutter tragen, an der der Spitzenschleier befestigt würde. Victoria würde aussehen wie eine Königin. Später erklärte der Geschäftsführer von *Bonwit Teller*, es sei absolut kein Problem, ein Kleid nach Olivias Vorstellungen schneidern zu lassen. Eine Stunde lang suchte sie mit ihm den Stoff und die Spitze aus und besprach sämtliche Details, während Victoria Hüte und Schuhe anprobierte.

»Sie brauchen deine Maße«, sagte Olivia schließlich zu ihr.

»Sie sollen deine nehmen, es sind ja genau die gleichen«, erwiderte Victoria leichthin.

»Nein, das stimmt nicht«, schimpfte Olivia. Victoria hatte eine Spur mehr Busen, und ihre Taille war ein wenig schmaler. »Komm schon, lass sie Maß nehmen.«

Gehorsam schlüpfte Victoria aus ihren Kleidern. Danach kümmerte Olivia sich um ihr eigenes Kleid, das aus eisblauem Satin sein sollte, ähnlich geschnitten wie das Hochzeitskleid, aber wesentlich schlichter, ohne Schleppe und Spitze. Der Geschäftsführer war jedoch der Meinung, dies stelle einen zu großen Kontrast zu dem spektakulären Hochzeitskleid dar, also einigten sie sich schließlich auf eine kurze Schleppe, und als Tüpfelchen auf dem i kam noch ein langer, blassblauer Spitzenmantel mit passendem Hut hinzu. Zufrieden lächelnd betrachtete Olivia die Skizze und zeigte sie ihrer Schwester, die ihr sofort zuflüsterte: »Warum tauschen wir an meinem Hochzeitstag nicht einfach die Rollen? Das merkt doch sowieso niemand.«

»Benimm dich!«, erwiderte Olivia streng. Sie begann, mit dem Geschäftsführer über Victorias weitere Garderobe zu sprechen, merkte jedoch bald, dass die Zeit dafür nicht reichen würde. Sie würde an einem anderen Tag noch einmal ohne ihre Schwester zurückkehren. Als sie sich von dem Mann verabschiedete, bemerkte sie, dass Victoria wie gebannt ein Pärchen anstarrte, das soeben die Verkaufsräume betreten hatte. Olivia erkannte Toby Whitticomb und seine schwangere Frau sofort. Was Evangeline mit ihrem enormen Bauch in der Öffentlichkeit zu suchen hatte, war ihr ein Rätsel, sie schien sich jedoch nichts daraus zu machen. Victoria wirkte wie vom Blitz getroffen. Rasch ergriff Olivia sie am Arm und zog sie zum Ausgang.

»Lass uns gehen, Victoria, wir sind fertig«, sagte sie. Victoria konnte den Blick jedoch nicht von Toby wenden. Evangeline hatte Victoria entdeckt und begann nun, sich mit ihrem Mann zu streiten. »Victoria, bitte ...«, sagte Olivia verlegen, weil sich auf einmal die ganze Aufmerksamkeit im Laden auf sie konzentrierte. Und jetzt begann Evangeline auch noch zu weinen, weil Toby offenbar eine scharfe Bemerkung gemacht hatte.

Energisch zerrte Olivia ihre widerstrebende Zwillingsschwester aus dem Geschäft und winkte eine Droschke herbei. Während sie dem Fahrer den Namen ihres Hotels angab, kauerte sich Victoria hemmungslos schluchzend auf die Rückbank.

»Ich könnte jetzt auch schon im fünften Monat sein«, sagte sie unter Tränen. Sie trauerte um das verlorene Baby.

»Und dein Leben wäre ruiniert. Um Himmels willen, Victoria, bedenke doch, was er dir angetan hat! Du willst mir doch nicht erzählen, dass du ihn immer noch liebst!« Victoria schüttelte nur den Kopf, während die Tränen über ihr Gesicht liefen.

»Ich hasse ihn, ich hasse ihn!«, schluchzte sie. Doch wenn sie an die Stunden dachte, die sie mit Toby in dem kleinen Haus verbracht hatte, tat ihr immer noch das Herz weh. Sie hatte ihm geglaubt, als er sagte, er liebe sie und würde seine Frau verlassen, und jetzt erwartete Evangeline unübersehbar ein Kind und zeigte mit dem Finger auf sie. Zum ersten Mal dämmerte Victoria, dass ihr Vater das Richtige getan hatte, als er sie gezwungen hatte, sich mit Charles Dawson zu verloben, und fast war sie dankbar für den Schutz, den Charles ihr bot. Nur lieben würde sie ihn nie können.

Als sie am Hotel ankamen, weinte sie noch immer. In ihrem Zimmer warf sie sich sofort aufs Bett und schluchzte herzzerreißend. Victoria hatte eine bittere Lektion über die Grausamkeit der Männer erhalten, und Olivia wusste, dass ihre Schwester sie nie vergessen würde.

Nach einer Weile versiegten schließlich Victorias Tränen, und sie setzte sich mit verquollenem Gesicht auf.

»Eines Tages wirst du ihn vergessen. Ganz bestimmt«, sagte Olivia leise.

»Ich werde nie wieder einem Mann vertrauen.

Du kannst dir nicht vorstellen, was er alles gesagt hat, Ollie … sonst hätte ich mich doch gar nicht darauf eingelassen …« Oder etwa doch? Auf einmal war sie sich selbst gar nicht mehr so sicher. Sie hatte Dinge getan, von denen sie vorher nie im Leben geträumt hätte. Wie sollte sie das alles nur Charles erklären? »Ich war so dumm«, gestand sie ihrer Schwester. Olivia nahm sie in die Arme, und die Schwestern blieben eine Weile lang eng umschlungen sitzen. Als Charles die jungen Frauen im Hotel abholte, wirkten sie beide, vor allem seine Verlobte, ziemlich niedergeschlagen.

»Ist etwas passiert?«, fragte er besorgt. »Bist du krank?« Victoria schüttelte den Kopf, und Olivia erklärte lächelnd: »Es war nur ein langer, anstrengender Tag. Ein Hochzeitskleid zu kaufen ist einer der wichtigsten Augenblicke im Leben einer Frau.«

Zweifelnd blickte Charles sie an. Er fragte sich, ob den Schwestern wohl langsam zu Bewusstsein kam, dass sie sich bald trennen mussten. Bei diesem Gedanken verspürte er Mitleid mit den beiden. Um sie aufzuheitern, lud er Olivia ebenfalls zum Dinner ein. Sie wollten ins *Ritz Carlton* und anschließend zu einem Konzert gehen. Olivia lehnte die Einladung jedoch höflich, aber bestimmt ab. Charles und Victoria sollten einen ungestörten Abend miteinander verbringen.

»Bist du sicher?«, fragte Charles leise, als Victoria ins Bad gegangen war, um sich frisch zu machen.

»Ja, absolut«, erwiderte sie. »Manchmal ist es schwer für sie«, versuchte sie die niedergedrückte Stimmung ihrer Schwester zu erklären. »Wir werden einander schrecklich vermissen. Ich bin froh, dass Geoff den Sommer über bei mir sein wird.«

»Er ist völlig begeistert von der Idee.« Forschend blickte Charles Olivia an, aber er fand keine Antwort auf die Frage, warum sie ihr Leben so bereitwillig ihrem Vater opferte. Sie war genauso jung und schön wie ihre Zwillingsschwester, warum gab sie bloß alles für Edward auf? Was war ihr Geheimnis? So zurückhaltend war sie ihm gar nicht vorgekommen, als sie sich kennen gelernt hatten. »Geoff und ich wollen – falls es euch recht ist – zu Ostern nach Croton kommen«, sagte Charles. »Dein Vater hat uns eingeladen.«

»Ja, das wäre wunderbar«, erwiderte Olivia erfreut. In diesem Moment trat Victoria zu ihnen. Sie trug ein dunkelblaues Satinkleid, das Olivia für sie ausgesucht hatte und in dem sie aussah wie eine Königin der Nacht. Die Ohrringe aus Saphiren und Diamanten, die ihr Vater ihnen geschenkt hatten, schimmerten um die Wette mit der Perlenkette, die ihrer Mutter gehört hatte.

»Du siehst reizend aus«, sagte Charles und betrachtete seine Verlobte stolz. Einen Moment lang bedauerte er, dass Olivia sie nicht begleitete. Es hätte ihm Spaß gemacht, in Begleitung zweier so Aufsehen erregend schönen Frauen auszugehen.

Als Charles und Victoria kurze Zeit später das elegante Restaurant betraten, wurde sie plötzlich nervös. Wenn nun Toby mit seiner Frau an diesem Abend auch dort wäre? Sie würde es nicht ertragen können, ihm noch einmal zu begegnen.

»Du bist so still heute Abend«, sagte Charles und ergriff ihre Hand, nachdem sie bestellt hatten. »Ist irgendetwas nicht in Ordnung?« Victoria schüttelte stumm den Kopf. Als Charles sah, dass ihr Tränen in die Augen stiegen, drang er nicht weiter in sie, sondern begann über Politik, über die Hochzeit und ihre Reise nach Europa zu plaudern. Es gefiel ihm, dass sie an den Vorgängen in der Welt so interessiert war.

Während des Konzerts saßen sie mit Freunden von ihm in einer Loge, und Victoria wirkte mittlerweile beinahe entspannt. Als sie in einer Bar in der Nähe des Hotels noch einen Drink nahmen, zündete sie sich sogar eine Zigarette an.

»Ach, du meine Güte!«, sagte Charles lachend.

»Schockiert, Charles?«, fragte sie.

»Erwartest du das von mir?« Er warf ihr einen bewundernden Blick zu. Sie war nicht nur schön, sie war auch intelligent.

»Vielleicht. Vielleicht gefällt es mir ja, dich zu schockieren.« Lächelnd blies sie den Rauch in seine Richtung.

»Das stimmt vermutlich«, entgegnete Charles trocken. »Wir beide werden bestimmt ein interessantes Leben führen.« Da ihm der Scotch die Zunge gelöst hatte, wagte er, Victoria eine vertrauliche Frage zu stellen. »Hast du ihn eigentlich sehr geliebt? Den Mann, der eure Verlobung aufgelöst hat?«

Sie zögerte einen Moment lang mit der Antwort, doch schließlich erwiderte sie: »Ja. Früher. Aber jetzt nicht mehr. Manchmal denke ich sogar, ich hasse ihn.«

»Das ist doch nur die andere Seite der Liebe.«

»Ja, wahrscheinlich. Und wir waren übrigens nicht verlobt.« Sie blickte Charles freimütig an. Schließlich war er bereit, ihren Ruf zu retten, also wollte sie ihn nicht täuschen.

Er nickte. »Ja, ich weiß. Es war nur einfacher zu formulieren. Dein Vater hat mir eine vage Vorstellung vermittelt von dem, was passiert ist. Du bist eben noch sehr jung.« Wohlwollend lächelte er sie an. Er hätte sich gewünscht, dass sie etwas mehr füreinander empfunden hätten, war aber zugleich auch erleichtert, dass es nicht so war. Victoria zog ihn körperlich stark an, doch das war ein ganz anderes Thema. »Es war unfair von ihm, dich auszunutzen. Das sollte ein Gentleman bei einem jungen Mädchen nie tun. Dein Vater hat gesagt, er habe dich angelogen und dir die Ehe versprochen.«

Sie nickte stumm. Offenbar brauchte sie Charles nichts mehr zu erzählen, er wusste bereits genug. Victoria verstand nicht, warum er sie trotzdem heiraten wollte, doch vielleicht war es ja einfach Schicksal.

»Manchmal ist es schwer zu begreifen, was Menschen einander antun können«, sagte sie traurig. »So etwas wird mir nicht mehr passieren.«

»Das will ich hoffen.« Er lächelte. »Ich werde dich nie täuschen, Victoria. Und ich werde dich auch nie anlügen. Ich bin ein aufrichtiger Mann. Vielleicht ein wenig langweilig – aber ehrlich. Das hat auch seine Vorteile.«

»Ich ... ich ...« Victoria fand nicht die richtigen Worte. Sie wusste sehr wohl, was sie ihm schuldete. »Danke, dass du das für mich tust«, sagte sie schließlich und blickte ihn offen an. »Du müsstest es nicht.«

»Nein, aber du auch nicht«, erwiderte er leise. »Es gibt immer andere Lösungen. Vielleicht wollen wir es ja beide.« Er küsste sie vorsichtig. »Du brauchst keine Angst vor mir zu haben, Victoria. Ich schwöre, dass ich dir nie wehtun werde.« Sie ließ sich von ihm küssen und fragte sich, ob er wohl wusste, dass sie nichts dabei empfand.

Kurz darauf brachte er sie zurück ins Hotel, wo Olivia auf sie wartete. Olivia sah ihrer Schwester an, dass sie zwar immer noch traurig, aber ruhiger als am Nachmittag war.

Vielleicht hatte es ja sein Gutes gehabt, dass sie Toby und seine Frau gesehen hatte, vielleicht war sie dadurch Charles näher gekommen.

Am nächsten Tag gingen sie alle zusammen zum Lunch zu *Della Robbia,* und Olivia unterhielt die Runde mit Geschichten von ihren Einkäufen. Victoria sprach nur wenig, aber sie war nett zu Charles. Am Abend holte Donovan die beiden Schwestern pünktlich am Hotel ab, um sie nach Croton zurückzubringen. Olivia bedauerte, dass sie keine Zeit gehabt hatte, Geoff zu sehen, gelobte aber, ihn zu besuchen, wenn sie im März noch einmal in die Stadt käme, um die restlichen Einkäufe zu erledigen.

Sie musste jedoch ihre Pläne ändern, als Edward Anfang März erkrankte und einen ganzen Monat lang mit Grippe im Bett lag. Olivia machte sich schreckliche Sorgen, dass er eine Lungenentzündung bekommen könnte, doch glücklicherweise war er Anfang April wiederhergestellt.

Zwei Wochen später trafen die Dawsons zu ihrem Osterbesuch ein. Olivia hatte eine wunderbare Überraschung für Geoffrey vorbereitet: Sie schenkte ihm zwei Küken und ein winziges, weißes Häschen.

»Oh toll! Oh *toll*! Dad, hast du das gesehen?«, rief der Junge begeistert. Olivia hatte Victoria überreden wollen, ihm das Geschenk zu geben, doch sie hatte sich mit der Bemerkung geweigert, Tiere fände sie noch grässlicher als Kinder. Olivia kam sich ständig so vor, als müsse sie ein aufsässiges Schulkind zur Erfüllung seiner Pflicht bringen. Aber dieses Mal freute sich Victoria wenigstens, Charles zu sehen, und das war doch immerhin schon etwas.

Während der nächsten Tage wurden sie von den Nachbarn zu einigen kleinen Festen eingeladen, und bei den Rockefellers fand ein Konzert statt, das die Zwillinge gemeinsam mit ihrem Vater und Charles besuchten. Es war die perfekte Gelegenheit, Charles denjenigen vorzustellen, die ihn noch nicht kannten. Er war ausgesucht höflich und liebenswürdig zu allen, doch Victoria musste von Olivia ständig daran erinnert werden, dass ihre Hochzeit und nicht ihre Beerdigung bevorstand.

»Mach doch bitte ein fröhlicheres Gesicht!«, schalt sie ihre Schwester, als sie noch einmal gemeinsam die Gästeliste für die Hochzeit durchgingen. Olivia hatte allein drei Monate gebraucht, um das Menü mit Victoria besprechen zu können, und die Geschenke, die jetzt bereits eintrafen, schaute sich ihre Schwester noch nicht einmal an.

»Ich finde das alles albern«, erklärte Victoria. »Es ist unnötig und die reine Verschwendung. Die Leute sollten das Geld, das sie für Geschenke ausgeben, eher für die Frauen im Gefängnis spenden.«

»Na, wie reizend.« Olivia verdrehte die Augen. »Das würde sicher allen hervorragend gefallen. Wir können ja kleine Kärtchen verschicken, auf denen wir dein Anliegen erklären.«

»Ist ja schon gut.« Victoria lachte ihre Schwester an. Sie würde sie so schrecklich vermissen. Sie sah zwar mittlerweile ein, dass die Hochzeit mit Charles ein notwendiger Schritt war, aber der Gedanke, so weit von Ollie weg zu sein, war furchtbar, und sie suchte ständig nach Lösungen für dieses Problem. »Du kannst viel besser mit Geoff umgehen als ich«, sagte sie in dem erneuten Versuch, Olivia zu überreden, mit Charles und ihr nach New York zu ziehen.

»Charles heiratet dich nicht, damit *ich* für Geoff sorge«, erwiderte Olivia vernünftig. »Außerdem weißt du genau, dass ich Vater nicht verlassen kann. Denk doch nur daran, wie krank er letzten Monat war. Wer sollte sich denn um ihn kümmern, wenn ich nicht hier bin?«

»Bertie«, schlug Victoria vor.

»Du weißt, dass das nicht dasselbe ist«, erwiderte Olivia fest.

»Und wenn du nun auch heiratest? Dann muss er doch auch ohne dich auskommen.«

»Ich heirate aber nicht«, erwiderte Olivia leise. »Lass uns das Thema wechseln. Was für ein Dessert möchtest du bei deinem Hochzeitsessen?«

Victoria stöhnte gequält auf. Kurz darauf erschien zu ihrer Erleichterung Charles, der sie zu einem Spaziergang abholen wollte.

»Meine Schwester macht mich wahnsinnig mit den Vorbereitungen für unsere Hochzeit«, beklagte sie sich bei ihrem Bräutigam.

»Sie antwortet mir einfach nicht«, warf Olivia ein. »Man muss jedes Wort aus ihr herausprügeln.«

»Soll ich euch einen schönen großen Stock – oder besser noch eine Peitsche – besorgen?«, entgegnete Charles lächelnd. Dann brach er mit Victoria auf und ließ Geoff, der seit einiger Zeit »Tante Ollie« zu Olivia sagte, in deren Obhut zurück.

Als Charles nach Ostern mit seinem Sohn nach New York zurückkehrte, nahmen die beiden die Küken und das Kaninchen mit. Ein paar Wochen später besuchte Olivia die beiden in der Stadt, und der kleine Zoo bekam erneut Zuwachs. Geoffrey hatte um die gleiche Zeit Geburtstag wie die Zwillinge, aber während Victoria und Olivia sich mit Schmuck und Parfüm als Geschenke zu ihrem einundzwanzigsten Geburtstag begnügen mussten, hatte Olivia Geoffrey etwas viel Aufregenderes mitgebracht: einen gefleckten Cockerspanielwelpen. Geoffrey war außer sich vor Entzücken. Mit großen Augen drückte er das Hündchen an sich. Charles, den Olivia natürlich vorher um Erlaubnis gefragt hatte, dankte ihr mit Tränen in den Augen.

»Du bist so gut zu ihm. Er braucht das. Die letzten zwei Jahre ohne seine Mutter waren schwer für ihn.«

»Er ist ein wundervoller Junge. Der Sommer wird großartig werden«, erwiderte sie, wobei sie versuchte, nicht daran zu denken, dass ihre Schwester dann fort sein würde.

»Wir werden euch von Europa aus schreiben«, sagte Charles. Es war, als ob er ihre Gedanken lesen könnte.

»Geoff und ich werden es schon gut haben«, erwiderte sie. In diesem Augenblick kam der Junge mit dem Welpen ins Zimmer. »Wie willst du ihn denn nennen?«, fragte Olivia.

»Ich weiß noch nicht«, erwiderte Geoff atemlos. »Jack vielleicht ... oder George ... oder Harry ...«

»Wie wäre es denn mit Chip?«, fragte Olivia lächelnd.

»Chip!« rief er strahlend aus. »Das gefällt mir.« Dem Hund gefiel der Name offensichtlich auch, denn er wedelte heftig mit seinem Stummelschwänzchen. Alle lachten, und Geoffrey zog wieder mit ihm los, um ihn der Köchin und dem Hausmädchen zu zeigen. Er lebte mit seinem Vater in einem bescheidenen, aber hübschen Haus auf der East Side mit Blick auf den Fluss. Es war sicher nicht prächtig, aber doch respektabel. Victoria waren diese Dinge ohnehin gleichgültig, sie war nicht an häuslichen Verpflichtungen interessiert und wollte nichts an der Einrichtung verändern.

Olivia hielt sich nicht lange auf, da sie noch viel zu erledigen hatte, aber Charles überredete sie, zum Abendessen zurückzukehren. Das tat sie auch, und die drei verbrachten einen unterhaltsamen Abend, an dem sie viel plauderten und lachten und mit dem Welpen spielten.

»Victoria hat Recht – vielleicht solltest du wirklich bei uns wohnen«, sagte Charles lächelnd, als die Köchin Geoffrey zu Bett brachte.

»Hat sie dich mit diesem Unsinn auch behelligt?« Olivia blickte aus dem Fenster auf den Fluss. »Ich kann ja häufig zu Besuch kommen. Aber ich kann unseren Vater jetzt nicht allein lassen, und das weiß Victoria ganz genau.«

»Dann hast du aber kein richtiges Leben, Olivia«, erwiderte Charles traurig. Er fühlte sich schuldig, weil er ihr die Zwillingsschwester entführte. Was sollte Olivia dann bloß tun? Sie würde das Leben einer alten Frau führen.

»Das Leben geht nun einmal seinen eigenen Gang. Das siehst du doch an dir. Die vergangenen zwei Jahre waren für dich bestimmt auch nicht einfach«, sagte sie leise.

»Nein«, erwiderte er und blickte sie an. »Ich mache mir nun einmal Sorgen, weil ich dir Victoria wegnehme.« Sie nickte nur. Er hatte begriffen, wie schmerzlich die Trennung für sie beide war, und es gab nichts mehr zu sagen. Olivia konnte nur hoffen, dass es Victoria während der Flitterwochen in Europa gut gehen würde.

Olivia gab Geoffrey, der mit Henry im Arm und Chip neben sich im Bett lag, einen Gutenachtkuss. Der Junge lächelte breit, und sie musste lachen, als sie ihn sah.

»Vergiss nicht, Chip mitzubringen, wenn du im Sommer zu mir kommst«, ermahnte sie ihn. Geoffrey schwor, dass er den Hund nicht einen Moment lang aus den Augen lassen werde, außer wenn er zur Schule ginge – aber vielleicht erlaube seine Lehrerin ihm ja auch, den Welpen mitzubringen. »Das bezweifle ich«, erwiderte Olivia, gab dem Jungen noch einen Kuss und ging wieder hinunter zu Charles.

Charles brachte sie zu ihrem Hotel zurück. »Wir werden uns jetzt bis zur Hochzeit vermutlich nicht mehr sehen«, sagte er mit einem seltsamen Gesichtsausdruck. Es fiel ihm schwer, an die Hochzeit zu denken, weil er zunehmend das Gefühl hatte, er würde damit Susan betrügen. Aber er musste es Geoff zuliebe tun. Der Junge brauchte eine Frau im Haus, das bewiesen ja sogar Olivias kurze Besuche. Wenn er sie sah, blühte sein Sohn immer auf. Victoria hatte zwar nicht diese Wirkung auf ihn, aber das würde mit der Zeit sicherlich noch kommen. Schließlich waren die Schwestern eineiige Zwillinge.

»Ich werde die in dem blauen Kleid sein«, erinnerte Olivia ihn jetzt noch einmal. »Nur für den Fall, dass du uns bei der Hochzeit verwechselst.«

»Das wird wahrscheinlich der einzige Tag sein, an dem ich mir ganz sicher bin, welche von euch ich vor mir habe«, erwiderte er lachend.

»Du brauchst nur Geoff zu fragen«, neckte sie ihn. »Er wird es dir schon sagen.« Ihre nächste Begegnung würde ganz anders sein. Jetzt waren sie Freunde, aber bald würde er der Ehemann ihrer Schwester sein. »Bis zur Hochzeit«, flüsterte sie, und er nickte betrübt.

Dann gab er ihr einen Kuss auf die Wange, drehte sich um und verließ mit eiligen Schritten die Hotelhalle.

12

Victorias letzte Nacht in dem gemeinsamen Zimmer der Zwillinge war seltsam für sie beide. Nie wieder würde sie in diesem Bett schlafen, denn als verheiratete Frau würde sie mit ihrem Mann das Gästezimmer in Henderson Manor beziehen, wenn sie zu Besuch käme. Hand in Hand lagen die Schwestern schweigend nebeneinander. Sie konnten den Gedanken an die bevorstehende Trennung nicht ertragen; er war beinahe wie ein körperlicher Schmerz. Olivia betete, dass der Morgen nie kommen möge. Aber dann ging doch die Sonne auf, und ein strahlender Tag begann.

Olivia hatte die ganze Nacht kein Auge zugetan. Ihr tat das Herz weh bei dem Gedanken, was am heutigen Tag geschehen würde. Und alles wäre anders gekommen, wenn Victoria sich in New York nicht so dumm benommen hätte, dachte sie ein wenig ärgerlich.

Die Schwestern badeten und kleideten sich in Ruhe an. Dabei sprachen sie nur wenig, aber Worte waren zwischen ihnen ohnehin überflüssig, denn sie wussten meistens, was die andere dachte.

Schließlich hatten sie sich fertig frisiert – sie trugen beide die Haare zu einem Knoten im Nacken geschlungen –, hatten Seidenstrümpfe und seidene Unterwäsche angezogen, Lippenrouge aufgelegt und sich ein wenig die Augen geschminkt. In diesem Augenblick sahen sie vollkommen gleich aus, denn der Verlobungsring lag noch auf dem Schminktisch.

»Noch ist es nicht zu spät zu tauschen.« Victoria lächelte ihre Schwester an. »Es könnte auch deine Hochzeit sein. Wir können sie ja raten lassen, wer die Braut ist. Wahrscheinlich würde nicht einmal Charles den Unterschied merken.«

»Vielleicht doch. Und außerdem würdest *du* den Unterschied merken«, entgegnete Olivia ruhig. »Dies ist *dein* Tag – ach, Victoria, ich liebe dich so sehr!« Olivias Augen füllten sich mit Tränen. »Ich hoffe, du wirst sehr glücklich.« Sie hielten einander eng umschlungen, bis sich Victoria nach einer Weile vorsichtig von ihrer Schwester löste. Auch in ihren Augen standen Tränen.

»Und wenn nicht?«, flüsterte sie angstvoll.

»Ich weiß, dass du glücklich wirst ... Gib Charles eine faire Chance. Er liebt dich.« Das hoffte sie zumindest.

»Wenn ich nicht glücklich werde, Ollie«, erklärte Victoria, »dann lasse ich mich scheiden. Toby mag nicht den Mut dazu gehabt haben, aber ich bleibe ganz bestimmt nicht bei Charles, wenn ich nicht glücklich werde.«

Olivia runzelte die Stirn. »So kannst du doch keine Ehe beginnen. Du musst mit ganzem Herzen daran gehen. Ich weiß, dass er dich nicht enttäuschen wird.«

»Und wenn ich *ihn* enttäusche? Wir bringen doch beide unsere Vergangenheit mit in diese Ehe – er den Schatten seiner ersten Frau und ich meine schreckliche Sünde ... Toby«, sagte Victoria sarkastisch.

»Aber das ist doch vorbei«, erwiderte Olivia. »Jetzt ist Charles dein Leben. Und seine Frau ist schon seit zwei Jahren tot. Es ist an der Zeit, dass ihr beide ein neues Leben beginnt. Ich spüre einfach, dass es richtig ist.«

»Ach ja?«, entgegnete Victoria unglücklich. »Und warum spüre ich es dann nicht? Ollie, ich empfinde gar nichts, wenn ich mit ihm zusammen bin.« Olivia hingegen empfand viel zu viel in Charles' Gegenwart und hatte immer Angst, er würde es ihr ansehen.

»Du hast euch ja noch gar keine Chance gegeben. Warte ab, bis ihr erst einmal eine Weile allein seid. Das wird bestimmt sehr romantisch.« Olivia blickte ihre Schwester wehmütig an.

»Nein, ich bin nun einmal nicht romantisch«, sagte Victoria niedergeschlagen. »Manchmal denke ich, ich kann das alles einfach nicht. Und dabei hat es noch nicht einmal begonnen.«

»Versuch es doch ... bitte ... um seinetwillen ... um deinetwillen ... oder für Geoff.«

»Du willst mich wohl unbedingt loswerden, was?« Victoria grinste ihre Schwester an. »Du willst dich wahrscheinlich mit deinen Sachen in meinem Schrank ausbreiten.«

»Nein, eigentlich geht es mir um deinen gelben Hut mit der grünen Feder drauf.« Dabei handelte es sich um eine scheußliche Kopfbedeckung, die Victoria Jahre zuvor einmal auf einem Basar erstanden hatte.

»Den schenke ich dir. Meinetwegen kannst du ihn heute schon tragen. Er sieht bestimmt hübsch aus zu deinem Kleid.« In diesem Moment kam Bertie ins Zimmer und schimpfte die Zwillinge aus, weil sie noch nicht angezogen waren.

»Wir müssen doch nur noch in die Kleider schlüpfen, Bertie«, besänftigte Olivia sie. »Alles andere ist schon getan. Wir haben sogar schon Schuhe an.«

»Nun, so könnt ihr auf jeden Fall nicht in die Kirche gehen. Also beeilt euch ...« Olivia war als Erste fertig. In ihrem eisblauen Kleid, das sich um ihre schlanke Gestalt schmiegte, sah sie spektakulär aus. Sie legte das Aquamarincollier ihrer Mutter an, mit dem dazu passenden Armband und den Ohrringen, und plötzlich wirkte sie sehr erwachsen. Victoria, die immer noch in ihrer Unterwäsche dastand, lächelte ihre Schwester bewundernd an.

»Ich wünschte, *du* würdest heute heiraten, Ollie«, sagte sie leise.

»Ich auch, meine Süße … aber heute ist dein Tag.« Hand in Hand traten die beiden ins Nebenzimmer, und Olivia half Victoria in ihr Hochzeitskleid und arrangierte den Schleier über der Tiara. Victoria sah fast überirdisch schön aus, und als Bertie sie so sah, brach sie in Tränen aus. Die Zwillinge waren ein Ebenbild ihrer Mutter.

»Oh, meine Lieben!«, seufzte die alte Frau. Sie konnte den Blick gar nicht von den beiden abwenden, zupfte hier und da an ihren Kleidern und glättete wieder und wieder Victorias Schleier. Nachdem Bertie die Blumenbouquets für Olivia und Victoria geholt hatte – üppige Sträuße aus weißen Orchideen und Maiglöckchen, die himmlisch dufteten –, gingen die Zwillinge gemeinsam die Treppe hinunter. In der Halle kam Edward ihnen entgegen, und auch er blieb beim Anblick seiner Töchter wie gebannt stehen. Tränen der Freude traten ihm in die Augen.

»Na, zumindest werde ich euch heute nicht verwechseln«, brummte er verlegen und wischte sich mit dem Taschentuch über die Augen. »Oder spielt ihr uns allen etwa wieder einen Streich? Bekommt Charles heute in der Kirche auch die Richtige?«

»Wer kann das schon sagen, Vater?«, antwortete Victoria, und alle drei lachten herzlich.

Es dauerte fast zehn Minuten, bis sie Victoria mitsamt Kleid, Schleier und Schleppe heil im Wagen verstaut hatten und auch die anderen eingestiegen waren, doch schließlich konnte Donovan losfahren. Bertie folgte mit Petrie im Ford.

Auf dem Weg zur Kirche kamen sie immer wieder an Menschen vorbei, die am Straßenrand stehen blieben und der schönen Braut zuwinkten, aber Victoria bemerkte es gar nicht, so tief war sie in Gedanken versunken. Auf einmal erschien ihr diese Hochzeit wie ein riesengroßer Fehler. Doch als sie ihrem Vater gerade sagen wollte, dass sie Charles unmöglich heiraten könne, waren sie bereits an der Kirche angekommen, und Olivia half ihr aus dem Wagen. Sie hatte den richtigen Augenblick verpasst.

Die Zwillinge wurden in einen Nebenraum in der Kirche geleitet, und Victoria versuchte verzweifelt, ihre Schwester für einen Moment unter vier Augen zu sprechen. Doch bis dahin vergingen weitere zehn Minuten, und aus dem Kirchenschiff ertönte bereits Orgelmusik.

»Ich kann nicht!«, flüsterte Victoria ihrer Schwester zu und ergriff voller Panik ihren Arm. »Ich kann nicht, Ollie … hilf mir hier heraus!«

»Du *musst*!«, erwiderte Ollie heftig. Victoria war leichenblass und von Panik geschüttelt. »Du musst das jetzt durchstehen. Du wirst es nicht bereuen.«

»Und wenn doch? Dann komme ich wohlmöglich nie wieder aus dieser Ehe heraus. Wenn er sich nun nicht von mir scheiden lassen will?«

»Daran solltest du jetzt gar nicht denken, Victoria. Bitte, meine Süße, bitte!«

Victoria antwortete nicht; vor Kummer und Angst brachte sie einfach kein Wort heraus, und nun stiegen ihr die Tränen in die Augen. In diesem Augenblick wurde bereits die Tür des Nebenraums geöffnet, die Orgelmusik wurde lauter, und Olivia trat hinaus und begann, langsam den Mittelgang der Kirche entlang nach vorne zu schreiten. Victoria blieb keine Wahl, als ihrer Schwester zu folgen. Sie ergriff den Arm ihres Vaters, der sie bereits erwartete, und schritt zu den Klängen der Orgel an seinem Arm hinter ihrer Schwester her langsam auf den Altar zu. Am liebsten wäre sie geflohen, aber dazu war es jetzt zu spät. Als sie den Altar erreicht hatten, drückte Edward ihre Hand, trat dann beiseite und setzte sich neben

Olivia in die erste Bank. Tränen liefen ihm über die Wangen. Victoria blickte auf und sah Charles vor sich stehen. Er sah gut aus und blickte sie so liebevoll an, dass sie beinahe glaubte, es könne doch noch alles gut werden. Als er ihre Hand ergriff, spürte er, dass sie am ganzen Leib zitterte und fasste sie beruhigend am Arm. Sie sollte wissen, dass er sie immer beschützen würde. Sie blickte ihn stumm an und verstand ihn auch ohne Worte.

Dann folgte die Zeremonie; sie tauschten die Ringe und gaben sich das Eheversprechen, und als sie danach den Mittelgang entlangschritten, hatte Victoria sich soweit beruhigt, dass sie wieder lächeln konnte. Olivia, die am Arm ihres Vaters und mit Geoff an der Hand hinter ihnen ging, empfand Trauer, Freude und Liebe zugleich. Ihr blieben jetzt nur noch ihr Vater und dieser kleine Junge, der so viel verloren hatte.

13

Die Hochzeit war ein großer Erfolg. Wie immer hatte sich Olivias sorgfältige Planung ausgezahlt. Das Essen war köstlich, und alle bewunderten die vornehme Dekoration, die wunderschönen Blumen und die spektakulären Eisskulpturen. Das Orchester war extra aus New York gekommen und spielte Musik, zu der jeder gerne tanzte. Die Gäste waren elegant gekleidet, und alle waren sich einig, noch nie eine so schöne Braut gesehen zu haben. Sicher hatte es im Vorfeld einige Gerüchte gegeben, doch jetzt schenkte ihnen niemand mehr Glauben. Vierhundert Gäste applaudierten begeistert, als Victoria und Charles den ersten Walzer tanzten.

Es war bereits spät am Tag, als Olivia noch einmal mit Charles tanzte. Victoria musste jetzt bald ihr Hochzeitskleid ablegen, ein Kostüm anziehen und mit ihrem Mann in die Stadt aufbrechen. Sie wollten eine Nacht im *Waldorf Astoria* verbringen und dann am nächsten Morgen an Bord der *Aquatania* gehen. Zunächst hatten sie überlegt, ob Olivia sie mit ihrem Vater und Geoff zum Hafen begleiten sollte, aber der Junge war außer sich vor Angst bei dem Gedanken daran, dass sein Vater mit dem Schiff reisen würde, und so waren sie übereingekommen, dass sie sich bereits in Croton verabschieden wollten.

»Du hast Unglaubliches geleistet, Olivia«, sagte Charles jetzt anerkennend. Es war wirklich eine perfekte

Hochzeitsfeier gewesen. »Du organisierst einfach wunderbare Feste.«

Olivia lächelte. »Ich führe ja auch schon seit Jahren den Haushalt meines Vaters«, erwiderte sie. »Aber ich bin auch froh, dass alles so gut geklappt hat.« Dann musterte sie Charles mit zusammengekniffenen Augen. »Na, fühlst du dich denn jetzt anders, wo du wieder verheiratet bist?«

»Absolut. Merkt man das nicht an der Art, wie ich tanze? Es ist schon schwierig mit Kette und Kugel um den Knöchel.«

»Du bist grässlich!«, schalt sie ihn lachend, aber in Wahrheit freute sie sich, dass er so glücklich war.

Auch Victoria wirkte erleichtert. Endlich war es vorbei; sie hatte es getan. Fast wäre sie am Morgen im letzten Moment noch schreiend aus der Kirche gelaufen, aber jetzt war sie äußerst zufrieden mit sich. Sie gab Olivia ein Zeichen, dass es Zeit für sie war, sich umzuziehen, und als die Schwestern Hand in Hand die Treppe zu ihrem Zimmer hinaufliefen, konnte Olivia kaum fassen, dass Victoria plötzlich wie ausgewechselt war.

»Was ist geschehen?«, fragte sie leise. »Du siehst aus, als ob du auf einmal alles ungeheuer genießt.«

»Ich weiß es selbst nicht«, erwiderte Victoria aufrichtig. »Ich habe einfach nur beschlossen, mir jetzt keine Sorgen mehr zu machen. Alles andere werden wir sehen.«

»Braves Mädchen. Es wird schon alles gut gehen«, sagte Olivia beruhigend und half ihr, das Kleid auszuziehen. Victoria schlüpfte in das weiße Seidenkostüm, das Olivia extra für die Fahrt hatte schneidern lassen, und warf ihrer Schwester einen wehmütigen Blick zu.

»Was soll ich bloß ohne dich anfangen?«

»Denk nicht darüber nach«, erwiderte Olivia mit tränenerstickter Stimme. »Ich bleibe hier und warte mit Geoffrey auf euch.«

»Oh Gott, Ollie!« Victoria warf sich ihrer Schwester in die Arme. »Ich kann dich nicht verlassen!«

»Ich weiß … ich weiß …« Olivia versuchte, tapfer zu sein, aber es gelang ihr nicht. »Charles wäre bestimmt ziemlich aufgebracht, wenn du hier bei mir bliebest und stattdessen Geoffrey mit in die Flitterwochen schicktest.«

»Ich kann es ja versuchen, vielleicht merkt er es gar nicht.« Obwohl dies der schlimmste Moment in ihrem Leben war, mussten die beiden Schwestern unter Tränen lachen. Mit rot geränderten Augen gingen sie eine halbe Stunde später wieder nach unten.

Nachdem Victoria noch ihren Brautstrauß in die Menge geworfen und dabei so genau auf ihre Schwester gezielt hatte, dass diese ihn einfach fangen musste, kam dann schließlich der endgültige Abschied. Stumm umarmten sich die Schwestern. Charles musste sich abwenden, weil ihm die Tränen kamen, und auch Edward machte ein unglückliches Gesicht.

»Ich liebe dich … Pass auf dich auf …«, flüsterte Olivia schluchzend. Victoria brachte kein Wort heraus, sondern nickte nur. Dann küsste sie ihren Vater und stieg in den Wagen. Charles umarmte seinen Sohn, schüttelte seinem Schwiegervater die Hand und dankte ihm. Zum Schluss umarmte er seine Schwägerin.

»Pass gut auf sie auf«, flüsterte Olivia ihm zu. Mit all den Gefühlen, die er so lange sorgsam verborgen hatte, blickte er sie an. »Ja. Gott segne dich, Olivia … Kümmere dich um meinen Jungen, falls uns etwas passiert.«

»Euch wird nichts passieren«, erwiderte sie unter Tränen. Dann stieg Charles zu ihrer Schwester ins Auto.

Olivia drückte Geoffrey an sich, und gemeinsam blickten sie dem Wagen nach. Jetzt konnten sie nur noch warten, bis die beiden wieder nach Hause kamen. Es würde ein langer, einsamer Sommer werden.

Mitfühlend reichte Charles seiner Frau ein Taschentuch. Er verstand ihren Schmerz und wusste, dass er sie jetzt nicht trösten konnte. In den letzten Monaten hatte er gesehen, wie stark und innig das Band zwischen den beiden Schwestern war.

»Geht es dir besser?«, fragte er fürsorglich, als Victoria sich zum dritten Mal die Nase putzte. Sie weinte immer noch.

»Ich glaube schon.« Mühsam rang sie sich ein kleines Lächeln ab. So elend hatte sie sich noch nie gefühlt, noch nicht einmal, als sie Toby verloren hatte.

»Zuerst wird es sicher für euch beide schwer sein«, sagte er vorsichtig. »Aber ihr werdet euch daran gewöhnen. Andere Zwillinge heiraten auch und ziehen fort. Hast du schon einmal mit jemandem darüber gesprochen?« Victoria schüttelte den Kopf und rückte Trost suchend ein wenig dichter an ihn heran. Ihr Verhalten rührte ihn. Ohne Olivia wirkte sie so verletzlich, so klein und schutzbedürftig. »Das Schiff wird dir bestimmt gefallen«, sagte er. »Warst du schon einmal auf einem Schiff?« Wieder schüttelte sie den Kopf und seufzte. Er gab sich wirklich Mühe, aber ohne Ollie fühlte sie sich nun einmal allein.

»Es tut mir Leid«, sagte sie schließlich. »Ich hatte mir nicht vorgestellt, dass es so schlimm sein würde.«

»Ist schon gut«, erwiderte er liebevoll und legte den Arm um sie. Während der restlichen Fahrt sprachen sie nur noch wenig miteinander, und als sie an diesem Abend in ihrem Hotelzimmer zu Bett gingen, war Victoria so erschöpft, dass sie schon eingeschlafen war, bevor Charles aus dem Badezimmer kam.

Er hatte Champagner für sie beide bestellt, aber als er sie friedlich schlummernd daliegen sah, musste er unwillkürlich lächeln.

»Gute Nacht, meine Kleine«, flüsterte er und deckte sie zu. »Das Leben ist lang … Wir werden noch häufig Gelegenheit haben, Champagner zu trinken…« Er schenkte sich selbst ein Glas ein und dachte an seinen Sohn und Olivia. Was mochten sie wohl gerade tun?

In Croton schlief auch Olivia bereits, und neben ihr lag, ebenfalls schlafend, Geoffrey, seinen zerschlissenen Affen fest im Arm. Zu ihren Füßen hatte sich der Welpe zusammengerollt. Charles wäre es warm ums Herz geworden, wenn er sie gesehen hätte. Aber so betrachtete er seine Ehefrau und fragte sich, wie es wohl sein mochte, mit ihr verheiratet zu sein. Zwar erregte ihn die Aussicht auf das Zusammensein mit Victoria, doch er fürchtete sich auch davor.

14

Als Victoria am nächsten Morgen aufwachte, war Charles bereits angekleidet. Er hatte sich um neun Uhr rasiert, geduscht und angezogen und sich dann Kaffee und die Zeitung aufs Zimmer bringen lassen.

»Guten Morgen, Dornröschen«, sagte er lächelnd, als sie im Morgenmantel ins Zimmer trat. Sie sah immer noch ganz verschlafen aus. »Hast du gut geschlafen?«

»Ja, sehr gut«, erwiderte sie und schenkte sich eine Tasse Kaffee ein. Suchend blickte sie sich nach ihrer Handtasche um. Als sie sie entdeckt hatte, holte sie eine Zigarette heraus und zündete sie an.

Überrascht blickte Charles seine Frau über den Rand der Zeitung hinweg an. »Rauchst du immer um diese Tageszeit?«, fragte er. Amüsiert stellte er fest, dass sie genauso rebellisch war, wie er es sich vorgestellt hatte.

»Wenn du nichts dagegen hast.« Sie lächelte.

»Nun, wenn du mir den Rauch nicht gerade vor meiner ersten Tasse Kaffee ins Gesicht bläst … Ich liebe den Geruch zwar nicht gerade, aber ich denke, ich kann damit leben, wenn ich muss.«

»Gut.« Erfreut lächelte sie ihn an. Die erste Hürde war erfolgreich genommen. Auf zur nächsten, dachte sie. Sie setzte sich neben ihn und las mit ihm gemeinsam die Zeitung, wobei sie Kommentare über die Streiks in Italien und Mary Richardsons Hungerstreik im Gefängnis in England abgab. In der Zeitung stand, dass sie zwangsernährt werden musste.

»Solche Meldungen faszinieren dich, nicht wahr?«, fragte Charles.

»Mich fasziniert die Freiheit«, erwiderte sie, »und vor allem glaube ich an die Freiheit der Frauen.« Offen blickte sie ihn an, und wieder einmal stellte er fest, wie viel Sinnlichkeit sie ausstrahlte, ohne sich dessen bewusst zu sein.

»Warum hast du mich denn dann geheiratet?«, fragte er amüsiert.

»Weil auch die Ehe ein Weg zur Freiheit ist. Wenn ich mit dir verheiratet bin, bin ich viel freier, als wenn ich bei meinem Vater lebe.«

»Woher weißt du das?«, erwiderte er lachend.

»Weil ich durch die Heirat zur Erwachsenen geworden bin. Bis gestern war ich noch ein Kind, das seinem Vater gehorchen musste.«

»Und jetzt musst du mir gehorchen.« Charles Stimme klang wie die eines Tyrannen, und Victoria warf ihm einen raschen Blick zu, um festzustellen, ob er es ernst meinte. Lächelnd beruhigte er sie. »Nein, Victoria, ich bin kein Monster. Solange du mich nicht öffentlich bloßstellst oder dich in Gefahr bringst, kannst du nach unserer Rückkehr tun, was dir beliebt. Allerdings wäre es mir lieb, wenn du dich nicht verhaften ließest, aber das habe ich dir ja schon gesagt. Ansonsten kannst du dich frei bewegen. Wenn du einen Hungerstreik antreten, zu Versammlungen gehen oder dich mit anderen Frauen darüber unterhalten möchtest, wie schrecklich die Männer sind, so hast du meine Erlaubnis dazu.« Erfreut blickte sie ihn an. Ihr Vater hatte Recht gehabt. Charles war wirklich ein vernünftiger Mann, und zumindest im Moment schien er gar nichts von ihr zu wollen.

»Danke«, sagte sie leise, wobei sie auf einmal sehr jung aussah.

»Ich glaube, du musst dich jetzt langsam anziehen, sonst erreichen wir das Schiff nicht mehr.« Charles blickte auf die Uhr. Es war schon zehn Uhr, und um elf Uhr dreißig sollten sie am Hafen sein. »Möchtest du etwas frühstücken?«, fragte er höflich. Es kam Victoria vor, als sei sie zu Besuch bei einem äußerst kultivierten Freund. Er war fürsorglich und benahm sich tadellos. Vor allem bemühte er sich, sie nicht zu verängstigen.

»Ich habe keinen Hunger«, erwiderte sie vorsichtig, wobei sie sich fragte, wie es wohl gewesen wäre, wenn sie am Abend zuvor mit Charles geschlafen hätte. Irgendwie war es seltsam, aber sie hatte soeben die Hochzeitsnacht mit ihm verbracht, ohne dass es ihr bewusst gewesen wäre. Eigentlich hatte sie gar nicht das Gefühl, als sei er ihr Ehemann. Sie wusste natürlich, was von ihr erwartet wurde, aber sie konnte sich nicht vorstellen, es mit Charles zu tun. Er war so ganz anders als Toby. Aber bis jetzt hatte Charles ja zum Glück noch keine Annäherungsversuche unternommen.

Victoria ging zum Ankleiden nach nebenan, und eine Stunde später stand sie in dem roten Kostüm, das Olivia für sie ausgesucht hatte, im Wohnraum ihrer Suite. Als sie am Arm ihres Mannes das Hotel verließ, nahm sie geschmeichelt zur Kenntnis, dass Charles offenbar ein geachteter und beliebter Mann war, da alle ihn respektvoll grüßten.

Am Pier 54, wo das riesige Schiff vor Anker lag, spielte eine Kapelle, und elegant gekleidete Menschen drängten sich um die Gangway. Victoria ließ sich von der allgemeinen Aufregung anstecken. Sie wünschte sich nur, dass Olivia hätte dabei sein und alles miterleben können. Charles bemerkte ihren traurigen Blick und sagte tröstend: »Vielleicht kann sie beim nächsten Mal mit uns kommen.«

Dankbar lächelte sie ihn an.

Ihre Kabine befand sich auf dem B-Deck und war überraschend groß und sonnig. Sie lag in der Nähe der Garden Lounge, die wie ein alter englischer Garten gestaltet war. Victoria war fasziniert vom eleganten Stil des Schiffes wie auch von der Kleidung der anderen weiblichen Passagiere, die alle so aussahen, als seien sie direkt einem der Modemagazine, die ihre Schwester so gerne las, entsprungen.

»Oh, das ist wunderbar«, sagte Victoria zu Charles. Wie ein Kind klatschte sie begeistert in die Hände, und er legte lächelnd den Arm um sie. Er war schon auf vielen Schiffen gewesen und hatte eigentlich geglaubt, ihnen nie wieder etwas abgewinnen zu können, nachdem seine Frau umgekommen war, aber Victoria hatte seine Einstellung verändert.

Sie erkundeten das Schiff, sahen sich den Swimmingpool und das Hauptdeck an. Die Kapelle auf dem Pier spielte jetzt lauter, und unter dem Jubel der Schaulustigen legte die *Aquatania* langsam ab. Das Schiff hatte in der Woche zuvor seine Jungfernfahrt nach New York gemacht und fuhr jetzt zum ersten Mal wieder zurück. Charles hoffte, dass ihr dabei mehr Glück beschieden sein würde als der *Titanic.* Angeblich war die *Aquatania* besser ausgestattet und verfügte über eine ausreichende Zahl von Rettungsbooten. Dennoch machte Charles ein ernstes Gesicht, als er mit Victoria in die Kabine zurückging, weil er unweigerlich an Susan denken musste.

»Was war sie eigentlich für ein Mensch?«, fragte Victoria, die seine Gedanken erraten hatte, und zündete sich eine Zigarette an. Er verbot es ihr nicht, schließlich sollte sie sich bei ihm wohl fühlen.

»Es wäre unfair zu behaupten, sie sei vollkommen gewesen«, erwiderte er, »denn das war sie nicht. Aber sie war die richtige Frau für mich, und ich habe sie sehr geliebt. Es fällt mir sehr schwer, mich mit ihrem Tod abzufinden. Vielleicht ändert sich das ja jetzt, da wir verheiratet sind«, fügte er hoffnungsvoll hinzu.

»Du hast sehr mutig gehandelt«, sagte Victoria leise. »Schließlich kennst du mich eigentlich gar nicht.«

»Doch, ich glaube schon, dass ich dich kenne. Außerdem hilft die Ehe ja uns beiden.«

»Aber das ist schon ein seltsamer Grund für eine Heirat, oder nicht?«, fragte Victoria. Auf einmal konnte sie die Menschen verstehen, die mehr wollten als eine Vernunftehe.

»Ist heiraten nicht immer seltsam? Es ist ein großes Risiko, wenn zwei Menschen ein ganzes Leben lang zusammenbleiben wollen, aber ich finde, das Risiko sollte man eingehen.« Er reichte ihr ein Glas Champagner und setzte sich neben sie.

»Und wenn es nicht gut geht?« Victoria blickte ihn fragend an.

»Du musst es nur wollen«, erwiderte er fest, und nach einer Weile fügte er hinzu: »Willst du es denn?«

Sie schwieg einen Moment lang, dann sagte sie schließlich: »Ich glaube schon. Gestern hatte ich solche Angst, dass ich am liebsten vor der Zeremonie davongelaufen wäre«, gestand sie lachend.

»Das ist verständlich. Das Verlangen überkommt viele Menschen vor der Hochzeit. Mir ist es ähnlich gegangen. Und wie geht es dir jetzt?« Er rückte ein wenig näher. Wieder empfand er Victorias sinnliche Ausstrahlung, die sie von ihrer Schwester unterschied, und der er sich so schwer entziehen konnte. »Willst du immer noch fortlaufen?«, fragte er. Sie blickte ihn offen an und schüttelte den Kopf. »Auf dem Schiff kommst du sowieso nicht weit«, sagte er heiser. Er stellte sein Champagnerglas ab und rückte noch näher an Victoria heran. Wortlos nahm er sie in die Arme und küsste sie. Einen Moment lang raubte der Kuss ihr den Atem, doch dann erwiderte sie ihn, viel leidenschaftlicher, als Charles erwartet hatte. Sie war genau so, wie er es sich vorgestellt hatte, ein wildes Pferd, das er nie würde zähmen können – aber sie würde auch nie etwas von ihm verlangen, was er ihr nicht geben konnte. »Du bist sehr schön, Victoria«, flüsterte er.

Vorsichtig half Charles ihr aus der roten Kostümjacke, dann legte er erneut die Arme um sie. Nervös zündete sie sich eine Zigarette an, aber Charles nahm sie ihr ab, drückte sie aus und küsste Victoria wieder. Alles an ihr erregte ihn. Lange Zeit küssten sie sich nur, dann hob er sie hoch und trug sie ins Schlafzimmer.

Mittlerweile waren sie bereits auf See, obwohl man durch die Bullaugen immer noch Möwen sehen konnte, die das Schiff begleiteten. Niemand störte Charles und Victoria, sie waren ganz allein, als er ihr das Kleid auszog und es achtlos neben das Bett fallen ließ. Er bewunderte ihre langen Beine, die schmale Taille und die vollen Brüste. Was er sah, raubte ihm den Atem, und rasch entkleidete er sich. Er zog die Vorhänge zu und schlüpfte zu Victoria unter die Decke. Als er ihre seidige Haut an seinem Körper spürte, stöhnte er vor Verlangen auf. Doch Victoria zuckte unwillkürlich zurück und begann zu zittern.

»Hab keine Angst«, flüsterte er. »Ich tue dir nicht weh.« Sie hatte sich jedoch bereits weggedreht und zitterte am ganzen Leib. Lange hielt er sie nur in den Armen, doch schließlich drehte er sie zu sich herum, sodass sie ihn anschauen musste.

»Ich werde dich zu nichts zwingen, Victoria. Du brauchst keine Angst vor mir zu haben. Ich weiß, dass es dir schwer fällt.« Susan war in der Hochzeitsnacht genauso scheu, dabei aber noch viel unerfahrener und unschuldiger gewesen als Victoria, die viel selbstbewusster wirkte. Doch wahrscheinlich war auch sie noch Jungfrau. Er war sechzehn Jahre älter als sie, und er hatte Zeit. Trotz seines Verlangens konnte er warten.

»Ich kann nicht«, sagte sie leise und barg ihr Gesicht an seiner Schulter. »Ich kann nicht mit dir …«

»Das musst du auch nicht … jetzt noch nicht … wir haben noch das ganze Leben vor uns.« Sie begann zu weinen.

»Es tut mir Leid«, sagte sie kläglich. »Es tut mir so Leid …«

»Schsch«, flüsterte er beruhigend und wiegte sie in den Armen, als sei sie ein Kind. Nach einer Weile entspannte sie sich und schlief ein. Er stand auf und zog sich einen Morgenmantel über, weil er nicht wollte, dass sie Angst bekam, wenn sie ihn nackt sah. Als sie schließlich am späten Nachmittag wieder erwachte, brachte er ihr Tee und Gebäck ans Bett.

»Ich verdiene das gar nicht«, sagte sie unglücklich. Sie hatte das Gefühl, als habe sie Charles gegenüber versagt. Und dieses Gefühl wurde noch verstärkt, als er ihr ein Telegramm von zu Hause reichte.

»Wir lieben euch. Gute Reise und glückliche Flitterwochen – Vater, Olivia und Geoffrey.« Bei dem Gedanken an ihre Familie bekam Victoria Heimweh. Sie stand auf und rannte ins Badezimmer. Charles versuchte zwar, sie nicht anzusehen, konnte aber den Blick nicht von ihr wenden, sie war einfach zu schön.

Kurz darauf kam sie zurück und setzte sich in dem lavendelfarbenen Morgenmantel aus Seide, den Olivia ihr gekauft hatte, neben ihn.

»Mach dir keine Sorgen«, beruhigte er sie noch einmal und küsste sie sanft. Er hätte es ihr gegenüber nie zugegeben, aber sein Verlangen nach ihr machte ihn wahnsinnig. Er versuchte jedoch nicht noch einmal, sie zu verführen, und kurz darauf kleideten sie sich zum Abendessen um.

Victoria trug ein weißes Abendkleid aus Satin mit einem tiefen Rückenausschnitt, das sich eng um ihre Figur schmiegte.

»Nun, darin wirst du sicherlich Aufsehen erregen«, sagte Charles und folgte seiner Frau glücklich lächelnd aus der Kabine. Sie saßen an jenem Abend am Tisch von Kapitän Turner, und als die Kapelle einsetzte, führte

Charles Victoria auf die Tanzfläche. Sie tanzten einen Tango, und Charles musste sich zusammenreißen, um nicht sofort mit ihr in die Kabine zurückzueilen und über sie herzufallen.

»Ich glaube, ich darf dich nicht allein auf dem Schiff herumwandern lassen«, sagte er, als die Musik verstummte. »Du machst alle Männer verrückt.«

Sie lachte ihn an. Diese Vorstellung gefiel ihr, doch wenn es um Charles ging, bekam sie Angst.

Als er in jener Nacht neben ihr lag, wagte er zunächst beinahe nicht, sie zu berühren. Doch auch Victoria wusste, dass sie sich ihm nicht ewig verweigern konnte. Er zog ihr das Nachthemd aus und bewunderte erneut ihre Schönheit, während sie leblos in seinen Armen lag.

Ganz sanft und langsam begann er sie zu streicheln, doch in dem Maße, wie sein Verlangen wuchs, wurde er leidenschaftlicher. Er war ein zärtlicher, erfahrener Liebhaber. Toby war wesentlich grober mit Victoria umgegangen. Aber Toby hatte sie geliebt, und deshalb hatte es ihr nichts ausgemacht. Jetzt gab sie sich große Mühe, Charles' Wünsche zu erfüllen – schließlich war sie seine Frau –, doch als er in ihr erschauerte, empfand sie nichts.

Zärtlich murmelte er ihren Namen und küsste sie, um ihr alle Angst zu nehmen. Als er ihr dann prüfend ins Gesicht schaute, begriff er schlagartig, was sie mit Toby geteilt hatte.

»Es war nicht das erste Mal, nicht wahr?«, fragte er rau und verbarg sein Gesicht zwischen ihren Brüsten. Niedergeschlagen schüttelte sie den Kopf. »Du hättest es mir sagen müssen, Victoria. Ich hatte solche Angst, dass ich dir wehtue.«

»Das hast du aber nicht«, erwiderte sie leise. Obwohl sie gerade mit Charles geschlafen hatte, fühlte sie sich ihm so fern wie nie zuvor. Er tat ihr unendlich Leid, denn plötzlich erkannte sie mit absoluter Klarheit, dass sie nie

»lernen« würde, ihn zu lieben. Sie würden zwar zusammenleben, sich aber völlig fremd bleiben.

»Und du hast ihn geliebt, nicht wahr?« Charles wollte jetzt alles wissen.

»Ja«, erwiderte sie aufrichtig, und dieses Mal wandte sie den Blick nicht ab. »Ich habe ihn geliebt.«

»Wie lange wart ihr zusammen?«

»Fast zwei Monate.« Charles nickte. Wenigstens waren es nicht ein oder zwei Jahre gewesen. Victoria fuhr fort: »Er hat mich angelogen. Er hat mich nicht wirklich geliebt. Am Anfang erzählte er mir, er sei gefangen in einer lieblosen Ehe, er wolle seine Frau verlassen und sich scheiden lassen. Und ich glaubte ihm. Sonst hätte ich nicht mit ihm geschlafen.« Victoria blickte Charles traurig an. »Später hat er anderen Leuten von unserem Verhältnis erzählt und sich darüber lustig gemacht. Außerdem hat er behauptet, ich hätte ihn verführt. Er sagte, ich bedeute ihm gar nichts und er habe nie die Absicht gehabt, seine Frau zu verlassen und mich zu heiraten. Und sie war zu dieser Zeit schon schwanger.«

»Was für ein elender Bastard! Und jetzt vertraust du mir auch nicht, nicht wahr?«

»Darum geht es nicht«, erwiderte sie und berührte seine Wange mit den Fingerspitzen. »Es ist etwas anderes. Ich kann nicht … es ist wie eine Wand zwischen uns … zwischen mir und jedem Mann … Ich kann einfach nicht ertragen, dass mich jemand berührt.«

»Ist noch etwas anderes geschehen, Victoria, das du mir verschweigst?« Sie wollte die Frage schon verneinen, hielt dann aber inne und zuckte nur mit den Schultern.

»Nichts …«

Doch Charles ahnte, dass sie log. Er berührte sanft ihre Brust, doch anstatt sich der Berührung hinzugeben, blickte sie ihn nur traurig an.

»Ich war schwanger«, gestand sie leise.

»Das habe ich mir gedacht.«

»Als wir damals wieder in Croton waren, stürzte ich vom Pferd und verlor das Kind. Olivia war bei mir, aber ich hatte ihr nichts gesagt. Sie hat mich gerettet ... ich wäre fast verblutet ... es war schrecklich ... Wenn sie mich nicht ins Krankenhaus gebracht hätte, wäre ich wahrscheinlich gestorben.« Tränen rannen über ihre Wangen. Er hielt ihre Hand und wünschte sich, dass das alles nie geschehen wäre. »Ich möchte nie mehr Kinder haben.«

»Es muss ja nicht zwangsläufig so furchtbar enden ...« Auch Charles konnte Victoria nicht aufrichtig sagen, dass er sie liebte, und das wusste sie auch. Außerdem hätte es ohnehin keine Rolle gespielt, da sie ihn nicht liebte.

»Meine Mutter starb bei meiner Geburt. Ich bin schuld an ihrem Tod ...«, sagte sie, und wieder liefen ihr die Tränen übers Gesicht.

»Ich bin sicher, dass das nicht stimmt«, erwiderte er.

»Als Olivia zur Welt kam, ging es ihr noch gut, aber ich war so groß, dass sie meine Geburt nicht überlebte. Ich bin elf Minuten nach Ollie geboren.«

»Aber du hast sie nicht getötet«, erklärte er ihr. »Es macht mir nichts aus, dass du keine Kinder mehr haben willst, ich möchte nur nicht, dass du es dir nur aus Angst vor der Entbindung versagst. Geoffs Geburt war der glücklichste Augenblick in Susans Leben ... hinterher zumindest.« Er lächelte. Geoff war auch ein großes Baby und die Geburt für Susan nicht leicht gewesen. Aber er erinnerte sich noch deutlich an ihren seligen Gesichtsausdruck, als ihr Sohn danach an ihrer Brust lag. Damals hatte auch er vor Freude geweint. »Du solltest eines Tages ein Kind bekommen, Victoria. Es wird schon alles gut werden. Mit der Zeit werden wir uns aneinander gewöhnen und vergessen, was die Menschen, die wir geliebt haben, uns angetan haben.«

»Was hat deine Frau dir denn jemals angetan?«, fragte Victoria überrascht. Sie glaubte nicht, dass sich das Verhältnis zwischen Charles und ihr jemals ändern würde. Außer Mitleid empfand sie nichts für ihn.

»Sie ist gestorben«, erwiderte er. »Sie ist mit diesem verdammten Schiff untergegangen, weil sie ihren Platz im Rettungsboot einem Kind überlassen hat, das ich nicht kenne und das mich auch nicht interessiert. Sie hat mich verlassen.« Auch in seinen Augen standen jetzt Tränen. Die ganze Qual der vergangenen zwei Jahre überwältigte ihn erneut. Er hätte Victoria gerne die Hand gereicht, aber sie wollte nicht. »Wir dürfen uns nicht aufgeben«, sagte er leise. »Wir können nicht nur in der Vergangenheit und von der Erinnerung leben. Auch wenn Toby dich noch so furchtbar verletzt hat – du musst ihn vergessen.«

»Das kann ich noch nicht.«

»Irgendwann wirst du dazu in der Lage sein. Und ich werde auf dich warten.«

»Und in der Zwischenzeit?«, fragte sie.

»In der Zwischenzeit tun wir unser Bestes … wir warten ab … wir werden Freunde … Und ich werde versuchen, nichts von dir zu verlagen, was du nicht willst.« Doch Victoria wusste, dass sie nicht das Recht hatte, Charles auf alle Zeiten abzuweisen. »Wir warten einfach ab, Victoria. Schließlich sind wir verheiratet …«

»Du verdienst mehr, als ich dir geben kann, Charles«, sagte sie leise.

»Wenn das stimmt, werde ich es eines Tages auch bekommen. Und du auch. Bis dahin begnügen wir uns mit dem, was wir haben …« Er lächelte sie an. Er würde sie so akzeptieren, wie sie war. Schließlich war sie noch jung, und eines Tages würde sie Toby vergessen. Sie würde lernen, den Mann zu lieben, den sie geheiratet hatte. Und dann würde er für sie da sein.

15

Die Flitterwochen verliefen absolut nicht so, wie Charles es sich erhofft hatte, denn Victoria verhielt sich während der ganzen Zeit abweisend. Am achtundzwanzigsten Juni, zwei Tage, nachdem sie in Europa angekommen waren, wurden der Neffe des österreichischen Kaisers, Erzherzog Franz Ferdinand, und seine Frau in Sarajevo ermordet.

Zunächst wirkte es nur wie ein unbedeutender Zwischenfall, aber schon wenige Tage später war ganz Europa in Aufruhr. Victoria und Charles weilten mittlerweile in London. Sie waren im *Claridge* abgestiegen und trafen sich mit Freunden. Victoria achtete nicht besonders auf die politische Lage in Europa, sie interessierte sich mehr dafür, dass in den Staaten die Suffragetten einen Marsch nach Washington organisiert hatten. Auch unter Charles' Freunden in London hatte sie einige Frauenrechtlerinnen kennen gelernt, deren Engagement sie faszinierte. Victorias glühendster Wunsch, die Pankhursts im Gefängnis zu besuchen, ging jedoch nicht in Erfüllung. Charles hatte Einspruch erhoben. Sie hatten über diese Frage einen erbitterten Streit geführt, doch Charles hatte sich nicht beirren lassen.

»Aber ich habe doch schon mit ihnen korrespondiert, Charles«, erklärte Victoria, als ob das an seinem Standpunkt etwas ändern könne.

»Das ist mir vollkommen gleichgültig. Es kommt nicht

infrage, dass du diese Frauen im Gefängnis besuchst. Am Ende werden wir noch des Landes verwiesen.«

»Das ist doch absurd. Dazu sind die Engländer viel zu freigeistig«, erwiderte Victoria.

»Das bezweifle ich.« Charles hatte während der vergangenen Tage häufig schlechte Laune gehabt und neigte zu bissigen Bemerkungen, doch sie wussten beide, woran das lag. Es war ihnen bisher nicht gelungen, ihre körperlichen Bedürfnisse miteinander auszuleben.

Als sie eine Woche später nach Paris reisten, war Victorias Abneigung gegen Charles bereits so groß, dass sie jedes Mal zusammenzuckte, wenn er sie berührte. Sie wollte einfach niemandem mehr vertrauen, sie wollte nie mehr empfinden, was sie empfunden hatte, und vor allem wollte sie kein Baby. Das hatte sie Charles auch deutlich gesagt, und er hatte ihr versichert, er würde sie in Ruhe lassen. Wenn er jetzt bloß die Hand nach ihr ausstreckte, begann sie zu weinen. Charles gab sich große Mühe, die Geduld nicht zu verlieren, doch im Laufe der Zeit wurde er zornig.

»Warum hast du mir denn nicht schon vor der Hochzeit von deinem Problem erzählt?«, warf er ihr eines Abends in Paris vor, nachdem er wieder einmal vergeblich versucht hatte, sie zärtlich zu streicheln.

»Ich wusste nicht, dass es so sein würde«, antwortete sie schluchzend. Die romantische Atmosphäre in Paris machte sie nur noch nervöser. Sie wollte nicht allein mit Charles in der luxuriösen Suite im *Ritz* sein. Sie wollte über Politik diskutieren, Suffragetten kennen lernen und zu Versammlungen gehen. Charles gewann nach und nach den Eindruck, als stünde ihr Ehemann ganz unten auf Victorias Wunschliste. »Mit Toby war es anders«, sprudelte sie jetzt unbedacht hervor. Doch dieses Mal ging sie zu weit, und Charles stürmte gedemütigt aus dem Raum. Als er nach einem langen, einsamen Spaziergang zurückkam, entschuldigte sie sich für ihre unbedachten Worte und versuchte, ihr Verhalten wieder gutzumachen, indem sie sich seinen Zärtlichkeiten hingab. Doch schon bald spürte Charles, wie Victoria erneut zurückschreckte.

»Du wirst nicht schwanger, Victoria«, beruhigte er sie, als sie wieder einmal wie eine leblose Puppe in seinen Armen lag. Es gelang ihm einfach nicht, sie zu erreichen, und es quälte ihn, dass sich ihr Verhältnis nicht besserte.

Mittlerweile hatten sie schon ein paarmal von Olivia gehört, und offenbar interessierte sich Victoria ausschließlich für die Nachrichten von ihrer Schwester oder die Artikel über die Suffragetten in den Zeitungen. Alles andere war ihr gleichgültig. Außerdem fühlte sie sich anscheinend nur in der Gesellschaft von Frauen wohl. Charles begann sich zu fragen, ob sie Männer überhaupt mochte.

Olivia schrieb, dass alles in Ordnung sei. Es sei ein ungewöhnlich heißer Sommer am Hudson. Ihr Vater erfreue sich bester Gesundheit, und Geoffrey genieße seine Ferien in Henderson Manor. Er habe sehr gut reiten gelernt, schrieb Olivia, und sie versicherte Charles, es habe keine weiteren Zwischenfälle mehr gegeben. Sie spiele sogar mit dem Gedanken, Geoff ein eigenes Pferd zu kaufen. Sie würde es in ihrem Stall in Croton unterstellen, sodass er es reiten könne, wenn er zu Besuch käme.

Auch Chip ginge es gut, allerdings knabbere er alles an und habe die beiden Teppiche in ihrem Schlafzimmer schon beinahe völlig zerfetzt.

Sie hoffe, es ginge ihnen gut, schrieb sie, und der furchtbare Zwischenfall in Sarajevo bereite ihnen keine Sorgen. Die Nachricht davon sei bis nach Croton gedrungen, es bestünde jedoch kein Anlass zu glauben, dass der Konflikt sich ausbreiten könne. Die Österreicher seien natürlich aufgebracht, aber der Rest der Welt schien davon nicht berührt zu sein.

Charles teilte Olivias Einschätzung vollkommen, obwohl er in der letzten Juliwoche, als Victoria und er sich im Süden Frankreichs aufhielten, erfuhr, dass Österreich Serbien den Krieg erklärt hatte. Das war jedoch kaum überraschend. Allerdings erschreckte es ihn, dass vier Tage später Deutschland zunächst Russland, und weitere zwei Tage später auch Frankreich den Krieg erklärte. Die politische Lage in Europa verschlechterte sich zusehends.

Victoria und er wohnten zu diesem Zeitpunkt in Nizza im *Hotel d'Angleterre*, und Charles wollte sofort nach England aufbrechen.

»Das ist doch lächerlich, Charles«, wandte Victoria ein. Ihr gefiel es in Frankreich, und sie wollte nicht abreisen. Außerdem hatten sie noch einen Abstecher nach Italien geplant. »Ich werde doch nicht meine Pläne ändern, nur weil ein paar harmlose europäische Länder mit den Säbeln rasseln.« Wütend funkelte sie ihn an.

»Dieses Säbelrasseln wird Krieg genannt, Victoria! Und wir befinden uns hier mitten im Kriegsgebiet, und Deutschland ist keineswegs harmlos, sondern kann jeden Augenblick angreifen. Pack die Koffer, wir reisen ab.«

»*Ich* nicht.« Victoria verschränkte die Arme und setzte sich auf die Couch in ihrem Hotelzimmer.

»Du bist verrückt. Wenn ich sage, wir reisen ab, dann kommst du mit.« Charles war der Launen seiner Frau langsam überdrüssig.

Als am Tag darauf deutsche Truppen in Belgien einmarschierten, stritten Charles und Victoria sich erneut über das Thema Krieg. Doch dieses Mal begriff Victoria, in welcher Gefahr sie schwebten. Sie packten ihre Koffer und verließen Nizza am nächsten Morgen. An jenem Tag erklärte Montenegro Österreich den Krieg.

In London stiegen sie wieder im *Claridge* ab und verfolgten von dort aus fasziniert die Nachrichten über die

Kriegserklärungen von Serbien und Montenegro an Deutschland, von Österreich an Russland und schließlich von England und Frankreich an Österreich.

Charles kehrte aufgeregt ins Hotel zurück, als er davon erfuhr. Er hatte die Tickets für die Schiffspassage bereits im Büro von *Cunard* umgetauscht. Eigentlich hatten Victoria und er noch eine weitere Woche in Europa bleiben wollen, doch das war jetzt nicht mehr möglich. Bereits am nächsten Tag würden sie mit der *Aquatania* in die Staaten zurückkehren. Als Victoria von ihrem Einkaufsbummel zurückkam, waren die Koffer bereits gepackt. Charles hatte auch schon ein Telegramm an Olivia geschickt, um die frühzeitige Rückkehr anzukündigen. All das erklärte er Victoria, während sie ihren Mantel auszog.

»Wir reisen also ab?« Entsetzt blickte sie ihn an. »Du hast mich nicht einmal gefragt, was ich davon halte.«

»Deutschland hat England den Krieg erklärt. Ich werde hier nicht warten, bis uns die Kugeln um die Ohren fliegen. Da fahre ich lieber mit meiner Frau zurück in die Staaten.«

»Ich bin doch kein Gegenstand, über den du einfach verfügen kannst, Charles! Du hättest schon vorher mit mir darüber reden sollen.«

»Wir haben in der letzten Zeit sowieso zu viel geredet, Victoria. Ehrlich gesagt bin ich es leid. Es ist ermüdend und obendrein eine Zeitverschwendung.«

»Es tut mir Leid, dass du es so siehst«, erwiderte sie unglücklich. Sie war schon den ganzen Tag gereizt und hatte zudem Kopfschmerzen. Am Abend zuvor war es erneut zu einem ihrer missglückten Schäferstündchen gekommen, und danach waren sie beide frustriert und verärgert gewesen. Victoria erstarrte nach wie vor, wenn Charles nur in ihre Nähe kam, er dagegen erschlaffte. Sie war nicht besonders erfahren in diesen Dingen, hatte so etwas allerdings bei Toby nie erlebt. Als sie es Charles gegenüber erwähnte, befahl er ihr, nie wieder davon zu sprechen, und fügte hinzu, während seiner Ehe mit Susan sei es auch nie so gewesen.

»Morgen früh um zehn Uhr müssen wir an Bord sein«, erklärte Charles jetzt kühl. In seinen Augen waren diese Flitterwochen ein Albtraum gewesen.

»Du vielleicht, Charles«, erwiderte Victoria. Sie hatte festgestellt, dass sie die Auseinandersetzungen mit ihm genoss. »Ich bleibe.«

»In Europa? Trotz des Krieges? Nur über meine Leiche. Du kommst mit mir.«

»Vielleicht gibt es hier etwas zu lernen, Charles. Vielleicht gibt es ja einen Grund, warum wir gerade jetzt hier sind.« Ihre Augen funkelten vor Erregung, und am liebsten hätte er sie auf der Stelle genommen. Er fragte sich, welche Dämonen von ihm Besitz ergriffen und ihn mit einer Frau geschlagen hatten, die er so sehr begehrte und der er nicht gefiel. »Vielleicht ist es ja unser Schicksal, bei Kriegsausbruch hier in Europa zu sein.« Victoria war jung und wunderschön, und sie besaß eine rebellische Ader, die jeder Vernunft entsagte. Vielleicht hatte Edward Henderson sie ja deswegen unbedingt verheiraten wollen, und vernünftigerweise die ruhigere Olivia bei sich behalten. Charles fühlte sich auf einmal zu alt für diese ständigen Streitereien mit seiner jungen Frau. Und das Schlimmste war, dass er spürte, wie sie diese Auseinandersetzung mit ihm genoss. Sie liebte es einfach, ihn zu quälen und ihm zu widersprechen.

»In deinen Ohren mag es langweilig klingen, Victoria«, erwiderte er, wobei er sich bemühte, ruhig zu bleiben. »Aber es ist unvernünftig, in einem Land zu bleiben, das sich im Krieg befindet. Und wenn ich dich hier zurücklasse, bringt dein Vater mich um. Also werde ich dich morgen früh mit nach New York nehmen, ganz gleich, welche Einwände du hast. Und solltest du die Vorstellung völlig unerträglich finden, so rate ich dir, an deine Schwester zu denken. Wenn du hier bleibst, wird sie vor Sorge um dich umkommen, genauso wie dein Vater. Und ich werde auf jeden Fall nach Hause zurückkehren, weil ich einen zehnjährigen Sohn habe, der bereits seine Mutter verloren hat. Ich habe nicht vor, hier zu bleiben und mich umbringen zu lassen. Habe ich mich klar genug ausgedrückt?« Stumm nickte Victoria. Dass er Olivia erwähnt hatte, hatte sie zur Vernunft gebracht. Aber sie fand es trotzdem langweilig, nach Hause zu fahren. Es wäre doch faszinierend gewesen, in England zu bleiben und zu beobachten, wie sich die Lage entwickelte.

Als Charles an diesem Abend bereits zu Bett gegangen war, blieb Victoria noch lange auf und dachte über ihr Leben nach. Sie konnte sich eine glückliche Zukunft mit Charles einfach nicht vorstellen. Einen Moment lang schoss ihr durch den Kopf, dass sie einfach weglaufen könne, doch das konnte sie Olivia nicht antun. Sie fürchtete sich jedoch davor, nach New York zurückzukehren und dort ein Leben an Charles' Seite führen zu müssen. Es würde trübsinnig werden, an einen Mann gefesselt zu sein, der ihr nichts bedeutete. Das Leben in Europa hingegen sagte ihr zu. Was sollte sie nur tun? Olivia gegenüber hatte sie kühn von Scheidung gesprochen, aber sie wusste, dass Charles dem nie zustimmen würde. Sie saß in der Falle. Charles und sie waren aneinander gefesselt und würden letztendlich zusammen untergehen

»Kommst du heute Abend gar nicht mehr ins Bett?«, fragte Charles plötzlich. Beim Klang seiner Stimme zuckte Victoria unwillkürlich zusammen. Sie nickte zögernd, wobei sie sich fragte, ob er wieder versuchen würde, sich ihr zu nähern.

Zu ihrer Erleichterung schlang er jedoch im Bett nur die Arme um sie und hielt sie fest. »Ich weiß nicht, wie ich dich erreichen soll, Victoria«, sagte er traurig. »Ich komme einfach nicht an dich heran.« Er hatte das Gefühl, seine Frau nicht wirklich zu kennen, und mittlerweile hatte er alle Hoffnung verloren, sie jemals kennen zu lernen. Sie waren erst seit zwei Monaten miteinander verheiratet, und die Zeit dehnte sich bereits jetzt endlos.

»Mich macht diese Situation auch unglücklich, Charles«, erwiderte sie traurig und schmiegte sich an ihn.

»Vielleicht klappt es ja eines Tages, wenn wir nur Geduld haben. Ich werde nicht aufgeben. Es hat Monate gedauert, bis ich glauben konnte, dass Susan tot ist. Ich habe immer noch gehofft, sie finden sie eines Tages.« Charles' Worte trösteten Victoria ein wenig. Sie hätte ihren Mann so gerne geliebt, doch sie wusste nicht, wie es ihr gelingen könnte.

»Gib mich nicht auf, Charles«, bat sie leise. »Noch nicht.« Ohne Olivia fühlte sie sich verloren.

»Nein, das werde ich nicht«, flüsterte er. Er sprach so lange beruhigend auf Victoria ein, bis sie schließlich einschlief. Vielleicht werden wir ja eines Tages doch noch zusammenkommen, dachte er. Und während er sie in den Armen hielt, träumte Victoria von der Freiheit.

16

Die Rückreise mit der *Aquatania* erschien ihnen doppelt so lang wie die Hinreise. Oft saßen sie gemeinsam an Deck, und während Charles schlief, las Victoria. Sie hatte auf dem Schiff die Frauenrechtlerin Andrea Hamilton kennen gelernt, mit der sie stundenlang über deren neueste Theorien diskutierte. Charles ertrug die Begeisterung seiner Frau für die Frauenrechte nur mit Mühe. Er hatte zwar gewusst, dass sie von diesem Thema besessen war, jedoch insgeheim gehofft, dass es sich nur um eine vorübergehende Laune handelte. Jetzt merkte er, dass Victorias »Krankheit« nicht heilbar war. Sie las nichts anderes, sprach über nichts anderes, und überhaupt interessierte sie auch nichts anderes. Dabei fand Charles das Thema mittlerweile sterbenslangweilig.

»Wir sitzen heute Abend am Kapitänstisch«, sagte er eines Nachmittags schläfrig, während sie auf ihren Deckchairs lagen. »Ich wollte dich schon einmal vorwarnen.«

»Wie schön«, erwiderte Victoria ohne besonderes Interesse. »Wollen wir schwimmen gehen?«

Gehorsam begleitete Charles sie zum Pool. In solchen Situationen spürte er den Altersunterschied zwischen seiner Frau und sich selbst ganz deutlich. Victoria war ständig in Bewegung, während er es vorzog, seine Ruhe zu haben. Als sie jetzt in ihrem schwarzen Badeanzug ins Becken stieg, musste er sich förmlich zwingen, nicht an ihren Körper zu denken. Sie schwammen ein paar Bahnen nebeneinanderher, und nach einer Weile lächelte sie ihn an. Anscheinend ging es ihr jetzt besser.

»Du bist ein tolles Mädchen«, sagte er bewundernd. Die letzten beiden Monate waren sehr anstrengend für ihn gewesen, da Victoria ihn auf nicht immer angenehme Art und Weise herausgefordert hatte. Manchmal wünschte er sich, sie besser zu kennen, doch in einigen Situationen dachte er dann wieder, dass er ihr am liebsten nie begegnet wäre. Wenn er Victoria ansah, musste er zudem oft an ihre Zwillingsschwester denken. Ob er wohl nach der langen Zeit, die er jetzt allein mit Victoria verbracht hatte, eher in der Lage sein würde, die beiden Frauen auseinander zu halten? Doch vielleicht würde es ihm jetzt erst recht nicht mehr gelingen, weil er in den vergangenen Monaten vollkommen den Verstand verloren hatte.

»Fehlt dir Olivia sehr?«, fragte er, als sie sich abgetrocknet hatten und wieder auf ihren Deckchairs lagen.

»Oh ja, sie fehlt mir entsetzlich«, erwiderte Victoria wehmütig. »Ich hätte nie gedacht, dass ich ohne sie überhaupt leben kann. Als ich klein war, glaubte ich immer, sterben zu müssen, wenn ich je von ihr getrennt würde.«

»Und jetzt?«, fragte er neugierig. Die enge Bindung der Zwillinge faszinierte ihn immer wieder aufs Neue.

»Jetzt weiß ich, dass ich auch ohne sie leben kann«, erwiderte sie. »Aber ich will es eigentlich nicht. Am liebsten wäre mir, wenn sie bei uns in New York wohnte – aber sie würde Vater nie allein lassen. Und er würde sie auch nicht gehen lassen. Olivia will einfach nicht einsehen, dass sein Verhalten ihr gegenüber nicht fair ist.« Darüber hatte Charles auch schon nachgedacht, und er hatte auch mit Olivia bereits darüber gesprochen, damals, als sie Geoff den kleinen Hund mitgebracht hatte.

»Vielleicht können wir sie ja überreden, zu uns zu ziehen. Oder uns wenigstens für eine lange Zeit zu besuchen. Geoff wäre bestimmt begeistert.«

»Würde es dir denn nichts ausmachen, wenn sie bei uns wohnte?«, fragte Victoria überrascht.

»Nein, es würde mir nichts ausmachen«, antwortete Charles. »Schließlich ist Olivia intelligent, höflich und unglaublich nett. Außerdem ist sie sehr hilfsbereit«, fügte er nachdenklich hinzu.

»Vielleicht hättest du *sie* heiraten sollen«, entgegnete Victoria spitz.

»Das stand nicht zur Debatte«, gab er zurück. Manchmal ärgerte es ihn ein wenig, dass Edward ihm vor der Verlobung mit Victoria einige wichtige Details verschwiegen hatte. So hatte sie nicht nur eine unglückliche Romanze hinter sich gehabt, sondern eine handfeste Affäre mit einem verheirateten Mann, mit dem sie geschlafen hatte und von dem sie sogar schwanger gewesen war. Sein Schwiegervater hatte ihm das alles etwas anders dargestellt, doch mittlerweile hatte Charles sich damit abgefunden.

»Wir können ja eines Tages einmal die Rollen für dich tauschen«, schlug Victoria beiläufig vor. Diese Vorstellung schien Charles Unbehagen zu bereiten.

»Das ist nicht komisch«, sagte er und blickte seine Frau stirnrunzelnd an. Das Angebot machte ihn nervös. »Sollen wir in die Kabine gehen?«, fragte er schließlich. Schweigend nickte sie. In der letzten Zeit stritten sie sich ständig, auch wenn sie es eigentlich nicht beabsichtigten.

Sie zogen sich getrennt für das Kapitänsdinner um und trafen erst dort wieder aufeinander. Bei Tisch wurde über nichts anderes als den Krieg in Europa geredet. Victoria fand das Thema faszinierend und vertrat ihre radikalen, aber interessanten Ansichten mit Nachdruck. Charles war stolz auf seine Frau. Sie war wirklich äußerst intelligent, und in diesem Moment bedauerte er zutiefst, dass sie sich nicht besser verstanden.

Später am Abend machten sie sich gemeinsam auf den Rückweg in ihre Kabine. Sie hatten ein wenig getanzt, obwohl sie eigentlich nicht in der Stimmung dazu gewesen waren. Es war eine wunderschöne Nacht, und sie stellten sich für ein Weile nebeneinander an die Reling und schauten aufs Wasser. Victoria zündete sich eine Zigarette an.

»Nun, was meinst du – waren es nun schöne Flitterwochen oder nicht?«, fragte Charles nach einer Weile.

»Ich fand sie interessant, aber nicht einfach. Vielleicht brauchen wir noch ein wenig Zeit. Mit der Zeit werden wir uns schon lieben lernen«, erwiderte sie. Aber eigentlich zweifelten sie beide daran. »Und was geschieht nun?«, fügte sie hinzu. »Werde ich jetzt Hausfrau?«

»Hast du andere Pläne, Mrs Dawson? Möchtest du Ärztin oder Anwältin werden?«

»Ich glaube nicht. Ich interessiere mich eher für Politik. Ich würde gerne wieder nach Europa gehen und mir die Entwicklung dort anschauen. Oder mich nützlich machen.«

»Als was?« Er warf ihr einen entsetzten Blick zu. »Willst du einen Rettungswagen fahren oder so etwas?«

»Vielleicht«, erwiderte sie nachdenklich.

»Wage es nicht!«, entgegnete er mit Nachdruck. »Mir reicht schon, dass du dich für die Frauenrechtsbewegung interessierst. Mit dem Krieg möchte ich nichts zu tun haben.« Victoria fragte sich unwillkürlich, ob Charles sie wohl wirklich aufhalten könnte, wenn sie wieder nach Europa fahren wollte. Olivia würde natürlich nichts von dieser Idee halten, und mit ihrem Vater konnte sie schon gar nicht darüber sprechen, aber seit ihrer Abreise aus Southampton dachte sie ernsthaft darüber nach. Sie fürchtete, dass ihr in den Vereinigten Staaten etwas fehlen würde. Das Leben in Europa war viel aufregender gewesen.

»Was ist eigentlich mit Geoff?«, fragte Charles. »Wie passt er denn in deine Pläne? Wirst du Zeit für ihn erübrigen können?«

»Keine Sorge, ich werde mich schon um ihn kümmern.«

»Gut.« Erleichtert lächelte er sie an. Dann gingen sie in ihre Kabine. Es war so warm, dass sie die beiden Bullaugen offen ließen. In dieser Nacht rührte Charles Victoria nicht an. Er hatte weder die Energie noch den Mut dazu.

Am nächsten Morgen gab es um neun Uhr einen Übungsalarm, der in diesen Zeiten des Krieges von allen ungewöhnlich ernst genommen wurde. Victoria schoss durch den Kopf, ob Charles in diesem Moment vielleicht an Susan erinnert würde. Aber er schien gut mit der Situation umgehen zu können, und als sie danach zum Frühstück wieder in ihre Kabine gingen, gab er ihr einen Kuss.

»Womit habe ich das verdient?«, fragte sie überrascht.

Lächelnd erwiderte er: »Weil du mit mir verheiratet bist. Wir sind bis jetzt nicht besonders gut miteinander ausgekommen, aber wenn wir zu Hause sind, werde ich mich bessern. Vielleicht wird es uns ja beiden gut tun, wenn nach den Flitterwochen der Alltag wieder beginnt.« Da sie wusste, dass er sich auf ihr unbefriedigendes Eheleben bezog, nickte sie widerstrebend. An jenem Abend versuchte er wieder, mit ihr zu schlafen, und obwohl er dieses Mal in sie eindrang und sie sich alle Mühe gab, ihn zufrieden zu stellen, merkte er doch, dass es keinen Zweck hatte. Die Situation bekümmerte ihn zutiefst. Früher war die körperliche Liebe für ihn etwas Wunderschönes gewesen, aber wenn er mit Victoria schlief, fühlte er sich hinterher immer leer und einsam, und er fragte sich, ob sie wohl jemals in der Lage sein würden, ein glückliches Leben zu führen. Es blieb abzuwarten, ob sich die Lage in New York besserte, obwohl sich Charles diesbezüglich keine großen Hoffnungen mehr machte.

Als das Schiff an der Freiheitsstatue vorbeifuhr, standen Victoria und Charles an Deck und beobachteten den Sonnenaufgang. In diesem Moment fühlten sie sich einander so nahe wie in den ganzen vergangenen zwei Monaten nicht. Beide freuten sich auf zu Hause. Olivia hatte angekündigt, dass sie die beiden am Hafen abholen würde. Als der riesige Luxusliner schließlich am Pier anlegte, stieß Victoria einen Jubelschrei aus und winkte heftig, als sie Olivia entdeckte. Ihre Schwester hielt Geoff an der Hand und hüpfte aufgeregt auf und ab. Auch Edward war da, und sie hatten sogar den kleinen Hund mitgenommen, der mittlerweile fast ausgewachsen war.

Victoria stürmte die Gangway hinunter, und gleich darauf fielen sich die beiden Schwestern lachend und weinend zugleich in die Arme. Ohne sich abgesprochen zu haben, trugen sie beide ein rotes Kleid, und Charles musste feststellen, dass er sie immer noch nicht auseinander halten konnte. Es war ihm beinahe unheimlich.

»Nun, manche Dinge ändern sich vermutlich nie«, sagte er lachend. Die Mädchen umarmten einander noch fester, und Olivia gestand, sie habe das Gefühl gehabt, ohne Victoria sterben zu müssen.

»Aber Geoff hat sich wunderbar um mich gekümmert«, fügte sie hinzu und blickte den Jungen stolz an. Sie hatten einen schönen Sommer miteinander verlebt.

»Wie waren die Flitterwochen?«, fragte Edward, und Charles erwiderte rasch: »Großartig, wenn man einmal davon absieht, dass in Europa Krieg ausgebrochen ist. Darauf hätten wir verzichten können, aber wir sind zumindest schnell herausgekommen.«

»Es sieht schlimm aus in Europa«, sagte Edward besorgt.

Olivia und ihr Vater hatten das Haus in New York bezogen, da sie für ein paar Tage dort bleiben wollten. Geoff war hin und her gerissen, wo er wohnen sollte. Er freute sich sehr, dass sein Vater wieder da war, aber er wollte eigentlich auch nicht von Olivia weg. Sie war in den vergangenen Wochen wie eine Mutter für ihn gewesen.

»Sie war so nett zu mir, Dad! Wir sind jeden Tag ausgeritten und schwimmen gegangen, und wir haben Picknicks gemacht. Sie hat mir sogar ein Pferd gekauft«, erzählte er seinem Vater strahlend, während er ihm half, die Koffer in den Ford zu laden. Edward war mit beiden Autos gekommen, damit sie alle genug Platz hatten. Olivia hatte Charles' Haus für die Ankunft vorbereitet und dem Hausmädchen gesagt, was es alles tun sollte. Als sie jetzt ankamen, waren die Zimmer gelüftet und die Betten frisch bezogen, und überall standen Vasen mit Blumen. Olivia hatte kleine Geschenke für die Frischvermählten besorgt, in Geoffs Zimmer lagen ein paar neue Spielsachen, und sie hatte sogar einen neuen Hundekorb gekauft.

»Wem haben wir das denn alles zu verdanken?« Charles blickte sich erstaunt um. Victoria hingegen wusste sofort, dass es das Werk ihrer Schwester war, und sie war sich nicht ganz sicher, ob sie sich darüber freuen sollte. Schließlich war dieses Haus jetzt ihr Zuhause, und sie wollte nicht, dass sie neben Olivia von vornherein wie eine schlechte Hausfrau wirkte.

»Das war bestimmt Olivia«, sagte sie leise.

»Nun, dann muss sie wohl ab sofort so oft wie möglich zu Besuch kommen!«, erwiderte Charles lachend.

»Ich kann einen Haushalt nicht so führen wie Olivia, Charles, dafür habe ich andere Fähigkeiten. Wir sind nun einmal sehr verschieden.«

»Das sollte man gar nicht meinen, wenn man euch ansieht«, erwiderte er scherzhaft.

Das Mädchen brachte Limonade, und die Männer setzten sich ins Wohnzimmer, wo sie über den Krieg in Europa sprachen. Geoff spielte mit dem Hund im Garten, und die Schwestern gingen nach oben, um die Koffer auszupacken. Lächelnd setzte sich Victoria und schaute Olivia an.

»Ich habe geglaubt, ich überstehe es nicht, ohne dich zu leben … es war schrecklich.«

»Das glaube ich dir nicht.« Olivia lächelte, obwohl die Trennung auch für sie war eine Qual gewesen war. »War es denn schön?«, fragte sie zögernd. Sie wollte keine intimen Fragen über das Privatleben ihrer Schwester stellen, aber sie musste wissen, ob sie glücklich war. Victoria schwieg eine Zeit lang, doch schließlich sagte sie leise: »Ich weiß nicht, ob ich es durchstehe, Ollie. Ich weiß es nicht. Ich versuche es, so lange es geht … aber ich hätte mich nie auf diese Ehe einlassen dürfen. Ich glaube, Charles sieht es genauso und möchte das Beste daraus machen. Aber es ist völlig falsch … er liebt Susan immer noch – und ich kann Toby einfach nicht vergessen, weder das Gute noch das Schlechte. Er steht immer zwischen uns.«

»Du darfst nicht zulassen, dass dieser Mann deine Ehe ruiniert, Victoria!« Entsetzt blickte Olivia ihre Schwester an. Sie setzte sich neben sie und ergriff ihre Hände. »Du musst ihn dir endlich aus dem Kopf schlagen.«

»Und Susan? Charles liebt sie noch immer. Es ist nun einmal so, Ollie, Charles liebt mich einfach nicht. Dieser ganze Unsinn, dass man lernen kann, einander zu lieben, das ist doch dummes Gerede. Wie soll man denn einen Fremden jemals lieben?«

»Ihr werdet euch schon aneinander gewöhnen. Lass dir Zeit. Geoffrey wird dir dabei helfen.«

»Er hasst mich. Sie hassen mich beide.«

»Hör auf damit.« Olivia traten die Tränen in die Augen. Das hatte sie nicht erwartet. »Warte es erst einmal ab. Bitte, versprich es mir. Du darfst nichts Unbedachtes tun.«

»Ich habe überhaupt keine Ahnung, was ich tun soll«, erwiderte Victoria. »Ich habe mich noch nie in meinem ganzen Leben so hilflos gefühlt, Ollie. Was soll ich bloß tun?«

»Sei ihm eine gute Frau. Sei geduldig, und sei lieb zu seinem Sohn. Versuche zumindest, dein Ehegelübde zu halten.«

»Ihn zu lieben, zu ehren und ihm zu gehorchen? Das klingt irgendwie würdelos, findest du nicht auch? Das macht mich so klein.« Victoria zündete sich eine Zigarette an.

»Wie kannst du so etwas nur sagen?« Olivia blickte ihre Schwester entsetzt an. Victoria war unmöglich, und so sehr sie sie auch liebte, als Ehefrau war sie sicher äußerst schwierig. »Macht es Charles nichts aus, wenn du hier rauchst?«, fragte sie besorgt. Ihre Schwester lachte.

»Ich hoffe nicht, schließlich wohne ich jetzt hier.« Doch eigentlich hatte sie eher das Gefühl, in einem fremden Haus unter Fremden zu wohnen. Für sie war es eine seltsame Heimkehr gewesen, und am liebsten wäre sie mit ihrem Vater und ihrer Schwester nach Hause gefahren. Aber das würden die beiden natürlich nicht zulassen. »Bleibst du ein paar Tage in New York?«, fragte sie kleinlaut und seufzte erleichtert auf, als Olivia nickte. »Ich weiß überhaupt nicht, was ich jetzt tun soll«, fuhr Victoria fort. Olivia lächelte.

»Ich komme jeden Tag vorbei, bis du dich eingelebt hast.«

»Und dann?«, fragte Victoria und rang die Hände. Bei ihrer Schwester konnte sie ihren Ängsten freien Lauf lassen. »Was soll ich danach tun? Ich weiß ja noch nicht einmal, wie ich ihm eine Ehefrau sein soll. Wenn ich es nun nicht schaffe?«

»Du kannst es, du bist nur nervös.« Olivia legte ihr den Arm um die Schultern, und Victoria begann, hemmungslos zu schluchzen.

»Ich schaffe es nicht, Ollie… ich weiß es… es war so schrecklich in Europa… ich kann es nicht…« Ihre erwachsene Haltung war auf einmal verschwunden, und sie weinte wie ein Kind.

»Schsch … doch, du schaffst es«, erwiderte Olivia beruhigend. »Sei ein braves Mädchen und hör auf, dir Sorgen zu machen. Gemeinsam werden wir es schaffen.« Victoria putzte sich die Nase und ließ sich von Olivia trösten. Als die Schwestern schließlich wieder zu den Männern hinuntergingen, sah man Victoria nicht mehr an, dass sie geweint hatte. Ihr Vater und Charles konnten die Zwillinge wieder einmal nicht auseinander halten.

»Wenn sie sich beide gleichzeitig hier aufhalten, müssen sie wohl Namensschilder tragen«, sagte Charles gutmütig. Er genoss es, wieder zu Hause zu sein, und freute sich, dass endlich wieder eine Frau im Haus war.

Als sich die Schwestern später voneinander verabschiedeten, küsste Olivia Victoria und versprach ihr, gleich am nächsten Morgen vorbeizukommen und ihr bei der Haushaltsführung zu helfen. Dann umarmte und küsste sie Geoffrey.

»Ich werde dich schrecklich vermissen«, sagte sie leise zu dem Jungen. »Pass gut auf Chip und Henry auf.«

»Komm bald wieder«, erwiderte Geoff traurig und winkte ihr noch von der Treppe aus nach. Dann traten die Dawsons ins Haus und begannen ihr gemeinsames Leben.

17

Olivia verbrachte eine ganze Woche in New York und half Victoria, sich in dem Haus am East River einzurichten. Es war ein helles, gemütliches Haus, aber Victoria fand es unbequem und sehnte sich nach ihrem Zuhause in Croton. Sie und Charles hatten ein großes, sonniges Schlafzimmer, doch Victorias Meinung nach lag Geoffreys Zimmer zu dicht daneben. Sie fühlte sich durch die Anwesenheit des Jungen gestört.

»Du meine Güte, geht er eigentlich außer zur Schule nirgendwohin?«, beschwerte sie sich schon bald. Dabei war er nach dem langen Sommer in Croton doch gerade erst wieder nach Hause gekommen und wollte natürlich viel Zeit mit seinem Vater verbringen. Victoria kam es vor, als müsse sie sich anmelden, um auch einmal mit Charles sprechen zu können.

Sie hatte absolut keine Ahnung, was die beiden gerne aßen, und das erste Abendessen, das sie in Auftrag gab, war eine Katastrophe, weil Vater und Sohn das Gericht nicht mochten. Als Victoria sich darüber bei Olivia beschwerte, gab diese ihr eine Liste mit Geoffs Lieblingsspeisen.

»Vielleicht solltest du dich besser um die Küche kümmern«, nörgelte Victoria. Das wäre ihr tatsächlich am liebsten gewesen.

»Sag so etwas nicht«, schalt Olivia sie. Sie wusste, dass Victoria Hausarbeit hasste und dass sie sich dadurch herabgewürdigt fühlte, was Olivia ziemlich albern vorkam.

»Er kann uns sowieso nicht auseinander halten. Lass uns doch einfach einmal für eine Weile tauschen«, schlug Victoria vor. Es war scherzhaft gemeint, aber Olivia gefiel der Ausdruck in den Augen ihrer Schwester nicht, als sie es sagte. Danach erwähnte sie die Idee jedoch nicht mehr, und gegen Ende der Woche schien sich die Lage insgesamt ein wenig zu entspannen.

Charles hatte gute Laune; seine Arbeit machte ihm Freude, Geoff benahm sich gut, und auch die letzten Abendessen waren zu seiner Zufriedenheit verlaufen. Nur Victoria war missgestimmt, weil die Haushaltsführung sie so viel Zeit kostete.

»Wenn du erst einmal in der Übung bist, wirst du auch wieder Zeit für andere Dinge haben, wie einkaufen zu gehen oder dich mit Freunden zu treffen«, prophezeite ihr Olivia. Oder an Versammlungen oder Demonstrationen teilzunehmen, fügte Victoria in Gedanken hinzu. Sie wollte unbedingt zu jenen Informationsveranstaltungen gehen, über die sie gelesen hatte, um dort mehr über den Krieg in Europa zu erfahren. Victoria verschlang alle Zeitungsberichte über den Krieg, aber die Informationen reichten nie aus, um das Geschehen in seiner ganzen Komplexität zu begreifen. Und Charles war, wenn er nach Hause kam, meistens zu müde, um ihr noch etwas zu erklären.

Am Ende der Woche kehrte Olivia zusammen mit Edward nach Croton zurück. Sie war so lange wie möglich geblieben, um Victoria zu helfen, aber jetzt wollte ihr Vater wieder nach Hause. Olivia versprach jedoch, bald wiederzukommen. Außerdem wollten Victoria und Charles ein paar Wochen später für ein Wochenende nach Croton fahren. Aber dann hatten plötzlich alle furchtbar viel zu tun – Charles musste einen Prozess vorbereiten, Geoff war mit der Schule beschäftigt, und Victoria besuchte regelmäßig interessante Versammlungen –, sodass aus den gegenseitigen Besuchen zunächst nichts wurde. Victoria rief Olivia ein- oder zweimal an, und die Schwestern schrieben einander fast täglich. Unversehens neigte sich der September bereits dem Ende zu, und das Gesicht der Welt hatte sich völlig verändert.

Ende August hatte Japan Deutschland den Krieg erklärt. Die Schlacht an der Marne hatte dem Vordringen der Deutschen in Frankreich ein Ende gesetzt, aber jetzt flogen sie Luftangriffe auf Paris. Die Russen hatten schwere Niederlagen an den masurischen Seen und in Preußen erlitten. Das Kriegsgeschehen hielt die Welt in Atem, und Victoria verlor ein wenig das Interesse an der Frauenrechtsbewegung. Sie hielt sich fast nie zu Hause auf. In den ersten Wochen hatte sie Olivias Ratschläge befolgt und sich mit der Haushaltsführung Mühe gegeben, doch mittlerweile verfolgte sie wieder ihre eigenen Interessen. So lauschte sie mit Begeisterung zahlreichen interessanten Vorträgen über die Weltpolitik. Obwohl Victoria dadurch zu einer anregenden Gesprächspartnerin für Charles wurde, machte er sich doch Gedanken darüber, dass sie ihre hausfraulichen Pflichten nicht wahrnahm. Ohne Olivias Aufsicht vernachlässigte sie Haus und Garten völlig, und dann erfuhr Charles auch noch von den Nachbarn, dass Geoffrey an manchen Nachmittagen stundenlang auf der Straße spielte, weil Victoria kaum zu Hause war.

»Das haben wir nicht vereinbart«, rief er ihr eines Tages in Erinnerung. Eine Weile lang versuchte Victoria daraufhin, Charles' Erwartungen zu erfüllen, aber auf Dauer wollte es ihr einfach nicht gelingen, wodurch sich die Situation zwischen den Eheleuten zusehends verschlechterte. Sie schliefen jetzt überhaupt nicht mehr miteinander, weil Victorias Abneigung dagegen immer größer wurde und sie außerdem ständig fürchtete, Geoffrey könne sie hören. Charles trank mehr als jemals zuvor in seinem Leben, und Victoria rauchte ständig, obwohl der Geruch ihren Mann massiv störte.

Als Olivia ein paar Wochen später zu Besuch kam, fand sie Charles und ihre Schwester in einem äußerst schlechten Zustand vor. Sie stieg im Hotel ab und holte Geoffrey zu sich, um ihm die vergiftete Atmosphäre im Haus zu ersparen. Charles und Victoria sprachen kaum noch miteinander.

»Was ist los bei euch? Wie benimmst du dich bloß?«, stellte Olivia ihre Schwester schon bald zur Rede.

»Das ist keine Ehe, Olivia«, erwiderte Victoria heftig. »Es ist ein Arrangement, nicht mehr und nicht weniger. Charles hat mich als Haushälterin und Gouvernante für seinen Sohn eingestellt. Etwas anderes brauche ich hier nicht zu tun.«

»Das ist doch lächerlich«, widersprach Olivia. »Du benimmst dich wie ein verwöhntes Kind. Er hat dir den Schutz seines Namens geboten und dich vor einer gesellschaftlichen Katastrophe bewahrt, er hat dir sein Heim, seinen Sohn und ein sehr angenehmes Leben geboten – und du bist wütend, weil du ein paar hausfrauliche Pflichten erfüllen musst. Nein, Victoria, er hat dich nicht als Hausmädchen eingestellt, aber du bist ja nicht einmal bereit, seine Frau zu sein!«

»Davon verstehst du nichts!«, fauchte Victoria. Sie war wütend, weil Olivia der Wahrheit recht nahe gekommen war.

»Ich weiß, wie maßlos du in deinen Forderungen sein kannst«, erwiderte Olivia leiser. Sie wollte ihrer Schwester doch nur helfen. Obwohl sie Victoria schrecklich vermisste, wollte sie um jeden Preis verhindern, dass sich ihre Schwester von Charles trennte, denn das hätte katastrophale Auswirkungen gehabt. »Du musst dir nur ein wenig Mühe geben, Victoria. Das bist du ihm schuldig … und Geoff. Hab doch Geduld, du wirst dich schon noch daran gewöhnen. Ich helfe dir bei der Haushaltsführung.« Flehend blickte sie ihre Schwester an.

»Ich möchte kein Haus führen, weder seines noch irgendein anderes. Das war alles nur Vaters Idee; es ist die Strafe für das, was ich mit Toby getan habe.« Victoria fühlte sich wie ein Vogel im Käfig. »Am liebsten wäre ich tot«, sagte sie düster und sank in einen Sessel.

»Das will ich nie wieder hören!«

»Aber ich meine es ernst. In Europa herrscht Krieg, Männer sterben zu tausenden, unschuldige Menschen kommen um. Ich würde lieber etwas Sinnvolles tun, statt hier meine Zeit zu vergeuden und auf Geoffrey aufzupassen.«

»Er braucht dich, Victoria«, entgegnete Olivia mit Tränen in den Augen. Wenn sie doch ihre Schwester nur ändern könnte! Victoria hatte schon immer hochtrabende Ideale verfochten, aber um die Menschen in ihrer direkten Umgebung schien sie sich nicht kümmern zu wollen. »Und Charles braucht dich auch«, fügte sie flehend hinzu. Victoria schüttelte nur den Kopf und trat ans Fenster, um auf den ungepflegten Garten zu starren. Seit sie aus England zurückgekehrt waren, hatte sie noch nicht einmal mit dem Gärtner gesprochen.

»Nein.« Sie drehte sich wieder zu ihrer Schwester um. »Charles braucht Susan, aber sie ist nun einmal nicht hier. Und sie wird auch nie wieder zurückkehren. Wir führen kein gemeinsames Leben, wenn du verstehst, was ich meine. Es hat vom ersten Moment an nicht gestimmt zwischen uns… Vermutlich träumt er immer noch von ihr, und ich… ich kann einfach nicht… nicht nach Toby.« Tränen traten ihr in die Augen, und sie senkte niedergeschlagen den Kopf.

»Vielleicht solltest du einmal eine Zeit lang mit ihm allein sein«, schlug Olivia verlegen vor.

»Wir waren in Europa zwei Monate allein«, erwiderte Victoria, »und dort hat es auch nicht funktioniert.«

»Das war etwas anderes. Da kanntet ihr euch ja kaum. Vielleicht müsst ihr euch hier erst einmal richtig kennen lernen.« Sie errötete, und Victoria lächelte sie an. Olivia war so unschuldig, sie hatte keine Ahnung, wie kompliziert die Situation war, wie sehr sie sich ekelte, wenn Charles sie berührte. »Die ganze Situation ist schließlich völlig neu für dich«, fuhr Olivia fort. »Wenn Geoff nicht hier wäre, könntet ihr euch vielleicht besser aneinander gewöhnen.«

»Vielleicht«, erwiderte Victoria wenig überzeugt. Sie ahnte, dass sich dadurch eigentlich nichts ändern würde. Sie war gezwungen worden, Charles zu heiraten, und sie spürte, wie er sich nach seiner früheren Frau sehnte. Victoria wusste, dass er sie selbst zwar begehrte, aber nicht liebte. »Es ist alles nicht richtig, Olivia. Glaub mir, ich weiß es.«

»Das kannst du jetzt überhaupt noch nicht beurteilen. Du bist doch erst seit drei Monaten mit Charles verheiratet und kennst ihn noch kaum.«

»Und wenn ich dir in einem Jahr noch genau das Gleiche erzählte? Was würdest du mir dann antworten?« Victoria wusste mit absoluter Sicherheit, dass Charles und sie nie lernen würden, einander zu lieben. »Würdest du mir dann erwidern, ich solle mich scheiden lassen?« Sie wussten beide, dass ihr Vater das nie zulassen würde, und auch Olivia fand den Gedanken schockierend. Victoria war sich jedoch sicher, dass sie diese unglückliche Ehe nicht ein Leben lang würde aushalten können. »Ich bleibe nicht hier, bis ich versauere, Olivia. Ich kann es einfach nicht, es bringt mich um.«

»Du *musst* aber«, erwiderte Olivia mit Nachdruck. »Zumindest so lange, bis du ihn wirklich kennst. Jetzt kannst du noch keine Entscheidung treffen, es ist noch zu früh.« Vielleicht würde Victoria ja eines Tages, wenn sie es wirklich nicht mehr aushielte, nach Croton zurückkehren können, ohne sich scheiden zu lassen. Aber das würde sie wohl auch nicht wollen, dachte Olivia, weil sie ihre Freiheit viel zu sehr liebt. Ihre Schwester brauchte neue Horizonte und Ideale, für die sie kämpfen konnte. Sie würde sich nie damit begnügen, zu Hause zu sitzen und ihrem Vater die Socken zu stopfen. »Weißt du was, ich nehme Geoff ein paar Tage mit zu mir«, schlug Olivia schließlich vor. »Es macht nichts, wenn er eine Zeit lang die Schule versäumt. Ich fahre mit ihm nach Croton, sodass Charles und du ein wenig Zeit für euch allein habt. Das bewirkt manchmal Wunder.«

»Du bist eine Träumerin, Olivia«, entgegnete Victoria. Sie wusste, dass ihre Zwillingsschwester die Hoffnungslosigkeit, die sie in Anbetracht ihrer Lage empfand, nicht verstehen konnte. Andererseits war es eine Erleichterung, den Jungen für ein paar Tage loszuwerden. Es war nicht so, dass Victoria ihn hasste, aber sie wollte sich einfach nicht um ihn kümmern müssen oder auf ihn aufpassen. Sie wollte für keinen anderen Menschen verantwortlich sein. »Aber die Idee ist gut, vielleicht solltest du Geoff wirklich für eine Weile mit nach Croton nehmen.« Dann kann ich wenigstens in Ruhe zu den Versammlungen gehen, fügte sie in Gedanken hinzu. »Wenn er mein Kind wäre, wäre es vermutlich etwas anderes«, sagte sie nach einer Weile nachdenklich. »Aber er ist nun einmal nicht mein Sohn, und ich kann mir auch gar nicht vorstellen, jemals Kinder zu bekommen.« Diese Vorstellung hatte überhaupt keinen Reiz für sie. Zur Ehe hatte sie sich zwar zwingen lassen, aber sie hatte Charles von vornherein deutlich zu verstehen gegeben, dass sie keine Kinder mit ihm haben wollte. Als sie das Olivia erklärte, stellte diese überrascht fest, dass sie dagegen Geoff nicht mehr lieben könnte, wenn er ihr eigenes Kind wäre. Für sie war er der Ersatz für die Kinder, die sie niemals bekommen würde.

»Ich nehme ihn gerne mit nach Croton«, sagte sie leise. »Aber du musst mir versprechen, dass du dann auch die Zeit mit Charles verbringst und dich nicht nur auf diesen Frauenrechtsversammlungen herumtreibst.«

»So, wie du darüber sprichst, klingt es, als seien diese Versammlungen etwas Schmutziges.« Victoria lachte. »Aber so ist es wirklich nicht. Wenn du jemals mit mir kämest, könntest du dich persönlich davon überzeugen. In den letzten Wochen hatte ich allerdings selbst keine Zeit mehr dazu, weil ich mit dem Krieg in Europa beschäftigt war.«

»Beschäftige dich stattdessen lieber mit deinem Gatten«, erwiderte Olivia streng. Victoria schlang die Arme um sie und gab ihr einen Kuss.

»Du bist wie immer meine Rettung«, sagte sie dankbar.

»Da bin ich mir dieses Mal gar nicht so sicher«, erwiderte Olivia ernst. »Du musst auch selbst etwas dazu beitragen.«

»Weißt du, alles wäre viel einfacher, wenn wir einfach tauschen würden«, erklärte Victoria voller Überzeugung, doch Olivia runzelte die Stirn.

»Ach ja? Meinst du das wirklich? Wie würde es dir denn gefallen, in Croton zu wohnen und Vater zu versorgen?« Olivia wusste, dass Victoria ein solches Leben bestimmt auch nicht gefiele. Sie erwartete viel mehr vom Leben. Olivia hoffte nur, dass Charles ihre Wünsche erfüllen könnte. Vielleicht würde sich das Problem ja lösen, wenn Victoria erst einmal eigene Kinder hätte.

Olivia packte Geoffreys Koffer, verstaute ihn mitsamt Hund und Plüschaffen im Auto und holte den Jungen von der Schule ab. Er war begeistert, als er hörte, dass er nach Croton fahren durfte. Er freute sich darauf, sein Pferd reiten und bei Olivia sein zu können. Ihren Vater nannte er mittlerweile »Grampa«.

Noch überraschter als Geoffrey war Charles, als er nach Hause kam und erfuhr, dass Olivia seinen Sohn mitgenommen hatte. »Und was ist mit der Schule?«, fragte er Victoria.

»Ach, er kann ruhig einmal ein paar Tage verpassen. Er ist ja schließlich erst zehn.«

»Du hättest mich wenigstens fragen können«, erwiderte Charles verdrossen. Allerdings erschien ihm die Aussicht, für eine Weile mit Victoria allein zu sein, recht reizvoll. Sie sah einfach wunderschön aus, ihre Augen strahlten, und in dem neuen Kleid, das Olivia ihr mitgebracht hatte, kam ihre Figur aufs Vorteilhafteste zur Geltung.

»Ich dachte, ich sollte ihm die Mutter ersetzen«, erwiderte Victoria scharf. Charles gefiel nicht, wie sie mit ihm sprach, doch auf der anderen Seite ließen sie ihre blitzenden Augen nur noch anziehender wirken.

»Ja, das sollst du auch, aber du hättest mich trotzdem fragen können«, sagte er ein wenig sanfter. »Aber es ist schon in Ordnung. Es wird Geoff gut tun, sich ein paar Tage auf dem Land aufzuhalten. Vielleicht sollten wir am Wochenende auch nach Croton fahren.« Eigentlich hätte Victoria schrecklich gerne ihre Schwester besucht, aber dadurch wäre Olivias sorgfältig durchdachte Taktik zerstört worden.

»Ein anderes Mal vielleicht«, erwiderte sie deshalb vage. »Dann können wir Geoff ja hier lassen und allein zu Vater und Olivia fahren.«

»Ohne Geoff?« Charles blickte sie mit großen Augen an. »Das würde er uns nie verzeihen.« Traurig fügte er hinzu: »Du bist nicht gerne mit ihm zusammen, Victoria, nicht wahr?«

»Ich kann es einfach nicht«, sagte sie und zündete sich eine Zigarette an. Die Gespräche mit Charles strengten sie zunehmend an. Sie wünschte, sie hätte all die Tugenden in ihm erkennen können, die ihre Schwester in ihm sah. Für sie war und blieb er einfach nur ein Fremder. »Ich bin nicht an Kinder gewöhnt.«

»Dabei ist er so ein unkompliziertes Kind«, sagte Charles niedergeschlagen. Sein Sohn brauchte die Liebe einer Mutter, doch Victoria würde sie ihm offenbar nie geben können. Charles dachte, dass es vielleicht daher rührte, dass sie selbst nie eine Mutter gehabt hatte, sondern von Olivia umsorgt worden war. »Ich wünschte, ihr würdet einander besser verstehen.«

»Olivia sagt genau das Gleiche im Hinblick auf uns.« Seine Frau lächelte ihn an.

»Hast du dich bei ihr beklagt?«, fragte er bedrückt. Er wollte seine Familienangelegenheiten eigentlich nicht in der Öffentlichkeit diskutieren, obwohl er schon vermutet hatte, dass es zwischen den Zwillingen keine Geheimnisse gab. »Hat sie deshalb Geoff mitgenommen? Damit wir allein sein können?«

»Ich habe ihr nur erzählt, dass ich Probleme habe, die Hausarbeit zu bewältigen«, erwiderte Victoria, aber er sah ihr an, dass sie ihrer Schwester alles anvertraut hatte.

»Mir wäre es wirklich lieb, wenn du nicht unsere Privatangelegenheiten mit Olivia besprechen würdest, Victoria«, sagte er und trat auf sie zu. »Es ist ein wenig taktlos.« Victoria nickte stumm. In diesem Augenblick erschien die Köchin und teilte den beiden mit, dass das Abendessen angerichtet sei, sodass Victoria einer Antwort enthoben wurde.

Die Stimmung bei Tisch war angespannt, und Charles zog sich gleich nach dem Essen in sein Arbeitszimmer zurück, um einige Akten durchzusehen. Victoria legte sich auf ihr Bett und las. Es war schon spät, als Charles ins Schlafzimmer trat. Er war erschöpft, weil er, wie so oft seit der Rückkehr aus Europa, viel gearbeitet hatte, aber der Anblick seiner Frau gab ihm neue Kraft und Hoffnung. Sie sah so süß aus in ihrem Spitzennachthemd und mit den offenen schwarzen Haaren, dass er ihr einfach nicht mehr böse sein konnte.

»Du bist ja noch wach«, sagte er lächelnd. Er ging ins Ankleidezimmer, um seinen Pyjama anzuziehen, und als er wiederkam, war sie immer noch in ihr Buch vertieft.

Pflichtbewusst legte sie die Lektüre beiseite, als er neben ihr ins Bett schlüpfte, und schaltete das Licht aus. Stumm lagen sie nebeneinander in der Dunkelheit.

»Es ist seltsam, allein im Haus zu sein, nicht wahr? Ich meine, jetzt, wo Geoff weg ist.« Charles hatte seinen Sohn gerne in seiner Nähe. Aber er war auch gerne mit Victoria allein, und der Gedanke daran, dass jetzt kein Kind nebenan schlief, begann ihn zu erregen. Victoria erwiderte nichts. Sie dachte an ihre Schwester und daran, wie sehr sie ihr fehlte. Am liebsten wäre sie auf der Stelle nach Hause gefahren. Diese Ehe war so schwierig und ermüdend, viel unerträglicher, als sie es sich vorgestellt hatte. Wenn sie es vorher gewusst hätte, hätte sie Charles nie geheiratet, sondern wäre eher ins Kloster gegangen.

»Woran denkst du?«, fragte er flüsternd und betrachtete sie forschend.

»An Gott«, erwiderte sie, aber er glaubte ihr nicht.

»Du lügst. Das überrascht mich. Du musst ja finstere Gedanken hegen.«

»Ja«, gab sie unschuldig zu.

Sanft streichelte er ihr über die Wange. »Du bist so schön«, flüsterte er und rückte ein Stück näher an sie heran, worauf sie sich sofort verkrampfte. »Victoria … bitte … nicht … vertraue mir …« Aber wie so oft sah sie immer nur Toby vor sich, und wieder spürte sie den brennenden Schmerz jener Nacht, als sie ihr Baby verloren hatte. »Ich will dir doch nicht wehtun.«

»Du liebst mich nicht«, erwiderte sie zu ihrem eigenen Erstaunen.

»Dann lass es mich lernen … vielleicht bringt es uns ja näher zusammen, wenn wir miteinander schlafen.« Aber sie konnte es nicht. Sie konnte nicht mit ihm schlafen, wenn sie sich ihm nicht nahe fühlte. »Irgendwann müssen wir doch anfangen, einander zu lieben ... einander zu vertrauen ...« Aber das war eine Lüge, und er wusste es. Er würde nie wieder einer Frau vertrauen, aus Angst, dass auch sie sterben und ihn allein lassen könnte. Genauso hatte er damals empfunden, als Olivia vom Pferd gestürzt war. Sie hatte so zart und zerbrechlich gewirkt, und wenn sie gestorben wäre ... Er würde dieses Gefühl nie wieder zulassen. »Lass mich lernen, dich zu lieben«, flüsterte er, aber Victoria wusste, dass er nur ihren Körper wollte. Und sie würde nie wieder einem Mann ganz gehören.

Und doch liebte Charles sie an jenem Abend, so sanft wie möglich, und es war nicht so schlimm wie sonst. Doch Victoria machte sich trotzdem keine Illusionen über die Gefühle, die sie für Charles hegte. Seine wiederholten Annäherungsversuche trieben sie eher immer weiter von ihm fort. Stumm drehten sie sich nach dem Liebesakt voneinander weg und schliefen ein.

Die folgenden Tage verbrachten sie getrennt voneinander mit ihren jeweiligen Aktivitäten, und wenn sie sich doch einmal sahen, so sprachen sie kaum miteinander. Sie waren nicht böse aufeinander, konnten aber die Distanz, die zwischen ihnen war, einfach nicht überbrücken. Und als Donovan am Sonntagabend Geoff nach New York zurückbrachte, war es fast eine Erleichterung, dass endlich wieder Leben ins Haus kam.

Olivia hatte dem Jungen neue Spielsachen gekauft, ihm eine Thermoskanne mit heißer Schokolade für die Fahrt mitgegeben und eine große Dose mit Plätzchen, die sie zusammen gebacken hatten. Voller Wehmut erkannte Victoria darin das fürsorgliche Wesen ihrer Schwester. Fast war sie ein wenig eifersüchtig auf den Jungen, der noch vor wenigen Stunden mit Olivia zusammen gewesen war, und sie fauchte ihn an, warum er sie denn nicht mitgebracht habe.

»Sie wollte nicht«, erwiderte Geoff gekränkt. »Grampa

hat schon wieder Husten, und sie wollte ihn nicht allein lassen. Der Arzt hat gesagt, es sei nur eine Bronchitis und keine Lungenentzündung, aber wir haben ihm Suppe gekocht, und Tante Ollie wollte ihm Umschläge machen.«

Victoria verzog enttäuscht das Gesicht. Sie hatte gehofft, ihre Schwester wiederzusehen, und jetzt konnte es Monate dauern, bis sie wieder zu Besuch kam, zumal, wenn ihr Vater krank war, was in der letzten Zeit immer häufiger vorkam.

Edwards Husten hielt tatsächlich an, und Olivia konnte Croton nicht verlassen. Da sie auch nicht wollte, dass Victoria Charles allein ließ und ohne ihn zu Besuch kam, sahen sich die Zwillinge erst an Thanksgiving wieder.

Mittlerweile war Edward wieder auf den Beinen, wenn auch etwas blasser und schmaler als sonst, und er freute sich, die Dawsons endlich wiederzusehen. Wenn er diesen Namen aussprach, hatte Victoria immer das Gefühl, sie sei damit nicht gemeint. Sie konnte sich nicht daran gewöhnen, einen anderen Namen als Henderson zu tragen, und sie sah auch nicht ein, warum Frauen sich in dieser Hinsicht den Männern unterwerfen sollten.

Das Wetter war ungewöhnlich schön für November, und Geoff ritt jeden Tag mit Olivia aus, sogar am Morgen des Thanksgivingtages. Sie war sehr stolz darauf, dass der Junge ein so guter Reiter geworden war. Er führte Charles seine Künste vor und erklärte, dass er Polo spielen wolle, wenn er erst älter sei.

Als sie sich zum Festessen an den Tisch setzten, waren alle guter Laune, nur Victoria wirkte angespannt. Sie hatte den Morgen in der Küche verbracht und lange Gespräche mit Bertie geführt. Die Gegenwart der alten Frau beruhigte sie immer, und sie fühlte sich dann in ihrem alten Zuhause nicht mehr ganz so fremd. Am liebsten hätte sie mit Olivia in einem Bett geschlafen, aber da sie mit Charles verheiratet war, musste sie mit ihm im Gästezimmer übernachten. Ihren Platz neben Olivia hatte jetzt Geoff eingenommen. Der Junge schien ohnehin der Liebling aller zu sein, denn ständig galt alle Aufmerksamkeit ihm.

Als er nach dem Abendessen zu Bett gegangen war, machte Victoria ihrem Ärger Luft. »Ach, hört doch auf, ihn ständig so zu verzärteln!«, giftete sie. »Er ist fast elf und kommt schon ganz gut allein zurecht. Was ist denn eigentlich so bemerkenswert daran, wenn er artig ist?« Die anderen schwiegen und schauten sie betroffen an. »Entschuldigung«, sagte sie schließlich verlegen und verließ eilig das Zimmer.

Olivia folgte ihr. »Es tut mir Leid«, stammelte Victoria beschämt. »Ich weiß nicht, was in mich gefahren ist. Ich konnte es nur nicht mehr hören, wie entzückend er ist.« Verblüfft stellte Olivia fest, dass ihre Schwester auf den kleinen Jungen eifersüchtig war.

»Du solltest dich bei Charles entschuldigen«, erwiderte sie sanft. Es zerriss ihr das Herz, dass ihre Schwester und ihr Schwager sich gegenseitig so viel Schmerz zufügten. Selbst Geoff hatte es schon bemerkt und ihr erzählt, dass sein Vater und Victoria sich jeden Tag beim Frühstück und beim Abendessen stritten.

»Ja, das werde ich tun.« Seufzend senkte Victoria den Kopf. »Vermutlich wird das ewig so weitergehen. Wir leben nebeneinanderher wie zwei Fremde, die absolut nichts Gemeinsames haben.«

Olivia musste unwillkürlich lächeln. »Du malst aber ein ziemlich düsteres Bild von deiner Ehe.«

»Aber es entspricht den Tatsachen, Ollie. Ich habe wirklich keine Ahnung, warum wir eigentlich zusammen sind. Und wenn Charles ehrlich wäre, würde er zugeben, dass er es ebenso wenig weiß.«

»Trotzdem solltest du noch einmal über das Ganze nachdenken«, erwiderte Olivia. Dann kehrten die Schwestern Hand in Hand zu den anderen zurück. Charles blickte Olivia lächelnd entgegen, als sie ins Zimmer trat.

»Geht es dir besser?«, fragte er.

»Ich … ja …« Sie wusste nicht, was sie sagen sollte. Victoria begann zu lachen.

»Ihr geht es gut. Ich bin die schreckliche Frau, mit der du verheiratet bist. Und ich möchte mich für mein schlechtes Benehmen entschuldigen.«

Dass Charles die Zwillinge wieder einmal verwechselt hatte, erheiterte alle, und sie verbrachten einen schönen Abend miteinander. Als sich dann das Wochenende in Croton dem Ende zuneigte und es an der Zeit war, nach New York zurückzukehren, verdüsterte sich Victorias Miene zusehends. In Henderson Manor war es so gemütlich gewesen, und sie wollte Ollie und ihren Vater eigentlich gar nicht wieder verlassen.

Als sie vorn im Packard neben Charles Platz genommen hatte, schaute Olivia ihre Schwester nachdenklich an. »Sei ein braves Mädchen«, flüsterte sie ihr zu. »Sonst komme ich in die Stadt und versohle dir eigenhändig den Hintern.«

»Versprich mir, dass du das tust«, gab Victoria traurig lächelnd zurück. Sie wünschte, Olivia hätte mit ihnen nach New York kommen können. Jeder Abschied von ihrer Schwester war wie ein kleiner Tod, und Olivia empfand es genauso. Charles betrachtete seine Frau schweigend, und ihm wurde wieder einmal klar, dass er ihr nie so nahe sein würde wie ihre Schwester. Das Band zwischen den beiden jungen Frauen war so stark, dass man kaum sagen konnte, wo die eine aufhörte und die andere anfing.

»Woher weiß ich eigentlich, welche von euch ich im Auto habe?«, fragte er scherzhaft, als sie heimfuhren.

»Das kannst du nicht wissen, das ist doch gerade das Lustige daran«, erwiderte Victoria im gleichen Tonfall, und beide lachten. Es war Charles immer noch peinlich, dass er die Zwillinge an Thanksgiving wieder einmal verwechselt hatte. Er musste sich wirklich in Acht nehmen, wenn sie beide da waren, sonst sagte er am Ende noch etwas Intimes zu Olivia, das gar nicht für ihre Ohren bestimmt war.

»Ich verstehe gar nicht, was du so lustig daran findest«, gab er schließlich zurück. »Wenn ich nun etwas gesagt hätte, das Olivia nicht hören darf?«

»Olivia und ich haben keine Geheimnisse voreinander.«

»Ich hoffe doch sehr, dass das nicht hunderprozentig der Wahrheit entspricht.« Lächelnd zuckte er mit den Schultern. Den Rest der Fahrt beanspruchte ihn Geoffrey, der ihm alles über sein Pferd und die Ausritte mit Olivia erzählte.

Die Wochen nach Thanksgiving vergingen wie im Flug, und schon bald stand Weihnachten vor der Tür. Charles und Victoria kauften Geschenke ein und besuchten zahlreiche Partys. Ein wenig peinlich war die Situation auf der Weihnachtsparty bei den Astors, bei der natürlich auch Toby und seine Frau zugegen waren, aber Victoria ging ihm aus dem Weg und war nur einmal kurz im Garten mit ihm allein.

Sie hatte gerade eine Zigarette geraucht, als er auf sie zukam. Sie wandte sich abrupt zum Gehen, doch er ergriff sie am Arm und hielt sie fest. Die Berührung jagte ihr einen Schauer durch den Körper.

»Toby, nicht… bitte…« Tränen traten ihr in die Augen, und sie blickte ihn flehend an.

»Ich möchte nur mit dir reden…« Er sah besser aus denn je und war offenbar betrunken. »Warum hast du ihn geheiratet?«, fragte er mit verletztem Gesichtsausdruck. Am liebsten hätte sie laut geschrien und auf ihn eingeschlagen. Es war alles seine Schuld. Wenn er damals den Mund gehalten hätte, wäre das alles nicht passiert.

»Du hast mir keine andere Wahl gelassen«, erwiderte sie kühl.

»Was soll das heißen? Du warst nicht …« Er blickte Victoria verwirrt an. Von der Schwangerschaft wusste er ja nichts.

»Du hast doch allen erzählt, ich hätte dich verführt«, sagte sie. Ihre Gefühle überwältigten sie. Sie wollte ihn hassen, konnte es aber nicht.

»Das war doch nur ein Scherz.«

»Aber kein besonders guter«, sagte sie, riss sich von ihm los und ging zurück ins Haus, wo Charles bereits nach ihr Ausschau hielt. Er wirkte erstaunt, als er Toby unmittelbar nach ihr hereinkommen sah, stellte ihr jedoch keine Fragen. Er wollte nicht wissen, was vorgefallen war, und sie wollte ihm auch nichts erzählen.

Am Tag darauf schickte Toby ihr zu ihrer Überraschung Blumen. Natürlich anonym, aber sie wusste genau, von wem sie kamen. Und obwohl sich ihre Gefühle für ihn erneut regten, warf sie die Rosen in den Abfall. Danach sandte er ihr eine Karte, auf der er sie um ein Treffen bat, und die er nur mit T. unterzeichnet hatte. Aber Victoria hatte absolut kein Verlangen danach, die Affäre mit ihm wieder aufleben zu lassen. Es war endgültig vorbei.

Wie gewöhnlich gingen Charles und Victoria ihre eigenen Wege, und die Begegnung mit Toby wurde nie wieder erwähnt. Als sie kurz vor Weihnachten mit Geoffrey nach Croton aufbrachen, waren sie alle drei bester Stimmung. Victoria hatte sogar an ein Geschenk für Geoff gedacht. Sie hatte ihm ein kompliziertes Spiel gekauft, das angeblich genau das Richtige für zehnjährige Jungen sein sollte.

Auf der Fahrt nach Croton unterhielten sie sich fast nur über den Krieg. Victoria war so fasziniert von diesem Thema, dass sie sich kaum noch mit der Frauenrechtsbewegung beschäftigte. Charles war beeindruckt von ihrem Wissen, aber er redete nicht so gerne über dieses Thema wie sie. Mittlerweile reichte die Westfront in Europa von der Nordsee bis zu den Schweizer Alpen, und die Franzosen, Engländer und Belgier kämpften gemeinsam gegen die Deutschen.

»Wir werden nicht hineingezogen werden, Victoria, aber der Krieg ist äußerst gewinnträchtig für uns«, erklärte Charles seiner Frau. Die Amerikaner verkauften Waffen und Munition an die am Krieg beteiligten Länder.

»Ich finde das widerlich«, erwiderte sie hitzig. »Dann könnten wir genauso gut hingehen und die Menschen höchstpersönlich umbringen, statt heuchlerisch unsere Hände in Unschuld zu waschen.«

»Nun sei doch nicht eine solche Puristin, du meine Güte!«, sagte er. Ihre Naivität erstaunte ihn. »Was glaubst du denn, womit die Leute ihr Geld verdienen? Was glaubst du, was in dem Stahlwerk hergestellt wird, das früher deinem Vater gehörte?«

»Mir wird übel, wenn ich nur daran denke.« Victoria blickte aus dem Fenster und dachte an die Männer, die die Weihnachtstage im Schützengraben verbringen mussten. Sie dachte, dass man unter diesen Umständen Weihnachten eigentlich gar nicht feiern sollte. »Gott sei Dank hat er es verkauft«, murmelte sie. Es betrübte sie, dass Charles ihre Ansichten nicht teilte. Er war so pragmatisch und bodenständig. Ihm ging es immer nur um seine Arbeit und um Geoffrey.

Als sie in Croton eintrafen, erfuhr Victoria, dass Edward wieder krank war. Dieses Mal war aus der Erkältung, die er sich zwei Wochen zuvor zugezogen hatte, eine Lungenentzündung geworden. Er war schwach und abgemagert und kam nur am Weihnachtsmorgen einmal kurz nach unten, um seinen Töchtern ihre Weihnachtsgeschenke zu überreichen, zwei wunderschöne, identische Diamantcolliers. Die Zwillinge legten sie sofort an, obwohl sie noch ihre Morgenmäntel trugen. Charles schenkte seiner Frau ein hübsches Mieder und Diamantohrringe, die wunderbar zu dem Collier passten. Anschließend küsste er Olivia flüchtig auf die Wange und überreichte ihr einen Schal und einen Gedichtband. Überrascht stellte Victoria fest, dass es eines der Bücher war, die früher Susan gehört hatten.

»Warum schenkt er es dir?«, flüsterte sie und blickte ihre Schwester fragend an.

»Vielleicht erträgt er es nicht, es zu behalten. Und dir kann er es nicht schenken, weil du doch Gedichte nicht ausstehen kannst.« Olivia lächelte, obwohl das Geschenk sie eigentlich verlegen machte.

Als Olivia Geoffrey sein Geschenk überreichte – zwei Spielzeuggewehre, die Nachbildung einer Kanone und eine ganze Armee kleiner Spielzeugsoldaten –, kam es zu einer Auseinandersetzung zwischen den beiden Schwestern. Olivia hatte die Spielsachen schon Monate zuvor bestellt, und Geoff war außer sich vor Freude. Victoria ging wütend auf ihre Schwester los.

»Wie konntest du nur so etwas Abstoßendes für den Jungen aussuchen?«, schrie sie. »Genauso gut hättest du die Sachen gleich mit Blut beschmieren können, das wäre wenigstens ehrlich gewesen.« Tränen standen ihr in den Augen, und sie zitterte am ganzen Leib. Als sich später herausstellte, dass Geoffrey das Spiel, das Victoria ihm geschenkt hatte, viel zu kompliziert und langweilig fand, wurde alles noch schlimmer.

»Ich hatte doch keine Ahnung, dass du etwas dagegen hast…«, stammelte Olivia. »Es ist doch nur Spielzeug, Victoria. Und er spielt so gerne Soldat.«

»Mir ist gleich, was er gerne tut! In Europa sterben die Männer zu tausenden in den Schützengräben. Das ist kein Spiel, kein Spaß! Es sind Menschen aus Fleisch und Blut… und du machst kleine Spielzeuge daraus. Ich kann das einfach nicht ertragen!« Weinend wandte sie sich ab, und Geoffrey fragte seinen Vater besorgt, ob er Tante Ollie das Geschenk zurückgeben müsse. Beruhigend schüttelte Charles den Kopf. Später, nachdem sich alle angekleidet hatten, machte Charles mit seiner Frau einen Spaziergang zum Grab ihrer Mutter.

»Du darfst dich nicht so aufregen«, sagte er sanft. »Deine Schwester hat es doch nicht böse gemeint. Sie versteht deine Gefühle nicht.« Bei diesen Worten musste er sich allerdings eingestehen, dass auch er sie nicht verstand.

»Ich kann nicht mehr«, erwiderte sie kläglich. »Ich kann nicht mehr deine Frau sein. Ich bin für dieses Leben nicht geschaffen, Charles. Alle wissen es, nur du willst es nicht sehen. Selbst Geoff weiß es.« Sie war es leid, ein Leben führen zu müssen, das nicht zu ihr passte. »Es war ein Fehler, dass ich mich von Vater zu der Heirat habe zwingen lassen. Er hätte mich besser fortschicken sollen. Ich kann so einfach nicht leben.« Sie begann zu schluchzen und sah so unglücklich aus, dass er es endlich wagte, ihr die Frage zu stellen, die ihn seit der Party bei den Astors quälte.

»Triffst du dich wieder mit Tobias Whitticomb? Liegt es daran?«, fragte er traurig.

»Nein«, erwiderte sie kühl. »Glaubst du wirklich, dass ich dich betrüge? Ich täte es wahrscheinlich besser, das wäre zumindest unterhaltsamer.« Kaum hatte sie es ausgesprochen, tat es ihr schon wieder Leid, aber sie war auch nicht in der Lage gewesen, die Worte zurückzuhalten. Schweigend stand sie neben Charles am Grab ihrer Mutter.

»Ich weiß nicht, was ich sagen soll«, murmelte er schließlich. Er bedauerte bereits, dass er sie auf Toby angesprochen hatte, aber diese Frage hatte ihm auf der Seele gebrannt, seit die Köchin ihm von den Rosen im Abfall erzählt hatte.

»Soll ich gehen?« Sie blickte ihn verzweifelt an, und er legte den Arm um sie.

»Natürlich nicht. Ich will, dass du bleibst. Wir schaffen das schon. Wir sind doch erst seit sechs Monaten verheiratet, und es heißt immer, das erste Jahr sei das schwierigste.« Bei seiner ersten Ehe war es jedoch nicht so gewesen. Das erste Jahr mit Susan war einfach idyllisch gewesen. »Ich werde versuchen, vernünftiger zu sein, und du versuchst, etwas mehr Geduld aufzubringen. Was soll jetzt mit Geoffreys Spielzeugsoldaten werden? Er wird sie nicht gerne wieder hergeben wollen, aber wenn du willst, rede ich mit ihm.«

»Nein.« Victoria putzte sich die Nase. »Er würde mich dafür noch mehr hassen, als er es ohnehin schon tut. Das Spiel, das ich ihm gekauft habe, ist dumm. Ich habe nun einmal keine Ahnung, was Geoff gefällt, und die Frau in dem Laden hat gesagt, es wäre genau das Richtige für ihn. Aber noch nicht einmal ich verstehe es.«

»Ich auch nicht.« Er lachte. »Aber ich werde es lernen. Ich kann alles lernen, wenn du es mir beibringst.« Aber Victoria wollte ihrem Mann nichts beibringen; sie wollte einfach nur davonlaufen.

Nach einer Weile gingen sie langsam zum Haus zurück. Am Nachmittag sprach Victoria mit ihrer Schwester.

»Das mit dem Kriegsspielzeug tut mir Leid«, sagte Olivia. »Ich hatte keine Ahnung, dass es dich so aufregt.«

»Es ist schon in Ordnung. Vielleicht benehme ich mich ja albern. Ich beschäftige mich so sehr mit dem Krieg in Europa, dass er für mich ganz real geworden ist. Manchmal vergesse ich einfach, dass wir nichts damit zu tun haben. Ich bin froh, dass Vater das Stahlwerk verkauft hat, sonst würde ich heutzutage wahrscheinlich dagegen demonstrieren.« Sie setzte sich neben ihre Schwester in einen Sessel, und noch bevor sie weitersprach, wusste Olivia, dass Victoria etwas von ihr wollte. »Du musst mich da herausholen, Ollie«, flüsterte sie verschwörerisch. »Zumindest für eine Zeit lang. Ich drehe sonst völlig durch. Ich kann nicht mehr.«

Olivia warf ihr einen unbehaglichen Blick zu. »Soll ich besser schon ablehnen, bevor du sagst, was du von mir verlangst? Ich will es nämlich gar nicht hören.«

»Ollie … bitte, nimm meinen Platz ein … nur für kurze Zeit … lass mich wegfahren, damit ich in Ruhe nachdenken kann, bitte … Ich kann nicht mehr!« Flehend blickte Victoria ihre Zwillingsschwester an. Ollie spürte ihren Schmerz, aber sie war davon überzeugt, dass es keine Lösung wäre, wenn sie Victorias Platz einnähme. Sie schüttelte den Kopf.

»Du weißt nicht, was du da sagst«, erwiderte sie leise. »Wenn wir tauschten, hätte das katastrophale Folgen. Wenn Charles es herausfände? Ich kann doch nicht so tun, als sei ich seine Frau. Er würde es innerhalb von fünf Minuten merken. Und selbst wenn nicht – es ist nicht richtig, Victoria. Ich werde es nicht tun.«

Weinend flehte Victoria ihre Schwester an. »Ich weiß, dass es nicht richtig ist. Aber wir haben es doch schon tausendmal gemacht. Und ich schwöre dir, Charles wird es nicht merken … er kann uns nicht auseinander halten.«

»Letztendlich wird er es doch merken. Oder Geoff. Ich will nichts mehr davon hören, verstehst du mich?« Wütend blitzte Olivia ihre Schwester an. Victoria musste endlich begreifen, dass es nicht die Lösung war, wenn sie die Rollen tauschten. Victoria nickte stumm. Sie widersprach nicht, sondern blickte Olivia nur verzweifelt an, bevor sie langsam das Zimmer verließ.

18

Während der Weihnachtstage erwähnten die Schwestern das Thema mit keinem Wort mehr, aber als die Dawsons abfuhren, wirkte Victoria ungewöhnlich niedergeschlagen. Olivia machte sich Sorgen. Eigentlich hatte sie die beiden ein oder zwei Wochen später in der Stadt besuchen wollen, aber dann verschlechterte sich der Gesundheitszustand ihres Vaters wieder, und auch Olivia bekam die Grippe. So war es bereits Ende Februar, als sie endlich nach New York aufbrach. Zwischen den Eheleuten hatte sich nichts geändert, im Gegenteil, Victoria war noch reizbarer als sonst, und Charles sah man an, dass es ihm nicht gut ging. Am zweiten Tag von Olivias Besuch bekam Geoff Fieber.

Victoria war ausgegangen, und als das Fieber immer weiter stieg, rief Olivia den Arzt. Sie verständigte auch Charles, der sofort aus der Kanzlei nach Hause kam.

»Wo ist Victoria?«, fragte er, und Olivia musste widerstrebend zugeben, dass sie keine Ahnung hatte. Mittlerweile hatte Geoff Ausschlag und einen bösen Husten bekommen, und der Arzt erklärte, er habe die Masern.

Victoria kam erst um sieben Uhr abends nach Hause und erfuhr dort, dass Geoff erkrankt sei. Sie hatte sich im britischen Konsulat einen besonders interessanten Vortrag über deutsche U-Boote angehört und anschließend noch mit den anderen Zuhörern diskutiert. Sie hatte insgeheim gehofft, dass auch Charles später nach Hause kommen würde.

»Was fehlt dem Jungen?«, flüsterte sie jetzt Olivia zu, die dem Jungen die Stirn mit einem feuchten Schwamm abtupfte.

»Er hat die Masern. Der arme Kerl, es hat ihn richtig erwischt. Ich wünschte, er wäre bei mir in Croton. Ich habe schon überlegt, ob ich Bertie kommen lassen soll. Er wird mindestens zwei Wochen lang krank sein. Wenn du möchtest, bleibe ich so lange hier.« Sie warf Victoria einen fragenden Blick zu, kannte jedoch die Antwort bereits.

»Oh Gott … ja, bitte bleib … Wie geht es Charles?«, erwiderte Victoria, die wissen wollte, ob ihr Mann böse auf sie war.

»Ich glaube, er hat sich Sorgen um dich gemacht«, sagte Olivia. Das war eine höfliche Umschreibung, denn in Wahrheit war Charles sehr wütend darüber gewesen, dass Victoria sich so verspätet hatte. Spätabends im Schlafzimmer stellte er seine Frau zur Rede.

»Und wo gibst du dieses Mal vor, gewesen zu sein?«, fragte er mit einem sarkastischen Unterton in der Stimme.

»Ich habe es dir doch gesagt: Ich war im Britischen Konsulat und habe einen Vortrag über U-Boote gehört.«

»Wie faszinierend! Mein Sohn hat hohes Fieber, und du gehst zu einem Vortrag über U-Boote. Fantastisch!«

»Ich kann nicht hellsehen, Charles. Ich wusste schließlich nicht, dass Geoff krank werden würde«, erwiderte Victoria mit vorgetäuschter Ruhe. In Wahrheit zerrten die ständigen Streitereien mit Charles an ihren Nerven.

»Du sollst für ihn da sein!«, schrie er sie an. »Ich kann nicht ständig aus dem Büro nach Hause kommen, nur weil niemand weiß, wo sich seine Mutter herumtreibt!«

»Seine Mutter ist tot, Charles. Ich bin nur die Stellvertreterin«, entgegnete sie kühl.

»Und keine besonders gute. Deine Schwester kümmert sich besser um den Jungen als du.«

»Dann solltest du sie vielleicht heiraten. Sie hat viel größere hausfrauliche Qualitäten als ich und gäbe eine wesentlich bessere Ehefrau ab.«

»Dein Vater hat sie mir aber nicht angeboten«, erwiderte Charles unglücklich. Die Ehe war eine große Enttäuschung für ihn, doch er fand einfach keinen Ausweg. Sie mussten zusammenbleiben, bis einer von ihnen starb. Victoria hatte zwar schon von Scheidung gesprochen, aber das kam für Charles nicht in Frage.

»Vielleicht wäre Vater jetzt bereit, uns auszutauschen, wenn du ihn darum bätest. Warum fragst du ihn nicht einfach?«, erwiderte sie scharf. Sie fühlte sich in dieser Ehe genauso gefangen wie er. Und die Tatsache, dass sie seit Januar jegliche ehelichen Aktivitäten eingestellt hatten, trug noch zu ihrer Entfremdung bei.

»Du kannst dir deine witzigen Vorschläge sparen«, sagte Charles niedergeschlagen. »In Zukunft erwarte ich von dir, dass du jeden Tag hier bist und dich um unseren Sohn kümmerst – meinen Sohn, wenn dir das lieber ist ... Ist das klar?«

»Jawohl, Sir«, erwiderte Victoria und knickste spöttisch. Dann fügte sie ernst hinzu: »Macht es dir etwas aus, wenn meine Schwester mir hilft?«

»Es ist mir gleichgültig, wer von euch beiden sich um ihn kümmert«, sagte er. »Ich kann euch sowieso nicht auseinander halten.«

»Ich werde mit ihr reden«, erklärte sie und rauschte aus dem Zimmer. Am liebsten hätte sie bei Olivia geschlafen, aber das hätte Charles nur noch wütender gemacht. Er hatte zwar gesagt, dass er nicht die Absicht habe, Victoria jemals wieder anzurühren, aber er mochte es nicht, wenn andere Menschen – und vor allem nicht Olivia – in ihre Privatangelegenheiten hineingezogen wurden.

»Wie geht es Charles?«, fragte Olivia leise. Sie saß am Fußende von Geoffreys Bett. Der Junge schlief, aber das Fieber war noch nicht gesunken.

»Er ist ziemlich wütend.« Victoria lächelte ihre Schwester an. Selbst unter diesen Umständen genoss sie es, Olivia bei sich zu haben.

Letztendlich blieb Olivia fast einen Monat lang in dem kleinen Haus am East River. Geoffrey war drei Wochen lang krank, und Olivia ließ ihn keinen Moment lang allein. Natürlich hatte auch Charles das bemerkt, allerdings hatte er den Eindruck, dass Victoria zumindest einen Teil der Pflege übernommen hatte. Er hatte sie bei dem Jungen sitzen sehen und war erleichtert darüber gewesen. Was er jedoch nicht wusste, war, dass es immer nur Olivia gewesen war, die ihn lediglich in dem Glauben gelassen hatte, sie sei Victoria. Das war die einzige Täuschung, die sie zuließ. Victoria hatte sie seit Weihnachten nie mehr darum gebeten, mit ihr zu tauschen, und Olivia glaubte, dass ihre Schwester endlich zu Verstand gekommen sei.

Die Situation zwischen den Eheleuten war während ihres Besuchs immer angespannter geworden, aber immer noch hoffte Olivia, dass sich mit der Zeit alles bessern würde. Vielleicht würden sie ja eines Tages noch ein gemeinsames Kind bekommen. Victoria hatte ihrer Schwester nicht gesagt, dass dies nie der Fall sein würde. Und sie hatte ihr auch nicht erzählt, dass Charles sie in letzter Zeit immer häufiger beschuldigte, dass sie sich wieder mit Toby träfe, da er nie genau wusste, wo sie sich gerade aufhielt. Charles glaubte nämlich, dass Victoria ihre Gefühle für Toby nie richtig überwunden hatte.

Als Olivia dann Ende März wieder in Croton eintraf, war sie völlig erschöpft. Geoffreys Pflege hatte sie sehr beansprucht, außerdem war die Atmosphäre im Haus anstrengend für sie gewesen. Sie war froh, endlich wieder ihr eigenes Leben führen zu können. So sehr sie ihre Schwester auch liebte, sie musste sich eingestehen, dass es eine gewisse Erleichterung darstellte, sie für eine Weile nicht sehen zu müssen.

Über die Ostertage kamen die Dawsons zu Besuch nach Croton-on-Hudson. Alle waren in gedrückter Stimmung. Charles und Victoria kamen sich vor, als befänden sie sich seit zehn Monaten im Krieg, und Geoffrey litt noch unter den Nachwirkungen seiner Erkrankung. Erschreckt erfuhr Olivia, dass zwei Mädchen aus seiner Klasse an Masern gestorben waren. Charles bedankte sich noch einmal herzlich bei ihr, dass sie sich so gut um Geoff gekümmert hatte, und ihr Herz flog ihm entgegen.

Kurz vor der Abreise, als Olivia schon glaubte, Victoria habe sich nun endlich in ihr Schicksal ergeben, suchte sie Olivia in ihrem Zimmer auf.

»Ich muss mit dir reden«, sagte sie angespannt. Für den Bruchteil einer Sekunde hoffte Olivia, ihre Schwester würde ihr erzählen, dass sie schwanger sei, aber Victoria machte diese Hoffnung sofort zunichte.

»Ich gehe.«

»Was?«

»Du hast richtig verstanden, Olivia. Ich halte es nicht einen Tag länger aus.«

»Das kannst du Charles und Geoffrey doch nicht antun! Wie kannst du nur so selbstsüchtig sein?«

»Ich sterbe, wenn ich weiter bei ihm bleibe. Ich bin mir absolut sicher, Ollie.« Erregt ging Victoria im Zimmer auf und ab. »Nimm meinen Platz ein, bitte! Ich werde so oder so gehen … aber wenn du mit mir tauschst, kannst du wenigstens für die beiden sorgen.«

»Wohin willst du denn gehen?«, fragte Olivia entsetzt.

»Nach Europa, wahrscheinlich nach Frankreich. Ich kann in der Nähe der Front arbeiten; vielleicht kann ich ja einen Rettungswagen fahren.«

»Wie willst du das denn Vater erklären?«, erwiderte Olivia schluchzend. »Und du sprichst doch gar nicht richtig Französisch! Ich habe damals alle Arbeiten für dich geschrieben.«

»Die Sprache werde ich schon lernen ... oh, Ollie, weine nicht, bitte. Tu es für mich ... Nur für drei Monate, mehr will ich ja gar nicht. In drei Wochen gehe ich aufs Schiff, und am Ende des Sommers bin ich wieder zurück. Ich muss es einfach tun. Ich möchte etwas Wichtiges leisten, für andere Menschen da sein. Bitte!« Sie klang so entschlossen, dass Olivia es mit der Angst zu tun bekam.

»Bleib hier, dann kannst du mir im Haushalt helfen. Um einen Beitrag zu leisten, brauchst du doch nicht so weit fortzugehen. Ach, Victoria«, weinte sie, »geh nicht ... bitte. Was, wenn dir etwas passiert?« Sie konnte den Gedanken nicht ertragen, ihre Schwester zu verlieren. Es war schon schwer genug gewesen, sich daran zu gewöhnen, dass sie in New York lebte, aber Europa ...

»Mir passiert schon nichts, ich verspreche es dir.« Victoria umarmte ihre Schwester. »Ich kann so nicht mehr leben. Charles und ich passen einfach nicht zusammen.«

»Warum sprichst du nicht einfach mit ihm darüber?«, fragte Olivia und putzte sich die Nase. »Erklär es ihm doch. Er ist ein intelligenter Mann, vielleicht versteht er es ja.«

»Er würde mich nie fahren lassen«, erwiderte Victoria voller Überzeugung, und Olivia konnte ihr noch nicht einmal widersprechen.

»Und wenn ich deinen Platz einnehme?« Nachdenklich blickte Olivia sie an. »Sollen sie denn denken, ich sei fortgegangen?«

»Wir können ja sagen, dass du für ein paar Monate nach Kalifornien fährst, um in Ruhe über dein Leben nachdenken zu können.«

»Alle werden sagen, ich hätte Vater im Stich gelassen«, erwiderte Olivia kopfschüttelnd.

»Ich glaube, Vater würde es verstehen«, sagte Victoria aufgeregt. Sie hatte auf einmal das Gefühl, dass sich Olivia vielleicht doch noch auf ihren Vorschlag einlassen würde. »Und Charles wird dich nicht anrühren. Wir sind uns schon seit Monaten nicht mehr nahe gekommen, weil wir es beide nicht wollen«, erklärte sie ihrer Schwester eifrig. Olivia blickte sie entsetzt an. Und sie hatte die ganze Zeit gehofft, dass Victoria schwanger werden würde!

»Warum?«, fragte sie entgeistert. Charles wirkte so vital und lebendig, und er war doch noch so jung. Sie verstand es nicht, aber vielleicht hatte ihre Schwester es ja so gewollt.

»Ich weiß nicht, warum«, entgegnete Victoria. »Vielleicht gibt es zu viele Gespenster zwischen uns … Susan … Toby … Es stimmt einfach nicht zwischen uns, und wir lieben einander nicht.«

»Das kann ich nicht glauben«, erklärte Olivia fest.

»Es ist aber so«, sagte Victoria. »Wir schlafen nicht miteinander. Ich liebe ihn nicht, und ich glaube auch nicht, dass ich je lernen werde, ihn zu lieben.«

»Und wenn du zurückkommst? Was soll dann anders sein?«

»Vielleicht habe ich dann den Mut, ihm zu sagen, dass ich ihn verlasse.«

»Und wenn ich nicht mit dir tauschen will?«

»Ich gehe so oder so. Und ich werde ihm nicht sagen, wo ich hingehe. Er darf mich nicht finden. Ich werde dir an unsere Adresse auf der Fifth Avenue schreiben. Niemand wird merken, wenn du die Briefe dort abholst.« Olivia stellte entsetzt fest, dass ihre Schwester bereits alles genau geplant hatte. Das größte Problem war jedoch ihr Vater. Sie hatte Angst, ihm das Herz zu brechen, aber letztendlich war die Bindung an ihre Schwester stärker als die Liebe zu ihm. Trotzdem wandte sie ein:

»Vater würde es sofort merken, Victoria. Er ist außer Bertie der Einzige, den wir nicht täuschen können.«

»Du musst dich einfach ein bisschen mehr wie ich benehmen. Sei nicht so nett zu ihm.« Victoria grinste, worauf Olivia ihr mit dem Finger drohte.

»Schäm dich. Wie kannst du nur so etwas sagen?«

»Weil ich grässlich bin … na gut, ich werde in den nächsten drei Wochen etwas netter zu ihm und Charles sein, dann wird es nicht so auffallen, wenn du meinen Platz einnimmst. Ich werde auch aufhören zu rauchen … oh Gott, was für ein Gedanke!« Sie grinste. »Und ich werde nur noch ab und zu ein Glas Sherry trinken – aber nur, wenn Charles ihn mir anbietet.« Lächelnd blickte sie ihre Schwester an.

»Was für große Opfer«, erwiderte Olivia sarkastisch. »Wie kommst du eigentlich darauf, dass ich mich auf diese Sache einlasse?«

»Sagst du denn ja?« Victoria hielt den Atem an.

»Ich weiß nicht …«

»Wirst du denn darüber nachdenken?«

»Vielleicht.« Es war eine Chance, mit Charles und Geoffrey zusammen zu sein, und vielleicht hielte sie ja Victoria dadurch davon ab, ihre Ehe völlig zu zerstören. Möglicherweise würde Charles auf diese Weise nie merken, dass Victoria gegangen war, und wenn sie dann zurückkäme, würde vielleicht doch noch alles gut werden.

»Bitte!« Victoria blickte ihre Schwester flehend an. »Vater wird schon nichts passieren, und du bist ja auch in der Nähe.«

»Ja, schon, aber er würde bestimmt glauben, ich hätte ihn im Stich gelassen«, erwiderte Olivia traurig.

»Vielleicht ist das gar nicht so verkehrt«, sagte Victoria. »Schließlich denkt er sich ja auch nichts dabei, dich hier festzuhalten und dir jede Möglichkeit zu nehmen, einen Mann zu finden.«

»Ich will gar keinen Mann finden«, erwiderte Olivia lachend. »Ich bin mit meinem Leben zufrieden.« Doch insgeheim dachte sie, dass sie jetzt vielleicht mit Charles zusammen wäre, wenn Victoria ihn nicht hätte heiraten müssen. Und wenn sie nicht mit Victoria tauschen würde, würde sie nie erfahren, wie es sich als verheiratete Frau lebte.

»Nimm dir meinen Mann, so lange du willst«, erklärte Victoria fröhlich. »Für drei Monate oder für ein ganzes Leben.«

»Du tätest gut daran, am Ende des Sommers zurückzukehren, sonst erzähle ich allen die Wahrheit und hole dich höchstpersönlich in Frankreich ab«, erwiderte Olivia nachdrücklich. Victoria lachte.

»Sie würden uns wahrscheinlich beide ins Gefängnis werfen.«

»Das würde dir vermutlich sogar gefallen.« Olivia stöhnte leise auf.

»Möglich.« Lachend umschlang Victoria ihre Schwester. »Bitte sag ja, Olivia … bitte … Danach werde ich ganz brav sein, ich schwöre es. Ich werde Zierdeckchen besticken und Schuhe putzen … und dich nie wieder bitten, mit mir zu tauschen. Nur noch dieses eine Mal, bitte …«

»Nur wenn du versprichst, zurückzukommen und eine gute Ehefrau und Mutter zu werden.«

Victorias Lächeln erlosch, und sie warf ihrer Schwester einen nachdenklichen Blick zu. »Das kann ich dir nicht versprechen. Ich weiß nicht, was geschehen wird. Vielleicht will er mich ja gar nicht zurückhaben.«

»Er darf nur nie erfahren, dass du fort gewesen bist«, erwiderte Olivia leise. »Wann fährst du?«

»Am ersten Mai.« Das war erst in drei Wochen, sodass noch Zeit genug bliebe, Edward auf Olivias Reise nach Kalifornien vorzubereiten und alle Vorkehrungen zu treffen. Olivia nickte seufzend, und Victoria stieß einen

Jubelschrei aus. Überrascht stellte Olivia fest, dass auch sie sich freute, und aufgeregt wie zwei ungezogene Kinder besprachen sie ihren Plan.

Anschließend gingen die Schwestern Arm in Arm nach unten. In der Halle spielte Geoffrey mit seinen Spielzeugsoldaten. Victoria steckte die Hand mit dem Ehering in die Tasche und strahlte den Jungen an.

»Das scheint mir ja ein aufregendes Spiel zu sein«, sagte sie und strich ihm zärtlich durch das Haar. »Möchtest du Limonade und Plätzchen?« Geoff lächelte sie strahlend an. In diesem Moment runzelte Olivia die Stirn.

»Ich wünschte, du würdest nicht mit diesen Sachen spielen. Es ist ein dummes Spiel«, erklärte sie kühl. Geoff murmelte eine leise Entschuldigung, wandte sich aber trotzdem wieder seinen Soldaten zu.

»Tut mir Leid, Victoria. Dad hat es mir erlaubt ...« Dann zwinkerte er verschwörerisch jener Frau zu, die er für Ollie hielt. Zum ersten Mal hatten die Zwillinge den Jungen getäuscht.

»Es wird schon alles gut gehen«, flüsterte Victoria ihrer Schwester zu, als sie in die Küche gingen. Olivia schenkte ein Glas Limonade für Geoffrey ein und fragte sich, ob sie seinen Vater wohl auch so leicht würden täuschen können.

19

Am schwersten fiel es Olivia, sich auszudenken, was sie ihrem Vater sagen sollte. Glücklicherweise ging es ihm in der letzten Zeit wesentlich besser, sodass er sogar mit dem Gedanken spielte, Victoria in New York zu besuchen. Doch jetzt riet ihm Olivia davon ab – es hätte alles nur noch komplizierter gemacht. Sie erinnerte ihn daran, dass Victoria und Geoff ohnehin im Juni zu Besuch kommen wollten, und schlug vor, dass er bis dahin lieber in seinem bequemen Haus in Croton bleiben solle.

Charles hatte vor, für den Sommer ein Haus an der Küste zu mieten, wo Geoff und Victoria sich den ganzen Juli und August lang aufhalten sollten. Auch Olivia hatte Charles eingeladen. Er konnte ja nicht ahnen, dass sie sowieso bei ihnen sein würde. Olivia hoffte inständig, dass die echte Victoria nach den Sommerferien wieder zurück sein würde.

Eines Tages, als Olivia gerade über den Inhalt des Briefes nachgrübelte, den sie ihrem Vater hinterlassen wollte – sie war zu dem Entschluss gekommen, die Reise nach Kalifornien mit religiösen Motiven zu begründen –, fragte er unvermittelt: »Was glaubst du eigentlich, wie Charles und Victoria miteinander auskommen? Ich mache mir manchmal Sorgen um sie.« Und nach einer Weile fuhr er fort: »Charles ist ein netter Mann, aber man kann spüren, dass Victoria nicht glücklich mit ihm ist.« Erschrocken blickte Olivia ihren Vater an.

»Ich weiß nicht, ob das stimmt. Ich glaube, es ist ziemlich normal, dass sie sich erst aneinander gewöhnen müssen. Er hat seine erste Frau sehr geliebt, und die neue Situation ist sicher nicht einfach für ihn und für Geoff«, erwiderte Olivia ausweichend.

»Ich hoffe, du hast Recht. Victoria kam mir ziemlich ruhelos und nervös vor, als sie das letzte Mal hier war.« Olivia wandte sich ab. Edward sollte nicht sehen, dass ihr die Tränen in die Augen traten. Seine nächste Frage erschreckte sie noch viel mehr. »Und du, mein Liebes? Fühlst du dich ohne deine Schwester nicht zu einsam hier?«

»Manchmal fehlt sie mir schrecklich«, erwiderte Olivia, »aber ich liebe dich, Vater. Wo immer ich auch sein werde, ich werde dich immer lieben.« Er sah ihr an, dass sie etwas bedrückte, hielt es jedoch für das Beste, sie nicht danach zu fragen.

»Du bist ein gutes Kind« – er tätschelte ihr die Hand – »und ich liebe dich auch.« Er seufzte und machte sich auf den Weg in den Garten.

An jenem Abend schrieb Olivia in dem Brief an ihren Vater zum wiederholten Mal, dass sie ihn liebte. Sie wollte den Brief mit nach New York nehmen und ihn dann wieder mitbringen, wenn sie als Victoria zurückkäme; so erschien es ihr am ungefährlichsten. Schließlich konnte sie den Brief nicht Bertie in die Hand drücken und sie bitten, ihn drei Tage später ihrem Vater zu geben.

Sie schrieb, das Leben ohne Victoria fiele ihr sehr schwer, und sie müsse jetzt zu sich selbst finden und ihren eigenen Weg gehen. Sie wolle Freunde besuchen und sich dann für eine Weile in Kalifornien in ein Kloster zurückziehen. Olivia fand selbst, dass das ein wenig verrückt klang, aber etwas Besseres fiel ihr nicht ein. Zum Schluss versicherte sie noch, dass er sich keine Sorgen machen solle, dass sie schreiben und am Ende des Sommers heimkehren würde. Edward solle sich keine Vorwürfe machen, dass er sie aus dem Haus vertrieben hätte, sie liebe ihn über alles, aber sie brauche jetzt Zeit für sich, um danach mit neuer Kraft wieder für ihn da zu sein. Danach schrieb sie noch einen Brief an Geoff und eine kurze Notiz an Bertie, in der lediglich stand, dass sie bald wieder zurück sein würde und dass Bertie sich um ihren Vater kümmern solle. Als sie mit »Ich liebe dich, Ollie« unterschrieb, konnte sie vor lauter Tränen kaum noch das Papier erkennen. In der Nacht wälzte sie sich ruhelos im Bett und dachte über den Wahnsinn ihres Unterfangens nach. Sie konnte nur hoffen, dass ihr Vater gesund bliebe und Charles den Rollentausch nicht bemerken würde.

Am nächsten Morgen verabschiedete sie sich mit einem Kuss von ihrem Vater und umarmte ihn fest. Am liebsten wäre sie für immer bei ihm geblieben. Sie führte doch eigentlich ein schönes Leben bei ihm, und sie würde ihn sehr vermissen.

»Amüsiere dich in New York, und kauf etwas Schönes für euch beide«, sagte Edward und nahm seine Tochter liebevoll in die Arme. In diesem Moment stiegen heftige Schuldgefühle in Olivia auf und schnürten ihr die Kehle zu.

»Ich liebe dich, Daddy«, flüsterte sie. Seit Jahren hatte sie ihn schon nicht mehr so genannt. Er gab ihr noch einen letzten Kuss, dann machte sie sich auf den Weg.

Auf der Fahrt nach New York war sie so ungewöhnlich schweigsam, dass es sogar Donovan auffiel.

Um drei Uhr trafen sie vor dem Haus der Dawsons ein. Geoff war noch in der Schule, aber Victoria erwartete ihre Schwester bereits. Sie gab sich sehr gelassen und beherrscht, doch Olivia spürte deutlich, wie aufgeregt sie war. Am Morgen darauf legte ihr Schiff nach Europa ab. Ursprünglich hatte Olivia schon ein paar Tage früher eintreffen wollen, aber sie waren übereingekommen, dass das möglicherweise unklug wäre, weil sie sich vor lauter Nervosität verraten könnten. Außerdem hatte Olivia noch so viel Zeit wie möglich mit ihrem Vater verbringen wollen.

Nachdem die Zwillinge ihre Pässe getauscht hatten, versorgte Victoria Olivia noch mit den nötigen Informationen. So nannte sie ihr die Namen von Charles' Sekretärin und von Geoffs Lehrerin. Doch insgesamt war es nicht viel, was Olivia wissen musste, um am nächsten Morgen problemlos die Rolle ihrer Schwester übernehmen zu können. Der Gedanke daran bereitete Olivia Übelkeit, weshalb sie ein wenig angegriffen wirkte, als Geoff aus der Schule kam.

»Stimmt etwas nicht, Tante Ollie?«, fragte der Junge besorgt. »Ist Grampa krank?«

»Nein, es geht ihm gut. Besser als jemals zuvor. Er hat deinen Besuch bei uns sehr genossen.« Vom nächsten Tag an würde sie in Geoffs Gegenwart vorsichtig sein müssen, damit er nichts merkte. Doch ihr fiel auf, dass Victoria in Vorbereitung auf den Rollentausch offenbar viel freundlicher mit dem Jungen umging. Victoria bestätigte ihr diesen Eindruck, als Geoff nach oben gegangen war, um seine Hausaufgaben zu machen. »Siehst du, du kannst genauso gut mit ihm zurechtkommen wie ich«, sagte Olivia.

»Aber nur, wenn ich mir einbilde, du zu sein.« Victoria grinste. »Ansonsten kann ich mit dem Jungen einfach nichts anfangen.«

»Damit solltest du aber spätestens beginnen, wenn du zurückkommst«, erwiderte Olivia spitz. Sie dachte bereits an die Zukunft und hoffte, dass dieses Intermezzo die Ehe von Charles und Victoria deutlich verbessern würde. In ihrer Vorstellung würde Victoria sehnsüchtig und dankbar zu Charles zurückkehren und froh darüber sein,

ein Kind wie Geoff zu haben. Sie würde sie alle umarmen, und Olivia würde wieder nach Croton zurückfahren. Ihre optimistischen Träume fanden jedoch ein jähes Ende, als Charles nach Hause kam und Victoria ihre Schwester dazu drängte, schon gleich in ihre Rolle zu schlüpfen. Also verhielt sich Olivia Charles gegenüber so kühl wie möglich, was ihn nicht zu überraschen schien. Sie fragte ihn, wie sein Tag gewesen sei, und erwähnte einen Artikel, den sie in der Zeitung gelesen hatte. Kurz darauf zog Charles sich in sein Arbeitszimmer zurück. Er hatte keine Ahnung, dass er soeben mit Olivia gesprochen hatte.

»Da siehst du, wie einfach es ist«, sagte Victoria. »Und so wird es bleiben.« In jener Nacht schlief Olivia in Geoffs Zimmer und genoss die letzte Gelegenheit, den Jungen mit Zuneigung zu überschütten. Vom nächsten Tag an würde sie sich in ihrer Rolle als Victoria ihm gegenüber wesentlich zurückhaltender geben müssen. Sie fürchtete, dass es ihm zudem einen schweren Schlag versetzen würde, wenn er erfuhr, dass Olivia angeblich nach Kalifornien abgereist war. Deshalb versuchte sie jetzt, ihn darauf vorzubereiten.

»Ganz egal, was geschieht«, sagte sie am Morgen und blickte den Jungen liebevoll an, »ich liebe dich sehr. Du weißt, dass ich immer wieder zu dir zurückkomme, auch wenn ich nicht immer da bin.« Er musste unbedingt wissen, dass sie ihn nie im Stich lassen würde.

»Fährst du denn weg?«, fragte Geoff überrascht. Als er aufblickte, sah er ihre Tränen. »Weinst du, Tante Ollie?«

»Nein, ich bin nur erkältet. Ach Geoff, ich liebe dich so sehr – ich bin eine dumme, alte Frau.«

»Klar.« Er grinste sie an und ging mit Chip nach draußen. Erst am Frühstückstisch sahen sie sich wieder. Sie hatte Victoria Zeit lassen wollen, sich in Gedanken von ihrer Familie zu verabschieden, aber ihre Schwester schien das nicht nötig zu haben. Olivia hatte sie schon lange nicht mehr so fröhlich erlebt. Sie war blendender Laune und schwatzte und lachte die ganze Zeit. Als Geoff zu einem Freund aufbrach, gab sie ihm sogar einen Kuss, was sie sonst nie tat. Offenbar geriet sie bei der Vorstellung, Charles und Geoff drei Monate nicht sehen zu müssen, völlig aus dem Häuschen.

Als Charles in die Kanzlei fahren musste – was er auch samstags häufig tat –, verabschiedete er sich lächelnd von Olivia.

»Geratet mir bloß nicht in Schwierigkeiten, ihr zwei! Ich habe heute früh Berge von Arbeit zu erledigen und könnte euch nicht aus der Patsche helfen.«

»Viel Vergnügen«, sagte Victoria spöttisch. Dann brach Charles auf, und die Schwestern gingen nach oben und schlossen sich im Schlafzimmer ein. Victoria reichte Olivia ihren Ehering und den Verlobungsring von Charles' Mutter. Sie passten ihr perfekt. Dann blickte sich Victoria noch einmal im Zimmer um und sagte: »So, ich glaube, das wäre alles.«

»Haben wir auch nichts vergessen?«, fragte Olivia. »Hast du an alles gedacht?« Victoria nickte beruhigend. Sie war zwar traurig, ihre Schwester verlassen zu müssen, doch gleichzeitig war sie erleichtert, Charles und ihr häusliches Leben endlich hinter sich lassen zu können. In den elf Monaten ihrer Ehe war ihr klar geworden, dass sie niemals geheiratet hätte, wenn ihr Vater sie nicht dazu gezwungen hätte.

»Pass gut auf dich auf«, sagte sie und umarmte Olivia. »Ich liebe dich.«

»Ja. Aber pass du auch gut auf dich auf«, erwiderte Olivia. »Wenn dir etwas zustoßen sollte …« Sie konnte nicht weitersprechen, da ihr die Tränen die Kehle zuschnürten.

»Was sollte mir denn zustoßen? Ich werde in den nächsten drei Monaten Verbände aufrollen und ungewaschenen Männern im Lazarett Kaffee servieren«, sagte Victoria und verzog das Gesicht.

»Das klingt ja wirklich reizvoll. Ich verstehe gar nicht, warum du das unbedingt machen möchtest.«

»Irgendjemand muss es schließlich tun«, antwortete Victoria leise. Sie zog ein schlichtes schwarzes Kleid an und ging dann auf den Speicher, um ihren Koffer zu holen. Dann nahm sie einen schwarzen Hut mit dichtem schwarzen Schleier aus dem Schrank.

»Was willst du denn damit?«, fragte Olivia verwirrt. Victoria hatte noch nie in ihrem Leben einen solch hässlichen Hut getragen. Er war offensichtlich für eine Witwe angefertigt worden, und der Schleier war so dicht, dass man Victorias Gesicht gar nicht erkennen konnte.

»Am Pier sind bestimmt Fotografen. Die *Lusitania* soll ein hübsches Schiff sein, noch luxuriöser als die *Aquatania.*« Victoria freute sich auf diese Reise, die sie in die Freiheit führen würde. Bestimmt würde sie sie mehr genießen als ihre Flitterwochen. Sie hatte sich eine kleine Kabine in der ersten Klasse gemietet und ein wenig von dem Geld eingesteckt, das Edward ihr zur Hochzeit geschenkt hatte. Allerdings glaubte sie nicht, dass sie bei dem, was sie vorhatte, viel Geld brauchen würde.

»Du hast ja wirklich an alles gedacht«, sagte Olivia traurig. Es brach ihr das Herz, dass ihre Schwester so fröhlich zu ihrer großen Reise aufbrach.

Sie nahmen eine Droschke zum Pier, wo sich die übliche Menschenmenge versammelt hatte. Niemand beachtete die Witwe, die mit ihrer Schwester rasch die Gangway hinaufging.

In der Kabine sanken sich die Zwillinge stumm noch einmal in die Arme. Es gab nichts mehr zu sagen. Am liebsten hätte Olivia Victoria angefleht zu bleiben, aber sie wusste, dass sie sich nicht mehr umstimmen lassen würde.

»Ich weiß immer ganz genau, was du gerade machst«, sagte Olivia. »Ich spüre es im Herzen – also mach mich bitte nicht verrückt vor Sorge.«

»Ich werde es versuchen.« Victoria lachte. »Zumindest weiß ich, dass du bei Charles in Sicherheit bist. Vergiss nicht, dich Tag und Nacht mit ihm zu streiten, sonst merkt er am Ende noch etwas«, neckte sie ihre Schwester.

Olivia schlang die Arme um sie. »Versprich mir, dass du heil zurückkommst.«

»Ich verspreche es«, erwiderte Victoria feierlich. In diesem Moment ertönte die Schiffssirene als Zeichen, dass alle Besucher von Bord gehen sollten. »Ich kann dich nicht verlassen«, weinte Olivia.

»Doch, du kannst«, erwiderte Victoria leise, »es ist nicht anders als damals, als wir in die Flitterwochen aufgebrochen sind.« Sie begleitete ihre Schwester zur Gangway.

»Ich liebe dich, du Dumme. Ich weiß gar nicht, warum ich es zulasse, dass du gehst«, sagte Olivia.

»Weil du weißt, dass ich es tun muss.« Die Schwestern umarmten einander ein letztes Mal, sagten sich noch einmal, wie sehr sie sich liebten, und küssten sich. Olivia flüsterte: »Gott beschütze dich.« Dann ging sie von Bord.

20

Den ganzen Nachmittag über fühlte sich Olivia wie betäubt. Sie wusste nichts mit sich anzufangen und wanderte ziellos durchs Haus. Die *Lusitania* musste mittlerweile wohl auf hoher See sein, und obwohl Olivia der Gedanke nervös machte, hoffte sie doch, dass Charles und Geoffrey endlich nach Hause kämen, damit sie nicht mehr so allein wäre. Ohne ihre Schwester fühlte sie sich nur als halber Mensch. Sie würde sich nie daran gewöhnen, von ihr getrennt zu sein.

Wenn Charles und Geoff nach Hause kamen, würde sie ihnen etwas vorspielen und ihnen die Briefe geben müssen, in denen stand, dass sie mit dem Zug nach Kalifornien gefahren sei. Und dabei war es Victoria, die an Bord der *Lusitania* nach Liverpool fuhr.

Als Charles nach Hause kam, war Olivia so blass, dass er allen Streit vergaß und besorgt zu ihr trat. »Bist du krank? Was ist passiert?«

»Ollie«, erwiderte sie leise. »Sie ist fort.«

»Ist sie nach Hause gefahren?« Er blickte sie überrascht an. »Habt ihr euch gestritten?« Seine Frau stritt sich ja zurzeit mit jedem, also vielleicht sogar mit Olivia. Die richtige Olivia schüttelte elend den Kopf. »Ist dein Vater krank?« Wieder schüttelte sie den Kopf und reichte ihm den Brief, den sie vorbereitet hatte.

Erstaunt las Charles, dass Olivia, obwohl es ihr das Herz brach, für ein paar Monate weggehen müsse, da sie das Leben ohne ihre Schwester einfach nicht mehr ertrage. Wahrscheinlich sei sie viel zu abhängig von Victoria, und deshalb wolle sie jetzt eine Zeit lang über alles nachdenken. Sie habe sich sogar überlegt, ob sie nicht in ein Kloster eintreten solle, zumal sie ja ohnehin nie heiraten werde.

»Oh mein Gott, wie furchtbar.« Entsetzt blickte Charles sie an. »Ich fahre sofort nach Chicago und halte sie auf. Das kann sie doch nicht tun. Es wird euren Vater umbringen.« Genau davor hatte Olivia auch Angst. Sie konnte nur hoffen, dass er die Nachrichten verkraften würde.

»Bis du in Chicago bist, sitzt Olivia längst im Zug nach Kalifornien«, erwiderte sie. Das klang zwar ein wenig zu unbekümmert, doch sie wollte nicht, dass Charles über den halben Kontinent einem Phantom nachjagte, während in Wahrheit Victoria auf der *Lusitania* nach Europa fuhr. »Du wirst sie nie finden.« Charles wusste, dass sie damit Recht hatte, und setzte sich niedergeschlagen neben sie.

»Hast du eine Ahnung, wo sie hingefahren ist? Zu wem könnte sie denn gehen?« Er klang zutiefst besorgt, und in diesem Moment flog ihm Olivias Herz entgegen. Es rührte sie, dass er sich so viele Gedanken um die Schwester seiner Frau machte.

»Olivia ist sehr verschwiegen«, erwiderte Olivia und brach in Tränen aus, was ihr leicht fiel, da sie ihre Schwester schon jetzt schrecklich vermisste.

»Oh, meine Liebe.« Fürsorglich legte Charles den Arm um sie. »Es tut mir so Leid. Möglicherweise besinnt sie sich ja und kommt in ein paar Tagen wieder zurück. Vielleicht solltest du deinem Vater vorläufig noch nichts sagen.«

»Du weißt nicht, wie eigensinnig sie sein kann, Charles«, beklagte sich Olivia überzeugend. »Sie ist nicht immer so sanft, wie sie erscheint.«

»Offenbar«, sagte er besorgt. »Ob dein Vater wohl sehr streng mit ihr war? Ist sie deshalb weggelaufen? Ich fand es ja nie richtig, dass er ihr kein eigenes Leben gegönnt hat. Sie geht nie aus, weil er erwartet, dass sie sich immer um ihn kümmert. Vielleicht hat das ja zu ihrer Flucht geführt.«

»Vielleicht.« Olivia hatte ihr Leben nie so gesehen, aber plötzlich spürte sie, dass Charles nicht ganz Unrecht hatte. Sie fragte sich, ob ihr Vater wohl jetzt Schuldgefühle entwickeln würde, hielt es aber für eher unwahrscheinlich. »Aber sie hat ja geschrieben, dass sie nur ein paar Monate fortbleiben will. Sie hat auch für Vater einen Brief hinterlassen, und ich dachte, dass ich ihn ihm morgen bringe.«

»Meinst du nicht, du solltest ein paar Tage abwarten?«

»Nein, Charles. Ich kenne Olivia. Es ist besser, wenn ich es Vater gleich sage.«

»Ich werde dich fahren«, erklärte er, und sie nickte. »Hat sie denn gestern Abend etwas zu dir gesagt? Hat sie irgendeine Bemerkung über ihr Vorhaben gemacht?«

»Nein, nichts.« Charles hatte zum ersten Mal seit Monaten wieder Mitleid mit seiner Frau. Sie sah so niedergeschlagen aus und wirkte in ihrem Kummer auf einmal so sanft, dass sie ihn fast an ihre Schwester erinnerte.

Als Geoff von seinem Freund nach Hause kam, brachten sie ihm die Nachricht so schonend wie möglich bei. Aber er war untröstlich. Laut schluchzend las er den Brief, den Olivia ihm geschrieben hatte.

»Genau wie bei Mama«, klagte er weinend. »Sie kommt nie wieder zurück. Ich weiß es.«

»Doch, natürlich kommt sie wieder zurück«, erwiderte Olivia unter Tränen. »Sie hat es dir doch geschrieben. Und sie hat dir doch auch geschrieben, wie sehr sie dich liebt. Olivia lügt nicht, sie liebt dich wirklich. Du bist wie ein Sohn für sie, der Sohn, den sie niemals haben wird.

Wir müssen nur geduldig auf sie warten.« Aber Geoffrey wollte nichts davon hören.

Als Olivia später bei ihm im Zimmer auf dem Bett lag und mit dem Hund spielte, sagte sie, dass auch seine Mutter zu ihm zurückgekehrt wäre, wenn sie es gekonnt hätte.

»Meine Mutter hätte bei mir bleiben können, aber das hat sie nicht getan«, erwiderte er traurig. »Sie hätte ja ihren Platz im Rettungsboot nicht abgeben müssen.«

»Sie hat das Leben eines anderen Menschen gerettet, und das war sehr tapfer von ihr.« Zögernd blickte er sie an. Dann zuckte er mit den Schultern. Tränen liefen ihm über die Wangen. »Sie fehlt mir so«, flüsterte er. Normalerweise hätte er das Victoria nicht anvertraut, aber Olivias Verschwinden war zu viel für ihn. Olivia legte ihre Hand auf seine.

»Ich weiß«, sagte sie leise. »Mir fehlt sie auch … aber vielleicht können wir ja jetzt Freunde werden.« Geoff warf ihr einen seltsamen Blick zu, und sie wandte rasch die Augen ab. Sie durfte nicht zu weit gehen. Kurz darauf wünschte sie ihm eine gute Nacht und ging in ihr eigenes Schlafzimmer. Es war ein äußerst schwieriger Abend gewesen, und im Innern grollte sie ihrer Schwester dafür.

»Wie geht es ihm?«, fragte Charles bekümmert. Olivia war im Gegensatz zu Victoria wie eine Mutter für seinen Sohn gewesen, und jetzt war auch sie aus seinem Leben verschwunden. Aber zumindest hatte seine Frau Geoffrey mit seinem Kummer nicht allein gelassen, und dafür war er ihr dankbar.

»Er ist völlig außer sich«, erwiderte sie leise. »Das kann ich ihm nicht verdenken. Ich weiß nicht, was in Olivia gefahren ist, ich verstehe es einfach nicht.« Erschöpft ließ sie sich auf die Bettkante sinken. Hoffentlich war Victoria in diesem Moment wenigstens seekrank, das wäre eine gerechte Strafe.

»Glaubst du, sie hat sich verliebt?«

Unwillkürlich musste Olivia lachen. Das war eine absurde Vorstellung, zumal Charles der einzige Mann war, der sie je interessiert hatte. Hoffentlich kam nur keiner auf die Idee, sie könne vor Kummer über ihre unerwiderter Liebe zu Charles davongelaufen sein. Das wäre wirklich schrecklich peinlich.

»Das kann ich mir nicht vorstellen. Olivia ist sehr schüchtern, und solche Dinge interessieren sie nicht«, erwiderte Olivia unschuldig. Charles warf ihr einen seltsamen Blick zu.

»Wie du, meine Liebe«, sagte er spöttisch.

»Wie meinst du das?«, fragte Olivia verblüfft.

»Du weißt genau, wie ich es meine. Man kann unsere Ehe nicht gerade als romantisch bezeichnen, oder?«

»Ich wusste nicht, dass du das von mir erwartest«, erwiderte Olivia schnippisch. Offensichtlich hatte sie damit den Tonfall ihrer Schwester getroffen.

»Nun, ich habe allerdings auch nicht erwartet, dass es sich so entwickelt. Aber du ja wahrscheinlich auch nicht«, sagte er traurig. Sie blickte ihn mitfühlend an. Überrascht bemerkte er ihren Blick und beschloss, das Thema zu wechseln. Für heute hatten sie beide genug mitgemacht. »Wann willst du morgen zu deinem Vater fahren?«, fragte er.

»Es ist eine lange Fahrt. Wir sollten frühzeitig aufbrechen. Macht es dir auch nichts aus, mich zu bringen?«

»Nein, natürlich nicht. Sollen wir Geoff mitnehmen?«

»Ja, sicher.«

Charles hatte das Gefühl, dass Olivias Verschwinden die gleichgültige Fassade seiner Frau durchbrochen hatte. Sie wirkte verletzlicher und irgendwie zahmer.

In jener Nacht lag Olivia lange wach in Victorias Bett. Das erste Mal in ihrem Leben schlief sie neben einem Mann, und sie hätte es aufregend gefunden, wenn sie nicht solche Angst gehabt hätte, dass er jeden Moment entdecken könnte, dass sie gar nicht seine Frau war. Auch Charles konnte nicht einschlafen und starrte in die Dunkelheit. Er hätte gerne die Hand nach seiner Frau ausgestreckt, wagte es aber nicht. Sie hatte ihm den Rücken zugekehrt, und er vermutete, dass sie weinte.

Schließlich legte er ihr die Hand auf die Schulter. »Bist du wach?«, flüsterte er. Sie nickte stumm. »Ist alles in Ordnung?«, fragte er leise, und sie musste unwillkürlich lächeln.

»Mehr oder weniger«, erwiderte sie. »Ich kann nicht aufhören, an sie zu denken.«

»Es wird ihr schon nichts passieren. Sie kommt bestimmt gut allein zurecht«, sagte er beruhigend. »Und sie wird auch zurückkehren, sie bleibt gewiss nicht für immer fort.«

»Und wenn sie verletzt wird?« Charles rückte ein Stückchen näher an Olivia heran.

»Das wird sie schon nicht. Die Indianer da unten sind völlig friedlich, und ein Erdbeben hat es schon seit neun Jahren nicht mehr gegeben. Es wird ihr schon nichts passieren.«

»Aber wenn es nun doch ein Erdbeben gibt, oder einen Brand? Oder einen Krieg ...«

»In Kalifornien? Das ist ziemlich unwahrscheinlich.« Charles drehte sie zu sich und stellte fest, dass sie wirklich weinte. Sie war so hübsch und wirkte im Mondlicht noch so jung. »Schlaf jetzt und mach dir keine Sorgen mehr. Vielleicht schickt dein Vater ihr ja jemanden nach, der sie wieder nach Hause holt.« Doch Olivia wusste, dass Victoria viel zu weit weg war, und in diesem Moment wünschte sie, dass sie ihre Schwester nie hätte gehen lassen.

Die Gefahren, die in Europa auf Victoria lauerten, ängstigten sie, und sie ließ sich bereitwillig von Charles in die Arme nehmen und trösten. Seine Kraft und Wärme beruhigten sie, und langsam ließ ihr Schluchzen nach. Nach einer Weile löste sie sich von ihm und blickte ihn verlegen an. Schließlich war er nur ihr Schwager.

»Es tut mir so Leid«, sagte sie beschämt.

»Ist schon gut.« Auch er wirkte überrascht, sagte aber nicht, dass es ihm gefallen hatte. Olivia rutschte wieder auf ihre Seite des Bettes, und nach einer Weile waren sie beide eingeschlafen.

Am nächsten Morgen standen sie auf und kleideten sich in getrennten Zimmern an. Olivia stellte erleichtert fest, dass das Arrangement zwischen Victoria und ihrem Mann ihr in der Tat ein höfliches und distanziertes Verhalten ermöglichte. Geoffrey war immer noch tieftraurig und wollte noch nicht einmal mit nach Croton fahren, doch es blieb ihm nichts anderes übrig. Das Mädchen und die Köchin waren nicht da, sodass niemand auf ihn hätte aufpassen können.

Während der Fahrt überlegte Olivia die ganze Zeit, wie sie ihrem Vater die Neuigkeiten beibringen sollte. Aber als sie ihm dann gegenüberstand, war sie doch nicht auf den Schmerz vorbereitet, den er zeigte. Sie war dankbar dafür, dass Charles bei ihr war. Gemeinsam halfen sie dem alten Mann, sich in einen Sessel zu setzen, und Charles schenkte ihm einen Brandy ein. Edward trank einen Schluck, dann blickte er seine Tochter verzweifelt an.

»Ist es meine Schuld? Ich habe sie erst kürzlich gefragt, ob ich sie sehr unglücklich mache«, sinnierte er. »Das ist doch kein Leben für eine junge Frau, aber sie behauptete immer, sie wolle es nicht anders. Und ich habe es zugelassen, weil es so bequem für mich war … Sie hätte mir doch furchtbar gefehlt, wenn sie nicht da gewesen wäre … und jetzt ist sie tatsächlich weg …« Er weinte, und dieser Anblick brach Olivia beinahe das Herz. Doch plötzlich richtete Edward sich auf und blickte Charles an.

»Wenn wir es zugelassen hätten, hätte sie sich wahrscheinlich in dich verliebt«, sagte er. Olivia keuchte überrascht auf.

»Vater, das kann nicht sein! Sie hat nie irgendetwas gesagt…« Sie hatte das Gefühl, als ob ihre Wangen vor Scham brannten, aber niemand schien etwas zu bemerken.

»Sie brauchte gar nichts zu sagen«, erklärte ihr Vater mit einer wegwerfenden Handbewegung. »Es stand ihr im Gesicht geschrieben. Ich bin ein Mann, ich weiß es. Aber damals war es wichtiger, dich zu retten, also beschloss ich, Olivias Gefühle zu ignorieren.« Charles hatte die Lippen zusammengepresst und schwieg.

»Du musst dich irren«, erwiderte Oliva fest. »Sie hätte es mir doch gesagt.«

»Hat sie dir denn etwas von ihren Plänen erzählt?«, gab ihr Vater zurück. Traurig schüttelte sie den Kopf. »Wie kannst du dann annehmen, dass du überhaupt etwas über sie gewusst hast, Victoria Dawson?« Olivia überlegte fieberhaft, wie sie diesen schrecklichen Verdacht zerstreuen konnte. Die Vorstellung, Charles könne annehmen, sie sei aus Liebe zu ihm davongelaufen, war ihr unerträglich. Doch er schien diese Vermutung auch nicht zu teilen.

»Man kann nie wissen, was Menschen zu solchen Handlungen treibt, Sir, weil man nicht sehen kann, was wirklich in ihnen vorgeht. Die Zwillinge haben eine enge, fast telepathische Verbindung zueinander, und sie spüren Dinge, die andere Menschen sich nicht einmal vorstellen können. Vielleicht hat Olivia es nur nicht ertragen, dass Victoria jetzt ein eigenes Leben führt. Vielleicht will sie ja einfach nur zu sich selbst finden.«

»In einem Kloster?« Edward verzog entsetzt das Gesicht. Ein solches Schicksal hatte er für seine Tochter nicht vorgesehen. »Ich habe dir damals gedroht, dich ins

Kloster zu stecken«, sagte er unglücklich zu der Tochter, die er für Victoria hielt, »aber das habe ich doch nicht ernst gemeint.«

»Ich habe es dir aber geglaubt«, erwiderte sie.

»Das hätte ich dir niemals antun können.« Doch nur Olivia wusste, dass es Victoria war, die fortgelaufen war, weil Edward sie zur Heirat mit Charles gezwungen hatte. Aber das konnte sie ihrem Vater jetzt natürlich nicht sagen.

Wie Charles es vorausgesagt hatte, wollte Edward Detektive damit beauftragen, seine Tochter zurückzuholen. Er bat Charles darum, sich gleich am Montagmorgen in New York darum zu kümmern. Olivia versprach, eine Liste mit allen ehemaligen Schulfreundinnen in Kalifornien zu erstellen, obwohl sie wusste, dass das natürlich zu nichts führen würde.

Als sie aus der Bibliothek kamen, wartete Bertie mit Geoffrey in der Küche auf sie. Beide weinten. Auch Bertie hatte den für sie bestimmten Brief gelesen und war so außer sich, dass sie gar nicht darauf achtete, welcher Zwilling vor ihr stand. Olivia gab ihr rasch einen Kuss auf die Wange und eilte dann nach draußen, um sich nicht länger als nötig in der Küche aufhalten zu müssen. Sie fürchtete, dass dann die Wahrheit viel zu schnell ans Licht gekommen wäre.

Edward Henderson hatte den Dawsons angeboten, dass sie die Nacht in Croton verbringen könnten, aber Charles wollte unbedingt nach New York zurückfahren. Er hatte am nächsten Morgen einen Gerichtstermin, und außerdem wollte er sich um die Detektive kümmern. Er bot seiner Frau an, mit Geoff in Croton zu bleiben, aber das wollte sie nicht.

Ihr Vater begann wieder zu weinen, als Olivia ihn zum Abschied küsste, und sie fühlte sich schrecklich.

»Ich frage mich, ob Olivia wohl eine Vorstellung davon hat, was sie uns allen antut«, sagte Charles, als sie nach

Hause fuhren. Sein Schwiegervater tat ihm Leid. Trotzdem hatte der alte Mann die Nachricht insgesamt besser aufgenommen, als Charles erwartet hatte. Die Vermutung, dass Olivia in ihn verliebt sein könnte, teilte er nicht. Er war fest davon überzeugt, dass sich Edward irrte.

»Ich glaube nicht, dass es ihr klar war, sonst wäre sie wahrscheinlich nicht fortgegangen«, erwiderte Olivia. Sie vermisste ihre Schwester, und insgeheim spielte sie mit dem Gedanken, ihr ein Telegramm zu schicken, in dem sie sie bat, sofort wieder nach Hause zu kommen.

Es war schon nach neun, als sie nach Hause kamen. Sie hatten noch nichts gegessen. Olivia bat Geoff, sich schon einmal den Pyjama anzuziehen und dann in die Küche zu kommen. Sie band sich eine Schürze um und inspizierte die Speisekammer, und zehn Minuten später stand ein Topf mit Hühnersuppe auf dem Herd. Außerdem hatte sie Toastscheiben mit Butter bestrichen und einen Salat zubereitet.

»Wie hast du das denn so schnell geschafft?« Charles blickte seine Frau überrascht an. »Du hast Geheimnisse vor mir.« Er lächelte vorsichtig, weil er sich nie ganz sicher war, wie sie seine Bemerkungen aufnehmen würde.

»Mehr Geheimnisse, als du denkst«, erwiderte Olivia fröhlich, aber das schien nicht die richtige Antwort gewesen zu sein, denn Charles wurde plötzlich sehr ernst. Schweigend setzten sie sich an den Tisch. Geoff kam herunter, und seine Miene hellte sich beim Anblick des Essens ein wenig auf. Er langte tüchtig zu.

»Das schmeckt gut, Victoria«, erklärte er überrascht und lächelte sie schüchtern an. Stumm wandte Olivia sich ab und reichte ihm einen Teller mit Schokoladenplätzchen.

»Hast du die gebacken?«, fragte er erstaunt, aber sie schüttelte nur lachend den Kopf. »Nein, die Köchin.«

»Ollies schmecken besser«, meinte Geoffrey kauend.

Schließlich brachte Charles Geoff zu Bett, während Olivia die Küche aufräumte. Als sie eine halbe Stunde später ins Zimmer des Jungen trat, dachte sie unwillkürlich, wie glücklich sich ihre Schwester doch eigentlich schätzen konnte. Sie konnte einfach nicht nachvollziehen, warum Victoria es vorzog, mit dem Schiff nach Europa zu fahren, während sie doch hier mit ihrem Mann und ihrem Stiefsohn ein friedliches Leben hätte führen können.

»Soll ich dich zudecken?«, fragte sie Geoff, worauf er nur mit den Schultern zuckte. Der Junge sah immer noch traurig aus, obwohl es ihm schon wieder etwas besser zu gehen schien. Er freute sich bereits auf das Ende des Sommers, wenn Olivia endlich zurückkommen würde, und hatte schon auf der Heimfahrt von nichts anderem geredet.

»Schlaf gut«, flüsterte Olivia ihm zu. Dann ging sie in ihr eigenes Schlafzimmer. Es war ein langer Tag gewesen, und ihr Rücken schmerzte nach der anstrengenden Fahrt.

»Bist du morgen bei Gericht?«, fragte sie beiläufig, während sie ihre Haare bürstete. Charles blickte sie überrascht an. Es war das erste Mal, dass seine Frau ihn nach seiner Arbeit fragte. Er nickte.

»Es ist aber nichts Wichtiges«, erwiderte er und vertiefte sich wieder in seine Akten, die er mit nach oben gebracht hatte. Dann blickte er noch einmal auf und fügte hinzu: »Danke für das Abendessen.« Sie lächelte nur. Für sie war es selbstverständlich gewesen, eine warme Mahlzeit zuzubereiten, aber Victoria hatte es bisher sicher nicht oft getan. »Ich hatte den Eindruck, dass dein Vater die Neuigkeiten ganz gut aufgenommen hat.«

»Ja, das fand ich auch«, erwiderte Olivia traurig.

»Ich werde mich morgen um die Detektive kümmern. Ich kann immer noch nicht begreifen, warum Olivia sich so verhalten hat. Sie ist doch sonst so verantwortungsbewusst. Es sieht ihr gar nicht ähnlich, einfach davonzulaufen. Sie muss wirklich schrecklich unglücklich gewesen sein.«

»Ja«, erwiderte Olivia leise.

Für Charles war dies eine der längsten Unterhaltungen, die er ohne Streit mit seiner Frau je gehabt hatte. Sie kleideten sich wieder in getrennten Zimmern aus, und als sie zu Bett gingen, wandten sie einander sofort den Rücken zu. Noch beim Einschlafen überlegte Olivia, wie Victoria und Charles ein solches Leben miteinander führen konnten. Es war so einsam.

Am nächsten Morgen stand sie früh auf und bereitete das Frühstück zu. Das machte normalerweise das Mädchen, aber Olivia erklärte ihr, es mache ihr nichts aus. Sie musste sich zwar davor hüten, zu vieles anders zu machen als Victoria, aber so etwas war ja nun wirklich eine Kleinigkeit. Charles fiel jedoch auch diese kleine Veränderung auf. Er hatte den Eindruck, dass Olivias Verschwinden in seiner Frau das Bedürfnis geweckt hatte, besser für ihn und Geoff zu sorgen, und er musste zugeben, dass ihm dieses Verhalten gefiel. Geoff musterte sie jedoch kritisch, als sie am Frühstückstisch saßen, und sie sah, dass er versuchte, das winzige Muttermal auf ihrer Hand zu entdecken.

»Ich wünsche dir einen schönen Schultag«, sagte sie beiläufig, als Geoff aufbrechen musste. Sie unternahm absichtlich keinen Versuch, ihm einen Kuss zu geben. Auch von Charles verabschiedete sie sich nicht ausdrücklich, als er in die Kanzlei fuhr. Sie musste vorsichtig sein.

Als Charles am Abend heimkehrte, war er überrascht, dass seine Frau zu Hause war. Noch überraschter war Geoff gewesen, der sie Socken stopfend in der Küche angetroffen hatte, als er mittags aus der Schule gekommen war.

»Was tust du da?« Er blickte sie erstaunt an, und sie wurde rot, als sie antwortete: »Das hat Ollie mir beigebracht.«

»Aber das hast du doch noch nie gemacht!«

»Nun, wenn ich nicht irgendwann damit anfange, wird dein Vater eines Tages mit bloßen Füßen zur Arbeit gehen müssen.« Geoff hatte gelacht und sich Milch und Plätzchen genommen und war dann in sein Zimmer gegangen, um seine Hausaufgaben zu machen.

Der Rest der Woche verlief ereignislos. Olivia sprach nur wenig und verhielt sich äußerst vorsichtig. Das tägliche Zusammenleben mit Charles und Geoff war etwas ganz anderes als die gelegentlichen Besuche, die sie den Dawsons sonst abgestattet hatte, und sie wollte vermeiden, dass sie irgendeinen Fehler beging. Deshalb war sie auch erleichtert, als Geoff am Freitag fragte, ob er bei einem Freund übernachten dürfe, und Charles erklärte, er treffe sich mit Klienten außerhalb der Stadt, mit denen er auch zu Abend essen wolle.

Olivia war froh, dass sie endlich einmal Zeit hatte, die Sachen ihrer Schwester durchzusehen. Sie wollte sich vor allem Victorias Bücher und die Zeitungsartikel, die sie ausgeschnitten hatte, einmal genauer ansehen.

Es war an jenem Freitag um kurz nach neun am Morgen, als Olivia auf einmal ein seltsames Gefühl überfiel. Es war fast so, als ob sie das Gleichgewicht verlöre, und ihr wurde schlecht. Die Übelkeit hielt den ganzen Tag über an, und gegen Abend bekam sie zudem schreckliche Kopfschmerzen. Sie hatte keine Ahnung, was ihr fehlte, da sie weder Fieber noch eine Erkältung hatte, und als sie am Morgen aufgestanden war, war es ihr noch gut gegangen. Als Charles spät am Abend nach Hause kam, lag sie im Bett. Er erschrak, als er sah, wie bleich sie war.

»Hast du etwas Falsches gegessen?«, fragte er besorgt.

»Ich weiß nicht«, erwiderte Olivia mit schwacher Stimme. Sie fühlte sich ganz benommen, und es kam ihr vor, als drehe sich das ganze Zimmer um sie.

»Zumindest können wir sicher sein, dass du nicht schwanger bist«, sagte er spöttisch. Olivia schwieg. Sie fühlte sich zu elend, um auf diese spitze Bemerkung zu antworten. Sie schloss die Augen, und als sie endlich irgendwann spät in der Nacht einschlief, hatte sie plötzlich das Gefühl zu ertrinken. Erschrocken fuhr sie aus dem Schlaf hoch, rang nach Luft und sprang schließlich auf, als sie es nicht mehr aushielt. Charles wurde wach und setzte sich auf.

»Was ist los?«, fragte er schläfrig. Sie konnte nicht antworten, weil sie immer noch nach Luft rang. Rasch reichte er ihr ein Glas Wasser.

Hustend und würgend trank sie einen Schluck und sank in einen Sessel. »Ich weiß nicht, was passiert ist… Ich hatte einen schrecklichen Albtraum.« In diesem Moment überschwemmte sie eine Woge der Panik, und sie wusste plötzlich, dass ihrer Schwester etwas zugestoßen sein musste. Sie blickte Charles an, und er las in ihren Augen, was sie dachte.

»Du bist überreizt«, sagte er beruhigend. Wieder einmal faszinierte ihn das enge Band zwischen den Schwestern. Sie hätten nie getrennt werden dürfen. »Es geht ihr ganz bestimmt gut.«

Voller Entsetzen packte sie ihn am Arm. »Charles, nein, ich weiß, dass ihr etwas zugestoßen ist!«

»Das kannst du gar nicht wissen«, antwortete er ruhig. Er versuchte sie dazu zu bewegen, wieder ins Bett zu kommen, aber sie wollte nicht.

»Ich kann nicht atmen«, keuchte sie. Was war bloß passiert? Wenn Victoria nun krank war? Olivia begann zu weinen, während Charles sie besorgt beobachtete.

»Soll ich einen Arzt holen, Victoria?«, fragte er.

»Ich weiß nicht«, erwiderte sie mit erstickter Stimme, doch dann stammelte sie haltlos schluchzend: »Oh Charles ... Ich habe solche Angst ...« Er kniete sich neben sie. In einer solchen Verfassung hatte er seine Frau noch nie erlebt, und er wusste nicht, was er tun sollte. Schließlich überredete er sie, sich wieder ins Bett zu legen, aber kaum hatte sie die Augen geschlossen, überkam sie wieder das Gefühl, ertrinken zu müssen. »Es tut mir Leid«, sagte sie, »ich wollte dich nicht beunruhigen. Aber ich spüre ganz deutlich, dass Olivia etwas Schreckliches zugestoßen ist.«

»Das glaube ich nicht«, erwiderte er. Er hielt ihre Hand, um ihr Trost zu spenden, doch sie schlief nicht wieder ein. Erst gegen Morgen wurde sie ein wenig ruhiger. Sie lag da wie in Trance.

»Möchtest du einen Tee, Victoria?«, fragte Charles. Sie sah immer noch krank aus, und er beschloss, auf jeden Fall den Arzt zu rufen. Zum ersten Mal in den elf Monaten seit der Hochzeit war seine Frau krank, und da sie normalerweise eine robuste Gesundheit hatte, erschreckte ihn ihr Zustand ein wenig. Aber vielleicht waren es ja auch nur die verspäteten Auswirkungen des Schocks über das Verschwinden ihrer Schwester.

Er ging nach unten, um Tee zu kochen, doch bevor er ihr eine Tasse hinaufbringen konnte, kam sie bereits barfuß in die Küche gelaufen. Sie wirkte ein wenig kräftiger, als sie sich an den Tisch setzte und die Zeitung aufschlug. Im selben Moment keuchte sie entsetzt auf und starrte auf die riesige Schlagzeile, die ihr sofort ins Auge gefallen war. Die *Lusitania* war dreizehn Meilen vor der irischen Küste torpediert worden und in nur achtzehn Minuten mit Mann und Maus gesunken. Man fürchtete, dass die meisten Passagiere und Besatzungsmitglieder ertrunken waren. Es gab noch keine Listen von Überlebenden, aber in dem Artikel stand, dass überall Leichen im Wasser trieben und das Schiff von den U-Booten vollständig zerstört worden sei.

»Oh mein Gott!«, schrie Olivia auf. »Oh mein Gott … Charles!« Er blickte erstaunt auf, und noch bevor er etwas sagen konnte, glitt sie ohnmächtig vom Stuhl.

Das Mädchen war gerade in die Küche gekommen, und Charles rief ihr zu, sie solle rasch den Arzt holen. Mrs Dawson sei sehr krank und soeben in Ohnmacht gefallen.

Er trug Olivia nach oben und legte sie aufs Bett. Dann hielt er ihr Riechsalz unter die Nase, worauf sie wieder zu sich kam.

»Ich … oh … was … oh mein Gott … Charles …« Das Schiff war untergegangen und mit ihm ihre Schwester. Sie wusste nicht, ob sie ertrunken war oder noch lebte, und sie hatte keine Möglichkeit, es herauszufinden, es sei denn, sie deckte den Schwindel auf. Sie begann heftig zu schluchzen, und Charles wartete nervös und besorgt auf das Eintreffen des Arztes.

»Sprich jetzt nicht, Victoria, versuch ein wenig zu schlafen.« Er versuchte verzweifelt, sie zu beruhigen, aber sie war zu erregt. Zwanzig Minuten später traf endlich der Arzt ein.

»Was ist denn hier los?«, polterte er fröhlich los.

»Es tut mir Leid, Doktor«, entschuldigte sich Olivia und begann wieder zu weinen. Charles starrte seine Frau nachdenklich an. Seit ihre Schwester verschwunden war, kam sie ihm vor wie eine andere Person. Vielleicht hatte sie ja einen Nervenzusammenbruch erlitten. Olivia versuchte dem Arzt die Beschwerden zu schildern, die sie in der vergangenen Nacht gehabt hatte, obwohl sie sich jetzt ziemlich albern anhörten. Doch sie wusste nun, wodurch sie verursacht worden waren. Genau in dem Moment, als das Schiff untergegangen war, war ihr übel geworden, und von diesem Zeitpunkt an hatte sie sich elend gefühlt. Was sie allerdings nicht wusste, war, ob Victoria noch am Leben war, und diese Gewissheit konnte ihr auch niemand geben.

Nachdem er sie untersucht hatte, redete der Arzt noch unter vier Augen mit Charles, und dieser erklärte ihm, dass vor einer Woche die Zwillingsschwester seiner Frau davongelaufen sei. Die beiden Männer waren sich einig in der Einschätzung, dass dies die Erkrankung hervorgerufen habe. Ihre Nerven waren vollkommen überreizt.

Der Arzt empfahl Bettruhe. Mit der Zeit werde Victoria sich erholen, aber sie dürfe unter keinen Umständen aufgeregt werden und nicht die kleinste unangenehme Nachricht erhalten. Charles hatte ihm erzählt, dass sie in Ohnmacht gefallen sei, als sie vom Untergang der *Lusitania* erfahren hatte.

»Schrecklich, nicht wahr? Wirklich schockierend!« Dann fiel dem Arzt jedoch ein, dass Charles seine Frau und beinahe auch seinen kleinen Sohn beim Untergang der *Titanic* verloren hatte, und er wechselte rasch das Thema. Er empfahl, Geoff für ein paar Tage von Victoria fern zu halten, und erkundigte sich vorsichtig, ob es vielleicht möglich sei, dass seine Frau schwanger sei. Überrascht antwortete Charles, dass er dies bezweifle, doch dann fiel ihm etwas ein.

»Ich werde mit ihr darüber sprechen. Es könnte möglich sein«, erwiderte er ausdruckslos. Der Arzt sagte, er werde am Montag wiederkommen, überreichte Charles ein leichtes Schlafmittel für seine Frau und verabschiedete sich.

Olivia lehnte das Medikament jedoch mit der Bemerkung ab, dass es ihr schon wieder besser ginge. Dann fiel ihr Charles' gequälter Gesichtsausdruck auf. »Stimmt etwas nicht?«, fragte sie leise. Das Herz schlug ihr bis zum Hals. Möglicherweise hatte ja jemand von der Reederei angerufen.

»Nein«, erwiderte er ruhig, »es ist eigentlich alles in Ordnung. Der Arzt hat mich nur gefragt, ob du möglicherweise schwanger seiest.«

»Natürlich nicht«, erwiderte Olivia kaum hörbar.

»Selbstverständlich weiß ich, dass du von mir nicht schwanger sein kannst, es sei denn, es handelte sich um einen Fall von unbefleckter Empfängnis, was ja wohl eher unwahrscheinlich ist. Aber ich habe mich gefragt, ob du vielleicht dein Verhältnis mit Toby wieder aufgenommen hast. Ich weiß, dass er dir Blumen geschickt hat, aber ich habe natürlich keine Ahnung, inwieweit ihr wieder in Kontakt miteinander steht. Möglicherweise bist du ja auch der Ansicht, es ginge mich nichts an.« Olivia warf ihm einen entsetzten Blick zu.

»Wie kannst du mir so etwas nur unterstellen?«, fragte sie mit blitzenden Augen. Es schockierte sie jedoch auch, dass Toby Whitticomb die Kühnheit besessen hatte, ihrer Schwester Blumen zu schicken. »Wie kannst du es wagen, eine solche Anschuldigung zu äußern? Ich habe ihn nie wieder gesehen.« Sie hoffte nur, dass dies der Wahrheit entsprach, aber sie konnte sich eigentlich nicht vorstellen, dass ihre Schwester so dumm gewesen war, sich wieder mit diesem Mann einzulassen. »Nein, Charles«, sagte sie entsetzt, »ich habe keine Affäre mit ihm, und ich bin auch nicht schwanger.« Und ihre Schwester ganz bestimmt auch nicht. Dazu hatten die vergangenen Ereignisse sie viel zu sehr verletzt und wütend gemacht. Außerdem hatte Victoria unbedingt ihre Freiheit haben wollen. Sie wäre eher gestorben, als nach dem Verrat, den Toby Whitticomb damals an ihr verübt hatte, wieder zu ihm zurückzukehren.

»Es tut mir Leid, wenn ich dich beleidigt habe, aber du musst zugeben, es liegt nicht außerhalb jeglicher Vorstellung. Du bist ihm einmal in die Fänge geraten, warum sollte es also nicht auch ein zweites Mal passieren können?« Doch im Innern war Charles ein wenig erleichtert, zumal er nicht das Gefühl hatte, dass sie ihn anlog.

»Ich mag naiv gewesen sein«, erwiderte Olivia so kühl, wie ihre Schwester sicher reagiert hätte, »aber ich bin nicht dumm.«

»Das hoffe ich«, sagte er und verließ das Zimmer. Als er später noch einmal nach seiner Frau schaute, weinte sie erneut.

Am Nachmittag ging Charles aus, und Olivia schlich leise die Treppe hinunter und las sämtliche Artikel über den Schiffsuntergang, die ihr in die Hände fielen. Das Mädchen musste ihr sogar die Abendzeitung besorgen. Aber es gab noch keine weiteren Neuigkeiten. Olivia wurden die Knie weich, als sie las, dass an der irischen Küste Leichen angeschwemmt wurden. Doch ihr blieb keine Wahl, als bis Montag zu warten und dann die Reederei aufzusuchen, in der Hoffnung, dass es dort eine Liste mit den Namen der Überlebenden gab. Bis dahin musste sie sich an die Hoffnung klammern, dass ihre Schwester lebte.

21

Die kleine Notiz, die die Deutsche Botschaft am Tag von Victorias Abreise in die Zeitungen hatte setzen lassen, war Olivias Aufmerksamkeit entgangen. Victoria jedoch hatte sie gelesen. Darin hatte es geheißen, dass sich Deutschland und England mit seinen Verbündeten im Kriegszustand befänden. Auch die Gewässer um die Britischen Inseln seien betroffen, und Schiffe unter der Flagge Großbritanniens oder seiner Verbündeten könnten in diesen Gebieten angegriffen werden, sodass Passagiere auf eigene Gefahr reisten. Die Notiz trug das Datum vom 22. April 1915 und klang recht offiziell.

Es war jedoch auch allgemein bekannt, dass ein ziviles Passagierschiff – ganz gleich, unter welcher Flagge es fuhr – nicht ohne Warnung angegriffen werden durfte, und daher wähnten sich die Passagiere der *Lusitania* nicht wirklich in Gefahr. Victoria hätte auch mit dem amerikanischen Schiff *New York* reisen können, doch es war nicht so luxuriös wie die *Lusitania.* Außerdem war die *Lusitania* viel schneller, und Victoria hatte überlegt, dass sie eventuell angreifenden U-Booten bestimmt viel besser würde ausweichen können.

Das Schiff fuhr einmal im Monat von Liverpool nach New York und wieder zurück. Um die Sicherheit der Passagiere zu gewährleisten, zog sie dabei überhaupt keine Flagge auf, und in der irischen See wurden die ohnehin weit reichenden Sicherheitsmaßnahmen noch verdoppelt.

Die *Lusitania* war ein riesiges Schiff mit vier Schornsteinen und zehn Decks, und in den vergangenen acht Jahren hatte es sich als äußerst zuverlässig erwiesen. Als Victoria an Bord ging, stand die 202. Atlantiküberquerung bevor.

Um kein unnötiges Risiko einzugehen, wurde strikt darauf geachtet, dass die Kabinen abends verdunkelt wurden, und die Passagiere wurden gebeten, nicht an Deck zu rauchen.

Schon am ersten Abend fühlte Victoria sich äußerst wohl auf dem Schiff. Sie lernte Lady Mackworth, geborene Margaret Thomas, kennen, die nicht nur ein aktives Mitglied der Frauenvereinigung war, sondern auch eine enge Freundin der Pankhursts.

»Es ist mutig von Ihnen, gerade jetzt nach Europa zu reisen«, sagte sie zu Victoria, die sich als junge Witwe vorstellte, die in Frankreich hinter der Front arbeiten wollte. »In England könnten wir Sie übrigens auch gut brauchen.« Sie lächelte Victoria aufmunternd an und ging dann mit ihrem Vater in den Speisesaal, während Victoria allein in ihrer Kabine zu Abend aß.

Am nächsten Abend jedoch überredete Lady Mackworth Victoria, mit ihnen im Speisesaal zu essen. Es war ein imposanter Raum, zwei Stockwerke hoch und von Säulen umgeben, auf denen eine verzierte Kuppel ruhte. Auf dem Schiff gab es zudem eine Bibliothek, mehrere Rauchsalons und ein großes Spielzimmer für die Kinder.

Überrascht stellte Victoria fest, dass ihre Mitreisenden trotz des Krieges blendender Laune waren und kaum von den drohenden Gefahren sprachen.

Natürlich unterhielten sich die Männer jeden Tag über die aktuellen Nachrichten, aber häufig ging es auch um andere Themen. Über U-Boote wurde nie gesprochen.

Eines Tages hatte Victoria Alfred Vanderbilt an Bord gesehen und achtete seitdem darauf, dass sie ihm nicht versehentlich über den Weg lief, da er ihren Mann kannte.

Er war ungefähr im gleichen Alter wie Charles, und die beiden aßen in New York ab und zu miteinander zu Mittag. Das Risiko war groß, dass er Victoria jetzt erkennen und ihr ausgeklügeltes Täuschungsmanöver zunichte machen könnte. Deshalb hielt sie sich wenig in Gesellschaft auf, sondern verbrachte die meiste Zeit in der Bibliothek, an Deck oder in ihrer Kabine.

Trotzdem fühlte sie sich wunderbar frei auf dem Schiff, und nach einem Jahr Ehe mit Charles genoss sie das Alleinsein. Nur ihre Zwillingsschwester vermisste sie schrecklich. Sie dachte ständig an Olivia und betete, dass sie ihr Geheimnis nicht preisgegeben hatte. Doch sie wusste, dass sie Olivia vertrauen konnte.

Auf See herrschte angenehmes Reisewetter. Es gab keinen einzigen Sturm, und gegen Ende der Woche freuten sich alle Passagiere auf die Ankunft. Am Freitagmorgen hatte Victoria bereits ihre Koffer gepackt und ging an Deck spazieren. Dort traf sie Lady Mackworth, die Victoria ihre Adresse in Newport gab, damit sie sie anrufen konnte. Victoria wollte mit dem Zug von Liverpool nach Dover fahren und von dort mit der Fähre nach Calais übersetzen. In Frankreich wollte sie dann Kontakt mit einigen Personen aufnehmen, deren Adressen sie über das Rote Kreuz erhalten hatte, damit sie an ihren Bestimmungsort gelangte.

Während Victoria noch darüber nachdachte, ertönten plötzlich Rufe und Schreie an Deck, und das Schiff neigte sich nach Steuerbord. Victoria versuchte, zu ihrer Kabine zu gelangen, um ihre Schwimmweste und ihr Geld zu holen, doch das Schiff neigte sich immer stärker zur Seite, sodass sie kaum noch einen Schritt vorankam.

»Wir sind getroffen worden!«, hörte sie jemanden rufen. »Torpedos!« In diesem Moment begann die Alarmglocke ohrenbetäubend zu schrillen, und unwillkürlich musste Victoria an Susan denken.

»Mit mir nicht!«, sagte sie zu sich und kämpfte sich entschlossen zu ihrer Kabine durch. Dort befestigte sie ihren Geldbeutel und den Pass an ihrem Gürtel und griff nach der Schwimmweste. Sie hatte keinen Schmuck mitgenommen, und andere Wertsachen besaß sie nicht.

Hastig schlüpfte sie in die Rettungsweste und machte sich auf den Weg nach oben. Mittlerweile drängten sich schreiende Menschen auf den Fluren, die an Deck gelangen wollten. Am Fuß der Treppe wäre Victoria fast mit Alfred Vanderbilt zusammengestoßen, der einen Schmuckkoffer in der Hand trug.

»Ist alles in Ordnung mit Ihnen?«, fragte er ruhig. Sie war sich nicht sicher, ob er sie erkannte; er war freundlich und höflich wie immer.

»Ich glaube schon«, erwiderte sie. »Was ist eigentlich passiert?« In diesem Moment gab es eine Explosion tief unten im Schiff.

»Torpedos«, erwiderte er. »Sie gehen besser schnell an Deck.« Er drängte sie die Treppe hinauf, und dann verlor sie ihn aus den Augen. Die Rettungsboote waren bereits hinuntergelassen worden, aber da das Schiff sich immer mehr nach Steuerbord neigte, waren die Boote auf der Backbordseite nutzlos. Victoria versuchte, die Entfernung zur Küste abzuschätzen. Vielleicht würde sie ja bis dahin schwimmen können.

Um sie herum herrschte das blanke Chaos. Wasser drang in Massen in das Schiff, und es sank immer weiter. Victoria bekam vor Angst kaum noch Luft. Sie zog sich die Schuhe aus und bemühte sich, auf dem abschüssigen Deck das Gleichgewicht zu halten. Um sie herum schrien und weinten Menschen, manche sprangen von Bord, andere stürzten ab. Auf einmal entdeckte sie Alfred Vanderbilt, der gerade einigen Kindern in die Rettungsboote half. Seine Schwimmweste hatte er ausgezogen und einem kleinen Mädchen gegeben.

Es war eine Szene wie aus der Hölle. Einer der großen Schornsteine kippte um und begrub eine Frau unter sich. Dicht neben Victoria rutschte ein Kind über Deck und stürzte ins Meer. Victoria versuchte noch, nach ihm zu greifen, aber es wurde vor ihren entsetzten Augen von den Wellen verschlungen.

»Oh mein Gott!«, schrie Victoria auf. Ein schreckliches Dröhnen lag in der Luft. Als Victoria endlich zu den Rettungsbooten gelangte, stellte sie fest, dass gar kein Platz mehr für sie war. Überall schienen Kinder zu sein, und es gab nur noch zwei Boote.

»Lassen Sie die Kinder in die Rettungsboote«, schrie sie einem jungen Offizier zu.

»Können Sie schwimmen?«, rief er zurück. Sie nickte, und er wies sie an, sich auf einen Deckchair zu legen. Sie tat, was er sagte, und glitt mit dem Stuhl wie auf einer Rutschbahn vom Schiff ins Wasser. Als sie wieder auftauchte, tanzten um sie herum Gegenstände und Leichen auf den Wellen. Überall schrien und weinten Menschen, und Victoria musste hilflos mit ansehen, wie direkt neben ihr eine Frau ertrank, die ihr totes Baby in den Armen hielt. Victoria schloss die Augen und hoffte, dass der Albtraum bald vorüberginge, doch das Inferno um sie herum hielt an. Sie klammerte sich so lange sie konnte an ihren Deckchair, doch schließlich ging auch sie unter.

22

Victoria hörte ein furchtbares, knirschendes Geräusch, schreiende Menschen und von oben das Kreischen von Vögeln. Jemand schleifte sie an den Füßen über den Boden, und bei jedem Schritt schlug ihr Kopf von einer zur anderen Seite. Sie wollte schreien, konnte aber nicht. Sie war bestimmt tot, aber empfand man noch Schmerzen, wenn man gestorben war? Mühsam öffnete sie die Augen.

»Oh, mein Gott, Sean, die hier lebt noch ... sie bewegt sich«, ertönte in diesem Moment eine männliche Stimme. Hustend und würgend erbrach Victoria literweise Meerwasser. Jemand half ihr, sich aufzusetzen. »Wir dachten, Sie seien tot«, sagte der Mann entschuldigend.

»So komme ich mir auch vor«, krächzte sie. Verwirrt blickte sie sich um. Der Strand war buchstäblich mit Leichen übersät. Wieder stieg Übelkeit in ihr auf, und sie erbrach sich noch einmal.

»Die Jerrys haben euer Schiff angegriffen«, erklärte der Mann, den der andere Sean genannt hatte. »Sauberer Treffer. Es ist innerhalb von einer Viertelstunde untergegangen. Das war vor fünf Stunden. Mein Bruder und ich haben Sie kurz vor dem Hafen aus dem Wasser gezogen«, sagte er mit einem breiten irischen Akzent, den Victoria zu jedem anderen Zeitpunkt bezaubernd gefunden hätte. »Wir sind alle hinausgefahren, um zu helfen, aber es gibt verdammt wenige Überlebende. Die deutschen U-Boote treiben sich schon die ganze Zeit vor der Küste herum. Verdammte Bastarde!« Unwillkürlich schoss Victoria durch den Kopf, ob der Kapitän der *Lusitania* das nicht gewusst haben musste.

»Kommen Sie«, sagte der Mann, »ich helfe Ihnen beim Aufstehen.« Er zog sie vorsichtig hoch. Als sie auf wackeligen Beinen dastand, stellte Victoria fest, dass sie unter der Schwimmweste außer ihrer Unterwäsche, dem Gürtel und der roten Bluse nicht mehr viel am Leib hatte. Sofort tastete sie nach ihrem Geldbeutel, der zu ihrer großen Erleichterung noch am Gürtel hing. Der junge Fischer brachte sie zu einem Pub im Ort, wo sich bereits andere Überlebende befanden, die keine direkte ärztliche Versorgung benötigten. Die Einheimischen verteilten Tee und Wolldecken an die Menschen.

In dem Lokal entdeckte Victoria den Kapitän, der zusammen mit Lady Mackworth von einem kleinen Dampfer namens *Bluebell* gerettet worden war.

Um Mitternacht erschien der amerikanische Konsul, Wesley Frost, der die Runde durch die verschiedenen Sammelplätze für die Überlebenden gemacht hatte. Er fragte Victoria, ob er etwas für sie tun könne. Sie gab ihm Olivias Adresse und bat ihn, ihr ein Telegramm mit verschlüsseltem Inhalt zu senden. Olivia würde wissen, was es bedeutete. Er versprach ihr, ihre Schwester sofort zu unterrichten. Dabei hatte er alle Hände voll zu tun, denn es waren hundertneunundachtzig Amerikaner an Bord der *Lusitania* gewesen, und bis jetzt stand noch nicht fest, wer von ihnen überlebt hatte. Menschen aller Nationalitäten drängten sich hysterisch um ihn und baten ihn, ihre Angehörigen zu verständigen.

»Ich kümmere mich so rasch wie möglich darum, Miss Henderson«, versprach er Victoria.

Mühsam bedankte sie sich bei ihm. Ihre Zähne klapperten, und sie bekam immer noch nicht richtig Luft.

Das wahre Ausmaß der Katastrophe konnte sie bis jetzt noch gar nicht erfassen. Während sie frierend auf dem Boden des Pubs saß, fragte sie sich, ob Alfred Vanderbilt wohl überlebt hatte. Sie hatte ihn bis jetzt noch nicht wieder gesehen. Bei diesem Gedanken fiel ihr Geoffrey ein, der den Untergang der *Titanic* überlebt hatte und zusehen musste, wie seine Mutter ertrank. Plötzlich verspürte sie das heftige Bedürfnis, ihn zu umarmen. Und sie sehnte sich nach ihrer Schwester. Erschöpft schloss sie die Augen und versuchte, ihr auf telepathischem Weg die Botschaft zu übermitteln, dass sie unversehrt überlebt hatte.

23

Am zehnten Mai, einem Montagmorgen, saß Olivia mit Charles und Geoffrey am Frühstückstisch. Sie hatte das Gefühl, die Situation nicht einen Moment länger ertragen zu können. Ihr war immer noch übel, und sie hatte sich gerade heftig mit Charles gestritten, weil er ihr die Zeitung nicht geben wollte.

»Der Arzt hat gesagt, du darfst dich nicht aufregen«, hatte er gesagt und sie ihr weggenommen.

»Gib sie mir, Charles!«, schrie sie so laut, dass sie sich selbst nicht mehr wiedererkannte. Erstaunt blickte er sie an und reichte ihr die Zeitung, worauf sie sich sofort entschuldigte: »Es tut mir Leid, ich bin nicht ich selbst. Ich möchte nur ein wenig lesen, damit ich nicht ständig an Olivia denken muss.«

»Ich verstehe«, hatte er knapp erwidert und war dann zu Olivias Erleichterung ins Büro aufgebrochen.

Als auch Geoff endlich das Haus verlassen hatte, griff Olivia nach ihrem Hut und ihrer Tasche und stürzte aus der Tür. Sie nahm sich eine Droschke und rief dem Fahrer die Adresse des *Cunard*-Büros zu. Auf den Andrang, der dort herrschte, war sie allerdings nicht gefasst gewesen. Ein wahres Menschenmeer wogte vor dem Eingang der Reederei, und alle schrien auf die Angestellten ein. Offenbar gab es jedoch bisher noch kaum Informationen. Man wusste lediglich, dass hunderte von Menschen, wahrscheinlich sogar über tausend, ertrunken waren.

Olivia wartete geduldig sieben Stunden lang, als es jedoch um halb fünf immer noch keine Liste mit den Namen der Überlebenden gab, kehrte sie erschöpft nach Hause zurück.

Sie stolperte gerade wie benommen die Vordertreppe zu ihrem Haus hinauf, als ein junger Bursche in der Uniform der *Western Union* näher kam. Olivias Herz schien für einen Schlag auszusetzen. Sie lief dem Postboten entgegen und packte ihn wie eine Irre am Arm.

»Haben Sie ein Telegramm für mich? Victoria Dawson?« Er nickte verwirrt.

»Ja, ich … hier«, sagte er, reichte ihr den Umschlag und wandte sich kopfschüttelnd zum Gehen. Mit zitternden Händen riss sie das Telegramm auf und überflog keuchend den Inhalt. Ihre Schwester war verrückt, absolut wahnsinnig, aber sie lebte.

»Reise begann mit einem Knall. Stop«, las sie. »Danke Gott für Mr Bridgeman. Stop. In Queenstown alles in Ordnung. Stop. Ich liebe dich. Stop.« Mr Bridgeman war der Name ihres Schwimmlehrers in Croton gewesen. Olivia brach in laute Jubelrufe aus. Lachend und weinend zugleich stand sie auf der Treppe zu ihrem Haus, und es war ihr völlig gleichgültig, ob sie jemand hörte oder sah. Victoria hatte ihr zwar außer Queenstown keine Adresse angegeben, aber sie lebte und war gesund. Sie hatte den Untergang der *Lusitania* überlebt. Olivia zerknüllte das Telegramm, lief ins Haus und verbrannte es im Herd. Sie hätte es zwar lieber aufgehoben, doch das erschien ihr zu gefährlich.

Die zurückliegenden drei Tage waren die schlimmste Zeit in Olivias Leben gewesen, und sie hoffte, so etwas nie wieder durchmachen zu müssen. Sie war so erschöpft, dass sie beschloss, ein Bad zu nehmen. Während das Wasser in die Wanne lief, rannte sie in Geoffreys Zimmer und umarmte den verblüfften Jungen. Sein Vater hatte ihm zwar gesagt, dass Victorias Nerven angegriffen seien, doch jetzt hielt er sie für völlig verrückt. Er hatte sie noch nie in so guter Stimmung erlebt.

»Was ist los?«, fragte er, während sie lachend durchs Zimmer wirbelte. »Du siehst ja so glücklich aus.«

»Das bin ich auch. Heute ist ein wunderbarer Tag«, erwiderte sie und strahlte ihn an. »Und für dich? Wie war es in der Schule?«

»Ziemlich langweilig«, sagte er. »Wo ist Dad?«

»Er ist noch nicht zu Hause.« Olivia ging ins Bad zurück und stieg in die Wanne. Als sie zum Abendessen hinunterging, trug sie ein neues Kleid und fühlte sich wie neugeboren. Charles war gerade zur Tür hereingekommen. Er wirkte müde und mürrisch.

»Warum strahlst du so?« Er warf Geoff einen fragenden Blick zu, als erwarte er eine Erklärung von ihm.

»Mir geht es viel besser.«

»Sagt dir deine Intuition, dass du dich wieder beruhigen kannst?«

»Vielleicht«, erwiderte Olivia verlegen. Sie war erleichtert, dass der Albtraum der vergangenen Tage vorüber war, aber das konnte Charles ja nicht wissen. »Ich fühle mich einfach wieder besser, das ist alles.« Er betrachtete sie forschend und fragte sich, ob sie nicht doch eine Affäre hatte. Aber sie war sehr nett zu ihm und auch zu Geoff, und als die Köchin den Kaffee nach dem Essen brachte, war er schon wieder halbwegs besänftigt.

»Ich habe heute mit einem Detektiv gesprochen«, berichtete er, als Geoff in sein Zimmer gegangen war, um seine Hausaufgaben zu beenden. »Er wird nächste Woche mit der Suche nach Olivia beginnen. Er sagt, er habe einige gute Kontaktpersonen in Kalifornien.« Olivia dankte ihm, konnte dabei aber nicht aufhören zu lächeln.

»Was um alles in der Welt hat dich heute in so gute Laune versetzt, Victoria? Du machst mich richtig misstrauisch.« Sie sah jedoch so hübsch und jung aus, dass er ihr nicht ernsthaft böse sein konnte.

»Ich bin erleichtert«, versuchte sie ihm zu erklären. »Mir ist so, als wüsste ich auf einmal, dass Olivia nichts zugestoßen ist. Ich weiß selbst nicht, warum das so ist.« Charles hatte großen Respekt vor der telepathischen Verbindung zwischen den beiden Schwestern, obwohl er sie nicht verstand.

»Vielleicht hast du ja Recht«, entgegnete er ruhig. »Ich hoffe es jedenfalls.« Er war froh, dass es seiner Frau besser ging. Das Wochenende war wirklich schrecklich gewesen, und er hatte bereits um ihren Verstand gefürchtet.

»Es tut mir Leid, dass ich dir solchen Ärger gemacht habe.«

»Mach dir darüber keine Gedanken. Ich habe mir nur Sorgen um dich gemacht.« Verstohlen blickte er sie an. Sie kam ihm auf einmal viel offener vor, und er fragte sich erneut, ob es an Olivias Verschwinden lag, dass sie sich so verändert hatte. Plötzlich wirkte sie viel verletzlicher und zugänglicher als jemals zuvor. Er wollte allerdings nicht zu optimistisch sein. Sie waren jetzt schon beinahe ein Jahr lang verheiratet, und er erwartete eigentlich nichts mehr von dieser Ehe.

»Ich werde versuchen, mich nie wieder so gehen zu lassen«, sagte sie leise. Dann ging sie nach oben, um Briefe zu schreiben.

Charles las noch eine Zeit lang, bevor er zu Bett ging. Als er schließlich ins Schlafzimmer trat, sagte er zu seiner Frau: »Es ist einfach furchtbar, dass die Deutschen die *Lusitania* versenkt haben. Offensichtlich sind sehr viele Menschen ertrunken, mehr noch als beim Untergang der *Titanic*. Ich möchte nicht, dass Geoff zu viel davon mitbekommt. Es würde ihn nur an den Tod seiner Mutter erinnern.« Sie blickte auf und nickte.

»Und wie geht es dir dabei, Charles?«, fragte sie. »Musstest du bei der Nachricht nicht auch an sie denken?« Ihr Mitgefühl traf ihn wie ein Hieb, und einen Moment lang konnte er nicht antworten. Das hatte er nicht erwartet.

»Doch«, sagte er schließlich. »Ich musste das ganze Wochenende über daran denken.« In der Tat hatte auch ihn die Nachricht vom Untergang der *Lusitania* entsetzlich mitgenommen.

»Es tut mir Leid, Charles«, erwiderte Olivia. Er wandte sich schweigend ab, aber als sie beide später im Bett lagen, sorgfältig auf den üblichen Abstand bedacht, sagte er unvermittelt:

»Es war nett von dir, dass du gefragt hast, wie ich mich gefühlt habe … Ich meine … wegen Susan … Es ist seltsam, wie einen diese Dinge wieder einholen. Das Warten war damals so furchtbar. Ich weiß noch, dass ich fast wahnsinnig geworden bin, als ich stundenlang im Büro der *White Star* gestanden und nichts erfahren habe. Und dann habe ich am Hafen auf die Ankunft der *Carpathia* gewartet … Bis dahin wusste ich nicht, ob sie überhaupt noch am Leben waren«, sagte Charles mit gepresster Stimme. »Ich dachte zuerst, sie wären alle beide umgekommen … und dann sah ich Geoffrey – einer der Seeleute trug ihn auf dem Arm –, aber Susan war nirgendwo zu sehen. Da wusste ich Bescheid. Der Junge brauchte Monate, bis er darüber sprechen konnte, und ich glaube, er wird es nie vergessen.«

»Es tut mir so Leid, dass du das durchmachen musstest«, sagte Olivia leise und berührte ihn sacht an der Schulter. »Es ist einfach nicht richtig. Ihr habt das nicht verdient.«

»Möglicherweise hat alles im Leben einen Sinn. Wenn es nicht passiert wäre, wärest du jetzt nicht hier«, erwiderte er sanft, und sie lächelte ihn traurig an.

»Und du wärest um einiges glücklicher.« Sie war immer noch wütend auf ihre Schwester, weil sie Charles und Geoffrey verlassen hatte, vor allem, wenn man bedachte, was die beiden durchgemacht hatten.

»Sag das nicht«, erwiderte er großmütig. »Vielleicht hat es wirklich einen Sinn gehabt, dass mir Susan genommen wurde. Ich habe schon oft darüber nachgedacht, und wir wissen eben manchmal nicht, warum bestimmte Dinge geschehen.«

»Ich bin froh, dich zu kennen«, erwiderte sie, ohne zu merken, wie seltsam es klang, wenn man so etwas zu seinem eigenen Mann sagte. Aber auch Charles fiel es an diesem Abend nicht auf.

»Es ist lieb von dir, dass du das sagst«, flüsterte er. Und dann rückte er langsam ein Stück näher an Olivia heran und küsste sie. Vorsichtig umschloss er ihr Gesicht mit den Händen und küsste sie sanft auf die Lippen, um sie nicht zu erschrecken. Er wollte die alten Probleme nicht wieder aufleben lassen, er wollte ihr nur zeigen, wie dankbar er ihr für ihre Worte und ihre Freundschaft war. Aber während er sie küsste, regte sich auf einmal ein längst vergessenes Gefühl in ihm, und er konnte sich nicht mehr von ihr lösen. Auch Olivia dachte plötzlich nicht mehr an ihre Schwester. Sie schlang die Arme um Charles' Hals und schmiegte sich an ihn. Seine Erregung wuchs. »Victoria, ich möchte nichts tun, was du nicht möchtest«, flüsterte er heiser.

»Charles, ich weiß nicht… Ich…« Sie wollte ihm sagen, er solle aufhören – es war falsch, schließlich war er der Mann ihrer Schwester –, aber sie konnte es nicht. Endlich lag sie in den Armen des Mannes, den sie schon so lange liebte. »Ich liebe dich«, flüsterte sie. Das hatte sie ihm noch nie gesagt, und er blickte sie voll zärtlichem Erstaunen an.

»Oh, mein süßes Mädchen«, sagte er. Sein Herz flog ihr entgegen, und auf einmal wusste er, was zwischen ihnen die ganze Zeit nicht gestimmt hatte: Er hatte nie gewagt, seine Gefühle zu ihr zuzulassen, sie wirklich zu lieben. »Und ich liebe dich«, erwiderte er, und dann nahm er sie so sanft und zärtlich, dass sie sich ihm völlig hingab – trotz der Schmerzen, die sie empfand, weil es ihr erstes Mal war. Doch davon bemerkte er zum Glück nichts, und als er sie danach anschaute, hatte er das Gefühl, neu geboren worden zu sein. Es war ein neuer Anfang, ein neues Leben, die Flitterwochen, nach denen er sich so gesehnt hatte.

Stundenlang lagen sie eng umschlungen da und streichelten einander, und als er schließlich an sie geschmiegt einschlief, lag Olivia noch lange wach und fragte sich, was sie wohl tun sollten, wenn ihre Schwester wieder nach Hause kam. Charles war die größte Freude ihres Lebens und zugleich der größte Betrug. Sie hatte keine Ahnung, wie ihre Schwester reagieren würde, aber in diesem Augenblick wusste sie mit absoluter Sicherheit, dass sie Charles nie mehr würde verlassen können.

24

Nachdem Wesley Frost, der amerikanische Konsul in Queenstown, ihr ein Kleid und Schuhe besorgt hatte, fuhr Victoria mit dem Zug nach Dublin und von dort weiter nach Liverpool. Es war Sonntag, und mit ihr waren noch zahlreiche andere Überlebende des Schiffsunglücks im Zug. Als sie den Bahnhof von Liverpool erreichten, sah Victoria erstaunt, dass dort bereits eine riesige Menge von Journalisten wartete. Für die Zeitungen war es die größte Geschichte seit dem Untergang der *Titanic,* zumal die *Lusitania* von den Deutschen torpediert worden war.

Victoria mied die Journalisten und sah zu, dass sie auf dem schnellsten Weg in das Hotel *Adelphi* gelangte, das von der Reederei vorbestellt worden war. Dort wollte sie versuchen, ein wenig zur Ruhe zu kommen, und sich dann ihr weiteres Vorgehen überlegen.

Auf dem Zimmer zündete sie sich als Erstes eine Zigarette an und brach unwillkürlich in Tränen aus. Sie wünschte, sie wäre zu Hause in Croton. So hatte sie sich ihr Abenteuer nicht vorgestellt, aber noch war es für eine Umkehr nicht zu spät.

Das Hotel ließ ihr das Abendessen auf Kosten des Hauses aufs Zimmer bringen. Man wusste, wer Victoria war und welchen Albtraum sie hinter sich hatte. Bei ihrer Ankunft war ein Raunen durch die Lobby gegangen, obwohl sie versuchte, so wenig Aufmerksamkeit wie möglich auf sich ziehen.

Die schrecklichen Bilder der Katastrophe gingen ihr nicht aus dem Kopf, und als sie am nächsten Morgen aufstand, fühlte sie sich wie zerschlagen. Nachdem sie jedoch eine große Tasse Kaffee getrunken und etwas gegessen hatte, ging es ihr ein wenig besser. Sie ging zur Bank, um ihr Geld, das nass geworden war, umzutauschen, und anschließend kaufte sie sich ein paar neue Kleider und feste Schuhe. Ihr war buchstäblich nichts geblieben.

»Sind Sie von zu Hause weggelaufen?«, fragte die Frau, die sie bediente, und kicherte, aber Victoria war nicht nach Lachen zumute. Sie schüttelte den Kopf.

»Ich war auf der *Lusitania*«, teilte sie der Verkäuferin ernst mit, worauf diese entsetzt aufkeuchte.

»Da haben Sie aber Glück, dass Sie überlebt haben, Schätzchen«, flüsterte sie. Traurig lächelnd kehrte Victoria ins Hotel zurück. Sie fragte sich, ob sie das schreckliche Erlebnis wohl jemals würde vergessen können. Vor allem die Gesichter der toten Kinder gingen ihr nicht aus dem Kopf.

Im Laufe des Tages erholte sie sich ein wenig und begann Pläne zu schmieden, wie sie am besten nach Frankreich gelangte. Der Mann an der Rezeption hatte ihr gesagt, sie müsse mit einer Fähre nach Calais übersetzen, was riskant sei, da der Kanal von U-Booten überwacht werde.

»Vielleicht hätte ich mir besser nur einen Badeanzug gekauft, dann hätte ich mir eine Menge Ärger erspart«, erwiderte sie nervös lächelnd.

»Sie haben Mut, Miss«, erwiderte der Portier. »Ich glaube, ich an Ihrer Stelle würde die Überfahrt jetzt nicht wagen – nach allem, was Sie erlebt haben.«

»Ich habe keine andere Wahl, ich muss nun einmal nach Frankreich«, sagte Victoria nachdenklich. Schließlich war sie hierher gekommen, um nach Frankreich weiterzureisen, und sie hatte sich darauf eingestellt, dass es nicht einfach werden würde.

Zwei Wochen zuvor hatten die Deutschen bei der Schlacht um Ypern Chlorgas eingesetzt, und soweit Victoria gehört hatte, dauerten die Kämpfe immer noch an. Die Frage war, wie dicht sie an die Front herankommen konnte, um die Kontaktpersonen zu treffen, die ihr genannt worden waren. Sie waren in Reims stationiert, und Victoria konnte nur hoffen, dass die Telefone in Calais funktionierten. Sie musste dieses Abenteuer bestehen, es war ihre Bestimmung – aber die Vorzeichen waren bis jetzt alles andere als günstig gewesen.

Am Dienstagmorgen fuhr sie mit dem Zug nach Dover, wo die Fähren im Hafen lagen. Es war ein wunderschöner, wolkenloser Tag, und alles wirkte ganz harmlos, aber nach ihren Erfahrungen mit der letzten Schiffsreise hielt Victoria während der Überfahrt die ganze Zeit in panischer Angst die Reling umklammert.

»*Vous avez bien peur, Mademoiselle*«, sagte der Kapitän lächelnd zu ihr. Victoria nickte nur und blickte starr aufs Wasser hinaus.

»*Lusitania*«, erwiderte sie. Das verstand der Kapitätn ohne weitere Erklärungen. Für den Rest der Überfahrt kümmerte er sich rührend um sie, und als sie in Calais anlegten, trug er ihr die Koffer von Bord und setzte sie in einen Wagen, der sie zum nächstgelegenen Hotel brachte. Dort gab man ihr ein hübsches kleines Zimmer mit Blick auf den Kanal.

Sie bat sofort darum, telefonieren zu dürfen, und versuchte die Frau zu erreichen, deren Namen man ihr angegeben hatte und die sich um die freiwilligen Helfer für das Rote Kreuz in Paris kümmerte. Doch leider war sie nicht da, und sonst sprach in dem Büro niemand Englisch.

»*Rappelez demain, Mademoiselle*«, hieß es, wovon Victoria »morgen« verstand.

Nervös rauchend verbrachte sie den Abend in ihrem Zimmer und dachte darüber nach, was sie alles auf sich genommen hatte, um diese Reise antreten zu können. So viele Schwierigkeiten sich ihr auch bereits in den Weg gestellt hatten – sie war fester entschlossen denn je, ihr Ziel zu erreichen. Auch am nächsten Tag erreichte sie unter der Telefonnummer niemanden, der ihr weiterhelfen konnte. Eine unfreundliche Frauenstimme teilte ihr mit, sie solle später noch einmal anrufen, aber Victoria ließ sich nicht abwimmeln.

»Nein!«, rief sie rasch in den Hörer. »Nein, ich möchte *jetzt* mit jemandem sprechen … *maintenant* …« Und dann sprach sie wieder jenes Zauberwort aus, das ihr in den letzten Tagen bereits mehrmals geholfen hatte: »Ich war auf der *Lusitania*.« Am anderen Ende der Leitung herrschte kurzes Schweigen, dann hörte man unterdrücktes Getuschel. Anschließend entstand wieder eine Pause, und schließlich fragte eine Männerstimme sie nach ihrem Namen. »Olivia Henderson. Der Französische Konsul in New York hat mir Ihren Namen, beziehungsweise den ihrer Kollegin, genannt. Ich möchte hinter der Front arbeiten. Ich bin Amerikanerin, aber ich bin bereits in Calais.«

»Waren Sie tatsächlich auf der *Lusitania*?« Die Stimme des Mannes klang ehrfürchtig, als er den Namen des Schiffes aussprach, und wieder einmal war Victoria froh, dass sie ihn erwähnt hatte.

»Ja.«

»Mein Gott … Können Sie morgen um fünf Uhr in Châlons-sur-Marne in der Nähe von Reims sein?«

»Ich weiß nicht«, erwiderte sie. »Ich denke schon. Wo liegt es denn?«

»Ungefähr zweihundertfünfzig Kilometer südöstlich von Calais. Wenn Sie einen Fahrer finden, können Sie durch das Hinterland dorthin kommen. Dort wird zwar auch gekämpft, allerdings nicht so heftig wie hier bei uns. Sie müssen aber trotzdem sehr vorsichtig sein. Sind Sie Krankenschwester?«, fuhr er hoffnungsvoll fort.

»Nein, tut mir Leid«, erwiderte Victoria und hoffte inständig, dass man sie in diesem Fall überhaupt noch haben wollte.

»Können Sie Auto fahren?«

»Ja.«

»Gut. Dann können Sie einen Krankenwagen oder einen Jeep fahren. Seien Sie also bitte morgen da«, erwiderte er und wollte gerade auflegen, als sie rasch noch fragte:

»Wie heißen Sie?« Er lächelte über ihre Naivität. Diese junge Frau schien ihm noch völlig unerfahren zu sein, und er fragte sich, warum sie unbedingt ihr Leben in einem Krieg riskieren wollte, mit dem Amerika überhaupt nichts zu tun hatte. Am Telefon klang sie fast noch wie ein Kind. Er erklärte ihr, sein Name spiele keine Rolle, da er ohnehin nicht da sein würde. »An wen muss ich mich denn dann wenden?«

Irritiert erwiderte er: »Kümmern Sie sich einfach um die Verletzten. Und das werden leider viele sein. Der Dienst habende Offizier wird Ihnen den Weg zum Lazarett oder zum Roten Kreuz zeigen, wenn es möglich ist. Sie werden uns schon finden, keine Sorge. Sie können uns gar nicht verfehlen.« Und dann legte der Mann auf.

Victoria aß im Hotel zu Abend, während der Besitzer für sie mit einem Fahrer verhandelte. Es war ein junger Bursche, wahrscheinlich jünger als sie, der einen alten Renault besaß und ihr versicherte, er könne sie auf Schleichwegen nach Reims bringen. Da die Fahrt voraussichtlich den ganzen Tag dauern würde, wollte er früh am Morgen aufbrechen. Sein Name war Yves, und Victoria bezahlte ihn im Voraus, wie er es verlangte. Er riet ihr, sie solle sich warme Kleidung und festes Schuhwerk anziehen. Am Morgen würde es noch kalt sein, und wenn das Auto liegen bliebe, habe er keine Lust, sie tragen zu müssen, weil sie hochhackige Schuhe trüge. Als sie ihn daraufhin irritiert anblickte, lachte er nur, worauf sie ihn verärgert fragte, ob denn sein Auto häufig liegen bliebe.

»Nicht öfter als normal. Können Sie fahren?«, fragte er, und sie nickte. Sie vereinbarten die Uhrzeit, zu der sie sich am nächsten Morgen treffen wollten, und dann ging Victoria auf ihr Zimmer. Sie konnte die ganze Nacht nicht schlafen, weil sie so aufgeregt war.

Der folgende Morgen war kalt und feucht, und Victoria war dankbar, dass Yves eine Thermoskanne mit Kaffee und etwas zu essen mitgebracht hatte. Es würde eine lange, anstrengende Fahrt werden.

»Warum sind Sie eigentlich hierher gekommen?«, fragte er neugierig.

»Weil ich glaube, dass ich hier gebraucht werde.« Wirklich erklären konnte sie ihm ihre Beweggründe jedoch nicht, weil sie sich darüber selbst nicht ganz im Klaren war. Zudem sprach der junge Mann kaum Englisch. »Zu Hause kam ich mir nutzlos vor, weil ich nichts für andere tat.« Er nickte verständnisvoll. Das leuchtete ihm ein.

»Sie haben wahrscheinlich keine Familie«, erwiderte er. Sie ließ ihn in dem Glauben und erzählte ihm nicht, dass sie in New York einen Ehemann und einen Stiefsohn zurückgelassen hatte. Stattdessen antwortete sie:

»Ich habe eine Zwillingsschwester, *une jumelle.*« Das Wort kannte sie in fast jeder Sprache, und es tat meistens seine Wirkung.

»*Identique?*« Yves warf ihr einen interessierten Blick zu.

»*Oui.*« Sie nickte.

»*Très amusant*«, kommentierte er. »Ist sie mit Ihnen gekommen?«

»Nein«, erwiderte Victoria, »sie ist verheiratet und konnte nicht.«

Lange Zeit fuhren sie schweigend an Dörfern und Feldern vorbei, die in jenem Jahr nicht bestellt worden waren, weil alle jungen Männer an der Front waren und niemand die Arbeit tun konnte. Schließlich zündete Victoria sich eine Zigarette an.

»*Vous fumez?*«, fragte er beeindruckt. Das taten junge Frauen aus gutem Haus in Frankreich nicht. »*Très moderne*«, meinte er, und sie mussten beide lachen.

Erst nach Einbruch der Dunkelheit erreichten sie Reims. In der Ferne grollte Kanonendonner, und gelegentlich war das Rattern von Maschinengewehren zu hören.

»Es ist gefährlich hier«, sagte Yves und blickte sich nervös um. Sie schlugen den Weg ein, der Victoria beschrieben worden war, und kurz darauf standen sie vor einem Feldlazarett. Yves schien sich beim Anblick der zahlreichen Verwundeten und Sterbenden unbehaglich zu fühlen, aber Victoria fühlte sich trotz ihrer Müdigkeit auf einmal wie neu belebt. Endlich hatte sie ihr Ziel erreicht.

Sie fragte einen der vorbeieilenden Sanitäter, ob jemand vom Roten Kreuz in der Nähe sei, bekam aber keine Antwort. Yves hatte es auf einmal sehr eilig, diesen Ort wieder zu verlassen. Sie konnte ihm gerade noch ein »*merci*« hinterherrufen, und schon brauste er in seinem klapperigen Renault davon.

Victoria blieb unschlüssig in dem Gewimmel, das um sie herum herrschte, stehen. Ein paar Leute starrten sie an. Sie sah so sauber und unberührt aus. Schließlich fragte sie einen Mann, wo sie eine Krankenschwester finden könne.

»Dort drüben«, antwortete er vage und wies über seine Schulter.

Aber auch die Schwestern hatten keine Zeit, mit ihr zu sprechen, da gerade einige frisch Verwundete gebracht worden waren.

»Hier«, sagte ein Sanitäter schließlich und warf ihr eine Schürze zu. »Kommen Sie, ich brauche Sie.« Er lief zwischen den Tragen durch, die dicht nebeneinander auf dem Boden standen, zu einem kleineren Zelt, in dem offenbar die Operationen durchgeführt wurden. Auch hier standen überall Tragen auf dem Boden, auf denen Verletzte lagen. Manche stöhnten leise, andere schrien laut vor Schmerzen, und wieder andere waren bewusstlos. Victoria musste aufpassen, dass sie nicht aus Versehen auf einen der Körper auf dem Boden trat.

»Ich weiß nicht, was ich tun soll«, sagte sie nervös zu dem Sanitäter. Sie hatte erwartet, dass jemand ihr eine Arbeit zuweisen würde, die sie leisten konnte, hatte jedoch nicht damit gerechnet, mit solch schlimmen Verletzungen konfrontiert zu werden.

Der Sanitäter war klein und drahtig und hatte rote Haare. Victoria hörte, wie ihn jemand Didier nannte. Sie war froh, dass er Englisch sprach, doch dann fiel sie fast in Ohnmacht, als sie begriff, dass er von ihr erwartete, dass sie die Männer versorgte, die gerade aus den Schützengräben geholt worden waren. Sie litten unter schweren Gasvergiftungen, und viele von ihnen delirierten.

»Tun Sie für sie, was Sie können«, sagte Didier leise zu ihr. »Sie werden die Nacht nicht überleben. Zu viel Gas. Wir können ihnen nicht helfen.« Zu ihren Füßen lag ein Mann, dem grüner Schleim aus der Nase tropfte, und Victoria musste vor Ekel unwillkürlich würgen. »Das kann ich nicht«, stammelte sie und ergriff Didier, der sich bereits zum Gehen wandte, am Arm. »Ich bin keine Krankenschwester.«

»Ich auch nicht«, erwiderte er scharf. »Ich bin Musiker. Wollen Sie jetzt bleiben oder nicht? Wenn nicht, verschwinden Sie. Ich habe keine Zeit für solche Spielchen …« Victoria begriff, dass dies ihre Feuerprobe war. Sie hatte es schließlich nicht anders gewollt. Didier blickte sie ärgerlich an, und zögernd nickte sie.

»Ja, ich bleibe«, erwiderte sie rau und kniete sich neben den Mann, der ihr am nächsten lag. Ein Schuss hatte ihm das halbe Gesicht weggefetzt, und durch den Verband sickerte bereits Blut. Die Ärzte hatten ihn aufgegeben. In einem richtigen Krankenhaus hätte man ihn vielleicht versorgen können, aber hier konnte niemand seine Zeit damit verschwenden. In ein paar Stunden würde er ohnehin tot sein.

»Hallo ... wie heißen Sie?«, fragte er mit erstickter Stimme. »Ich bin Mark.« Er war Engländer.

»Ich bin Olivia«, antwortete sie. In der letzten Zeit hatte sie sich daran gewöhnt, diesen Namen zu nennen. Hilflos ergriff sie seine Hand und hielt sie fest, wobei sie es vermied, ihm in das zerstörte Gesicht zu blicken.

»Sie sind Amerikanerin«, sagte er. »Ich war einmal in Amerika ...«

»Ich bin aus New York.« Als ob das eine Rolle spielt, dachte sie.

»Seit wann sind Sie hier?« Er klammerte sich an sie, als ob er durch das Gespräch mit ihr überleben könnte.

»Seit heute Abend«, erwiderte sie lächelnd.

»Nein, ich meine, wann sind Sie aus Amerika gekommen?«, fragte Mark.

»Letztes Wochenende ... auf der *Lusitania*.« Die Schreie und das Stöhnen um sie herum waren unerträglich.

»Diese Scheißkerle ... Frauen und Kindern das anzutun ... das sind doch Tiere«, erwiderte er heftig. Victoria wandte sich einem anderen jungen Mann zu, der an ihrer Schürze gezupft hatte. Er verlangte nach seiner Mutter und hatte Durst. Victoria erfuhr, dass er erst siebzehn war und aus Hampshire kam. Zwanzig Minuten später war er bereits tot. In dieser Nacht redete sie noch mit unzähligen anderen Männern, und die meisten von ihnen starben, während sie bei ihnen saß. Sie konnte nichts mehr für sie tun, hörte ihnen einfach nur zu, zündete hier und da einem Mann eine Zigarette an oder gab jemandem Wasser zu trinken. Sie erlebte diese Nacht wie einen unvorstellbar schrecklichen Albtraum, und als sie am Morgen aus dem Zelt taumelte, war ihre Schürze bedeckt mit Blut und Erbrochenem. Sie hatte keine Ahnung, wohin sie sich wenden sollte oder wo ihr Koffer abgeblieben war, den sie am Abend zuvor einfach vor dem Lazarett hatte stehen lassen.

Didier kam auf sie zu und wies auf ein größeres Zelt, das ein wenig abseits stand. »Dort gibt es etwas zu essen«, sagte er. Sie wusste nicht, ob ihre Beine sie noch so weit tragen würden. Sie hatte die ganze Nacht nicht geschlafen, und jeder Zoll ihres Körpers schmerzte unerträglich. Er lächelte sie an. »Tut es Ihnen Leid, dass Sie hierher gekommen sind, Olivia?«, fragte er.

»Nein«, log sie müde lächelnd. Didier fand, sie habe sich gut gehalten. Die meisten Freiwilligen blieben höchstens einen Tag und reisten dann entsetzt wieder ab. Manche waren jedoch schon etliche Wochen dabei. Das würde bei ihr jedoch nicht der Fall sein, dazu war sie zu jung und zu hübsch. Wahrscheinlich hatte sie nur einmal etwas Aufregendes erleben wollen.

»Sie werden sich schon noch daran gewöhnen. Warten Sie nur bis zum Winter, das wird Ihnen gefallen.« Im vergangenen Winter hatten sie monatelang bis zu den Hüften im Schlamm gesteckt, weil es ununterbrochen geregnet hatte. Aber das war immer noch besser als die eisige Kälte, der die Russen in Galizien ausgesetzt gewesen waren. Victoria lauschte Didiers Erzählungen und dachte darüber nach, dass sie im Winter nicht mehr an diesem Ort, sondern längst wieder in New York bei Charles und Geoffrey sein würde. In jenem Moment schienen ihr die beiden jedoch so weit entfernt zu sein, als ob es sie gar nicht gäbe. Die Einzige, der sie sich immer nahe fühlte, war Olivia. Sie hatte in der Nacht ein paarmal ihre Stimme gehört.

Victoria stolperte auf das Zelt zu, in dem sich die Kantine befinden sollte, und als sie näher kam und ihr der Duft von Kaffee und Essen entgegenwehte, merkte sie auf einmal, dass sie vor Hunger fast umkam. Sie nahm sich Rührei und einen Teller Eintopf, der fast nur aus Knorpel bestand, außerdem eine dicke Scheibe Brot, das so trocken war, dass sie es kaum kauen konnte. Nachdem sie noch zwei große Tassen starken, schwarzen Kaffee getrunken hatte, regten sich ihre Lebensgeister langsam wieder. Sie stellte fest, dass hinter der Front praktisch eine kleine Stadt errichtet worden war, mit Baracken, Lazarett- und Vorratszelten und einer Kantine. In einiger Entfernung lag ein kleines Schloss, in dem die älteren Offiziere und der kommandierende General wohnten, sowie ein Bauernhof, auf dem ebenfalls Soldaten untergebracht waren. Die anderen schliefen in den Holzbaracken. Victoria hatte immer noch keine Ahnung, wo sie unterkommen sollte.

»Sind Sie vom Roten Kreuz?«, fragte ein nettes, stämmiges Mädchen. Sie trug eine Schwesterntracht, die über und über mit Blut bespritzt war, aß aber dennoch gleichmütig ihr Frühstück. Vor zwölf Stunden noch wäre Victoria entsetzt gewesen, doch jetzt kam es ihr bereits völlig normal vor.

»Ich wollte tatsächlich für das Rote Kreuz arbeiten«, erklärte Victoria. Das Mädchen hieß Rosie und war, wie die meisten hier, Engländerin. »Aber ich glaube, ich habe gestern die Leute, an die ich mich wenden sollte, verpasst, und jetzt weiß ich nicht, was mit ihnen ist.«

»Ich glaube, ich weiß es.« Rosie warf ihr einen seltsamen Blick zu. »Ihr Wagen wurde gestern in Meaux auf dem Weg hierher beschossen. Sie waren zu dritt und sind alle tot.« Victoria dachte, dass es sie vielleicht auch erwischt hätte, wenn sie pünktlich zu ihnen gestoßen wäre. Es war ein entsetzlicher Gedanke. »Was wollen Sie jetzt tun?«, fragte das Mädchen. Victoria dachte nach. Auf einmal war sie sich nicht mehr so sicher, dass sie überhaupt noch bleiben wollte. Damals in New York, bei den Vorträgen über den Krieg und die Hilfe, die benötigt wurde, hatte sich alles so aufregend und hochherzig angehört. Sie hatte Krankenwagen fahren sollen. Aber sterbende Männer betreuen? Es gab sicher noch bessere Möglichkeiten, sich nützlich zu machen.

»Ich weiß nicht genau«, erwiderte Victoria zögernd. »Ich bin keine ausgebildete Krankenschwester und weiß nicht, ob ich Ihnen überhaupt von Nutzen sein kann. Mit wem könnte ich denn einmal sprechen?«

»Mit Sergeant Morrison«, sagte Rosie lächelnd. »Sie hat die Verantwortung für die Freiwilligen. Aber machen Sie sich nichts vor, Mädchen, wir brauchen jede Hilfe, die wir kriegen können, ausgebildet oder nicht – wenn Sie es aushalten.«

»Wo finde ich Sergeant Morrison?«, fragte Victoria.

Rosie lachte und schenkte sich noch eine weitere Tasse Kaffee ein. »Warten Sie zehn Minuten, dann findet sie Sie. Sergeant Morrison weiß über alles Bescheid. Das ist eine Warnung!« Sie grinste fröhlich. Und sie sollte Recht behalten. Fünf Minuten später marschierte eine große Frau in Uniform auf Victoria zu und musterte sie von Kopf bis Fuß. Didier hatte ihr bereits von dem Neuankömmling erzählt. Sergeant Morrison war ein Meter achtzig groß, hatte blonde Haare und blaue Augen und kam aus Melbourne in Australien. Sie war seit fast einem Jahr in Frankreich und sogar schon einmal verwundet worden. Ihre Freiwilligen behandelte sie wie Sklaven, und sie verstand keinen Spaß, wie Rosie bemerkt hatte.

»Ich habe gehört, Sie haben sich gleich an die Arbeit gemacht«, sagte Sergeant Morrison zu Victoria, die beim Klang ihrer Stimme erbebte.

»Ja«, erwiderte sie und setzte sich aufrecht hin. Sie kam sich vor wie ein Rekrut. Trotz des Chaos ringsum war alles straff organisiert. Jeder wusste, was er zu tun hatte und was von ihm erwartet wurde.

»Wie hat es Ihnen gefallen?«, fragte Sergeant Morrison.

»Ich glaube, ›gefallen‹ ist nicht das richtige Wort«, erwiderte Victoria vorsichtig. Rosie war bereits zum Operationszelt zurückgegangen; sie hatte weitere zwölf Stunden Dienst vor sich. Hier wurde in Vierundzwanzig-Stunden-Schichten gearbeitet, es sei denn, man brach vorher zusammen, was auch vorkam. »Die meisten Männer, um die ich mich heute Nacht gekümmert habe, sind noch vor Tagesanbruch gestorben«, sagte Victoria leise. Penny Morrison nickte.

»Das kommt hier draußen oft vor. Wie fühlen Sie sich dabei, Miss Henderson?« Sie wusste ihren Namen und hatte auch bereits ohne Victorias Wissen deren Koffer in die Frauenbaracke bringen lassen und ihr dort ein Feldbett zugewiesen. »Wir können Ihre Hilfe hier brauchen«, fügte sie hinzu. »Ich weiß zwar nicht, warum Sie hierher gekommen sind, und es ist mir auch gleichgültig, aber wenn Sie genügend Mumm haben, brauchen wir Sie hier dringend. Es ist eine fruchtbare Schlacht.« Das hatte Victoria bereits am Vorabend bemerkt. Man hatte ihr eine Gasmaske gegeben, für den Fall, dass die Schützengräben nicht standhalten und die Deutschen vordringen würden.

»Ich möchte gerne bleiben«, erwiderte Victoria, überrascht über ihre eigenen Worte.

»Gut.« Sergeant Morrison stand auf und blickte auf ihre Armbanduhr. Sie hatte noch andere Dinge zu erledigen. »Sie schlafen in der Frauenbaracke. Ich habe

Ihren Koffer gestern Abend dorthin bringen lassen. Jemand kann Ihnen den Weg zeigen. Und in zehn Minuten melden Sie sich bitte im Feldlazarett zum Dienst zurück.«

»Jetzt gleich?« Victoria blickte die Frau fassungslos an. Sie war die ganze Nacht auf den Beinen gewesen und wollte jetzt eigentlich erst einmal schlafen.

»Heute Abend um acht ist Ihr Dienst beendet.« Sergeant Morrison lächelte. »Ich habe Ihnen ja gesagt, Henderson, Sie werden hier gebraucht. Ihren Schönheitsschlaf können Sie später nachholen. Und übrigens«, fügte sie streng hinzu, »binden Sie sich die Haare zurück.« Mit diesen Worten verließ sie das Zelt. Victoria schenkte sich noch eine Tasse Kaffee ein und überlegte, ob sie wohl weitere zwölf Stunden Dienst durchstehen würde. Aber sie hatte anscheinend keine andere Wahl.

»So schnell schon wieder zurück? Sie sind wohl Sergeant Morrison begegnet«, neckte Didier sie, als er sie sah. Er hatte ebenfalls noch Dienst. Victoria zog sich eine frische Schürze an. Sie band sich auch die Haare zusammen, wie Sergeant Morrison es ihr empfohlen hatte, und setzte sich eine ehemals sterile Haube auf. Dann machte sie sich wieder an die Arbeit.

Es war nicht anders als in der Nacht zuvor. Sterbende, stöhnende, schreiende Männer, verletzte Gliedmaßen und Lungen voller Giftgas. Als ihre Schicht endlich vorüber war, konnte sich Victoria kaum noch auf den Beinen halten. Ihr war übel vor Müdigkeit. Sie fragte jemanden nach den Frauenunterkünften, und als sie endlich dort war, legte sie sich einfach auf das erstbeste Feldbett und schlief sofort ein. Noch nie in ihrem Leben war Victoria so müde gewesen; sie träumte noch nicht einmal von ihrer Schwester. Erst spät am nächsten Nachmittag wachte sie wieder auf, duschte, wusch sich die Haare und ging dann auf der Suche nach etwas Essbarem ins Kantinenzelt. Es war ein wunderschöner Maitag, und während Victoria etwas aß und den starken, schwarzen Kaffee trank, den hier alle zum Überleben brauchten, kam sie sich beinahe wieder wie ein Mensch vor.

Sie hatte keine Ahnung, wann sie wieder zum Dienst musste, da ihr niemand etwas gesagt hatte. Als sie Didier sah, fragte sie ihn danach. Man konnte ihm ansehen, dass er sechsunddreißig Stunden durchgearbeitet hatte.

»Ich glaube nicht, dass man Sie vor heute Abend wieder zurückerwartet, aber in Ihrer Baracke müsste ein Plan hängen. Morrison konnte sich wahrscheinlich vorstellen, dass Sie ein bisschen Schlaf brauchten.«

»Aber Sie auch«, erwiderte Victoria mitfühlend. Langsam begann sie, sich heimisch zu fühlen, und dieses Gefühl gefiel ihr. »Danke, Didier, bis später dann.«

»*Salut!*«, sagte er und ging lächelnd davon. Er mochte sie. Er hatte zwar keine Ahnung, warum sie hier war, aber die meisten Freiwilligen hatten ihre Gründe, und sie erzählten selten davon.

Victoria ging zur Frauenbaracke zurück und sah auf den Plan. Ihr Dienst begann erst wieder in zwei Stunden. Sie legte sich noch für eine Weile auf ihr Feldbett und ruhte sich aus, dann marschierte sie um das Lager und sah sich alles an. Dabei fragte sie sich, ob sie Olivia schreiben sollte, aber dazu blieb ihr eigentlich nicht genug Zeit. Stattdessen kehrte sie ein wenig früher ins Lazarettzelt zurück. Dieses Mal entdeckte sie keine vertrauten Gesichter, doch nach einer Weile kam Sergeant Morrison und brachte ihr eine Uniform, eine Haube mit einem roten Kreuz darauf und einen roten Umhang für kältere Tage. Es war eine seltsame Mischung von Kleidungsstücken, doch wenn sie sie trug, wusste jeder gleich, wen er vor sich hatte. Sergeant Morrison fragte Victoria, wie sie zurecht käme.

»Ganz gut, glaube ich«, sagte Victoria vorsichtig. Sie tat jedenfalls ihr Bestes.

»Das freut mich. Sie können sich Ihren Ausweis im Personalzelt abholen. Wir haben gestern Ihren Aufenthalt hier genehmigt bekommen«, erwiderte Morrison. »Ich glaube, Sie werden Ihre Sache gut machen.« Dieses Lob überraschte Victoria, aber sie hatte keine Zeit, sich zu bedanken, weil Sergeant Morrison sofort wieder verschwand.

Victoria arbeitete vierzehn Stunden lang, und danach war sie so erschöpft, dass sie nicht einmal mehr etwas aß, sondern direkt zu ihrer Unterkunft ging. Es war ein strahlender Tag, die Sonne stand hoch am Himmel, die Vögel zwitscherten – und ringsumher starben die Menschen. Victoria ging durch den Kopf, wie sinnlos das alles war. In Gedanken versunken spazierte sie an den Unterkünften vorbei, bis sie an eine kleine Lichtung gelangte. Dort setzte sie sich, lehnte sich an einen Baum und zündete sich eine Zigarette an. Sie musste ein paar Minuten lang allein sein. Sie war nicht daran gewöhnt, ständig Menschen um sich zu haben, und hatte es sich nicht so anstrengend vorgestellt. Müde schloss sie die Augen und ließ sich von der Sonne wärmen.

»Sie werden bestimmt schön braun«, ertönte plötzlich eine männliche Stimme direkt vor ihr. »Ich könnte mir allerdings angenehmere Urlaubsorte vorstellen.« Der Mann sprach Englisch mit einem leichten französischen Akzent. Victoria öffnete die Augen und blickte zu ihm hoch. Er hatte blonde Haare, und an einem anderen Ort und zu einer anderen Zeit hätte sie bestimmt gedacht, dass er sehr gut aussah.

»Woher wussten Sie, dass ich Englisch spreche?«, fragte sie neugierig.

»Ich habe gestern Ihre Papiere unterschrieben«, sagte er und musterte sie kühl. »Und jetzt habe ich Sie an Ihrer Uniform und aufgrund der Beschreibung erkannt.« Penny Morrison hatte gesagt, dass eine sehr hübsche junge Amerikanerin eingetroffen sei, die den Untergang der *Lusitania* überlebt habe und wahrscheinlich ungefähr zehn Minuten bleiben werde.

»Muss ich jetzt aufstehen und salutieren?«, fragte Victoria.

Der Mann lächelte. »Nein, es sei denn, Sie wollten in die Armee eintreten, und das sollten Sie meiner Meinung nach besser nicht. Aber das liegt natürlich bei Ihnen.« Er sprach perfekt Englisch, denn er hatte in Oxford und Harvard studiert. Victoria schien er zwar etwas älter zu sein als Charles, aber es erstaunte sie doch, als sie später erfuhr, dass er schon neununddreißig war. Er sah aus wie ein Aristokrat. »Ich bin übrigens Hauptmann Edouard de Bonneville«, stellte er sich vor und lächelte. Victoria strahlte. Auf der ganzen Überfahrt hatte sie außer mit Lady Mackworth kaum mit jemandem gesprochen, und die Unterhaltung mit dem Hauptmann ließ sich vielversprechend an.

»Sind Sie der kommandierende Offizier?«, fragte sie. »Dann sollte ich wohl besser aufstehen – aber um die Wahrheit zu sagen: Ich bin mir nicht sicher, ob mich meine Beine tragen würden.« Müde lächelte sie ihn an.

»Das ist ein weiterer Vorteil, wenn Sie nicht in der Armee sind. Sie müssen nicht aufstehen und salutieren und auch nicht strammstehen. Sie sehen schon, Sie sollten wirklich kein Soldat werden.« Er setzte sich auf einen Baumstumpf ihr gegenüber und betrachtete sie ungeniert. »Nein, ich bin nicht der kommandierende Offizier, ich komme erst an dritter oder vierter Stelle, und deshalb hat Ihr Verhalten überhaupt keine Konsequenzen.«

»Da Sie gestern meine Papiere unterzeichnet haben, bin ich mir nicht sicher, ob ich Ihnen glauben soll.«

»Aber es kommt der Wahrheit ziemlich nahe«, sagte er, was allerdings nicht ganz zutraf. Er war in Saumur gewesen, der Kavallerieschule für Adelige, und er würde seinen Weg in der Armee machen. Letztendlich würde er General werden. Edouard war jedoch mehr daran interessiert, Victorias Geschichte zu erfahren, als seine zu erzählen. Einige der Männer im Lager hatten ihm bereits von der jungen Amerikanerin berichtet, und Penny Morrison war ganz hingerissen von ihr. Offenbar kam sie aus gutem Haus; sie war jung und wunderschön und wirkte wie ein Mädchen, das im Sommer eher Partys oder Bälle besucht, als hinter der Front zu arbeiten. »Ich habe gehört, dass Sie mit der *Lusitania* aus New York gekommen sind«, sagte er. »Das war kein guter Start für Ihre Reise. Es tut mir Leid für Sie... Aber« – er grinste verschmitzt – »sie ist ja auch noch nicht zu Ende. Haben Sie sich auf dem Weg zu einer Verabredung hierhin verirrt, oder sind Sie absichtlich gekommen?« Victoria blickte ihn an. Sie kannte den Mann zwar gar nicht, aber er war ihr auf Anhieb sympathisch. Er war so geradeheraus, und das gefiel ihr.

»Nein, ich bin absichtlich hierher gekommen. Ich musste diese Reise machen.« Ihre Blicke begegneten sich. Ihre Augen hatten fast die gleiche Farbe, auch wenn sie dunkelhaarig und er blond war. Sie hätten ein schönes Paar abgegeben, obwohl der Hauptmann fast zwanzig Jahre älter als Victoria war. »Wie kommt es, dass Sie so gut Englisch sprechen?«

»Ich bin nach der Sorbonne für ein Jahr nach Oxford gegangen, und danach habe ich ein Jahr in Harvard verbracht. Später war ich dann in Saumur, das ist so eine blöde französische Militärakademie, wo es einen Haufen Pferde gibt.« Davon hatte selbst Victoria schon einmal gehört, und sie wusste, dass es eine sehr angesehene Institution war, die man mit West Point in den Staaten vergleichen konnte. »Und jetzt bin ich hier, möchte es aber ehrlich gesagt gar nicht sein.« Er zündete sich eine Zigarette an. »Und wenn Sie auch nur einen Funken Verstand hätten, würden Sie mit dem nächsten amerikanischen Schiff wieder dorthin zurückfahren, wo Sie hergekommen sind. Wo ist das übrigens?« Er blickte sie fragend an. Dass sie Amerikanerin war, wusste er, aber er wollte gerne Näheres erfahren.

»New York«, erwiderte sie vorsichtig.

»Und Sie sind vor Ihren tyrannischen Eltern davongelaufen?«

»Nein.« Sie schüttelten den Kopf. »Mein Vater ist sehr liebenswürdig.«

Überrascht blickte Edouard sie an. »Und er hat Sie hierher fahren lassen? Ein seltsamer Vater! Ich würde das meiner Tochter nie erlauben, wenn ich eine hätte, aber ich habe ja Gott sei Dank keine.« Victoria blickte auf seine Hand. Er trug keinen Ehering, aber das musste nichts bedeuten. Schließlich trug sie auch keinen Ring, obwohl sie mit Charles verheiratet war. Ihren Ehering trug jetzt Olivia.

»Mein Vater weiß nicht, dass ich hier bin«, erklärte Victoria. »Er glaubt, ich sei in Kalifornien.«

»Das ist aber nicht nett von Ihnen.« Edouard warf ihr einen missbilligenden Blick zu. »Weiß denn niemand, dass Sie hier sind?« Die junge Frau schien ihm ausgesprochen tollkühn zu sein – aber auch ausgesprochen naiv.

»Doch, meine Schwester«, erwiderte sie und lehnte sich wieder an den Baum. Sie war müde, doch sie genoss die Unterhaltung mit diesem fremden Mann. Es schien ihr, als könne sie ihm ohne Bedenken die Wahrheit erzählen. Was sollte er deswegen schon unternehmen? Schließlich war sie volljährig. »Wir sind Zwillinge«, fügte sie leise hinzu.

»Eineiige?«, fragte er fasziniert.

»Ja.« Sie nickte. »Meine Schwester ist sozusagen mein Spiegelbild. Alles, was ich auf der linken Seite habe, hat sie auf der rechten. Wie dieses Muttermal.« Sie streckte ihm ihre linke Hand hin, sodass er den winzigen Fleck auf der Handfläche erkennen konnte. Er betrachtete ihn aufmerksam und nickte dann. Für ihn hatte das Mal keine Bedeutung, da er ja nicht beiden gegenüberstand, aber er konnte sich gut vorstellen, dass die Zwillinge für Verwirrung sorgen konnten. »Niemand kann uns auseinander halten, außer der Frau, die sich um uns gekümmert hat, als wir klein waren. Nicht einmal unserem Vater gelingt es.« Victoria lachte.

»Das könnte zu Komplikationen führen«, sagte er schmunzelnd, »vor allem mit Männern, habe ich Recht? Sie haben sie ganz schön durcheinander gebracht, nicht wahr?« Sie lachte, und in diesem Moment dachte Edouard, dass sie eine aufregend schöne Frau war.

»Nur ein paar«, gestand sie und blickte ihn unschuldig an. Er glaubte ihr nicht eine Sekunde lang.

»Die armen Teufel. Wie grässlich! Da kann ich ja froh sein, dass ich Sie nicht beide zusammen kennen gelernt habe – obwohl ich zugeben muss, dass ich Sie gerne einmal nebeneinander gesehen hätte. Wie heißt Ihre Schwester?« Victoria zögerte kurz. »Victoria«, sagte sie dann.

»Olivia und Victoria. Klingt perfekt. Sie sind also heimlich hier, Olivia. Wie lange wollen Sie denn bei uns bleiben? Bis zum Ende des Krieges?« Das bezweifelte er allerdings. Warum sollte sie? Sie war offensichtlich aus gutem Haus, gebildet, intelligent und sehr schön. Sie konnte jederzeit wieder nach Hause fahren, und der Moment würde unweigerlich kommen, wenn sie der Gefahren und Unbequemlichkeiten hinter der Front überdrüssig würde.

»Ich weiß es noch nicht.« Sie blickte ihn an, und ihre Augen erzählten ihm eine Geschichte, die er noch nicht verstand. Er dachte, dass sie vielleicht vor etwas davongelaufen war. »Ich bleibe, so lange ich kann. Es hängt von meiner Schwester ab.«

»Von Ihrer Schwester?« Fragend zog er eine Augenbraue hoch. »Warum von ihr?« Sie war ein seltsames Geschöpf, und am liebsten hätte er sich stundenlang mit ihr unterhalten, um sie besser kennen zu lernen.

»Sie kümmert sich zu Hause an meiner Stelle um alles.«

»Das klingt kompliziert«, erwiderte er.

»Das ist es auch.«

»Vielleicht erzählen Sie es mir ja eines Tages.« Er gelobte sich, sie im Auge zu behalten, solange sie da war. Es würde sicher interessant werden.

Langsam erhob sie sich. Sie spürte ihre schmerzenden Knochen, und obwohl sie am liebsten immer weiter mit Edouard geplaudert hätte, wusste sie doch, dass sie sich jetzt endlich hinlegen musste. Er begleitete sie zu den Frauenunterkünften. Anscheinend machte es ihm nichts aus, wenn man ihn in Begleitung einer Freiwilligen sah.

In der folgenden Woche tauchte er ständig in Victorias Nähe auf und beobachtete sie, und einmal aß er sogar mit ihr zu Abend, als sie zehn Minuten Pause hatte, bevor sie wieder an die Arbeit musste. Und inmitten des Chaos gelang es ihnen, einander ihr Leben zu erzählen; sie sprachen über den Krieg und über den Untergang der *Lusitania*, aber auch über ihre Vorlieben und Freuden.

Victoria war ungefähr seit einem Monat in Châlons-sur-Marne, als Edouard sie zu einem kleinen Abendessen im Schloss einlud, das der General für die älteren Offiziere gab.

»Ein Abendessen? Hier?« Sie blickte ihn erschreckt an. Sie hatte nichts zum Anziehen, da sie ja alles beim Untergang des Schiffes verloren hatte, und was sie sich in Liverpool gekauft hatte, war eher praktisch als kleidsam. Die meiste Zeit trug sie ohnehin ihre Schwesterntracht und Schürzen.

»Es tut mir Leid, aber auf das *Maxim* in Paris bin ich

nicht vorbereitet.« Edouard blickte sie amüsiert an. Sie hörte sich auf einmal ganz wie eine Frau an.

»Ich habe außer meiner Uniform gar nichts zum Anziehen«, fuhr sie mit klagendem Unterton fort. Es schmeichelte ihr, dass Edouard sie eingeladen hatte. Sie waren in den letzten Monaten gute Freunde geworden, aber es kam ihr nicht in den Sinn, dass er sich zu ihr hingezogen fühlen könnte. Er war viel älter, ein hochrangiger Offizier, und die Front schien kaum der geeignete Ort für eine Romanze zu sein.

»Ich habe auch nur meine Uniform, Olivia.« Wenn er den Namen ihrer Schwester aussprach, musste Victoria immer lächeln. Sie hatte ein- oder zweimal daran gedacht, ihm die Wahrheit zu beichten, aber sie fürchtete, dass sie dann Schwierigkeiten bekommen hätte. Schließlich war sie mit einem falschen Pass im Kriegsgebiet unterwegs. »Das ist schon in Ordnung«, fuhr er fort, um sie zu beruhigen. Er wollte sie um sieben Uhr abholen, wenn ihr Dienst zu Ende wäre.

Sie musste eigentlich eine Sondererlaubnis haben, um sich so früh aus dem Lazarettzelt entfernen zu können, aber Didier erklärte sich damit einverstanden. Als sie ihm den Grund nannte, zog er eine Augenbraue hoch.

»Ich habe mich schon die ganze Zeit gefragt, wann es so weit sein würde«, sagte er. Er hatte Victoria in den vergangenen Monaten ins Herz geschlossen. Sie arbeitete hart und übernahm sogar zusätzliche Schichten, ohne zu klagen.

»Wir sind nur Freunde«, erwiderte sie lachend.

»Das denkst du! Du kennst die französischen Männer nicht.« Didier grinste.

»Sei nicht albern!« Victoria lief eilig zu den Unterkünften, um sich wenigstens eine frische Uniform anzuziehen. Sie löste ihre Haare und bürstete sie durch. Mehr konnte sie nicht tun, um hübsch auszusehen, weil sie noch nicht einmal Make-up hatte.

Um die vereinbarte Zeit holte Edouard sie mit einem Jeep ab.

»Du siehst sehr hübsch aus, Olivia«, sagte er anerkennend. Lachend dankte sie ihm. »Wie gefällt dir mein Kleid? Ich habe es in Paris schneidern lassen. Und meine Haare?« Kokett drehte sie sich vor ihm. »Ich habe Stunden gebraucht, um mich zu frisieren.«

»Du bist unmöglich! Deine Familie ist bestimmt froh, dass sie dich für eine Weile los ist.«

»Ja«, erwiderte Victoria. Sie dachte an Charles und Geoff und stellte fest, dass sie die beiden eigentlich gar nicht vermisste.

»Hast du eigentlich schon etwas von deiner Schwester gehört?«

»Ja, zweimal. Ich habe ihr auch schon geschrieben, aber es ist schwer, ihr zu erklären, was hier lost ist, wenn sie es nicht selbst sieht. Meine Briefe klingen so gekünstelt.«

»Einen Krieg kannst du nur dann verstehen, wenn du ihn miterlebst«, erwiderte Edouard. Sie waren mittlerweile am Schloss angekommen. Victoria versuchte sich noch einmal mit den Händen die Haare zu glätten, und während sie an Edouards Seite auf den Eingang zuging, wurde sie auf einmal nervös. Es waren noch zwei weitere Frauen anwesend. Die Schlossherrin, die in einem kleinen Haus auf dem Grundstück wohnte, war eine reizende ältere Dame, alt genug, um Victorias Mutter sein zu können. Die andere Frau war die Gattin eines Offiziers, die aus London zu Besuch gekommen war. Da ihr Mann keinen Heimaturlaub bekommen hatte, hatte er sie nach Frankreich kommen lassen.

Es war ein kleines, zwangloses Abendessen, und die Gespräche drehten sich zunächst hauptsächlich um den Krieg. Doch nach einer Weile wandten sich die Gäste auch anderen Themen zu. Die Unterhaltung wurde auf

Englisch geführt, obwohl sich auch Victorias Französisch langsam verbesserte. Um zehn Uhr machten Edouard und sie sich wieder auf den Rückweg. Er war sehr stolz auf sie, sagte jedoch nichts. Sowohl der General als auch die Gräfin waren beeindruckt von Victoria gewesen, doch sie hatte es gar nicht zur Kenntnis genommen.

In der Ferne hörte man das Donnern der Geschütze und das vertraute Pfeifen der Geschosse, und Victoria betete darum, dass zumindest in dieser Nacht nicht zu viele Männer verwundet würden.

»Wohin mag das alles noch führen?«, fragte sie leise, als sie mit Edouard vor den Baracken stand. Er wollte an diesem Abend unbedingt noch in Ruhe mit ihr reden, doch es gab kein ungestörtes Fleckchen, wo sie hätten hingehen können.

»Krieg führt niemals zu etwas«, erwiderte er philosophisch. »Man braucht nur die Geschichte bis zurück zu den Punischen Kriegen zu betrachten, um es zu begreifen.«

»Vielleicht sollten wir diese Nachricht noch einmal verbreiten.« Lächelnd blickte Victoria ihn an. Er bot ihr eine Zigarette an, die sie dankend annahm. »Damit könnten wir allen eine Menge Ärger ersparen.«

»Vergiss nicht, dass die Überbringer schlechter Nachrichten häufig getötet werden«, erwiderte er und gab ihr mit seinem goldenen Feuerzeug Feuer. »Es war wunderschön heute Abend«, wechselte er dann das Thema. »Ich bin gerne mit dir zusammen, und wir sollten das bei nächster Gelegenheit wiederholen.« Wenn dieser verdammte Krieg nicht wäre, hätte er ihr sein Heimatland zeigen und so viel mit ihr unternehmen können. Und er hätte sie seinen Freunden vorgestellt. Aber sie lagen jetzt alle in den Schützengräben zwischen Streenstraat und Poelcapelle. Es war der denkbar schlechteste Zeitpunkt, um eine Frau zu werben.

»Mir hat es auch gefallen«, erwiderte sie. Sie genoss es, mit ihm zusammen zu sein. »Der General ist ziemlich beeindruckend.« Sie lächelte Edouard an, und er ergriff ihre Hand und küsste sie.

»Du auch.« Zögernd ließ er ihre Hand los. »Ich muss dir etwas sagen, Olivia. Ich möchte nicht, dass es Missverständnisse zwischen uns gibt.« Bei seinen Worten spürte sie auf einmal einen vertrauten Schmerz in ihrem Herzen, und sie erstarrte.

Sie sprach den Satz für ihn zu Ende. »Du bist verheiratet«, sagte sie mit ausdruckslosem Gesicht.

»Wie kommst du darauf?« Verblüfft starrte er sie an und erkannte deutlich den schmerzvollen Ausdruck in ihren Augen.

»Ich wusste es einfach. Das heißt, bis eben gerade wusste ich es nicht... aber jetzt ist mir alles klar. Was hast du sonst noch zu sagen?«

»Oh... vieles... Die Menschen tragen jede Menge Gepäck mit sich herum. Und das ist eben meins. Es ist keine richtige Ehe...«, setzte er an, aber sie unterbrach ihn.

»Nein, natürlich nicht, es ist eine Ehe ohne Liebe. Du hättest sie nie heiraten sollen, und vielleicht verlässt du sie ja nach dem Krieg – oder auch nicht...« Verletzt brach sie ab.

»Nein, ganz so ist es nicht«, erwiderte Edouard. »Meine Frau hat mich bereits vor fünf Jahren verlassen. Ja, es war eine Ehe ohne Liebe. Für uns beide. Ich weiß nicht einmal genau, wo sie jetzt ist. Wahrscheinlich in der Schweiz. Sie ist mit meinem besten Freund durchgebrannt, aber ehrlich gesagt, war es eine Erleichterung für mich. Wir waren drei Jahre lang verheiratet und haben einander gehasst. Aber ich kann mich nicht scheiden lassen, da wir in einem katholischen Land leben. Ich wollte, dass du das weißt. Ich wollte einfach nicht warten, bis es zu spät ist, um es dir zu sagen. Vor dem Gesetz und der Kirche bin ich verheiratet. Aber eben nur in dieser Hinsicht.«

Victoria blickte ihn erstaunt an. Diese Geschichte hatte sie nicht erwartet, und sie überlegte, ob sie Edouard glauben sollte.

»Sie hat dich verlassen?« In diesem Moment wirkte sie sehr jung, und er lächelte über ihren verzagten Gesichtsausdruck.

Er nickte abwesend. Es war schon so lange her, und in der Zwischenzeit hatte es bereits ein oder zwei andere Frauen gegeben, für die er sich interessiert hatte. Die letzte Episode lag allerdings bereits ein Jahr zurück. »Vor fast sechs Jahren«, erwiderte er. »Ich sollte wahrscheinlich behaupten, dass sie mir das Herz gebrochen hat, damit du Mitleid mit mir hast, aber das kann ich leider nicht. Ich bin Georges unendlich dankbar. Es war eine große Erleichterung, als sie endlich weg war. Eines Tages werde ich mich persönlich bei ihm dafür bedanken, denn der arme Teufel hat wahrscheinlich Schuldgefühle deswegen.«

»Warum hast du sie so sehr gehasst?«

»Weil sie verwöhnt, schwierig und absolut unerträglich war. Sie war ungeheuer egoistisch, und wir haben uns einfach nicht verstanden.«

»Warum hast du sie dann geheiratet? Ist sie hübsch?«, fragte Victoria neugierig.

»Sehr hübsch«, erwiderte er. »Aber daran lag es nicht. Sie war mit meinem Bruder verlobt, der dann bei einem Jagdunfall ums Leben kam. Die beiden hatten wenige Wochen später heiraten wollen, und er war so unvorsichtig gewesen, sie zu schwängern.« Er blickte sie entschuldigend an. »Es tut mir Leid, ich bin wohl schon zu lange an der Front. Das hätte ich dir vielleicht nicht erzählen sollen.« Victoria machte eine wegwerfende Geste und nahm sich noch eine von seinen Zigaretten. Die Geschichte war ihrer eigenen nicht unähnlich. »Auf jeden Fall trat ich an die Stelle meines Bruders und heiratete sie, weil es mir ritterlich erschien. Drei Wochen später erlitt sie eine Fehlgeburt, jedenfalls hat sie das behauptet. Mittlerweile bin ich gar nicht mehr überzeugt davon, dass sie überhaupt schwanger war. Ich glaube, sie hat meinen Bruder hereingelegt, und er ist so naiv gewesen, ihr zu glauben. Drei Jahre später brannte sie mit Georges durch, nachdem sie bereits ein Jahr lang eine Affäre mit ihm hatte. Sie hat sich und ihm eingeredet, dass ich nichts davon wisse. Ich glaube allerdings, dass es vorher sogar noch zwei oder drei andere Liebhaber gegeben hat. Jedenfalls ist sie jetzt fort, und seitdem verläuft mein Leben erstaunlich friedlich. Das einzige Problem ist nur, dass sie sich nicht von mir scheiden lassen wird, wenn nicht Georges unvermutet zu Vermögen kommt. Aber dazu wird es wohl kaum kommen, denn er ist leider nicht besonders helle. Oder aber sie muss jemandem begegnen, den sie unbedingt heiraten will. Ich habe ihr eine große Abfindung angeboten, aber zurzeit zieht sie den Titel noch vor.«

»Titel?« Victoria zog fragend eine Augenbraue hoch.

»Sie ist durch unsere Heirat Baroness geworden, was nicht der Fall gewesen wäre, wenn sie meinen Bruder geheiratet hätte, weil er der jüngere Sohn war. Und Heloise ist leider verrückt danach, einen Titel zu führen, also müsste ihr jetzt schon jemand Besseres begegnen – ein Marquis oder ein Viscount –, damit sie sich von mir scheiden ließe.« Victoria lächelte Edouard an. So wie er es ihr erzählte, hörte es sich beinahe komisch an. »Und jetzt musst du mir von dem Mann erzählen, der dir das Herz gebrochen hat«, fuhr er fort. »Ich habe offensichtlich einen wunden Punkt getroffen, als ich von meiner lieblosen Ehe erzählt habe. Willst du darüber sprechen?«

Er griff nach ihrer Hand und hielt sie fest. Es war eine Erleichterung, dass er alles gebeichtet hatte. Er war zwar frei, aber nicht für die Ehe, doch das war nie ein Problem für ihn gewesen, bis er sie kennen gelernt hatte. Traurig war nur, dass er nie Kinder haben würde.

»Es gibt nicht viel zu erzählen«, erwiderte Victoria. »Und es ist auch eigentlich nicht wichtig.«

»Aber doch so wichtig, dass du hierher gekommen bist«, stellte er fest. »Oder hatte das einen anderen Grund?«

»Es hatte viele Gründe«, sagte sie. »Ja, es gab jemanden, vor zwei Jahren. Ich war damals jung und unglaublich naiv. Aus heutiger Sicht kommt es mir so unbedeutend vor.« Sie warf ihm einen verlegenen Blick zu, und er lächelte ermutigend. »Aber damals war dieser Mann für mich das Wichtigste auf der Welt. Ich habe mich Hals über Kopf in ihn verliebt und einen dummen Fehler begangen. Wir lebten damals für ein paar Monate in New York, und er war älter als ich und sehr charmant … und sehr verheiratet … er hatte drei Kinder. Aber er erzählte mir, er hasse seine Frau, sie hätten nichts gemeinsam, die Ehe sei nur ein Arrangement und er wolle sie verlassen. Sie würden sich scheiden lassen, und wenn ich nur geduldig wartete, dann würde er mich heiraten. Aber natürlich war das alles nicht ernst gemeint. Ich … ich …« Victoria rang nach Worten. Es fiel ihr schwer, Edouard von Toby zu erzählen, auch wenn er ihr gegenüber so aufrichtig gewesen war. »Ich glaubte ihm jedes Wort, und ich liebte ihn so sehr, dass ich meinen Ruf ruinierte. Und dann erzählte es jemand meinem Vater, der den Mann daraufhin zur Rede stellte. Doch der behauptete, ich hätte *ihn* verführt. Er stritt alles ab, leugnete, mir je Versprechen gemacht zu haben, und erklärte sogar, er habe seine Frau nie verlassen wollen.« Victoria beschloss, Edouard jetzt auch die ganze Geschichte zu erzählen. Es gab ohnehin kein Zurück mehr. »Seine Frau erwartete übrigens wieder ein Baby«, fuhr sie leise fort, »aber ich auch. Wir fuhren wieder zurück nach Croton-on-Hudson, wo wir wohnen, und ein paar Wochen später stürzte ich vom Pferd. Ich verlor das Kind. Sie mussten mich ins Krankenhaus bringen, und ich wäre fast gestorben, weil ich so viel Blut verloren habe. Mein Vater war außer sich. Er sagte, ganz New York würde über mich reden, weil der Mann, den ich geliebt hatte, überall herumerzählte, was ich getan hatte. Mein Vater wütete, ich hätte den Ruf der Familie ruiniert, und um den Schaden möglichst gering zu halten, zwang er mich, einen seiner Anwälte zu heiraten, weil er meinte, das sei ich meiner Schwester und ihm schuldig. Und ich gehorchte, obwohl ich eigentlich nie hatte heiraten wollen. Ich wollte immer nur eine Suffragette sein, an Hungerstreiks teilnehmen und ins Gefängnis geworfen werden.« Mit blitzenden Augen sah sie Edouard an, und er lachte.

»Das ist ja eine interessante Alternative. Allerdings halte ich sie nicht unbedingt für empfehlenswert.« Er zog ihre Hand an die Lippen und küsste ihre Fingerspitzen. »Es ist bestimmt nicht einfach, dich im Zaum zu halten.«

»Nein«, gab sie lächelnd zu. »Auf jeden Fall heiratete ich Charles. Er war Witwer – seine erste Frau ist beim Untergang der *Titanic* ums Leben gekommen – und hat einen Sohn. Er brauchte eine Mutter für den Jungen.«

»Und du hast diese Rolle übernommen?«, fragte Edouard. Victoria Geschichte war viel interessanter, als er sie sich vorgestellt hatte.

»Nein«, erwiderte sie aufrichtig. »Weder war ich ihm eine Mutter noch Charles eine Frau. Der Junge hasst mich, und ich glaube, sein Vater tut es mittlerweile auch. Ich war das genaue Gegenteil seiner verstorbenen Frau. Und er war einfach nicht der Mann, den ich liebte. Ich genügte keinem seiner Ansprüche, weil ich in Wahrheit gar nicht mit ihm zusammenleben wollte … Ich empfinde nichts für ihn«, fuhr sie traurig fort, »und das weiß er auch.«

»Ist er denn ein schlechter Mann?«

»Nein.« Tränen traten ihr in die Augen. »Nein, das ist er bestimmt nicht. Ich liebe ihn nur nicht.«

»Und wo ist er jetzt?«, fragte Edouard leise.

»In New York«, flüsterte sie.

»Und du bist vermutlich immer noch mit ihm verheiratet?« Er klang enttäuscht. Das hatte er nicht erwartet.

»Ja.« Mit großen, traurigen Augen blickte sie ihn an.

»Vielleicht liebt er dich mehr, als du denkst, schließlich hat er dich hierher reisen lassen.« Edouard bewunderte den Mann für seine Großzügigkeit. *Er* hätte es seiner Frau nie gestattet.

»Er weiß gar nicht, dass ich hier bin«, gab Victoria zu. Sie wusste, dass sie Edouard jetzt alles erzählen musste. Sie vertraute ihm, weil sie wusste, dass er sie nicht verletzen würde.

»Was glaubt er denn, wo du bist?«, fragte er entsetzt. Unwillkürlich musste Victoria grinsen, da sie in diesem Moment die Komik an der ganzen Situation erkannte.

»Er glaubt, ich bin bei ihm zu Hause.«

»Wie meinst du das?« Er blickte sie verwirrt an, aber plötzlich dämmerte es ihm. »Oh mein Gott … deine Schwester? Glaubt er …«

»Ich hoffe es.«

»Du hast also einfach mit deiner Schwester getauscht?« Edouard blickte sie so entsetzt an, dass sie plötzlich Angst bekam, er würde sie verraten. Schließlich kannte er ihre Adresse, da er ihren Pass gesehen hatte. Wenn er nun ihrem Vater schreiben würde? »Ich kann es ja kaum glauben, aber … als Mann und Frau … ein Ehepaar …«

»Damit haben wir gleich von Anfang an aufgehört. Wir konnten einfach nicht zueinander finden. Meine Schwester muss Charles also nur den Haushalt führen, und er wird den Unterschied gar nicht merken.«

»Bist du dir da sicher?« Ihre Kühnheit erstaunte ihn.

»Absolut, sonst hätte ich sie nie darum gebeten. Sie ist süß und lieb, das genaue Gegenteil von mir. Charles' Sohn vergöttert sie.«

»Meinst du nicht, dass es dem Jungen auffällt?«

»Ich glaube nicht. Nicht, wenn sie vorsichtig ist.«

Edouard lehnte sich in den Sitz zurück. »Da hast du ja ein ganz schönes Verwirrspiel angestiftet, Olivia.« Wieder lächelte sie und legte ihm den Finger auf die Lippen.

»Victoria«, flüsterte sie.

»Victoria? Aber in deinem Pass –«

»Es ist der Pass meiner Schwester.«

»Oh, natürlich ... ihr musstet ja sogar die Namen tauschen ... Der arme Mann, er tut mir Leid. Wie mag er sich wohl vorkommen, wenn du es ihm eines Tages beichtest? Oder hast du das gar nicht vor?«

»Ich muss ihm natürlich alles erzählen, wenn ich zurück bin. Zuerst wollte ich ihm einen Brief schreiben, aber das kommt mir feige vor, und es wäre auch nicht fair Olivia gegenüber. Seit ich fort bin, habe ich darüber nachgedacht, und jetzt weiß ich, was ich zu tun habe. Ich kann nicht zu ihm zurückgehen. Ich kann es einfach nicht, Edouard, ich liebe ihn nicht. Ich hätte ihn gar nicht erst heiraten dürfen. Vielleicht können manche Menschen so leben, aber ich kann es nicht. Wenn ich nach Hause zurückkehre, werde ich mit meiner Schwester zusammenleben. Aber vielleicht bleibe ich auch hier. Das weiß ich noch nicht genau. Auf jeden Fall werde ich Charles um die Scheidung bitten.«

»Und wenn er nicht einwilligt?«, fragte Edouard.

»Dann lebe ich eben getrennt von ihm und bleibe rechtlich gesehen verheiratet«, erwiderte sie. »Das ist mir egal, wenn ich nur nicht zu ihm zurückgehen muss. Er hat etwas Besseres als mich verdient. Er hätte Olivia heiraten sollen, sie wäre die perfekte Frau für ihn gewesen.«

»Vielleicht verliebt er sich ja in sie, während du hier bist«, sagte Edouard. Die Geschichte hatte eindeutig eine komische Seite. Sie kam ihm vor wie ein Stück von Racine oder Molière. Victoria war schon eine außergewöhnliche Frau.

»Ich glaube nicht, dass sie sich ineinander verlieben, dazu ist Olivia viel zu rechtschaffen. Die Arme, sie ist wirklich ein Engel – dass sie das für mich getan hat! Ich habe ihr gesagt, ich würde sterben, wenn sie nicht für eine Weile den Platz mit mir tauscht. Als Kinder haben wir das oft gemacht, und stets hat sie für mich die Kohlen aus dem Feuer geholt.«

»Und du bist kein Engel, sondern ein Teufel, Miss Victoria Henderson«, sagte Edouard. »Das ist ja eine furchtbare Geschichte.« Aber eigentlich fand er das Ganze eher amüsant. »Wie lange darfst du denn überhaupt hier bleiben?«

»Drei Monate«, gestand Victoria zögernd.

»Und einen Monat hast du schon hinter dir, nicht wahr?«

»Fünf Wochen«, erwiderte sie.

»Dann bleibt uns ja nicht mehr viel Zeit.« Aber sie wussten beide, dass in diesen unsicheren Zeiten sowieso niemand sagen konnte, wie lange etwas dauerte. »Was hältst du davon, deine Zeit mit einem verheirateten Mann zu verbringen?«, fragte er unverblümt.

Sie lächelte ihn an. »Was hältst du davon, deine Zeit mit einer verheirateten Frau zu verbringen?«

»Ich würde sagen, wir haben einander verdient, meine Liebe, findest du nicht auch?«, erwiderte Edouard. Und dann schloss er sie ohne ein weiteres Wort zu verlieren in die Arme und küsste sie.

25

Obwohl Olivia versprochen hatte, den Juni bei ihrem Vater in Croton zu verbringen, brachte sie es nicht übers Herz, Charles und Geoffrey allein zu lassen. In den letzten Wochen hatte sich ihr Leben völlig verändert. Seitdem Charles und sie in jener Nacht zueinander gefunden hatten, war er kaum noch in der Lage, die Hände von ihr zu lassen. Er holte mit Olivia die Flitterwochen nach, die er mit Victoria nicht gehabt hatte, und Olivia fühlte sich auch Geoffrey näher als jemals zuvor. All ihre Träume waren auf einmal in Erfüllung gegangen. Das einzige Problem war, dass sie dieses Leben nur von ihrer Schwester geliehen hatte. Ihr Mann, ihr Sohn, sogar ihr Ehering gehörten Victoria. Aber Olivia sagte sich, dass die Liebe, die sie Charles und Geoffrey entgegenbrachte, letztendlich ihrer Schwester zugute kommen würde, und dafür allein lohnte es sich schon. Doch manchmal stiegen auch Schuldgefühle in ihr auf, weil sie wusste, dass es falsch war. Doch wenn Charles sie dann in seine Arme schloss oder streichelte, war alles wieder vergessen. Ihre Leidenschaft hatte Höhen erreicht, die Charles nie für möglich gehalten hätte. Er hatte immer gespürt, wie sinnlich Victoria war, doch jetzt kam sie ihm verändert vor. Sie war nicht so wild und unbezähmbar, wie er früher geglaubt hatte, sondern ihre Gefühle gingen tief, und sie offenbarte sich ihm in einer Weise, die er eher bei Olivia für möglich gehalten hätte. Eigentlich war er erleichtert, dass Olivia in diesen Wochen nicht da war, weil seine Gefühle für sie ihn immer verwirrt hatten. Und im Moment verwirrte ihn nichts außer der Tatsache, dass er jeden Morgen ins Büro gehen musste.

Morgens balgten sie sich wie die Kinder im Bett, bevor sie schließlich aufstehen mussten, und abends konnten sie es kaum erwarten, dass sie sich wieder in ihr Schlafzimmer zurückziehen konnten. Jeden Abend wurde es früher, und sie mussten sich regelrecht zwingen, wenigstens so lange aufzubleiben wie Geoffrey.

»Wir sind schrecklich«, kicherte Olivia eines Morgens, als Charles ihr bis in die Badewanne gefolgt war. »Das ist obszön«, fügte sie atemlos hinzu, als er sie in dem warmen Wasser nahm. Sie stöhnte unter seinen Berührungen, und als sie eine halbe Stunde später das Frühstück zubereitete, hatte sie noch immer einen ganz verträumten Gesichtsausdruck. Charles gab ihr einen spielerischen Klaps auf den Po, bevor er zur Arbeit ging. Als alle weg waren und es wieder still im Haus wurde, blieb Olivia noch lange am Frühstückstisch sitzen und sann darüber nach, ob sie Charles wohl je wieder würde verlassen können. Ihr blieben noch zwei Monate, bis Victoria wieder nach Hause käme und erneut Anspruch auf ihn erhöbe. Und dabei wusste Olivia doch ganz genau, dass ihre Schwester ihn gar nicht liebte. Victoria hatte es ihr selbst gesagt. Doch rechtlich gesehen war die Ehe zwischen Charles und Victoria nun einmal gültig. Olivia wusste nicht, wie sie das Problem lösen sollte.

Charles hingegen hatte das Gefühl, im Himmel auf Erden zu sein. All seine Hoffnungen hatten sich erfüllt, ja, sie waren sogar übertroffen worden, denn so glücklich war er selbst mit Susan nicht gewesen.

»Wir haben ein Jahr gebraucht, um uns aneinander zu gewöhnen«, sagte er eines Abends, als sie sich geliebt hatten und eng umschlungen dalagen. »Das war doch gar keine allzu lange Zeit, oder?«

»Viel zu lang«, erwiderte Olivia. Er blickte sie prüfend an.

»Was glaubst du eigentlich, warum du dich so verändert hast?«, fragte er. Sie erwiderte seinen Blick ruhig, und er erschrak fast über die Tiefe der Gefühle, die er darin las. Die Tore zu ihrem Herzen standen ihm weit offen. »Ich sollte vermutlich einfach nur dankbar sein und dem Schicksal nicht zu viele Fragen stellen«, fügte er hinzu. Olivia hatte plötzlich das seltsame Gefühl, dass er längst alles wisse, es jedoch nicht wahrhaben wolle. Kurz darauf schlief Charles friedlich ein, und nach diesem Abend stellte er nie wieder eine solche Frage.

Als Geoffrey Ferien bekam, fuhr Olivia mit ihm nach Croton. Charles wollte sie jedes Wochenende dort besuchen, und er hielt sein Wort. An ihrem vermeintlichen ersten Hochzeitstag blieb er sogar noch einen Tag länger. Edward freute sich, dass die beiden so glücklich waren. Jedem fiel es auf, auch Bertie, die Olivia misstrauisch beobachtete.

»Du willst doch bestimmt etwas von ihm«, neckte sie die vermeintliche Victoria wiederholt. Offenbar war auch sie noch nicht hinter den Rollentausch gekommen.

Geoffrey schlief in Olivias altem Zimmer, und es schmerzte sie immer noch, diesen Raum zu betreten. Wenn sie bloß das Bett ansah, das sie mit ihrer Zwillingsschwester geteilt hatte, so spürte sie sofort, wie sehr sie ihr fehlte. Sie hatte mittlerweile zweimal Post von ihr bekommen, die sie wie vereinbart im Haus ihres Vaters in der Fifth Avenue abgeholt hatte. Aus diesen Briefen wusste sie lediglich, dass Victoria in Châlons-sur-Marne war und dort im Feldlazarett sterbende Männer pflegte. In Olivias Ohren klang das furchtbar. Ein Urlaub war es ganz sicher nicht, aber Victoria schien glücklich zu sein. Und so sehr Olivia ihre Schwester auch vermisste, in gewisser Hinsicht war sie froh, dass sie fort war. Schließlich kam sie dadurch in den Genuss der kostbaren Momente mit Charles und Geoff.

In der Nacht des Hochzeitstages liebten sich Charles und Olivia besonders zärtlich, und als sie danach beieinander lagen, machte Charles eine Bemerkung darüber, wie einsam und enttäuschend ihre Hochzeitsreise auf der *Aquatania* verlaufen sei. Während Olivia so tat, als könne sie sich noch an alles genau erinnern, dachte sie, wie unglücklich die beiden doch gewesen sein mussten. Anschließend liebten sie sich noch einmal, und dieses Mal hatte Olivia das Gefühl, ihre Seelen hätten einander berührt. Zum ersten Mal, seit sie Victorias Platz eingenommen hatte, fühlte sie sich wirklich verheiratet.

Charles musste etwas Ähnliches empfunden haben, denn sein Verhalten ihr gegenüber wurde noch vertrauter und intimer, und als er am nächsten Tag wieder nach New York zurückkehren musste, konnte er sich kaum von ihr losreißen. An diesem Abend schrieb er ihr sofort einen Brief, um ihr mitzuteilen, wie viel sie ihm bedeutete und wie sehr er sie liebte. Olivia weinte vor Glück und Trauer, als sie diese Zeilen las.

In Croton ritt Olivia fast jeden Tag mit Geoff aus. Er hatte enorme Fortschritte gemacht, und Olivia ließ ihn über Hindernisse springen, die sein Vater eigentlich zu hoch für ihn fand. Geoff bewältigte sie jedoch spielend. Er wunderte sich ein wenig, dass Victoria so oft mit ihm ausritt, weil er wusste, dass sie Pferde nicht besonders mochte. Doch er hatte ohnehin festgestellt, dass sie sich in den letzten beiden Monaten sehr verändert hatte und glaubte einfach, sie bemühe sich, ihm eine gute Stiefmutter zu sein. Eigentlich benahm sie sich oft genauso wie Olivia. Er war mittlerweile gerne mit ihr zusammen, wenn Olivias Verschwinden ihn auch immer noch bekümmerte.

Charles wollte die letzte Juniwoche mit seiner Familie in Croton verbringen, und am Tag bevor er eintreffen sollte, ritten Olivia und Geoff wie üblich aus. Als sie auf dem Heimweg über einen kleinen Bach sprangen, stolperte Olivias Pferd und lahmte den Rest der Strecke, sodass sie absteigen und es am Zügel nach Hause führen musste. Im Stall entdeckte Olivia einen großen Stein im Hufeisen und griff nach einem Hufkratzer, um ihn herauszulösen. Doch das Tier scheute, der Hufkratzer rutschte ab, und die scharfe Spitze bohrte sich in Olivias rechte Hand. Es blutete heftig, und Olivia hielt ihre Hand unter die Pumpe, um die Wunde auszuwaschen.

»Das muss wahrscheinlich genäht werden, Miss Victoria«, sagte einer der Stallknechte besorgt, aber sie versicherte ihm, dass sie nicht ernsthaft verletzt sei. Geoff, der kreidebleich vor Aufregung war, brachte ihr fürsorglich eine Kiste, damit sie sich niedersetzen konnte.

»Geht es dir gut, Victoria?«, fragte er besorgt. Der Anblick des vielen Blutes bereitete ihm Übelkeit.

»Ja, es geht schon wieder«, erwiderte sie. Als genug Wasser über die Wunde gelaufen war, hielt sie Geoff die Hand entgegen, damit er sie verbinden konnte. Sie dachte, dass es ihn bestimmt ablenken würde, wenn er Arzt spielen konnte. »Binde das Tuch bitte ganz fest darum«, bat sie ihn. Er beugte sich über ihre Hand und keuchte überrascht auf. Er hatte das Muttermal entdeckt und wusste jetzt genau, wer sie war.

»Tante Ollie!«, flüsterte er und starrte sie ungläubig an. Er hatte zwar bemerkt, dass sich etwas verändert hatte, doch hätte er sich niemals vorstellen können, dass die beiden Frauen einfach die Plätze getauscht hatten. »Wo ist ...« fragte er gerade, als Robert, der Stallbursche, auf sie zutrat.

»Wie sieht es aus?«, fragte er besorgt. »Soll ich den Arzt rufen?«

»Nein, es ist nicht so schlimm«, erwiderte sie und drehte die Hand nach unten, damit er das Muttermal nicht auch noch sah. Auch Bertie durfte sie die Verletzung nicht zeigen, da die alte Frau sie sofort erkannt hätte. »Es ist schon in Ordnung. Ich habe mich nur erschreckt.«

»Gott sei Dank ist der Hufkratzer nicht durch die ganze Hand gedrungen, Miss Victoria«, sagte der Mann mitfühlend. »Sie müssen die Wunde sauber halten. Verbinde sie gut«, fügte er an Geoff gewandt hinzu. Als er wieder gegangen war, strahlte der Junge sie an. Endlich war seine Ollie wieder da. Sie war die ganze Zeit über bei ihm gewesen. Olivia nahm ihn in den Arm und drückte ihn an sich.

»Ich habe dir doch gesagt, dass ich dich nie verlassen würde«, flüsterte sie ihm zu.

»Weiß Dad es?« Verwirrt blickte er sie an, als sie verneinend den Kopf schüttelte.

»Niemand weiß es, Geoff. Nur du. Und du darfst es niemandem erzählen, noch nicht einmal deinem Daddy. Schwöre es!«

»Ich verspreche es.« Sie wusste, dass er Wort halten würde. Die Gefahr, dass seine echte Stiefmutter zurückkam, war viel zu groß, und das wollte er unbedingt verhindern, weil er sie einfach nicht mochte. »Ob Dad wohl wütend wird, wenn er es herausfindet?«

»Vielleicht«, erwiderte sie.

»Schickt er dich dann wieder weg?«

»Das weiß ich nicht. Du und ich, wir dürfen kein Sterbenswörtchen verraten. Ich meine es ernst, Geoff, du darfst keiner Menschenseele davon erzählen!« Flehend blickte sie ihn an.

»Das werde ich auch nicht.« Einen Moment lang wirkte er beinahe beleidigt, weil sie ihm so wenig zutraute. Dann schlang er den Arm um ihre Taille, und sie gingen zurück zum Haus.

26

Charles verbrachte die letzte Juniwoche in Croton. Olivias Hand heilte rasch, und Geoffrey hielt sein Wort. Er verriet niemandem, was er wusste, und nichts in seinem Verhalten deutete darauf hin, dass er ein Geheimnis hatte. Ein paar Tage lang hatte Olivia sich Sorgen gemacht, aber mit der Zeit entspannte sie sich, und als sie nach New York aufbrachen, war alles wie es sein sollte: Edward ging es gut, Bertie war betrübt über ihre Abreise, und die drei Dawsons freuten sich auf ihre Ferien an der Küste. Charles hatte in Newport ein Haus für sie gemietet.

Wie gewöhnlich hielten sich um diese Zeit auch die Goelets und die Vanderbilts in Newport auf. Fast jeden Abend gab es irgendwo eine Party, und das Wetter war hervorragend. Geoff ging täglich mit Olivia und Charles zum Schwimmen und war so glücklich wie noch nie in seinem Leben. Ausgelassen tollten sie zu dritt über den Strand.

Am vierten Juli sahen sie sich vom *Beach Club* aus das Feuerwerk an. Das Haus, das sie gemietet hatten, war hübsch und äußerst komfortabel, aber leider musste Charles, nachdem er den ganzen Juli mit seiner Familie dort verbracht hatte, am ersten August wieder in die Stadt zurück. Von nun an würde er wieder nur an den Wochenenden kommen können. Olivia blieb die Woche über allein mit Geoff am Meer, aber selbst in dieser Zeit nannte er sie nie bei ihrem richtigen Namen oder deutete ihr Geheimnis auch nur mit einem Wort an. Mit seinen elf Jahren hatte er begriffen, um was es ging.

Olivia und Geoff machten lange Spaziergänge am Strand, tranken Tee mit Freunden, gingen zum Yachtclub und sammelten Muscheln, aus denen sie Collagen für Charles herstellten. Und wenn er dann am Freitagnachmittag endlich eintraf, genossen sie ihr Wochenende als vollständige Familie.

»Ich weiß nicht, wie ich es die ganze Woche ohne euch überhaupt aushalte«, sagte Charles eines Abends nach dem Essen zu Olivia. Die Tage in New York erschienen ihm grau und leer, und im Haus war es einsam ohne sie. Nur wenn er bei ihr war, fühlte er sich lebendig.

»Was habe ich früher nur ohne dich gemacht?«, sagte er, als sie später eng umschlungen im Mondschein auf dem kleinen Balkon vor ihrem Schlafzimmer standen. Es war eine wunderschöne Nacht, und wie immer sehnte er sich nach ihr. Eigentlich wollte er seinem Verlangen nicht immer so schnell nachgeben, weil er sich auch gerne mit ihr unterhielt oder sie nur im Arm hielt, doch kaum waren sie ins Schlafzimmer getreten, konnte er ihr nicht mehr widerstehen. Der Unterschied zu ihrem ersten Ehejahr, als sie ihn immer nur abgewiesen hatte, erstaunte ihn noch immer. Victoria war eine durch und durch sinnliche Frau geworden, und das seit dem Augenblick, in dem er sich selbst eingestanden hatte, dass er sie liebte.

Nachdem sie sich geliebt hatten, nahm er sie in die Arme und strich ihr über die Wange. Es gab noch etwas, das er von ihr wollte, doch er wagte nicht, sie darum zu bitten. Er kannte ihre Einstellung zu diesem Thema, hatte aber die Hoffnung, dass diese sich wie so viele andere Dinge auch geändert haben könnte. Victoria hatte seit zwei Monaten nicht ein einziges Mal von den Suffragettentreffen gesprochen. Allerdings las sie immer noch regelmäßig die Zeitung, wobei sie insbesondere die Berichte über den Krieg in Europa geradezu verschlang. Und sie hatte Wort gehalten und keine einzige Zigarette mehr geraucht. Er wusste, dass sie das große Überwindung gekostet hatte, aber es hatte sich gelohnt. Anfangs hatte er diese Angewohnheit ja noch amüsant gefunden, aber es war wirklich nicht besonders damenhaft oder attraktiv, und nach einer Weile hatte er es nicht mehr ausstehen können. Deshalb war er froh, dass sie sich das Rauchen abgewöhnt hatte.

Am nächsten Tag gingen sie wie immer an den Strand, und auf dem Rückweg erledigten sie ein paar Einkäufe. Olivia sagte, sie brauche einen neuen Sonnenschirm, weil die Sonne in der letzten Zeit so heftig brenne, dass ihr ganz schwindlig davon werde. Außerdem sollte Geoff ein Paar neue Schuhe bekommen. Er war in diesem Sommer so rasch gewachsen, dass ihm seine alten nicht mehr passten. Lebhaft plaudernd schlenderten sie die Straße entlang, als Olivia plötzlich bemerkte, wie ein kleines Mädchen, das hinter seinem Ball hergelaufen war, auf der Straße zwischen zwei Kutschen geriet. Eines der Pferde scheute, und die Mutter des Kindes schrie entsetzt auf, aber niemand unternahm etwas. Olivia rannte zu dem Mädchen, das höchstens zwei oder drei Jahre alt sein mochte, und riss es in letzter Sekunde von dem Pferd weg. Dabei streiften sie die Hufe des Tieres. Mit letzter Kraft gelangte sie mit dem Kind auf dem Arm auf die andere Straßenseite, wo sie benommen zu Boden sank. Sofort wurde sie von den anderen Passanten umringt, die aufgeregt durcheinander redeten.

»Mein Gott, wolltest du dich umbringen?«, rief Charles. Vor Schreck war er aschfahl im Gesicht.

»Aber Charles … das Kind … das kleine Mädchen …« Mit weit aufgerissenen Augen blickte Olivia ihn an und wurde dann zu seinem Entsetzen ohnmächtig. Er konnte sie gerade noch auffangen, bevor sie mit dem Kopf auf das Pflaster des Gehsteigs schlug. Hilflos schrie er den Umstehenden zu, sie sollten einen Arzt holen.

Geoff hatte Tränen in den Augen, und Charles bemühte sich, den Jungen zu beruhigen. »Es ist ihr bestimmt nichts Schlimmes passiert«, sagte er zu seinem Sohn, aber als Olivia gar nicht mehr aus ihrer Ohnmacht erwachte, begann Geoff zu weinen.

»Sie ist tot, Dad«, schluchzte er. Immer mehr Menschen versammelten sich um sie, und schließlich drängte sich ein Mann durch die Menge und sagte, er sei Arzt. Er ließ Olivia in ein Restaurant in der Nähe tragen, wo er sie vorsichtig untersuchte. Sie hatte keine äußeren Verletzungen, und der Arzt glaubte auch nicht, dass sie eine Gehirnerschütterung hatte, doch sie wachte nicht wieder auf. Erst als er ihr eine Eispackung in den Nacken und an die Schläfen legte, kam Olivia ganz langsam wieder zu sich. Verwirrt fragte sie Charles, was passiert sei.

»Du hast ein kleines Mädchen gerettet, du Närrin, und bist fast von den Pferden zu Tode getrampelt worden«, sagte er. Angst und Erleichterung zugleich schwangen in seiner Stimme mit. »Es wäre schön, wenn du die Heldentaten in Zukunft anderen überlassen würdest, Liebes.« Er küsste ihre Hand, und Geoff wischte sich verlegen die Tränen ab.

»Es tut mir Leid«, erwiderte sie leise. Als sie aufstehen wollte, wurde sie beinahe erneut ohnmächtig, und der Arzt empfahl Charles, seine Frau nach Hause zu fahren, damit sie sich ein wenig hinlegen konnte. »Es ist wahrscheinlich nur die Reaktion auf die Hitze und die Aufregung. Wenn sie mich noch einmal brauchen sollte, können Sie mich gerne heute Abend anrufen«, erklärte der Arzt freundlich und reichte Charles seine Karte.

Als Charles das Auto holen ging, blieb Geoff mit Olivia allein.

»Ist alles in Ordnung, Ollie?«, flüsterte er.

»Geoff, nein!«, wies sie ihn zurecht, obwohl niemand in der Nähe war, der sie hören konnte. »Denk daran, was ich dir gesagt habe.«

»Ich weiß... ich hatte nur solche Angst... du hast ausgesehen, als seiest du tot.« Wieder füllten sich seine Augen mit Tränen, und Olivia ergriff seine Hand.

»Nun, ich bin aber nicht tot, und ich werde dich sehr lebendig verprügeln, wenn du mich noch einmal so nennst.« Sie grinste ihn an, und als Charles zurückkam, waren sie beide bester Laune. Obwohl es ihr peinlich war, bestand er darauf, sie zum Auto zu tragen. Sie behauptete zwar, es ginge ihr wieder gut, aber sie war immer noch ganz blass. Abends brachte sie dann keinen Bissen herunter, weil ihr so übel war.

»Ich werde den Arzt rufen«, verkündete Charles. »Mir gefällt dein Aussehen nicht.«

»Wie charmant von dir, Charles«, neckte sie ihn, und er musste unwillkürlich grinsen.

»Du weißt doch, wie ich es meine.« Seufzend betrachtete er sie. »Ich wäre beinahe gestorben vor Angst, als dieses verdammte Pferd dich fast zertrampelt hat. So etwas Verrücktes aber auch!«

»Das kleine Mädchen hätte umkommen können«, erwiderte sie.

»Du auch.«

»Mir geht es gut«, erklärte sie und küsste ihn auf den Mund. Sie musste Charles etwas sagen und wusste nicht, wie sie es anfangen sollte. Es hätte gar nicht passieren dürfen und würde alles nur unnötig komplizieren. »Mir geht es eigentlich sogar sehr gut«, fügte sie leise hinzu. Verwirrt blickte er sie an.

»Was soll das heißen?«

»Ich bin mir nicht sicher, wie ich es dir beibringen soll«, erwiderte sie vorsichtig, da sie nicht wusste, wie er zu der Neuigkeit stehen würde.

»Stimmt etwas nicht?«, fragte er besorgt, aber sie schüttelte nur stumm den Kopf. Tränen traten ihr in die Augen. Sie liebte ihn so sehr, und dabei war ihr Glück nur gestohlen. »Bitte, Victoria, sag mir, was dich bedrückt«, bat er.

»Ich … ich bin … Charles …« Und auf einmal verstand er.

»Erwartest du ein Kind, Victoria?«, fragte er fassungslos. Sie nickte. Er hatte in den vergangenen zwei Monaten überhaupt nicht aufgepasst, doch sie hatte auch keine Einwände erhoben, und so hatte er es einfach geschehen lassen. Plötzlich stieg eine schreckliche Angst in ihm auf, dass sie jetzt wütend auf ihn sein würde.

»Ja«, flüsterte sie. Es war wahrscheinlich in Croton passiert. Sie war schon einmal beim Arzt gewesen, der ihr gesagt hatte, dass sie im zweiten Monat schwanger sei und dass das Baby Ende März kommen werde. »Bist du sehr böse?«

»Böse?«, fragte er bestürzt. Hatte sie denn alles vergessen, was sie am Anfang ihrer Ehe gesagt hatte? »Wie könnte ich dir denn böse sein? Du bist doch diejenige, die niemals Kinder haben wollte. Bist du denn böse auf mich?«, fragte er zaghaft.

»Ich war noch nie in meinem Leben glücklicher«, flüsterte sie und schloss die Augen. Überwältigt von dem Glück, das er erleben durfte, küsste er sie.

»Ich kann es noch gar nicht glauben – wann ist es denn so weit?«, fragte er.

»Im März«, erwiderte sie leise. Wieder einmal fragte sie sich, was sie tun sollte, wenn ihre Schwester zurückkäme und ihre Ansprüche geltend machte. Was würde dann mit dem Baby passieren? Wie würde Victoria darauf reagieren? Es würde ein schrecklicher Skandal werden, aber im Moment wollte sie sich nur an Charles klammern und darum beten, dass die Zukunft nie kommen würde.

Einige Tage bevor sie nach Hause zurückkehren mussten, erzählte sie auch Geoff die Neuigkeit. Er blickte sie erschrocken an, stellte jedoch keine Fragen. Die beiden Männer behandelten Olivia jetzt wie ein rohes Ei, und sie lachte sie zwar deswegen aus, genoss aber in Wahrheit jeden Augenblick. Charles hatte Angst, sie in ihrem Zustand zu lieben, musste jedoch zu seinem Kummer feststellen, dass er die Finger nicht von ihr lassen konnte. Er war verliebter denn je. Der Arzt in Newport bestätigte ihnen, dass sie sich keine Sorgen zu machen brauchten. Sie sei jung und gesund, und dem Baby werde nichts geschehen, solange sie es nicht übertrieben.

Als sie wieder in New York waren, fuhr Olivia sofort zum Haus in der Fifth Avenue, um die Post abzuholen. Sie hoffte inständig, dass es Victoria in Frankreich gut ginge. Mit zitternden Hände öffnete sie die Briefe. Victoria arbeitete immer noch am gleichen Ort im Feldlazarett, und als Olivia zum letzten Brief ihrer Schwester kam, riss sie erstaunt die Augen auf. Einen kurzen Moment lang spürte sie die Sehnsucht nach ihr wie einen körperlichen Schmerz. Victoria schrieb, es sei schwer zu erklären, aber sie werde in Frankreich gebraucht und käme nicht wie geplant am Ende des Sommers wieder. Ihr Leben sei zwar ein wenig kompliziert, aber sie sei noch nie glücklicher gewesen. Sie bat ihre Schwester um Verzeihung und schrieb, dass sie ihr später alles erklären werde. Mit klopfendem Herzen las Olivia den Brief noch einmal. Sie vermisste ihre Schwester schrecklich, spürte aber, dass es so für sie beide das Beste war. Sie betete nur darum, dass Victoria nichts passieren und dass sie ihr eines Tages verzeihen würde.

27

Der Sommer in Châlons-sur-Marne war für alle hart. Die Gefechte verlagerten sich in die Champagne, und weil es auf den Wiesen dort keinen Schatten und keine Rückzugsmöglichkeit für die Männer gab, verschanzten sich die ›poilus‹, wie die Franzosen genannt wurden, wieder tief in Schützengräben, wo sie zu tausenden geradezu abgeschlachtet wurden. Sie hatten den Deutschen den Zugang zur Bahnstrecke abschneiden wollen, doch es war ihnen nicht gelungen. Die Männer fielen einer nach dem anderen.

Ende September setzte heftiger Regen ein, und alles war voller Schlamm und Wasser. Die Soldaten ertranken buchstäblich in ihrem eigenen Blut. Edouard hatte zwei Zimmer auf dem Bauernhof neben dem Schloss zugewiesen bekommen und lebte dort mit Victoria. Die anderen gaben vor, es nicht zu wissen, und Victoria bewahrte, um den äußeren Schein zu wahren, immer noch ein paar Dinge in der Frauenbaracke auf.

»Es macht keinen Spaß mehr, mein Liebling, nicht wahr?« Edouard küsste Victoria. Er war gerade vollkommen durchnässt aus dem Feldlazarett gekommen und sah müde aus. Victoria hatte sich mittlerweile daran gewöhnt. Seit einem Monat hatte niemand von ihnen mehr ein trockenes Kleidungsstück am Leib. Alles war nass und schmutzig.

»Hast du immer noch nicht genug?«, fragte er. »Willst

du nicht lieber nach Hause fahren?« Ein Teil von ihm wollte sie in Sicherheit wissen, aber der andere Teil wollte sie bei sich behalten. Zum ersten Mal in seinem Leben war er einer Frau begegnet, die ihm ebenbürtig war. Sie war ihm Freundin, Geliebte und Partnerin zugleich.

»Ich weiß nicht mehr, wo mein Zuhause ist.« Erschöpft lächelnd sank sie aufs Bett. Sie hatte sechzehn Stunden Dienst hinter sich. »Ist es nicht hier, bei dir?« Edouard legte sich neben sie und küsste sie noch einmal.

»Ich glaube schon«, erwiderte er. »Hast du eigentlich deiner Schwester von uns geschrieben?«

»Nein, aber das werde ich noch tun. Sie weiß es sowieso – sie weiß immer alles über mich.«

»Es muss seltsam sein, jemanden zu haben, der einem so nahe ist. Ich habe mich mit meinem Bruder auch gut verstanden, aber wir waren doch sehr verschieden.«

»Das sind Olivia und ich auch«, erwiderte Victoria und zündete sich eine Gitanes an. Es wurde immer schwieriger, Zigaretten zu bekommen, und Edouard und sie teilten sich die wenigen, die sie hatten. »Aber wir sind wie die zwei Seiten einer Münze. Dabei kommen wir uns manchmal sogar vor wie ein und dieselbe Person.«

»Vielleicht seid ihr das ja auch«, neckte er sie und nahm einen Zug aus der Zigarette. »Wann bekomme ich denn die andere Hälfte?« Er lachte.

»Niemals.« Sie grinste ihn an. »Du musst dich mit mir zufrieden geben. Wir sind jetzt erwachsen, da werden keine Rollen mehr getauscht.«

»Das wird deinen Mann aber freuen«, erwiderte er lachend. »Der arme Teufel! Wenn das hier vorbei ist, musst du die Angelegenheit in Ordnung bringen, hörst du?« Damit hatte sie sich schon längst einverstanden erklärt. Wenn der richtige Zeitpunkt gekommen wäre, wollte sie zurückfahren und Charles die Wahrheit gestehen. Das war sie ihm und ihrer Schwester schuldig.

»Vielleicht will Olivia ja auch gar nicht mehr, dass ich es ihm erzähle.«

»Das würde die Angelegenheit zugegebenermaßen komplizieren. Wenigstens ist nichts Körperliches zwischen den beiden – obwohl ich mir das kaum vorstellen kann, wenn sie so aussieht wie du. Kein Mann könnte euch beiden länger als ein paar Wochen widerstehen. Ich jedenfalls nicht.«

»Hast du es denn überhaupt versucht?«, fragte sie verschmitzt.

»Nein, leider nicht«, erwiderte er. »Ich kann dir nie widerstehen, mein Liebling.« Und das bewies er ihr kurz darauf.

Später am Abend erzählte er ihr, dass er für ein paar Tage ins Artois müsse, es ginge um die französisch-britische Offensive. Sie hatte am gleichen Tag begonnen wie die Schlacht in der Champagne, aber es gab Probleme, weil die Franzosen mit dem britischen Kommandanten, Sir John French, nicht zurechtkamen. Sie wollten lieber einen ihrer eigenen Männer.

»Sei vorsichtig, Liebster«, sagte Victoria schläfrig. Sie wollte ihm noch etwas sagen, aber da war sie bereits eingeschlafen. Als sie am nächsten Morgen aufwachte, war Edouard schon fort, und sie musste ins Feldlazarett, weil ihre Schicht begann. Es machte ihr mittlerweile nichts mehr aus, fünfzehn oder sogar achtzehn Stunden lang ununterbrochen zu arbeiten. Das war jetzt ihr Leben.

Das Leben in New York verlief wesentlich zivilisierter als das hinter der Front in Frankreich. Der Oktober war ein freundlicher, sonniger Monat, und es war ungewöhnlich warm für die Jahreszeit. Olivia und Charles gingen viel aus. Ein paarmal waren sie bei den Van Cortlandts eingeladen, dann aßen sie mit Klienten von Charles bei *Delmonico* zu Abend, und Ende Oktober sollte es eine große

Party bei den Astors geben. Olivia war mittlerweile im vierten Monat schwanger und hatte bereits ein kleines Bäuchlein bekommen, das sie durch ihre Kleidung geschickt kaschierte. Charles liebte ihren Anblick, er erinnerte ihn an die Zeit, als Susan Geoffrey erwartet hatte. Und weil er mittlerweile älter und reifer geworden war, fand er es sogar noch aufregender. Er wünschte sich eine Tochter, aber Olivia sagte, es sei ihr gleichgültig, ob das Baby ein Junge oder ein Mädchen würde, wenn es nur gesund wäre.

Sie ging regelmäßig zum Arzt, und eines Tages machte Charles sie verlegen darauf aufmerksam, dass sie dem Mann wohl besser von ihrer Fehlgeburt erzählen würde.

»Das braucht er nicht zu wissen«, entgegnete Olivia peinlich berührt. Sie konnte Charles schließlich nicht die Wahrheit sagen und fürchtete, dass er mit dem Arzt darüber sprechen könne.

»Natürlich muss er es wissen«, protestierte Charles. »Du bist doch damals fast gestorben. Und am Ende verlierst du auch noch dieses Baby.« Davor hatten sie beide Angst, und Olivia schonte sich, wann immer sie sich nicht wohl fühlte. Das kam jedoch nicht häufig vor.

Nach dem Inhalt ihrer Briefe zu urteilen, schien es Victoria den Umständen entsprechend gut zu gehen. Natürlich war der Krieg grauenhaft, doch in den Worten ihrer Schwester erkannte Olivia dennoch einen gewissen Frieden, als habe Victoria endlich gefunden, was sie immer gesucht hatte. Obwohl sie Edouard in ihren Briefen nie erwähnte, hatte Olivia das Gefühl, dass ihre Schwester in Frankreich nicht allein war. Wenn sie die Augen schloss und an Victoria dachte, spürte sie die gleiche Erfüllung, die sie bei Charles gefunden hatte.

An dem Abend, als sie bei den Astors eingeladen waren, trug Olivia ein lavendelfarbenes Seidenkleid und darüber einen Hermelinmantel, den ihr Vater für sie hatte anfertigen lassen, als er hörte, dass sie ein Kind erwartete. Er war sehr stolz auf seine Tochter und freute sich über die positive Entwicklung. Man sah den Dawsons an, wie glücklich sie miteinander waren. Der einzige Wermutstropfen für Edward war, dass seine andere Tochter am Ende des Sommers doch nicht zurückgekehrt war. Ihre Schwester, die alle – außer Geoff – für Victoria hielten, sagte, sie habe von ihr gehört und es gehe ihr gut. Eine Adresse habe sie ihr zwar nicht genannt, aber sie sei in einem Kloster in San Francisco und werde irgendwann zurückkehren. Die Detektive, die nach Olivia suchten, gaben Ende August auf. Insgeheim machte sich Edward wegen Olivias Verschwinden Vorwürfe und äußerte der echten Olivia gegenüber wiederholt, dass sie sich wahrscheinlich doch in Charles verliebt hatte und deshalb davongelaufen sei.

Abgesehen davon war jedoch alles in Ordnung, und an jenem Abend, als die Dawsons den Ball bei den Astors besuchten, sah Olivia besonders hübsch aus. Die meiste Zeit hielt sich Charles in der Nähe seiner Frau auf, doch dann begegnete er zufällig einem alten Freund und ließ sie für eine Weile allein. Sie spazierte in den Garten, um ein wenig frische Luft zu schnappen, als plötzlich hinter ihr eine Stimme ertönte.

»Zigarette?« Sie erkannte die Stimme nicht und wollte gerade dankend ablehnen, als sie sich umdrehte und feststellte, dass Toby hinter ihr stand.

»Nein, danke«, erwiderte sie kühl. Er sah so gut aus wie eh und je, wenn man allerdings genauer hinblickte, erkannte man in seinem Gesicht bereits deutlich die Spuren seines ausschweifenden Lebenswandels.

»Wie ist es dir ergangen?«, fragte er und trat dichter an sie heran. Sie konnte riechen, dass er etwas getrunken hatte.

»Sehr gut, danke«, erwiderte sie und wich zurück, aber er ergriff ihren Arm und zog sie an sich.

»Lass mich nicht einfach so stehen, Victoria. Du brauchst doch keine Angst vor mir zu haben«, sagte er.

»Ich habe keine Angst vor dir, Toby«, erwiderte sie laut und deutlich. »Ich mag dich nur nicht.« Ihre Worte überraschten ihn genauso wie jenen Mann, der, von den beiden unbemerkt, auf der Treppe hinter ihnen stand und lauschte.

»Daran kann ich mich aber gar nicht erinnern«, zischte Toby. Seine Augen funkelten vor Wut.

»An was können Sie sich denn erinnern, Mr Whitticomb? Was hat Ihnen besser gefallen, mich oder Ihre Frau zu betrügen? Ich erinnere mich bestens an Ihren Versuch, ein unschuldiges junges Mädchen zu verführen und dann seinem Vater etwas vorzulügen. Männer wie Sie gehören ins Gefängnis und nicht in die Salons, Toby Whitticomb! Und unterstehen Sie sich, mir jemals wieder Blumen oder Karten zu schicken. Verschwenden Sie nicht Ihre Zeit. Ich bin mittlerweile zu alt für solchen Unsinn. Ich habe einen Mann, der mich liebt und den ich von ganzem Herzen liebe. Wenn Sie mir jemals wieder unter die Augen treten, dann werde ich nicht nur ihm, sondern der ganzen Stadt erzählen, dass sie mich vergewaltigt haben.«

»Das war keine Vergewaltigung, das …«, setzte er an, aber bevor er den Satz zu Ende sprechen konnte, trat Charles aus dem Schatten. Er hatte jedes Wort gehört, das seine Frau zu Toby gesagt hatte, und lächelte sie zufrieden an.

»Sollen wir gehen, Liebes?« Charles reichte Olivia seinen Arm, und als sie zusammen in den Salon zurückkehrten, sagte er schmunzelnd zu ihr: »Das war sehr hübsch. Erinnere mich bitte bei Gelegenheit daran, dass ich mich nie mehr mit dir streiten will. Deine Worte sind scharf wie Dolche.« Die wirkliche Victoria wäre in einer solchen Situation zwar noch wortgewandter gewesen, aber das war ihm nicht aufgefallen. Vergnügt ging Olivia auf sein Kompliment ein.

»Hast du etwa gelauscht?« Mit gespielter Verlegenheit blickte sie ihn an.

»Ich hatte es eigentlich nicht vor, aber als ich sah, dass er dir nach draußen folgte, wollte ich mich vergewissern, dass er dich nicht belästigt.«

»Bist du sicher, dass du nicht eifersüchtig warst?«, neckte sie ihn. Er errötete leicht und schwieg. »Das brauchst du auch nicht. Dieser Mann ist ein Widerling, und es war höchste Zeit, dass ihm das einmal jemand gesagt hat.«

»Was du äußerst erfolgreich erledigt hast.« Lächelnd küsste Charles sie auf die Wange und zog sie auf die Tanzfläche.

28

Es war ein seltsames Thanksgiving in jenem Jahr in Henderson Manor. Für die Familie war Olivia immer noch nicht zurückgekehrt, obwohl sie doch unter ihnen weilte, wenn auch niemand es wusste. Olivia selbst vermisste ihre Schwester schmerzlich. Zum ersten Mal verbrachten sie den Feiertag getrennt.

Edward sprach das Tischgebet, aber die Stimmung war gedrückt, weil alle an die Vergangenheit dachten. Tröstlich war nur der Gedanke an das Kind, das Olivia erwartete. Sie war jetzt im fünften Monat und konnte die Schwangerschaft nicht mehr durch ihre Kleidung kaschieren. Wenn sie weiter so an Umfang zunahm, würde sie im Januar nicht mehr aus dem Haus gehen können. Insgeheim hoffte Olivia, dass sie Zwillinge erwartete, aber der Arzt schien anderer Meinung zu sein. Als sie einmal mit Charles darüber sprach, verdrehte er die Augen und meinte, das hielte er nicht durch.

»Nächstes Mal vielleicht?«, schlug er vor. Doch eigentlich hatte seine Frau eine leichte Schwangerschaft und schien sich dabei viel wohler zu fühlen als seinerzeit Susan. Victoria schien überhaupt keine Angst zu haben und wirkte sehr glücklich.

Der Kriegswinter in Frankreich im Jahr 1915 war hart. Es herrschte eine klirrende Kälte, und die Heftigkeit der Gefechte hatte zugenommen. Edouard war aus dem Artois zurückgekehrt und blieb den Winter über in Châlons-sur-Marne. Er und Victoria waren in dem kleinen Bauernhaus gemütlich untergebracht. Alle im Lager schienen die Affäre der beiden mit herzlicher Zuneigung zu beobachten, und die Offiziere, die mit ihnen in dem Haus wohnten, ließen sie die meiste Zeit allein. Eines Abends stand Victoria in der Küche und betrachtete fassungslos einen kleinen Vogel, den sie als Abendessen zubereiten sollte.

»Stell dich nicht an. Es ist bestimmt eine Wachtel«, sagte Edouard optimistisch.

»Ganz bestimmt nicht.« Victoria musste lachen. »Schau ihn dir doch an. Das ist ein Spatz.«

»Davon verstehst du nichts.« Er küsste sie und zog sie an sich. Er war gerade erst für zwei Tage in Verdun gewesen, und sie hatte ihm gefehlt. Edouard konnte sich nicht mehr vorstellen, ohne Victoria zu leben, und es war nie mehr die Rede davon, dass sie wieder in die Staaten zurückkehren würde. Im Gegenteil, er hatte ihr vorgeschlagen, dass sie mit ihm in Paris leben könne, wenn sie die Angelegenheit mit Charles und ihrer Schwester in Ordnung gebracht hätte. Edouard und Victoria konnten beide nicht heiraten, und er fand die Vorstellung erheiternd, die feine Gesellschaft zu schockieren, indem sie in seinem Château in Sünde zusammenlebten. »Und wenn eines Tages die Hexe – die jetzige Baroness – stirbt, werde ich dich zu einer ehrbaren Frau machen.«

»Ich bin bereits eine ehrbare Frau«, erwiderte sie hochnäsig.

»Oh bitte… der Meinung bin ich nicht. Schließlich vertritt dich deine Schwester bei deinem Ehemann.« Sie mussten beide darüber lachen, genauso wie über die Tatsache, dass niemand im Lager verstand, warum er sie ständig Victoria nannte, obwohl sie doch Olivia hieß. Die anderen dachten, es sei ein privater Scherz zwischen ihnen beiden, und natürlich sagten sie ihnen nicht die Wahrheit.

Als sie sich später den zähen gebratenen Vogel teilten, erklärte Victoria Edouard, dass in den Vereinigten Staaten an diesem Tag Thanksgiving sei.

»Daran erinnere ich mich noch aus meiner Zeit in Harvard«, erwiderte er verträumt. »Es hat mir gut gefallen. Es gab viel zu essen, und alle Leute waren fröhlich. Weißt du, eines Tages möchte ich wirklich gerne deinen Vater kennen lernen.« Sie wussten jedoch beide nicht, wann das einmal möglich sein würde. Noch herrschte Krieg, und kein Mensch konnte voraussagen, wie lange er noch dauern würde.

»Er würde dich bestimmt mögen«, sagte sie. Und als sie in den Apfel biss, den sie sich zum Nachtisch teilten, dachte sie, dass dies wohl das jämmerlichste Thanksgiving-Essen war, das sie je erlebt hatte – aber vielleicht auch das glücklichste. Sie blickte Edouard an und versuchte, nicht an ihre Schwester zu denken. Die Trennung von ihr fiel ihr immer noch schwer, aber sie gehörte jetzt zu Edouard. Mit Charles hatte sie nichts verbunden. »Und warte nur, bis du erst Olivia kennen lernst«, erklärte sie grinsend.

»Die Vorstellung, euch beide vor mir zu haben, erschreckt mich«, erwiderte er. Als sie später am Abend zu Bett gingen, flüsterten sie eine Weile lang vertraut miteinander, bis schließlich Edouards Berührungen drängender wurden und sie sich liebten. Danach war sie schon beinahe eingeschlafen, als er plötzlich ihre Hand ergriff. Sie drehte sich noch einmal zu ihm und blickte ihn an.

»Möchtest du mir nicht etwas sagen, Miss Henderson?«, fragte er.

»Ich weiß nicht, was du meinst«, erwiderte sie schläfrig.

»Du bist eine schreckliche Lügnerin«, erklärte er und legte Victorias Hand auf ihren Bauch. »Warum hast du mir nichts gesagt?« Er klang verletzt. Sie küsste ihn zart, um ihn zu besänftigen.

»Ich habe es ja selbst erst vor drei Wochen gemerkt … und ich war mir nicht sicher, wie du reagieren würdest …« Erleichtert lachte er auf.

»Wie lange wolltest du es denn noch geheim halten? Dein Bauch ist ja schon ganz rund!« Für ihn war es das erste Kind, und trotz der Umstände war er außer sich vor Freude. Aber plötzlich zog ein Schatten über sein Gesicht. »Du solltest jetzt besser nach Hause fahren, Victoria«, sagte er leise. Er konnte zwar den Gedanken nicht ertragen, sich von ihr zu trennen, aber in ihrem Zustand wollte er sie in Sicherheit wissen.

»Deshalb habe ich es dir nicht erzählt«, erwiderte sie traurig. »Ich wusste, dass du das sagen würdest. Aber ich will nicht weg. Ich bleibe hier.«

»Dann erzähle ich allen, dass du mit einem gestohlenen Pass unterwegs bist«, erklärte er.

»Das kannst du nicht beweisen«, erwiderte sie lächelnd. »Nein, du musst dich damit abfinden: Ohne dich fahre ich nirgendwohin.«

»Hier kannst du doch kein Kind bekommen«, sagte Edouard entsetzt. Aber er sah ihr an, dass er sie nicht umstimmen konnte. Und eigentlich wollte er auch gar nicht mit ihr darüber streiten.

»Ich werde unser Baby genau hier zur Welt bringen«, erwiderte sie fest. Sie sah sehr weiblich und wunderschön aus, als sie das sagte.

»Auf jeden Fall lasse ich nicht zu, dass du weiter fünfzehn Stunden am Tag auf den Beinen bist«, sagte er. »Ich werde mit dem Oberst sprechen.«

»Das wirst du nicht tun, Edouard de Bonneville.« Wütend funkelte sie ihn an. »Wenn du das tust, werde ich behaupten, du hättest mich vergewaltigt, und dann wirst du standrechtlich erschossen.« Zufrieden drehte sie sich wieder um.

»Mein Gott, Weib, du bist ein Ungeheuer! Ich habe eine bessere Idee. Was hieltest du davon, meine Fahrerin zu sein?«

»Deine Fahrerin?« Überrascht blickte sie ihn an. »Das ist eine gute Idee. Es würde gehen, solange ich noch hinter das Lenkrad passe. Ob sie es mir erlauben?«

»Wenn ich den Oberst darum bitte, bestimmt. Auf jeden Fall wäre das die bessere Lösung. Das heißt, wenn ich deine Fahrkünste überlebe.« Edouard beklagte sich ständig darüber, dass sie viel zu schnell führe, und sie erwiderte dann immer, er sei ein Feigling. Sie befänden sich schließlich in Frankreich, und es herrsche Krieg. Jetzt sagte Edouard, dass er für ihr Baby bereit sei, jedes Risiko einzugehen. Sie alberten eine Weile lang herum, doch dann wurde er auf einmal wieder ernst. »Hast du das ernst gemeint, Victoria? Willst du wirklich hier bleiben? Es könnte hart werden.« Er wusste aus ihren Erzählungen, dass sie Angst vor einer Geburt hatte. Außerdem konnten jederzeit Komplikationen eintreten.

»Ich möchte hier bei dir bleiben«, erwiderte sie leise. »Ich will nicht weg.« Edouard sah ein, dass jeder weitere Einwand zwecklos gewesen wäre; sie wollte wirklich bleiben.

»Und wie denkst du darüber, dass wir nicht verheiratet sind?«, fragte er. Sie grinste ihn an.

»Wir sind verheiratet, *chéri*«, erwiderte sie leichthin. »Nur eben nicht miteinander.«

»Du bist zutiefst unmoralisch«, sagte er und küsste sie. In diesem Moment liebte er sie aus tiefster Seele. »Aber du hast Mut«, fügte er leise hinzu.

29

Das Weihnachtsfest in Croton verlief stiller als sonst, aber alle waren glücklich. Geoff war begeistert von seinen Geschenken, denn Charles und Edward waren in diesem Jahr besonders großzügig gewesen. Olivia sah ihrem Vater jedoch an, dass er sich nicht wohl fühlte. Er hatte in den letzten Monaten einen bösen Husten gehabt und beinahe wieder eine Lungenentzündung bekommen. Außerdem stellte sie besorgt fest, dass er sehr alt wirkte. Sie war sich nicht sicher, ob das Verschwinden ihrer Schwester etwas damit zu tun hatte. Der Arzt meinte, dass Edwards Kraft allmählich zur Neige ginge und sein Herz immer schwächer würde. Trotzdem verbrachten sie die Feiertage bei ihm in fröhlicher Stimmung, bevor die Dawsons kurz nach Neujahr wieder nach New York zurückkehrten.

Sie waren gerade erst zwei Tage wieder zu Hause, als Bertie anrief und Olivia bat, zurückzukommen, da es ihrem Vater schlechter ginge. Gleich nach ihrer Abreise habe er wieder eine Erkältung bekommen und jetzt habe er hohes Fieber. Der Arzt fürchtete, dass sein schwaches Herz nicht mehr durchhalten würde. Olivia wollte sich von Donovan abholen lassen, aber Charles bestand darauf, sie am nächsten Morgen selbst nach Croton zu bringen. Er wollte sie in ihrem Zustand nicht allein reisen lassen. Sie war jetzt im sechsten Monat und schon ziemlich schwerfällig.

Sie nahmen auch Geoff mit, und als sie in Croton ankamen, war Olivia froh, dass sie nicht länger gewartet hatte. Ihr Vater war in den letzten drei Tagen um Jahre gealtert.

»Ich weiß nicht, was er hat.« Bertie rang in Tränen aufgelöst die Hände. Zumindest war jetzt eine der Töchter des alten Herren bei ihm, obwohl es Bertie lieber gewesen wäre, wenn Olivia zurückgekehrt wäre.

Olivia saß den ganzen Nachmittag am Bett ihres Vaters, während Charles und Geoff ausritten, weil sie sonst nichts weiter tun konnten. Charles hatte sich im Büro ein paar Tage Urlaub genommen und konnte nun nur geduldig abwarten, während Olivia den Kranken versorgte. Still tat sie ihre Pflicht, kochte ihrem Vater Brühe und Tee und machte ihm Kräuterumschläge. In Bertie keimte ein leiser Verdacht, als sie Olivia in jenen Tagen beobachtete, aber sie verwarf den Gedanken sofort wieder, in der Annahme, dass sie sich etwas einbildete. Schließlich konnte es ja gar nicht sein.

Während der folgenden zwei Tage verschlechterte sich Edward Hendersons Gesundheitszustand zusehends, und am Ende des dritten Tages konnte er kaum noch atmen. Der Arzt wollte ihn ins Krankenhaus bringen lassen, aber Edward weigerte sich und sagte zu Olivia, er wolle zu Hause sterben.

»Du stirbst doch nicht, Vater«, sagte sie unter Tränen. »Du bist doch nur krank. Warte nur ab, in ein paar Tagen bist du wieder auf den Beinen.« Aber das Fieber stieg immer weiter. Olivia wachte die ganze Nacht am Bett ihres Vaters, sodass sich Charles bereits Sorgen um sie machte. Aber er wusste, dass seine Frau sehr eigensinnig sein konnte.

Am nächsten Morgen war es dann so weit; Olivia ahnte, dass das Ende nahte. Ihr Vater rang nach Luft und konnte kaum noch sprechen.

»Victoria – hol deine Schwester … ich muss sie jetzt sehen …«, keuchte der alte Mann und griff nach Olivias Hand. Sie nickte, verließ das Zimmer und trat kurz darauf wieder ein. »Olivia, bist du das?«, fragte Edward, und sie nickte nur, während ihr die Tränen über die Wangen flossen.

»Ja, ich bin es, Daddy … ich bin wieder zu Hause.«

»Wo warst du?«

»Fort«, erwiderte sie, setzte sich auf den Stuhl neben seinem Bett und ergriff seine Hand. Er bemerkte gar nicht, dass sie schwanger war. »Ich musste eine Zeit lang nachdenken, aber jetzt bin ich wieder da. Ich liebe dich«, flüsterte sie mit erstickter Stimme. »Du musst wieder gesund werden!« Aber ihr Vater schüttelte den Kopf.

»Ich gehe … es ist an der Zeit … ich muss zu deiner Mutter.«

»Wir brauchen dich doch auch!«, schluchzte Olivia.

Mit gepresster Stimme stellte er ihr die Frage, die ihn in den vergangenen acht Monaten pausenlos gequält hatte. »Warst du böse auf mich, weil ich deine Schwester gezwungen habe, Charles zu heiraten?«

»Natürlich nicht, Vater, ich liebe dich doch«, erwiderte Olivia und strich ihm beruhigend über die Stirn.

»Du liebst ihn, nicht wahr?« Lächelnd nickte sie. Vielleicht war es, so kurz vor seinem Ende, besser für ihn, die Wahrheit zu erfahren.

»Kannst du mir verzeihen, dass sie ihn geheiratet hat?«

»Es gibt nichts zu verzeihen, ich bin jetzt glücklich. Deshalb bin ich ja auch fortgegangen. Ich habe jetzt alles, was ich will.« Er sah ihr an, dass sie es aufrichtig meinte. Für eine Weile schloss er die Augen und nickte ein. Dann öffnete er sie wieder und blickte sie lächelnd an.

»Ich bin froh, dass du glücklich bist, Olivia. Deine Mutter und ich sind auch sehr glücklich. Wir gehen heute Abend in ein Konzert.« Er fantasierte schon wieder. Den ganzen Tag über hatte er nur sehr wenige lichte Momente, und gegen Abend hatte sich sein Zustand noch weiter verschlechtert.

»Ich lasse es nicht zu, dass du noch länger aufbleibst, Victoria«, sagte Charles heftig zu Olivia.

»Ich muss aber. Vater braucht mich«, erwiderte sie ruhig und ging wieder zu ihm. Sie saß neben seinem Bett und hielt seine Hand, und als später am Abend das Fieber sank, war sie überzeugt, dass es ihm am nächsten Morgen besser gehen würde. Vor Übermüdung schlummerte sie kurz ein. Im Schlaf sah sie Victoria und ihre Mutter so deutlich vor sich, als ob sie neben ihr stünden. Dann schreckte sie hoch und sah, dass ihr Vater ganz friedlich dalag. Als sie ihm die Hand auf die Stirn legte, stellte sie fest, dass er tot war. Er war friedlich eingeschlafen.

Weinend trat Olivia aus dem Schlafzimmer. Bertie eilte auf sie zu und nahm sie in die Arme. Lange standen die beiden Frauen eng umschlungen da und weinten. Schließlich ging Olivia zu Charles, der fest schlief, und legte sich neben ihn ins Bett. Gleich am nächsten Morgen wollte sie Victoria schreiben. Sie sehnte sich danach, ihre Schwester bei sich zu haben, aber zumindest würde diese wissen, was passiert war, wenn sie es ihr auf telepathischem Weg übermittelte.

»Geht es dir gut?« Charles war aufgewacht und zog sie sofort in die Arme.

»Vater ist tot«, sagte Olivia leise, und dann weinte sie wie ein Kind. Tröstend hielt er sie umschlungen und wiegte sie sanft.

Um zwei Uhr morgens in jener Nacht erwachte Victoria plötzlich mit einem seltsamen Gefühl. Zuerst dachte sie, mit dem Baby sei etwas nicht in Ordnung, doch dann spürte sie, dass es etwas anderes sein musste. Sie schloss die Augen und sah Olivia mit ernstem Gesicht auf einem Stuhl sitzen.

»Alles in Ordnung?«, fragte Edouard schläfrig. Victoria arbeitete seit einiger Zeit als seine Fahrerin, und er machte sich ständig Sorgen, dass die holperigen Fahrten über die mit Schlaglöchern übersäten Straßen eine Frühgeburt auslösen könnten; schließlich war sie mittlerweile im siebten Monat.

»Ich weiß nicht«, erwiderte sie. »Irgendetwas stimmt nicht.«

»Mit dem Baby?« Alarmiert setzte er sich auf.

»Nein, mit dem Baby ist alles in Ordnung … ich weiß nicht, was es ist …« Ihr war, als säße Olivia direkt neben ihrem Bett und sagte etwas zu ihr, aber sie konnte sie nicht hören.

»Schlaf weiter«, sagte er gähnend. »In zwei Stunden müssen wir aufstehen. Du hast wahrscheinlich etwas Falsches gegessen.« Er nahm sie in den Arm, und sie kuschelte sich an ihn, aber sie konnte nicht mehr einschlafen. Das seltsame Gefühl jener Nacht hielt noch tagelang an.

Erst Anfang Februar erreichte Olivias Brief sie in Frankreich, und da wusste sie, warum sie sich in jener Nacht so seltsam gefühlt hatte. Ihr Vater war gestorben. Es betrübte Victoria, dass sie ihn vor seinem Tod nicht mehr gesehen hatte, aber zugleich war sie erleichtert, dass ihrer Schwester nichts passiert war.

»Das muss wirklich seltsam sein«, sagte Edouard, als sie ihm von dem seltsamen Erlebnis jener Nacht erzählte. Er hatte großen Respekt vor der engen Verbindung zwischen den Schwestern. »Ich kann mir nicht vorstellen, jemandem außer dir so nahe zu sein.« Er lächelte. »Oder ihm«, fügte er hinzu und wies auf ihren Bauch.

30

Am ersten Frühlingstag sah Olivia aus, als ob sie jeden Moment platzen würde. Schwerfällig kam sie die Treppe herunter, um mit ihrer Familie zu frühstücken. Charles grinste seine Frau an. Sie sah hinreißend aus, aber unglaublich unförmig. In den letzten Wochen war sie nicht mehr ausgegangen und hielt sich höchstens noch im Garten auf. Ihr Bauch war riesig und fest, und es war unübersehbar, dass es ein besonders großes Kind werden würde. Charles sorgte sich ein wenig deswegen, erwähnte ihr gegenüber aber nichts, weil er sie nicht ängstigen wollte.

»Ihr seid ziemlich unhöflich«, sagte sie lächelnd zu Charles und Geoff, der ebenfalls leise kicherte. Dabei wusste sie, dass sie wirklich komisch aussah. Aber sie fühlte sich wohl, und das Baby hatte offenbar keine Eile, zur Welt zu kommen. Der Geburtstermin war für diese Woche errechnet worden, aber der Arzt hatte gemeint, es könne durchaus auch noch ein paar Tage länger dauern. Olivia wollte das Kind zu Hause zur Welt bringen, nicht in einem Krankenhaus. Für sie hatten Schwangerschaft und Geburt nichts mit Krankheit zu tun.

»Was hast du heute vor?«, fragte Charles, als sie ihm eine Tasse Kaffee einschenkte. Bertie war aus Croton angereist, damit sie Olivia zur Hand gehen konnte, wenn das Kind erst einmal auf der Welt wäre, und Olivia freute sich, dass die alte Frau ihr half.

»Ich dachte, ich gehe ein bisschen im Garten spazieren.« Olivia grinste. »Vielleicht setze ich mich auch ein Weilchen auf einen Sessel und später dann auf die Couch.«

»Soll ich dir ein Buch mitbringen?«, fragte Charles.

»Das wäre wundervoll«, erwiderte sie erfreut. »Und auch ein paar Radieschen, wenn du zufällig welche siehst.«

»Ich kümmere mich darum«, versprach er. Er gab ihr einen Kuss und tätschelte ihren Bauch. »Sorg bitte dafür, dass er nicht kommt, während ich fort bin.«

»Sei dir nur nicht so sicher, dass es ein Junge ist«, erwiderte sie.

»Mit einem so großen Mädchen hätten wir sicher ein ernsthaftes Problem«, sagte er lachend und eilte aus dem Haus. Er hatte an diesem Tag viel zu tun und wollte so früh wie möglich wieder zu Hause sein. Er war gerne mit seiner Frau zusammen, vor allem jetzt, wo sie so kurz vor der Niederkunft stand und sicher ein wenig nervös war. Das war Olivia jedoch zu ihrer eigenen Überraschung gar nicht. Im Gegenteil, sie war fest davon überzeugt, dass die Geburt ohne Probleme verlaufen würde. Noch nie in ihrem Leben hatte sie sich ruhiger gefühlt.

Während Bertie den Abwasch machte, ging Olivia nach oben in das Kinderzimmer, um zum wiederholten Male zu überprüfen, ob alles für die Ankunft des Babys vorbereitet war. Danach schlenderte sie ein wenig im Garten umher, und als sie wieder ins Haus kam, stellte sie fest, dass die Wohnzimmerfenster schmutzig waren und dringend geputzt werden mussten. Eifrig machte sie sich an die Arbeit. Als Charles am späten Nachmittag nach Hause kam, war sie gerade dabei, die Küche zu wischen.

»Ich weiß gar nicht, was mit ihr los ist«, sagte Bertie zu der Köchin. »Sie putzt schon den ganzen Tag.«

»Dann kommt das Kind bald«, erwiderte die Köchin. Olivia lachte nur und machte sich daran, Charles' Socken zu stopfen. Sie hatte sich nie besser gefühlt.

Als Geoff nach dem Abendessen zu Bett gegangen war, spielte Olivia mit Charles Karten. Er gewann.

»Du hast geschummelt«, beschuldigte sie ihn lachend und stand auf, um sich in der Küche ein Glas Milch zu holen. Noch während sie die Milch in ein Glas einschenkte, platzte plötzlich die Fruchtblase, und alles war voller Wasser. Sie wollte es gerade aufwischen, als Charles die Küche betrat.

»Was ist geschehen? Was machst du da? Victoria! Hör sofort damit auf!«

Sie sank auf einen Stuhl. »Ich glaube, das Baby kommt«, sagte sie, und in diesem Moment überflutete sie schon die erste Wehe.

»Was? Jetzt?«

Unwillkürlich musste sie lachen. »Vielleicht nicht sofort und auf der Stelle, aber bald. Gib mir ein paar Minuten Zeit.« Wieder kam eine Wehe, und dieses Mal war sie bereits heftiger. Olivia war nicht darauf vorbereitet, weil niemand ihr gesagt hatte, was sie erwartete. Der Arzt hatte ihr lediglich versichert, es würde eine leichte Geburt werden, und Olivia hatte nicht damit gerechnet, dass sie schmerzhaft werden könnte.

»Ich bringe dich hinauf«, sagte Charles und stützte sie beim Aufstehen. Er führte sie nach oben und half ihr, sich auszuziehen, dann ließ er sie für ein paar Minuten allein, um Bertie zu holen. Als er zurückkam, keuchte Olivia bereits vor Schmerzen und rang nach Luft.

»Lass mich nicht wieder allein«, stöhnte sie und klammerte sich an ihn. Gemeinsam mit Bertie legte er sie aufs Bett. Bertie hatte Erfahrungen mit Geburten, aber Charles hatte noch nie eine miterlebt. Susan war bei Geoffs Geburt von weiblichen Verwandten umgeben gewesen, während er sich gemeinsam mit seinem Schwager betrunken hatte, und als er zurückgekehrt war, hatte sein Sohn bereits das Licht der Welt erblickt. Olivia schien jedoch nicht die Absicht zu haben, ihn irgendwohin gehen zu lassen, und als der Arzt kam, hielt sie Charles' Arm immer noch fest umklammert.

»Es tut so weh«, erklärte sie dem Arzt. Bertie und der Arzt wechselten ein wissendes Lächeln, aber Charles blickte seine Frau voller Besorgnis an.

»Wie lange wird es denn dauern?«, fragte er den Arzt.

»Möglicherweise die ganze Nacht«, lautete die Antwort, worauf Olivia in Tränen ausbrach.

»Das halte ich nicht durch. Ich will nach Croton.« Sie weinte wie ein Kind und wünschte sich verzweifelt, ihre Schwester wäre da. Auch Charles sah so aus, als würde er jeden Moment in Tränen ausbrechen, und Bertie führte ihn kurzerhand aus dem Zimmer. Olivia wollte ihn nicht gehen lassen, aber Bertie ließ sich nicht erweichen.

»Er macht sich nur Sorgen«, sagte sie beruhigend. »Und du willst doch auch nicht, dass er dich jetzt so sieht…«

»Doch, das will ich…«, schluchzte Olivia. »Ich will, dass er wiederkommt… bitte, hol ihn…« Die Wehen wurden immer heftiger, und sie wurde jedes Mal halb ohnmächtig. »Victoria«, flüsterte sie. »Victoria!« Wenn doch nur ihre Schwester da gewesen wäre! »Pass auf, was du sagst«, wisperte Bertie Olivia ins Ohr und drückte ihre Hand, doch Olivia merkte von alldem nichts.

Charles hatte Kaffee für den Arzt und Bertie gekocht und kam leise zurück ins Zimmer. Besorgt fragte er seine Frau, wie sie sich fühle.

»Schrecklich«, stöhnte sie. Voller Angst blickte er sie an. Vielleicht hatte sie ja eine innere Missbildung von ihrer Mutter geerbt und würde so wie diese bei der Geburt des Kindes sterben.

»Oh, meine Süße«, sagte er verzweifelt. Der Arzt schlug vor, er solle besser unten warten, bis alles vorüber sei. Er begann ebenfalls, sich Sorgen zu machen, zeigte es jedoch nicht. Bevor Charles jedoch das Zimmer verlassen konnte, setzte erneut eine Wehe ein, und Bertie und der Arzt befahlen Olivia zu pressen. Eine Stunde später war sie immer noch nicht weitergekommen, und die Lage erschien aussichtslos.

Der Arzt fuhr Charles an: »Sie sollten jetzt wirklich gehen!« Aber Charles blieb standhaft. »Ich werde nicht gehen. Sie ist meine Frau, und ich bleibe hier.« Seine Anwesenheit gab ihr neue Kraft. Er hielt ihr die Hand und wischte ihr den Schweiß von der Stirn. Schließlich erklärte der Arzt, er müsse das Baby drehen, weil es falsch herum läge. Olivia schrie auf, als er mit kundigen Händen die Lage des Kindes korrigierte, und Charles brach fast in Tränen aus. So qualvoll hatte er sich die Geburt nicht vorgestellt. Danach ging jedoch auf einmal alles sehr schnell, und plötzlich hielt der Arzt ein winziges, schreiendes rosa Bündel hoch. Es war ein Mädchen. Staunend betrachtete Charles seine Tochter. »Oh, sie ist so schön!«, rief Olivia aus und blickte Charles strahlend an. Im nächsten Moment verzog sie jedoch schmerzerfüllt das Gesicht, weil eine neue Wehe sie überflutete.

»Was ist los?«, fragte Charles besorgt.

»Das geschieht manchmal«, beruhigte ihn der Arzt. »Die Nachgeburt ist zuweilen schmerzhafter als die Geburt selbst.« Aber da begann Olivia wieder zu schreien, und Bertie warf ihr einen wissenden Blick zu. »Ich glaube nicht …«, setzte sie an, aber der Arzt schnitt ihr das Wort ab.

»Gleich wird die Plazenta kommen«, erklärte er. Doch Olivia begann auf einmal heftig zu bluten, und ohne dass sie jemand dazu aufgefordert hätte, presste sie erneut.

»Doktor, ist das normal?«, fragte Charles verängstigt, doch in diesem Augenblick war bereits ein weiteres Köpfchen zu sehen. »Victoria! Komm, press, wir bekommen Zwillinge!«, rief Charles aus. Er lachte und weinte zugleich.

»Was? Oh mein Gott …« Olivia presste, und dann kam ein zweites Mädchen zur Welt. Kurz darauf rutschte eine einzelne Plazenta aus Olivias Leib. Sie hatte eineiige Zwillinge geboren. Olivia starrte ungläubig auf die Kinder, dann begann sie zu lachen. »Ich kann es gar nicht glauben … nicht schon wieder!« Plötzlich lachten und redeten alle durcheinander. Bertie badete die Babys, wickelte sie in saubere Tücher und legte sie Olivia in den Arm. Sie blickte strahlend abwechselnd auf ihre Töchter und ihren Mann, der ihr so eine große Hilfe gewesen war. Die Schmerzen der Geburt waren rasch vergessen.

Während der Arzt noch wortreich erklärte, warum er nur einen einzelnen Herzschlag gehört hatte, nähte er die Stelle, wo Olivia ein wenig eingerissen war. Anschließend wusch Bertie sie mit parfümiertem Wasser ab und zog ihr ein frisches Nachthemd an. Charles nahm die Zwillinge vorsichtig auf den Arm und ging zu Geoff, um ihm seine Geschwister zu zeigen. Als auch der Arzt gegangen war, sagte Bertie zu Olivia: »Was hast du gemacht, du dummes Mädchen?« Olivia wusste sofort, was sie meinte. Es war eigentlich ein Wunder, dass sie Bertie so lange an der Nase hatte herumführen können.

»Sie hat mich dazu überredet.«

»Wo ist sie?«, fragte Bertie.

»In Europa«, konnte Olivia gerade noch antworten, bevor Charles mit Geoff und den Zwillingen ins Zimmer trat.

»Sie sind so süß, Tante … Victoria …« Um ein Haar hätte der Junge sich verplappert. Er warf ihr einen erschrockenen Blick zu, aber sie gab ihm lächelnd einen Kuss.

»Dein Dad hat gesagt, sie sähen genauso aus wie du, als du klein warst«, erwiderte sie.

Bertie nahm dem glücklichen Vater die Babys ab und verließ mit Geoff das Zimmer. Olivia blieb mit Charles allein zurück. »Es tut mir Leid, dass du wegen mir all das durchmachen musstest«, sagte er schuldbewusst und stolz zugleich.

»Ich würde es immer wieder tun«, erwiderte sie. »So schlimm war es eigentlich gar nicht.« Erstaunt blickte er sie an. Er hatte die Geburt schließlich miterlebt und gesehen, welche Schmerzen sie erduldet hatte. »Schau dir die beiden Mädchen an«, sagte Olivia. »Sie sind es wert.«

»Ich bin nicht sicher, ob ich das durchstehen werde«, sagte Charles nachdenklich und schmunzelte. »Dein Vater hat immer erzählt, dass er euch nicht auseinander halten konnte.«

»Ich werde es dir schon beibringen«, erklärte sie ihm und küsste ihn. Kurz darauf kehrte Bertie mit den beiden Babys zurück und legte sie ihrer Mutter an.

In derselben Nacht hatte Victoria in Châlons-sur-Marne friedlich geschlafen, als sie auf einmal das Gefühl hatte, Edouard würde mit einem Messer auf sie einstechen. Schreiend fuhr sie aus dem Schlaf hoch, woraufhin auch Edouard sofort aufwachte.

»*Eh … petite … arrète …* du hast einen Albtraum gehabt … *ce n'est qu'un cauchemar, ma chérie.*« Aber der Traum war so real, dass Victoria nicht aus ihm erwachte. Keuchend klammerte sie sich an Edouard. Sie bekam kaum Luft und hatte das Gefühl, eine riesige Faust presse ihr das Herz zusammen.

»Ich weiß nicht, was los ist«, flüsterte sie. Edouard schaltete das Licht ein, und da sah er, dass das ganze Bett voller Blut und Wasser war. Victoria hielt sich den Bauch vor Schmerzen.

»*Ca vient maintenant*? … Kommt das Kind?« Sie nickte,

und er sprang rasch aus dem Bett und schlüpfte in seine Hose. »Ich hole den Arzt.«

»Nein … nein … lass mich nicht allein«, flehte sie. Sie hatte furchtbare Angst vor der Geburt. Edouard sollte bei ihr bleiben.

»Ich *muss* den Arzt holen, Victoria … ich habe keine Ahnung, wie man ein Kind entbindet.«

»Bitte, geh nicht!«, schrie sie, und dann stöhnte sie auf, als eine weitere Wehe sie überflutete. »Es kommt schon … ich weiß es … Edouard, geh nicht!« Voller Panik blickte sie ihn an.

»Bitte, Liebling, lass mich Hilfe holen … ich hole Chouinard« – das war der beste Arzt im Feldlazarett – »und eine von den Krankenschwestern.«

»Ich will niemanden hier haben«, stöhnte Victoria und ergriff seinen Arm. »Ich will nur dich …« Die Wehe ging vorüber, und einen kurzen Moment lang hatte sie keine Schmerzen. »Ich habe geträumt, dass Olivia das Baby bekommen hat.«

»Das ist eine Sache, die sie leider nicht für dich tun kann, meine Liebste. Genauso wenig wie ich«, erwiderte er sanft. »Obwohl ich wünschte, ich könnte dir deine Schmerzen abnehmen.« Er kniete sich neben das Bett und ergriff ihre Hand. In diesem Moment setzte bereits die nächste Wehe ein. Edouard wusste, dass die Geburt Stunden dauern konnte; er musste unbedingt Hilfe holen. Er versuchte, sich sein Hemd anzuziehen, aber Victoria ließ seine Hand nicht los.

»Es kommt, Edouard … Ich kann es spüren … es kommt …« Sie spürte einen furchtbaren Druck und schrie vor Schmerz auf.

Im gleichen Moment hatte auch Olivia in New York auf einmal wieder leichte Wehen, aber Bertie, die bei ihr war, erklärte ihr, das seien Nachwehen, die nach jeder Geburt aufträten. Olivia schloss die Augen und schlief ein. Und während sie schlief, träumte sie von ihrer Schwester.

»Edouard, bitte!«, schrie Victoria. Sie setzte sich auf und klammerte sich an ihn. »Halt mich fest, ich muss pressen.« Instinktiv tat sie das Richtige. Sie stützte sich mit den Füßen an seinen Schultern ab und presste, und auf einmal erschien ein Köpfchen mit hellem Flaum zwischen ihren Beinen.

»Oh mein Gott«, schrie Edouard auf. »Oh mein Gott... Victoria... das Kind kommt... press weiter!« Stöhnend und schreiend ging Victoria mit den Presswehen mit, wieder und wieder, bis endlich der kleine Körper des Babys aus ihr herausglitt. Edouard hielt das Kind hoch, damit Victoria es sehen konnte.

»Oh... sieh nur...«, schluchzte Victoria. »Er ist so schön... oh, ich liebe dich.« Sie küsste Edouard, dem ebenfalls die Tränen über das Gesicht liefen. Inmitten von Angst und Tod hatte sie ein Engel besucht.

»Er ist das Schönste, was ich je gesehen habe, von seiner Mutter einmal abgesehen. *Je t'aime,* Victoria, mehr als du denkst.« Vorsichtig nabelte Edouard seinen Sohn ab und legte ihn Victoria auf den Bauch. Dann holte er warmes Wasser und frische Handtücher, um die beiden zu säubern.

»Wie sollen wir ihn nennen?«, fragte er, als Mutter und Kind versorgt waren. Er hatte hervorragende Arbeit als Arzt und Hebamme zugleich geleistet.

»Das hast du sehr gut gemacht.« Victoria lächelte ihn verlegen an. »Es tut mir Leid, dass ich solche Angst hatte... aber es ging alles so schnell.« Stolz betrachtete sie ihren Sohn. Er war ein großes Baby. »Gott sei Dank haben wir keine Zwillinge bekommen«, sagte sie erleichtert.

»Ich hätte nichts dagegen gehabt«, erwiderte Edouard und zündete sich eine Zigarette an. Das Kind lag an Victorias Brust und saugte bereits gierig. Wieder einmal dachte Edouard, dass sie jetzt besser nach Hause fahren sollte. Dies war nicht der geeignete Ort für einen Säugling. Fürsorglich strich er Victoria die Haare aus dem Gesicht und lächelte sie an. »Und der Name des zukünftigen Barons?«, fragte er noch einmal. Victoria brauchte nicht lange zu überlegen.

»Wie wäre es mit Olivier Edouard, nach meiner Schwester, dir und meinem Vater? Das passt doch. Dann haben wir nur Charles nicht berücksichtigt – aber ich glaube, es macht ihm auch nichts aus.«

»Sollen wir ihm eine Geburtsanzeige schicken, oder schreibst du dem armen Mann jetzt endlich einen Brief?« Sie hatten bereits während der Schwangerschaft beschlossen, dass dies die beste Lösung wäre. Victoria wollte nur zunächst ihre Schwester über die jüngsten Entwicklungen informieren. Für sie würde es gewiss eine Erleichterung sein, auch wenn Charles zunächst bestimmt schrecklich wütend werden würde. Es tat Victoria zwar Leid, dass sie ihre Schwester seinem Zorn aussetzte, aber sie brachte es einfach nicht über sich, ohne Edouard in die Vereinigten Staaten zurückzukehren.

In den folgenden Tagen dachte Victoria ständig an Olivia. Sie hätte ihr so gerne das Baby gezeigt und alles darum gegeben, ihre Schwester endlich einmal wieder umarmen zu können.

31

Letztendlich beschlossen Victoria und Edouard, das Baby bei der Schlossherrin zu lassen, jener Gräfin, die Victoria bei dem ersten Abendessen im Schloss kennen gelernt hatte. Das Haus, in dem sie lebte, lag so weit hinter der Front, dass es sicher war; außerdem stand sie dort unter dem Schutz der Alliierten. Edouard hätte Victoria und seinen Sohn zwar noch lieber in der Schweiz in Sicherheit gewusst, doch das kam für Victoria nicht infrage, zumal sie sich überraschend schnell von den Strapazen der Geburt erholte. Einige Krankenschwestern besuchten sie, als sie noch im Wochenbett lag, und Olivier wurde bald zum Maskottchen des gesamten Lagers, auch für die Soldaten, die ihn gar nicht kannten. Sie schickten Geschenke und schnitzten kleine Spielzeuge. Didier strickte dem Baby ein winziges Paar Söckchen, und einer der Männer trieb sogar einen alten Teddybär auf. Und wenn Olivier Edouard de Bonneville unter den stolzen Blicken seines Vaters an der Brust seiner Mutter trank, wirkte er wie ein äußerst glückliches Baby. Für alle war er ein Sinnbild des Lebens inmitten von Tod und Verderben.

Im Juni war Victoria wieder völlig hergestellt und hatte sogar, zu Edouards Entzücken, bereits wieder ihre frühere Figur. Sie nahm ihre Tätigkeit als Fahrerin wieder auf und stillte ihren Sohn nur noch morgens und abends. Tagsüber kümmerte sich die Gräfin um ihn, wo

Victoria ihn sofort abholte, wenn sie nach Hause kam. Olivier war ein braves Kind und weinte nur wenig.

Ebenfalls im Juni ließen die Dawsons in New York ihre beiden Töchter taufen. Olivia hatte darauf bestanden, sie nach ihrer Mutter und ihrer Schwester, Elizabeth und Victoria, zu nennen. Es war nicht einfach gewesen, Charles zu erklären, warum sie sich gerade für Victoria entschieden hatte, aber er dachte, sie wolle in dem Kind ihren eigenen Namen weiterleben lassen.

Geoff war hingerissen von seinen kleinen Schwestern, und auch Bertie kümmerte sich nur zu gerne um sie. Olivia hatte versucht, die Babys zu stillen, aber sie hatte nicht genug Milch für beide gehabt. Jetzt bekamen sie die Flasche, sodass jeder mithelfen konnte, sie zu füttern.

Als Olivia jetzt mit ihrer Familie in der Kirche stand, war sie die glücklichste Frau auf der Welt – wenn man einmal von der Tatsache absah, dass sie ihr Glück nur von ihrer Schwester geborgt hatte. Olivia hatte keine Ahnung, was sie tun sollte, wenn Victoria je zurückkäme. Vielleicht ließe sich ja die Maskerade bis in alle Ewigkeit fortsetzen. Olivia hoffte nur, dass Victoria nicht auf einmal ihre Liebe zu Charles entdeckt hätte. Aber zum Glück deutete nichts in ihren Briefen darauf hin, im Gegenteil, Olivia hatte eher das Gefühl, dass in Frankreich etwas anderes vor sich ging. Da die Briefe der Zensur unterlagen, schrieb Victoria nur wenig über sich, aber zumindest wusste Olivia, dass es ihrer Schwester gut ging.

Eines Abends im Juni, während die Schlacht bei Verdun tobte, kehrten Edouard und Victoria von einem geheimen Treffen mit den Alliierten in Anscourt zurück. Hochrangige Offiziere waren anwesend gewesen, und Victoria hatte mit den anderen Fahrern draußen warten müssen. Auf der Heimfahrt war Edouard schweigsam und nachdenklich. Victoria kannte die Straße wie ihre Westentasche, sie war sie schon unzählige Male entlanggefahren und wollte so rasch wie möglich nach Hause zu ihrem Baby. Ihre Brüste schmerzten, und die Milch tropfte bereits heraus. Sie wollte ihren Sohn so schnell wie möglich anlegen.

»Was war das?«, fragte Edouard auf einmal. Er glaubte, etwas in den Büschen gesehen zu haben und bat Victoria anzuhalten. Sie waren kurz vor Châlons-sur-Marne, und Edouard wollte die anderen warnen, falls sich deutsche Soldaten hier herumtrieben. Victoria weigerte sich zunächst, den Wagen anzuhalten, weil das unter den gegebenen Umständen den reinen Selbstmord bedeuten konnte, aber schließlich gab sie nach. Es war jedoch niemand zu sehen. Also fuhr sie wieder an und hatte den Wagen gerade beschleunigt, als ein Hund vor ihr auf die Straße lief. Sie versuchte ihm auszuweichen, wobei der Wagen ins Schleudern geriet. Im selben Moment ertönte ein sirrendes Geräusch, eine Art leises Pfeifen, und Edouard schrie ihr zu: »Runter! *Baisse-toi*…« Beide duckten sich so tief wie möglich, während Victoria noch versuchte, den Wagen wieder unter Kontrolle zu bekommen. Als sie wieder zu Edouard hinüberblickte, sah sie, dass er blutete. In diesem Moment wurde der Wagen von einem weiteren Geschoss getroffen. Victoria musste hilflos mit ansehen, wie Edouard langsam vom Sitz rutschte. Aus seinem Mundwinkel sickerte Blut, und Victoria war überzeugt, dass er starb. Entschlossen lenkte sie den Wagen an den Straßenrand und hielt an.

»Edouard!«, schrie sie und zog ihn auf ihren Schoß. Das konnte nicht sein, das durfte nicht sein! Sie schüttelte ihn, damit er aus seiner Bewusstlosigkeit erwachte, aber er hatte eine klaffende Wunde am Kopf, und obwohl er noch atmete, war er schon beinahe tot. »Edouard!«, schluchzte Victoria. »Bitte, antworte mir!« In diesem Moment war es ihr völlig gleichgültig, ob sie eine gute Zielscheibe für die Heckenschützen abgab. »Edouard, bitte …«

Er schlug die Augen auf, blickte sie lächelnd an und drückte schwach ihre Hand. »… *je t'aime* … bin immer … bei dir …« Dann brach sein Blick, und er hörte auf zu atmen. Alles war ganz schnell geschehen.

»Edouard«, flüsterte sie, »geh nicht … bitte … verlass mich nicht …« Sie hielt den leblosen, blutverschmierten Körper ihres Geliebten in den Armen und spürte kaum, dass sie selbst in den Rücken getroffen worden war, kurz unterhalb des Nackens. Blut quoll aus der Wunde, aber sie achtete nicht darauf, sondern setzte sich wie in Trance wieder hinter das Steuer und raste durch die Dunkelheit auf das Lager zu. Sie musste Edouard ins Lazarett bringen, die Ärzte würden ihm bestimmt helfen können – er schlief ja nur. Sie musste ihn zurückbringen. Er war ihr Vorgesetzter, und sie war seine Fahrerin. Vor dem Lazarett bremste sie scharf und hätte beinahe zwei Krankenschwestern angefahren, die gerade herauskamen. Die eine wollte schon etwas Unfreundliches sagen, schloss aber erschrocken den Mund, als sie Victorias Gesicht sah.

»Er ist verletzt«, sagte Victoria ausdruckslos. »Tut etwas, er ist verletzt.«

Die beiden Schwestern traten auf sie zu. »Du auch«, sagte die eine. In diesem Moment wurde es dunkel um Victoria, und sie brach über dem Lenkrad zusammen. Ihr Kleid war auf dem Rücken blutdurchtränkt.

»Holt eine Trage!«, rief eine der Krankenschwestern. »Sanitäter!« Zwei Männer kamen angerannt. Einer von ihnen erkannte Victoria und blickte von ihr auf den leblosen Edouard.

»Der Hauptmann?«, fragte er. Die Krankenschwester nickte kurz und sagte: »Sie sind beschossen worden … bringt Victoria zum OP und holt einen Arzt.«

Die Sanitäter brachten Victoria eilig in das Operationszelt und kehrten dann zurück, um Edouards Leiche zu holen und in die Leichenhalle zu bringen.

Die Ärzte entfernten die Kugel aus Victoria Rücken, doch mehr konnte man für sie nicht tun. Wenn sie die Verletzung überlebte – was jedoch unwahrscheinlich war –, würde sie vielleicht nie mehr laufen können. Die Krankenschwestern und Sanitäter, die mit ihr zusammengearbeitet hatten, sprachen an jenem Abend über nichts anderes. Sergeant Morrison kam, um ihre Papiere zu holen. Man kannte Victoria als Olivia Henderson aus New York, und ihre nächste Verwandte war eine Frau namens Victoria Dawson. Während Morrison persönlich das Telegramm schrieb, traten ihr die Tränen in die Augen.

32

Der Kinderwagen, den Olivia für die Zwillinge benutzen musste, war unhandlich und antiquiert, aber Bertie hatte darauf bestanden, ihn aus Croton zu holen. Er war riesig, und obwohl sich ihre Mutter ständig darüber beschwerte, wirkten die Zwillinge darin äußerst glücklich. Auch das Haus war über Nacht zu klein für sie alle geworden, sodass die Zwillinge mit Bertie in einem Zimmer schlafen mussten. Aus diesem Grund erwogen Olivia und Charles, in Edwards Haus an der Fifth Avenue zu ziehen. Charles war der Meinung, es gehöre jetzt seiner Frau – Victoria hatte das Haus geerbt –, aber Olivia wollte natürlich nicht ohne Zustimmung ihrer Schwester umziehen. Ihr gehörte der Besitz in Croton, der ihnen jedoch wegen der Entfernung zur Stadt nichts nützte. Deshalb blieben sie noch für einige Zeit in ihrem alten Haus wohnen, das bereits aus allen Nähten platzte. Allmählich begann der Trubel an Charles' Nerven zu zerren.

Auch Olivia fand in der letzten Zeit kaum Schlaf. Ihr ganzer Körper schmerzte, und sie hatte das Gefühl, krank zu werden.

Eines Tages kämpfte sie gerade mit dem Ungetüm von Kinderwagen auf der Treppe vor dem Haus, als ein Postbote auf sie zutrat und ihr ein Telegramm überreichte. Als sie den Umschlag entgegennahm und dem Mann den Empfang bestätigte, stieg eine düstere Vorahnung in ihr auf. Sie stellte den Kinderwagen, in dem die Zwillinge friedlich schliefen, in der Halle ab und riss mit zitternden Händen den Umschlag auf. Als sie den Text las, setzte ihr Herzschlag für einen Moment aus, und die Buchstaben verschwammen vor ihren Augen. Es war ein offizielles Telegramm vom französischen Militär. »Bedauere, Ihnen mitteilen zu müssen, dass Ihre Schwester, Olivia Henderson, in Erfüllung ihrer Pflicht verwundet wurde. Stop. Ernsthaft verletzt. Stop. Halte Sie auf dem Laufenden. Stop.« Unterschrieben hatte ein Sergeant Penelope Morrison von der Vierten Französischen Armee. Weinend stand Olivia in der Halle und presste das Schreiben an die Brust. Jetzt war ihr mit einem Schlag alles klar: Sie hatte gespürt, dass etwas mit Victoria nicht in Ordnung war. Das Unwohlsein, das sie empfunden hatte, hatte nichts mit den Babys zu tun gehabt.

Bertie trat aus der Küche und wusste sofort, dass etwas Schreckliches geschehen war.

»Was ist los?«, fragte sie und eilte zum Kinderwagen, in der Annahme, den Babys sei etwas zugestoßen.

»Victoria ... sie ist verwundet worden ...«

»Oh mein Gott ... was willst du Charles erzählen?« In seiner Abwesenheit nannte sie ihn beim Vornamen, obwohl sie sich das ihm gegenüber nie erlaubt hätte.

»Ich weiß es nicht«, erwiderte Olivia panisch. Die beiden Frauen trugen die schlafenden Kinder nach oben und legten sie in ihre Bettchen. Die ganze Zeit über überlegte Olivia fieberhaft, wie sie es Charles beibringen sollte. Nervös ging sie im Wohnzimmer auf und ab, bis er schließlich am späten Nachmittag nach Hause kam.

Er sah ihr sofort an, dass etwas nicht stimmte. Sie war kreidebleich, und ihre Hände zitterten. Genau wie Bertie glaubte er zunächst, es sei etwas mit den Kindern.

»Victoria, was ist geschehen?«

Sie holte tief Luft und sprudelte hervor: »Es geht um meine Schwester.«

»Olivia? Wo ist sie? Was ist los?«

»Sie ist in Europa. Und sie ist verwundet.« Die Worte gingen Olivia leichter über die Lippen, als sie vermutet hatte. Es gab keine Möglichkeit mehr, die Wahrheit zu vertuschen, und ihre größte Angst war, dass Charles sich von ihr trennen würde, wenn er sie erführe. Da sie nicht verheiratet waren, würde er sie einfach hinauszuwerfen können. Sie war sich noch nicht einmal sicher, ob er unter den gegebenen Umständen nicht sogar die Kinder bei sich behalten konnte. Vielleicht würde sie ihre Töchter ja noch nicht einmal mehr besuchen dürfen. Aber darüber konnte sie sich später immer noch Gedanken machen. Jetzt ging es zunächst einmal um ihre Schwester.

»Sie ist in Europa?« Fassungslos blickte Charles sie an. »Was macht sie denn da?«

»Sie arbeitet als Fahrerin für die alliierten Streitkräfte, und dabei ist sie jetzt verwundet worden«, sagte Olivia und beobachtete ihn ängstlich.

»Wusstest du davon?«, fragte er, und sie nickte. »Wie konnte sie denn so etwas tun? War sie die ganze Zeit über dort?« Wieder nickte Olivia. Ob Charles jetzt wohl alles erraten würde? Victoria und sie betrieben ihr Täuschungsmanöver jetzt schon seit über einem Jahr. Das war eine lange Zeit und ging weit über ihre ursprüngliche Vereinbarung hinaus. »Warum hast du mir nichts davon gesagt, Victoria?«, fragte er anklagend. Noch hatte er offenbar nichts gemerkt.

»Sie wollte niemanden beunruhigen. Es war ihr größter Wunsch, Charles. Ich hielt es nicht für fair, sie aufzuhalten.«

»Fair? Findest du es denn fair von ihr, dass sie einfach so davongelaufen ist? Um Himmels willen, sie hat euren Vater damit umgebracht!«

Olivia stiegen die Tränen in die Augen. »So etwas darfst du nicht sagen. Du weißt, dass es nicht der einzige Grund war. Vater hatte seit Jahren ein schwaches Herz.«

»Aber Olivias Verschwinden hat es bestimmt nicht besser gemacht«, erwiderte Charles unversöhnlich.

»Wahrscheinlich nicht«, gab die wahre Olivia mit schwacher Stimme zu. Sie kam sich vor wie eine Mörderin.

»Ich hätte ja noch verstanden, wenn *du* früher etwas so Verrücktes getan hättest – du hattest ja immer eine Vorliebe für Politik und radikale Ideen –, aber Olivia… Das kann ich nicht begreifen.«

»Und wenn ich nach Europa gegangen wäre?«, fragte sie leise.

»Dann hätte ich dich umgebracht. Ich hätte dich an den Haaren zurückgeschleift und dich im Keller eingesperrt«, erwiderte Charles, wurde aber sogleich wieder ernst. »Was willst du jetzt tun?«, fragte er. »Ist sie sehr schwer verletzt?«

»Ich weiß nicht. Das geht aus dem Telegramm nicht eindeutig hervor. Aber es scheint ernst zu sein.« Sie fasste all ihren Mut zusammen. »Charles, ich werde zu ihr fahren.«

»Was sagst du da?«, rief er fassungslos. »In Europa herrscht Krieg, und du hast drei Kinder, um die du dich kümmern musst!«

»Sie ist meine Schwester«, erwiderte sie schlicht.

»Ja, sogar deine Zwillingsschwester. Ich weiß, was das bedeutet. Immer wenn du Kopfschmerzen bekommst und denkst, sie schickt dir damit eine Nachricht, lässt du alles stehen und liegen und eilst zu ihr. Aber ich verbiete dir, nach Frankreich zu fahren. Du bleibst hier, wo du hingehörst, und reist nicht um die halbe Welt, um eine Frau zu retten, die vor einem Jahr ihre Familie im Stich gelassen hat. Du fährst nicht!«, schrie er sie an. So erregt hatte Olivia ihn noch nie erlebt.

»Doch, Charles, ich werde fahren. Nichts kann mich aufhalten. Ob es dir nun passt oder nicht, ich werde mit dem nächstmöglichen Schiff nach Frankreich fahren.

Meine Kinder sind hier in Sicherheit. Ich muss zu meiner Schwester.«

»Ich habe bereits eine Frau bei einem Schiffsuntergang verloren!«, brüllte Charles so laut, dass man es im ganzen Haus hören konnte. »Verdammt noch mal, Victoria, ich will dich nicht auch noch verlieren!« Die Tränen liefen ihm über die Wangen.

»Es tut mir Leid, Charles«, erwiderte Olivia leise. »Ich muss zu ihr fahren. Und ich wünsche mir, dass du mich begleitest.«

»Und wenn wir nun beide sterben? Wenn unser Schiff torpediert wird? Wer kümmert sich dann um die Kinder? Hast du dir das überlegt?«

»Dann bleib hier«, sagte sie traurig. Er würde sie wahrscheinlich ohnehin vor die Tür setzen, wenn er die Wahrheit erführe, und dann konnte sie die Kinder auch nicht mehr sehen. Aber sie spürte mit jeder Faser ihres Seins, dass sie zu ihrer Schwester fahren musste.

Geoff hatte den Streit mitbekommen, und als Olivia ihn später ins Bett brachte, blickte er sie ängstlich an. »Es geht um Victoria, nicht wahr?«, flüsterte er. Olivia nickte. »Weiß Dad es jetzt?«

»Nein, und du darfst es ihm auch nicht sagen«, erwiderte sie. »Ich muss erst zu ihr, und dann werden wir es ihm gemeinsam beichten. Aber zuerst muss ich mit ihr reden.«

»Glaubst du, sie ist wütend wegen der Babys?« Sie gab ihm einen Kuss.

»Natürlich nicht. Sie wird sie lieben.« In Wahrheit war Olivia bei weitem nicht so ruhig, wie sie vorgab. Alles in ihr war in Aufruhr, und sie war außer sich vor Sorge um ihre Schwester.

»Aber du bleibst doch bei uns, wenn du zurückkommst, oder? Du gehörst doch hierher«, drängte der Junge. Sie lächelte ihn an. Sie konnte nur hoffen, dass Victoria überhaupt zurückkam.

»Deshalb muss ich ja nach Europa fahren. Ich muss alles mit ihr besprechen.«

»Wird sie denn sterben?« Verängstigt blickte er sie an.

»Natürlich nicht«, erwiderte sie, ohne selbst davon überzeugt zu sein. Und als sie in dieser Nacht neben Charles im Bett lag, betete sie inständig darum, dass ihre Schwester am Leben bleiben möge. Charles lag lange Zeit schweigend neben ihr, aber schließlich drehte er sich zu ihr und blickte sie an.

»Ich wusste schon immer, dass du eigensinnig bist, schon bevor ich dich heiratete. Wenn du darauf bestehst, zu ihr zu fahren, Victoria, dann werde ich mitkommen.« Erleichtert lächelte Olivia ihn an. Der Gedanke, allein nach Europa reisen zu müssen, hatte ihr Angst gemacht.

»Kannst du denn freinehmen?«

»Es muss eben sein. Das ist ein Notfall. In der Kanzlei werde ich sagen, dass ich nicht nur eine unmögliche Frau, sondern auch eine verrückte Schwägerin habe, und dass wir nach Europa fahren müssen, um ihr zu helfen.« Dankbar küsste Olivia ihn. »Aber eines kann ich dir sagen«, fuhr Charles fort, »wenn die beiden Gören nebenan auch nur ein einziges Mal versuchen, mir auf diese Art das Leben schwer zu machen, dann werde ich sie auf der Stelle trennen.« Lachend umarmte sie ihn.

In den nächsten beiden Tagen bereitete Olivia alles für die Reise vor, und am Tag darauf gingen sie an Bord des französischen Schiffes *Espagne*, das nach Bordeaux fuhr.

Sie hatten eine kleine Kabine auf dem B-Deck gebucht, die zwar nicht besonders luxuriös, aber bequem war, und die meiste Zeit hielten sie sich dort auf. Olivia konnte kaum an etwas anderes als an ihre Schwester denken, und Charles bemühte sich nach Kräften, sie abzulenken.

»Das ist schon etwas anderes als damals auf der *Aquatania*«, sagte er eines Abends.

»Warum?«, fragte Olivia überrascht. Er warf ihr einen seltsamen Blick zu.

»Vielleicht habe ich ja ein besseres Gedächtnis als du, aber unser erstes Jahr hat mich beinahe umgebracht. Wenn sich das Blatt nicht gewendet hätte, wäre ich wahrscheinlich ins Kloster gegangen oder hätte mich erschossen.« Schuldbewusst blickte sie ihn an und schwieg.

Zwei Tage vor ihrem Hochzeitstag legten sie in Bordeaux an. Dort mieteten sie ein Auto, das so aussah, als würde es jeden Moment zusammenbrechen, und fuhren nach Troyes, wo sie eine Mitarbeiterin des Roten Kreuzes treffen sollten, die mit ihnen bis nach Châlons-sur-Marne fahren würde. Sie mussten große Umwege in Kauf nehmen, weil überall gekämpft wurde, und man gab ihnen zur Sicherheit sogar Gasmasken und Medikamente mit. Olivia probierte die Gasmaske sofort aus und konnte sich gar nicht vorstellen, wie man darunter überhaupt atmen konnte. Sie war dankbar, dass Charles sie begleitet hatte, und auch er war erleichtert, dass er sie nicht allein hatte fahren lassen.

Wie vereinbart trafen sie in Troyes die Frau vom Roten Kreuz, die ihnen den Weg nach Châlons wies. Auf halber Strecke hatten sie eine Reifenpanne, außerdem wurden sie mehrmals von Soldaten angehalten, aber ansonsten verlief die Fahrt ohne Zwischenfälle. Weit nach Mitternacht kamen sie schließlich erschöpft im Lager an. Olivia fragte die nächstbeste Krankenschwester, die ihr über den Weg lief, nach Olivia Henderson. Sie wollte keine Zeit mehr verlieren.

Charles folgte ihr in das Lazarettzelt. Was er dort sah, verschlug ihm den Atem. Überall lagen verwundete, entstellte Männer. Als ein Junge die Hand nach Olivia ausstreckte, ergriff sie sie, ohne nachzudenken.

»Woher kommen Sie?«, fragte er mit australischem Akzent. Er hatte in der Schlacht von Verdun ein Bein verloren, aber man hatte ihm gesagt, dass er überleben würde.

»Aus New York«, flüsterte sie, um die anderen Patienten nicht zu wecken.

»Ich komme aus Sydney.« Er lächelte sie an und salutierte vor Charles, der mit Tränen in den Augen ebenfalls grüßte.

Victoria lag in der hintersten Ecke des Zeltes auf einer Pritsche. Ihr Kopf und ihr Hals waren verbunden, und im ersten Moment erkannte sie Olivia gar nicht. Schluchzend nahm diese ihre Schwester in die Arme. Victoria war sehr schwach, aber sie lächelte, und man sah ihr an, wie sehr sie sich freute, Olivia zu sehen. Die beiden Schwestern konnten den Blick nicht voneinander wenden. Von Gefühlen überwältigt klammerten sie sich aneinander.

Durch die Schusswunde hatte Victoria eine Entzündung der Wirbelsäule davongetragen, und sie konnte kaum sprechen. Die Ärzte fürchteten, dass die Infektion auf das Gehirn übergreifen könne, was Victoria wahrscheinlich nicht überleben würde.

»Danke, dass ihr gekommen seid«, wisperte sie. Charles ergriff ihre Hand.

»Ich bin froh, dass wir dich gefunden haben«, antwortete er. »Geoff schickt dir liebe Grüße. Du hast uns allen gefehlt, vor allem Victoria.«

Victoria warf ihrer Schwester einen Blick zu, und Olivia nickte unmerklich, um ihr zu bedeuten, dass Charles die Wahrheit immer noch nicht kannte. Doch da sie im Sterben lag, verspürte Victoria das dringende Bedürfnis, ihr Gewissen zu erleichtern. Sie musste dringend mit Olivia besprechen, wie sie Charles nun die Wahrheit beibringen sollten. Olivia durfte jedoch nur kurz bleiben, dann schickte die Krankenschwester sie wieder fort. Charles und sie mussten in getrennten Unterkünften übernachten, da man im Lager auf Ehepaare nicht eingerichtet war. Die beiden Zimmer, die Edouard und Victoria auf dem Bauernhof bewohnt hatten, hatte man gleich nach seinem Tod einem anderen Hauptmann überlassen.

Früh am nächsten Morgen trafen sich Charles und Olivia in der Offiziersmesse wieder. Sie hatten beide schlecht geschlafen, und Charles willigte ein, ein wenig spazieren zu gehen, damit seine Frau allein mit ihrer Schwester sprechen konnte. Er unterhielt sich mit einigen Soldaten, die zutiefst beeindruckt waren, dass er und seine Frau diese lange Reise unternommen hatten, um seine Schwägerin zu besuchen. Es rührte Charles, wie hochachtungsvoll sie von Olivia sprachen. Alle versicherten ihm, sie hofften, dass sie überleben würde.

Victoria lächelte Olivia selig an, als diese an ihr Bett trat.

»Ich kann gar nicht glauben, dass du wirklich hier bist. Wie hast du davon erfahren?«

»Ich bekam ein Telegramm von Sergeant Morrison. Ich muss mich nachher noch bei ihr bedanken«, erwiderte Olivia.

»Die gute alte Penny Morrison.« Victoria küsste Olivias Fingerspitzen. »Oh Gott, du hast mir so gefehlt, Ollie ... Ich habe dir so viel zu erzählen.« Aber sie hatte das Gefühl, es bliebe ihr nicht mehr genug Zeit. Die Krankenschwestern behaupteten zwar, es ginge ihr besser, aber sie hatte schreckliche Kopfschmerzen. Ernst blickte sie Olivia an. »Ich kann es gar nicht fassen, dass du so lange durchgehalten hast.«

»Ich war schon immer eine bessere Lügnerin als du.« Olivia grinste, und Victoria versuchte zu lachen, doch es verursachte ihr zu große Schmerzen.

»Prahl du nur«, erwiderte sie leise. Dann fügte sie hinzu: »Das mit Vater tut mir Leid. Ich wünschte, ich hätte bei ihm sein können.«

»Er hat geglaubt, du seiest da, das hat schon gereicht.«

Olivia lächelte liebevoll. »Er ist ganz friedlich eingeschlafen. Ich war bei ihm.«

»Meine süße Ollie, du bist immer für alle da … sogar für den armen Charles.«

»Ich muss dir etwas sagen, Victoria«, gestand Ollie verlegen. »Es ist nicht so gelaufen, wie wir es geplant hatten …« Sie fragte sich, ob ihre Schwester wohl je wieder mit ihr sprechen würde, wenn sie die Wahrheit erführe. »Wir haben vor drei Monaten Zwillinge bekommen«, sprudelte sie hervor. Victoria riss erstaunt die Augen auf.

»Zwillinge?«, krächzte sie. Olivia gab ihr rasch einen Schluck Wasser. »Hast du Zwillinge gesagt?«

»Ja, eineiige, wie wir beide. Es sind auch Mädchen … sie sind wunderschön …« Olivia lächelte wehmütig. »Sie heißen Elizabeth und Victoria, nach dir und Mutter.«

»Das brauchst du mir nicht zu erklären.« Victoria lächelte mühsam. »Aber ich möchte schon gerne wissen, wie ihr die Babys überhaupt bekommen konntet. Muss ich etwa glauben, du hast mir meinen Ehemann gestohlen?« Verschmitzt blickte sie ihre Schwester an, aber Olivia bemerkte es gar nicht. Sie hatte die Augen niedergeschlagen und weinte leise.

»Victoria, bitte … nein … Wenn du zurückkommst, gehe ich wieder nach Croton … ich möchte sie nur ab und zu einmal sehen … bitte.«

»Ach, sei doch still!« Jetzt schmunzelte Victoria. »Du bist ein ungezogenes Mädchen, was? Aber ich finde es wirklich lustig. Ich liebe Charles nicht, Olivia, ich habe ihn noch nie geliebt. Und ich will ihn nicht zurückhaben. Er gehört dir.« Olivia starrte ihre Schwester erstaunt an. »Deshalb bin ich doch auch letzten Sommer nicht zurückgekommen … Ich wollte gar nicht … ich konnte nicht … Und wann ist das passiert? Wann haben sich die, äh … Dinge zwischen euch geändert?«

»Nachdem ich erfahren hatte, dass du den Untergang

der *Lusitania* überlebt hast«, erwiderte Olivia mit kläglicher Stimme. Ihr kam das Ganze vor wie ein Wunder. Trotz ihrer Verletzungen war Victoria immer noch die Alte.

»Ach, und da habt ihr ein bisschen gefeiert?«

»Oh, du bist gemein«, flüsterte Olivia. Sie war glücklich, endlich mit ihrer Schwester über alles sprechen zu können, doch vor allem war sie erleichtert, dass Victoria nicht wütend auf sie war.

»Nein, das bin ich nicht«, erwiderte Victoria. »Ich vermittle dir eine nette, keusche Beziehung zu einem Mann, der mich hasst und nicht mit mir schlafen würde, wenn man ihm etwas dafür bezahlen würde, und was tust du? Du verführst ihn! Du bist die wahre Verführerin in der Familie! Du verdienst es, mit ihm verheiratet zu sein. Ich kann mir zwar kein schlimmeres Schicksal vorstellen, aber ihr scheint sehr glücklich miteinander zu sein. Und er kann sich auch glücklich schätzen, dass er dich hat.«

»Und mir geht es genauso«, flüsterte Olivia. Traurig dachte Victoria daran, dass Edouard und sie sich ebenso gefühlt hatten.

»Was sollen wir jetzt bloß tun?«, fragte sie. »Wir müssen es ihm sagen.«

»Er wird mich hassen.« Bei dem Gedanken daran wurde Olivia kreidebleich, aber sie wusste natürlich auch, dass sie Charles endlich die Wahrheit gestehen mussten.

»Er wird schon darüber hinwegkommen«, beruhigte Victoria sie. »Er ist grundanständig. Eine Zeit lang wird er wütend sein, aber er wird bestimmt nicht die Frau verlassen, die er liebt und mit der er zwei Kinder hat. Mach dir keine Gedanken. – Ich muss dir übrigens auch ein Geständnis machen.«

»Hoffentlich kein allzu schlimmes.« Die Schwestern kicherten. Es war beinahe so, als seien sie nur Minuten, und nicht über ein Jahr voneinander getrennt gewesen.

»Ich habe auch vor drei Monaten ein Baby bekommen.

Gott sei Dank keine Zwillinge, sondern eines, einen süßen kleinen Jungen. Er heißt Olivier«, erklärte sie stolz. »Du errätst vielleicht, nach wem er benannt ist.« Aus irgendeinem Grund überraschte Olivia diese Neuigkeit überhaupt nicht. Ihr war, als hätte sie es schon die ganze Zeit gewusst.

»Deshalb bist du also letzten Sommer nicht nach Hause gekommen«, erwiderte sie nachdenklich.

Victoria schüttelte den Kopf. »Nein, das war nicht der Grund. Ich wollte einfach nicht. Ich wusste damals noch nicht einmal, dass ich schwanger war. Sein Vater war ein ganz besonderer Mann.« Sie erzählte ihrer Schwester von Edouard, und während sie ihr schilderte, wie viel er ihr bedeutet hatte, was sie alles geplant hatten und wie er ums Leben gekommen war, liefen ihr die Tränen unablässig über die Wangen. Sie wusste, dass ihr Leben ohne Edouard nie wieder so sein würde wie vorher. Olivia begriff, dass Victoria der Liebe ihres Lebens begegnet war.

»Wo ist dein Sohn jetzt?«, fragte sie. Victoria erklärte ihr, dass sich die Gräfin um ihn kümmere. »Ich möchte, dass du ihn mit nach Hause nimmst. Ich habe ihn in meinem Pass eintragen lassen, also eigentlich in deinem. Du wirst also keine Probleme haben, ihn mitzunehmen, es sei denn, Charles hat etwas dagegen, dass du mit deinem alten Pass reist.«

»Charles wird sich damit abfinden müssen«, sagte Olivia und dachte, dass er sie nicht daran würde hindern können, Victorias Sohn in Sicherheit zu bringen, selbst wenn er danach nicht mehr mit ihr zusammenleben wollte. »Und was ist mit dir?«, fragte sie. »Wann kommst du nach Hause?« Es bestand ja kein Grund dafür, dass Victoria noch länger blieb, nachdem der Mann, den sie geliebt hatte, tot war.

»Vielleicht nie mehr, Ollie«, erwiderte Victoria traurig. Ohne Edouard erschien ihr das Leben sinnlos.

»Sag so etwas nicht.« Olivia blickte ihre Schwester verängstigt an, aber sie konnte spüren, dass Victoria ohne Edouard keinen Lebenswillen mehr hatte.

»Edouard hat Olivier sein Château und sein Haus in Paris hinterlassen. Sofort nach der Geburt des Kleinen hat er Kontakt zu seinen Anwälten aufgenommen und sein Testament geändert. Er wollte sichergehen, dass seine Frau nicht alles bekommt, aber Olivier ist nach französischem Recht sowieso geschützt. Und er trägt Edouards Namen. Zu Hause solltest du ihm gleich einen eigenen Pass ausstellen lassen.« Olivia blickte ihre Schwester mit sorgenvollem Gesicht an.

»Warum kommst du nicht einfach mit uns?«

»Wir werden sehen«, erwiderte Victoria unbestimmt. Kurz darauf trat auch Charles an ihr Bett, doch Victoria war so erschöpft, dass sie schon bald einschlief. So betrachtete er sie nur einen Moment lang und ging dann wieder. Er fand, dass sie Mitleid erregend aussah, erwähnte das jedoch seiner Frau gegenüber nicht.

Am späten Nachmittag besuchten Charles und Olivia Victoria noch einmal. Die Schwester erklärte, sie habe Fieber und sie sollten nicht zu lange bleiben. Als die beiden an ihr Bett traten, wandte sich Victoria sofort an Charles.

»Charles, wir haben dir etwas zu sagen«, flüsterte sie. Olivias Herz klopfte heftig. Victoria war schon immer mutiger gewesen als sie. »Wir haben dir vor einem Jahr etwas Schreckliches angetan. Es ist nicht ihre Schuld«, fügte sie hinzu und blickte ihre Schwester an, nannte sie jedoch noch nicht beim Namen. »Du sollst wissen, dass ich sie dazu gezwungen habe. Ich musste es einfach tun.« Charles lief ein Schauer über den Rücken. Auf einmal kam sie ihm so vertraut vor, der Ausdruck in ihren Augen, der Nachdruck, mit dem sie sprach.

»Ich will nichts davon hören«, erklärte er. Am liebsten wäre er hinausgerannt, aber Victoria ließ es nicht zu.

»Du musst es dir anhören, mir bleibt keine Zeit mehr«, sagte sie beinahe kühl. »Ich bin nicht die, für die du mich hältst.« Sie blickte Charles eindringlich an, und in diesem Moment erkannte er die Wahrheit. Mit offenem Mund blickte er von Olivia, der Frau, mit der er seit über einem Jahr zusammenlebte und die seine Kinder geboren hatte, zu Victoria, die verwundet in einem Feldlazarett in Châlons-sur-Marne lag.

»Willst du damit sagen ... soll das heißen ...« Er konnte nicht weitersprechen.

»Ich muss dir etwas sagen, das du bereits weißt und vielleicht nicht hören möchtest«, fuhr Victoria fort. Noch an der Schwelle zum Tod war ihre Stimme fest. Olivia traten die Tränen in die Augen, als ihre Zwillingsschwester fortfuhr: »Wir haben einander gehasst, und du weißt es. Wir hätten uns gegenseitig zerstört, wenn ich in New York geblieben wäre. Unsere Ehe war ein Arrangement, mit dem keiner von uns leben konnte ... Olivia liebt dich ... seit einem Jahr lebt sie voller Liebe mit dir zusammen. Ich war nicht dabei, aber ich sehe es in ihren Augen und auch in deinen ... du liebst sie auch. Charles, mich hast du dagegen nie geliebt.« Sie hatte Recht, aber gerade deshalb trafen ihn ihre Worte umso mehr. Wäre sie gesund gewesen, hätte er sie wahrscheinlich geohrfeigt, aber unter diesen Umständen konnte er es natürlich nicht. Er konnte sie nur entsetzt anstarren.

»Wie kannst du es wagen, mir das jetzt zu sagen? Wie könnt ihr beide es wagen?«, fauchte er wütend. »Ihr seid doch keine Kinder mehr, die sich einen Scherz daraus machen, nach Belieben die Plätze zu tauschen ... du warst doch meine Frau, Victoria, du hast mir ein Versprechen gegeben ...« Vor lauter Zorn fehlten ihm die Worte.

»Ja, ich weiß, ich verdanke dir unendlich viel und habe dir doch immer nur wehgetan«, erwiderte Victoria sanft. »Doch du hättest mich nie wirklich lieben können. Aber

Olivia – sie hat dir gegeben, was du wolltest. Vor ihr hattest du nie Angst, und wenn du ehrlich bist, musst du zugeben, dass du sie liebst. Mich liebst du nicht, mich hasst du.« Das musste er doch um ihrer Schwester willen einsehen.

»Ich hasse euch beide, und ich werde nicht hier stehen bleiben und mir sagen lassen, was ich tun oder lassen soll, wen ich liebe oder hasse, nur weil es euch so genehm ist! Mir ist egal, ob du krank oder verwundet bist oder Gott weiß was. Ich glaube, ihr seid beide krank. Ihr spielt mit Menschen wie mit Spielzeug. Ich bin aber kein Spielzeug, versteht ihr?« Außer sich vor Wut marschierte Charles aus dem Zelt. Tränen brannten ihm in den Augen; er konnte einfach nicht glauben, was die Schwestern ihm angetan hatten. Auch Olivia schluchzte leise, und Victoria griff nach ihrer Hand.

»Er wird darüber hinwegkommen, Olivia … glaub mir, er hasst dich nicht …« Erschöpft sank sie in die Kissen zurück, und die Krankenschwester forderte Olivia auf zu gehen. Sanft küsste sie Victoria auf die Wange und versprach ihr, später noch einmal wiederzukommen.

Draußen blickte Olivia sich nach Charles um, aber sie konnte ihn nirgends entdecken. Schließlich fand sie ihn vor den Männerunterkünften.

»Sprich mich nicht an«, sagte er zornig, als sie näher trat, und streckte abwehrend die Hand aus. »Ich kenne dich nicht. Du bist mir fremd. Ich kenne kein anständiges menschliches Wesen, das einem anderen so etwas antun könnte. Nicht einen Tag lang, geschweige denn ein Jahr. Es ist obszön, ihr habt beide keine Moral.« Er zitterte am ganzen Leib.

»Es tut mir Leid … ich weiß nicht, was ich sonst sagen soll … ich habe es in erster Linie für Victoria getan … aber auch für dich und Geoff. Ich wollte einfach nicht, dass sie euch allein lässt. Das ist die Wahrheit.« Olivia schluchzte heftig. Der Gedanke, Charles zu verlieren, war unerträglich, aber das würde wohl der Preis für ihre Lüge sein.

»Ich glaube dir nicht«, erwiderte er kalt. »Ich will nichts mehr davon hören, weder von dir noch von deiner Schwester.«

»Ich habe es aber auch für mich getan«, fuhr sie traurig fort. Sie hatte jetzt nichts mehr zu verlieren. »Vater hatte Recht. Ich habe dich immer geliebt, von Anfang an, und als er dich bat, Victoria zu heiraten, da blieb mir nichts mehr. Dass Victoria gehen wollte, war meine einzige Chance, mit dir zusammenzukommen.« Jetzt strömten die Tränen über ihr Gesicht, aber er schaute sie gar nicht an. »Charles, ich liebe dich«, sagte sie voller Qual, aber seine Wut wurde dadurch nicht gemildert.

»Das interessiert mich nicht. Du hast einen Narren aus mir gemacht. Du hast mich verführt, mich angelogen und betrogen. Aber du bedeutest mir nichts«, fuhr er fort. »Es war ja alles nur eine Lüge. Wir sind ja noch nicht einmal richtig verheiratet. Du bedeutest mir nichts«, wiederholte er, und ihr Herz zerbrach in tausend Stücke.

»Unsere Kinder sind keine Lüge«, wandte sie flehend ein. Er musste ihr doch verzeihen!

»Nein«, erwiderte er mit erstickter Stimme, »aber sie sind Bastarde, und das haben sie dir zu verdanken.« Mit diesen Worten drehte er sich um und ging in die Männerunterkünfte, wohin sie ihm nicht folgen konnte. Olivia taumelte zurück ins Lazarettzelt und setzte sich neben ihre schlafende Schwester. Victorias Fieber war gestiegen, und es ging ihr schlechter.

An diesem Tag sah Olivia Charles nicht mehr. Er kam nicht mehr ins Lazarettzelt, und sie fragte sich, ob er wohl ohne sie abreisen würde. Wenn es so war, dann musste sie sich damit abfinden. Sie wollte auf jeden Fall so lange bleiben, bis sie Victoria und ihr Baby mit nach

Hause nehmen konnte. In jener Nacht schlief sie auf einem Stuhl neben Victorias Bett.

Am nächsten Morgen trat Charles wieder an Victorias Krankenlager. Sie war wach, und Olivia war gerade Kaffee holen gegangen.

»Na, das war ja ein Auftritt gestern«, sagte sie zu ihm. Gegen seinen Willen lächelte er sie an. Sie mochte todkrank sein, aber ihr Wesen würde sich wohl nie ändern. Sie hatte immer noch genug Kraft, um ihn zu bekämpfen.

»Du hast mich mit deiner Enthüllung aus der Fassung gebracht«, erwiderte er.

»Das glaube ich dir nicht, Charles. Du willst mir doch nicht erzählen, dass du nie auch nur den leisesten Verdacht gehegt hast, nachdem sich deine Frau auf einmal so verändert hat? Du wusstest doch immer, dass Olivia die Sanftere, Liebevollere ist. Selbst jetzt würde sie noch ihr Leben für dich geben. Wir beide dagegen würden uns gegenseitig umbringen. Erzähl mir doch nicht, dass du dich nie gewundert hast, dich nie gefragt hast, was eigentlich geschehen ist. Es kann gar nicht anders gewesen sein, aber du wolltest eben die Augen davor verschließen.«

»Vielleicht hast du Recht«, gab er zu. »Vielleicht wollte ich es gar nicht wissen. Es war alles so leicht und bequem und so schön. Ich wollte unbedingt, dass unsere Ehe funktioniert, und möglicherweise war Olivia die Antwort.«

»Bitte zerstöre jetzt nicht alles, nur weil du wütend bist«, sagte Victoria mit fester Stimme. Sie wollte nicht, dass er ihrer Schwester wehtat.

»Ihr zwei seid schon erstaunlich«, erwiderte er seufzend. In gewisser Hinsicht bewunderte er Victoria. Sie war so stark, so entschlossen, alles für ihre Schwester zu tun – genau wie umgekehrt Olivia alles für sie getan hätte. »Ich glaube, ich werde eure Beziehung nie verstehen. Ihr seid wie zwei Seelen in einer Person. Oder vielleicht auch anders herum.« Er lächelte. »Ich glaube, ein Außenstehender wird das nie begreifen können.«

»Da magst du Recht haben. Ich trage Olivia stets in meinem Herzen. Ich weiß, wann sie mich braucht.« Und sie wusste, dass es Olivia im Moment furchtbar schlecht ging.

»Sie sagt das Gleiche«, erwiderte er leise. Plötzlich schoss ihm ein Gedanke durch den Kopf, und er fragte: »Warst du eigentlich auf der *Lusitania*?« Victoria nickte.

»Ich habe nicht viel Glück mit Schiffsreisen«, sagte sie verschmitzt. Er lächelte.

»Olivia hat damals geträumt, sie würde ertrinken. Ich musste den Arzt rufen.«

»Es hat drei Tage gedauert, bis ich ihr ein Telegramm schicken konnte. In Queenstown ging alles drunter und drüber. Ich kann dir gar nicht beschreiben, wie schrecklich es war. Das hier ist nichts im Vergleich dazu. Es sind so viele Kinder umgekommen ...« Gequält schloss Victoria die Augen. Charles ergriff ihre Hand. Er spürte, dass es zu Ende ging.

»Was soll ich denn jetzt deiner Meinung nach tun?«, fragte er. Er wollte endlich Frieden mit ihr schließen.

»Ich habe ein Kind. Ollie soll es mit nach Hause nehmen.« Victorias Augen füllten sich mit Tränen, als sie an ihren Sohn und dessen Vater dachte. Sie hatte ihr Baby seit zwei Wochen nicht mehr gesehen und sehnte sich schrecklich nach ihm.

»Wie ist das passiert?« Überrascht blickte er sie an, und sie musste unter Tränen lachen.

»Genauso wie bei dir und Ollie. Ich wünschte, ich könnte eure kleinen Mädchen sehen«, fügte sie wehmütig hinzu.

»Aber das wirst du doch«, erwiderte er großmütig. Er verzieh ihr alles, und wenn sie wollte, würde er sich sogar von ihr scheiden lassen. »Du wirst die Mädchen doch sehen, wenn du nach Hause kommst.« Victoria schüttelte den Kopf.

»Nein, das werde ich nicht, Charles… Ich weiß es…« Sie wirkte nicht verängstigt, eher wehmütig.

»Sei nicht albern. Deshalb sind wir doch hier. Um dich… und dein Kind… nach Hause zu holen. Wo ist denn sein Vater?«, fragte Charles vorsichtig.

»Er ist gestorben… erschossen worden – dabei bin auch ich verwundet worden.«

»Nun, sieh zu, dass es dir bald besser geht, und dann fahren wir nach Hause und lassen uns scheiden.« Lächelnd beugte er sich über sie und gab ihr einen Kuss, aber sie sah ihn mit einem seltsamen Blick an.

»Weißt du… auf meine verrückte Art habe ich dich vermutlich sogar gerne gehabt. Wir waren nur einfach nicht füreinander geschaffen… Aber am Anfang habe ich mir alle Mühe gegeben.«

»Ich auch«, erwiderte er. »Aber ich glaube, ich bin einfach nicht über Susans Tod hinweggekommen.«

»Geh jetzt zu deiner Frau… oder deiner Schwägerin… oder wie immer du sie nennen willst.« Victoria versuchte zu lachen, aber es verursachte ihr zu große Schmerzen.

»Auf Wiedersehen, du verrücktes Mädchen… Bis später dann.« Als er sie verließ, beschlich ihn ein seltsames Gefühl, und er dachte, ob er wohl jetzt schon ähnliche Vorahnungen wie Olivia bekäme.

Er suchte sie überall auf dem Gelände, konnte sie jedoch nicht finden. Auch in den Frauenunterkünften war sie nicht. Schließlich kehrte er zum Lazarettzelt zurück und fand dort die beiden Schwestern schlafend vor. Sie hielten sich bei der Hand und sahen aus wie Kinder.

»Wie geht es ihr?«, fragte er die Krankenschwester, aber sie schüttelte nur den Kopf. Die Infektion begann, sich auszubreiten. Ohne die beiden Frauen zu wecken, verließ Charles leise das Zelt.

Um Mitternacht wachte Olivia mit Schmerzen in der Brust auf. Sie holte die Krankenschwester, weil Victoria offensichtlich Mühe hatte, Luft zu bekommen.

»Sie kann nicht atmen«, erklärte sie der Schwester, aber diese hatte keine Zeit, sich darum zu kümmern. Olivia legte Victoria ein feuchtes Tuch auf die Stirn und richtete sie ein wenig auf. Victoria schlug die Augen auf und lächelte ihre Schwester an.

»Ist schon gut, Ollie … lass … Edouard wartet auf mich.«

»Nein!«, erwiderte Olivia heftig. Panische Angst stieg in ihr auf. Victoria durfte nicht sterben, doch sie konnte nichts dagegen unternehmen. »Nein … das kannst du mir nicht antun, verdammt noch mal! Du darfst nicht gehen.« Weinend umschlang sie ihre Schwester.

»Ich bin so müde«, erklärte Victoria schläfrig. »Lass mich gehen, Ollie.«

»Nein.« Doch Olivia wusste, dass sie einen aussichtslosen Kampf führte.

»Schon gut … ich mache ja gar nichts … schlaf weiter«, murmelte Victoria. Lange Zeit hielt Olivia ihre Schwester im Arm, bis sie schließlich friedlich eingeschlafen war. Einmal schlug sie noch die Augen auf und flüsterte: »Ich liebe dich«. »Ich liebe dich auch«, erwiderte Olivia und küsste sie. Dann ließ sie sich wieder auf ihren Stuhl sinken und schlummerte selbst ein. Dabei träumte sie, Victoria und sie seien wieder Kinder.

Sie spielten auf einem Feld in Croton, nahe dem Grab ihrer Mutter, und ihr Vater schaute ihnen lachend zu. Alle sahen sehr glücklich aus.

Als Olivia am nächsten Morgen erwachte, war Victoria tot. Ein sanftes Lächeln umspielte ihre Lippen, und sie hielt immer noch die Hand ihrer Schwester. Victoria war zu den anderen gegangen, und Olivia hatte sie nicht aufhalten können.

33

Als Olivia aus dem Lazarettzelt trat, blickte sie sich benommen um. Es war der einundzwanzigste Juni 1916, und ihre Zwillingsschwester, die Hälfte ihres Lebens, die Hälfte ihrer Seele und ihres ganzen Seins, war tot. Olivia konnte sich nicht vorstellen, wie sie ohne sie weiterleben sollte. Obwohl sie das ganze letzte Jahr über von ihrer Schwester getrennt gewesen war, hatte sie doch immer gewusst, dass Victoria irgendwo war und dass sie sie jederzeit hätte sehen können, wenn sie gewollt hätte. Doch jetzt war sie endgültig fort, und sie würde sie nie wieder sehen. Es war vorüber. Alles war vorbei. Sie hatte Charles verloren, würde ihre Kinder aufgeben müssen, und jetzt hatte sie auch noch ihre Schwester verloren. Ein schlimmeres Schicksal konnte sie sich nicht vorstellen, und am liebsten wäre sie Victoria in den Tod gefolgt. Doch dann erinnerte sie sich daran, dass sie Victoria versprochen hatte, sich um ihr Baby zu kümmern.

Sie ging zu einem der Offizierszelte und erkundigte sich, ob sie jemand zum Schloss fahren könne. Nachdem sie ihr Anliegen erklärt hatte, bot ihr ein junger Franzose an, sie dorthin zu bringen. Er hatte Edouard und Olivia, wie er sie nannte, gekannt, wusste jedoch noch nicht, dass sie in der Nacht gestorben war, und Olivia brachte es nicht übers Herz, es ihm zu sagen. Sie überlegte kurz, ob sie Charles mitnehmen sollte, verwarf den Gedanken jedoch wieder. Er hatte ihr ja gesagt, dass sie ihm nichts bedeute. Sie war jetzt ganz allein auf der Welt.

Olivia war bereits auf dem Weg zum Schloss, als Charles in das Lazarettzelt trat und das leere Bett erblickte. Doch er empfand keine Trauer. Er hatte gewusst, dass Victoria erlöst werden wollte, hatte es ganz deutlich gespürt. Jetzt musste er so schnell wie möglich Olivia finden. Ihre Trauer musste unvorstellbar groß sein.

»Haben Sie meine Frau … äh … meine … ihre Schwester gesehen?«, fragte er die Krankenschwester. Aber sie schüttelte den Kopf und erwiderte, sie habe sie zuletzt gegen sieben gesehen. Er suchte Olivia überall, fand sie jedoch nicht.

Olivia war mittlerweile im Schloss angelangt und hatte dort erfahren, dass die Schlossherrin sich in Toul befand, das etwa zwei Stunden Fahrt entfernt lag. Marcel, der Junge, der sie zum Schloss gebracht hatte, erbot sich, sie dorthin zu fahren.

Während der Fahrt sprach Olivia kaum ein Wort. Sie weinte leise und schüttelte den Kopf, als der Junge ihr eine Zigarette anbot. Eine Zeit lang unterhielten sie sich ein wenig über den Krieg. Marcel war noch sehr jung, kaum achtzehn. Schließlich kamen sie in Toul an und fanden ohne Probleme das Haus, in dem die Gräfin wohnte. Olivia stellte sich ihr vor, und die Gräfin zeigte ihr das Baby. Der Junge sah den Zwillingen ein wenig ähnlich, abgesehen davon, dass er blond und rundlich war. Offensichtlich war er ein äußerst zufriedenes Kind, und als Olivia ihn auf den Arm nahm, gluckste er glücklich. Es war beinahe, als wisse er, dass sie ihn zu sich nehmen wollte.

Die Gräfin war betrübt, den Kleinen wieder hergeben zu müssen, freute sich aber natürlich auch, dass er bei seiner Tante in den Vereinigten Staaten in Sicherheit sein würde. Sie beschwor Marcel, auf dem Rückweg vorsichtig zu sein. Die Front war in der letzten Zeit immer näher gerückt, und in den Hügeln lagen Heckenschützen auf der Lauer. Olivia war sich der Gefahr durchaus bewusst. Sie hielt das Baby, das glücklicherweise während der Fahrt die meiste Zeit schlief, auf dem Schoß. Plötzlich pfiffen ihnen tatsächlich Kugeln um die Ohren.

»*Merde*!«, schrie Marcel. »Ducken Sie sich!« Wieder wurde auf sie geschossen, und in atemberaubender Fahrt raste der Jeep durch den Kugelhagel in einen Feldweg hinein. Olivia kauerte auf dem Boden des Wagens und presste das Kind an sich.

Sie erreichten ein altes, verlassenes Gehöft, wo Marcel den Wagen in einem Schuppen versteckte. Sie waren nicht verfolgt worden, konnten sich aber auch nicht hinauswagen, weil es offenbar um sie herum von deutschen Soldaten wimmelte. Victorias Sohn begann zu schreien, doch sie hatten weder Wasser noch etwas zu essen.

»Was sollen wir nur tun?«, fragte Olivia nervös, als das Baby sich nicht beruhigen ließ. Sie war nicht annähernd so tapfer wie ihre Schwester und war nur nach Europa gekommen, um Victoria nach Hause zu holen. Dabei hatte sie nicht erwartet, dass sie solchen Gefahren ausgesetzt sein würde.

»Wir müssen es nach Einbruch der Dunkelheit noch mal versuchen«, erklärte Marcel besorgt. Am Abend kam jedoch der Geschützdonner immer näher, und Olivia konnte nur noch beten, dass sie nicht angegriffen würden.

»Wir müssen ihm etwas zu essen geben«, sagte Olivia und wies auf das Baby. Der Kleine war völlig ausgehungert und schrie aus vollem Hals.

Schließlich schlug Marcel vor, er wolle versuchen, sich zu Fuß zum Lager durchzuschlagen, während Olivia in dem alten Gehöft auf ihn warten solle. Mehr als zwei Stunden würde er nicht brauchen, und dann könne er sofort Hilfe für sie schicken. Es klang vernünftig, doch Olivia hatte trotzdem Angst. Wenn die Deutschen ihn nun schnappten? Dann würden sie bestimmt auch bald hierher kommen und sie erschießen. Oder es fände sie niemand, und sie müsste hier mit dem Baby elend verhungern. Aber sie hatten keine andere Wahl. Marcel huschte aus dem Haus. Er hatte noch nicht ganz den Schutz der Bäume erreicht, als ihn eine Kugel in den Rücken traf, worauf er zusammensank und reglos liegen blieb. Jetzt saß Olivia endgültig in der Falle. Sie war noch nicht einmal in der Lage, das Auto zu fahren.

»Was sollen wir nur tun?«, fragte sie Olivier, der sich mittlerweile vor Erschöpfung in den Schlaf geweint hatte. Olivia traten die Tränen in die Augen. Sie hatte seit achtzehn Stunden nichts gegessen oder getrunken, und das Baby auch nicht. Olivia fürchtete, es könne sterben, wenn sie nicht schleunigst ein wenig Milch auftriebe. Verzweifelt saß sie da, mit dem weinenden Baby auf dem Arm, und schließlich legte sie ihn in ihrer Not an die Brust. Sie hatte zwar keine Milch, aber das Saugen beruhigte den Jungen ein wenig, und sie musste nicht ständig Angst haben, dass die Deutschen sein Geschrei hörten.

Gegen vier Uhr am Nachmittag fuhren plötzlich zwei Jeeps vor. Als Olivia durch das kleine Fenster blickte, sah sie zu ihrer Überraschung Sergeant Morrison mit einem Fahrer in dem einen und in dem anderen Charles. Als Marcel und sie nicht zurückgekehrt waren, hatten sie sich auf die Suche nach ihr gemacht.

»Gott sei Dank!«, seufzte Olivia erleichtert. Sie hatte die Hoffnung bereits aufgegeben. Charles wirkte immer noch wütend.

»Du hättest getötet werden können«, sagte er eisig. Seine Stimme bebte. Die Ereignisse der letzten Tage waren über seine Kräfte gegangen, und er konnte kaum sprechen.

»Es tut mir Leid«, erwiderte sie leise und versuchte, sich gegen seinen Hass zu wappnen. Dabei merkte sie gar nicht, dass er vor Sorge um sie völlig außer sich war. So rasch wie möglich fuhren sie ins Lager zurück. Olivia berichtete ihnen, wie Marcel ums Leben gekommen war. Seine Leiche würde später abgeholt und überführt werden. »Es tut mir Leid«, wiederholte Olivia. Aber es war zwecklos, Charles würde ihr nie vergeben. Sobald sie das Lager erreicht hatten, trennten sich ihre Wege bereits wieder. Olivia ging in die Offiziersmesse, um das Baby zu füttern, und Charles versuchte, eine Schiffspassage von Bordeaux aus zu bekommen.

Am nächsten Morgen wurde Victoria beerdigt. Olivia ließ die seltsame Zeremonie wie betäubt über sich ergehen. Charles und sie standen wie zwei Fremde nebeneinander und sahen reglos zu, wie der schlichte Sarg aus Tannenholz in die Grube gelassen wurde. Auf dem Kreuz am Grab stand noch nicht einmal ein Name. Weinend warf Olivia eine weiße Blume auf den Sarg und ging dann mit dem Baby auf dem Arm davon. Sie hatte alles verloren, was sie liebte, sogar ihre Kinder. Aber der Verlust ihrer Zwillingsschwester traf sie am härtesten; sie spürte ihn fast wie einen körperlichen Schmerz.

Nach der Beerdigung ging Olivia in die Frauenunterkünfte, ließ sich von den anderen Frauen das Kind aus dem Arm nehmen, warf sich auf ihr Bett und weinte den ganzen Tag. Sie wollte niemanden sehen und mit niemandem sprechen, auch nicht mit Charles, der wiederholt nach ihr fragte. Sie dachte, dass er immer noch wütend auf sie sei, und wenn sie die Augen schloss, sah sie seinen kühlen Blick vor sich.

Um sechs Uhr am nächsten Morgen brachen sie nach Bordeaux auf. Olivia bedankte sich noch einmal bei Sergeant Morrison und den Krankenschwestern. Mit Tränen in den Augen küsste Didier den kleinen Olivier zum Abschied und sagte, er würde weder ihn noch seine Mutter jemals vergessen.

Am späten Nachmittag erreichten Charles und Olivia Bordeaux, wo sie in der Lobby eines kleinen Hotels darauf warteten, dass sie an Bord des Schiffes gehen konnten. Sie hatten kaum Gepäck dabei. Olivia hatte nur das Nötigste für das Baby gekauft. Sie fühlte sich dem Kleinen bereits sehr nah; für sie war er das letzte Geschenk ihrer Schwester und deshalb besonders kostbar.

»Was soll jetzt aus ihm werden?«, fragte Charles, während sie warteten.

»Ich nehme ihn mit nach Croton«, erwiderte sie leise.

»Willst du dorthin?«

Sie nickte. »Ich denke schon«, antwortete sie. Danach schwiegen sie, bis sie an Bord gingen.

Für die Rückreise hatte Charles zwei getrennte Kabinen gebucht. Sie reisten jetzt als Mr Charles Dawson und Miss Olivia Henderson mit Baby. Die meiste Zeit hielt Olivia sich in ihrer Kabine auf, sodass Charles sie fast nie sah. Er leckte immer noch seine Wunden und grübelte unablässig über das Täuschungsmanöver der Schwestern nach. Victoria hatte ihm unterstellt, er habe es bestimmt gemerkt, aber nicht wahrhaben wollen. Ob daran etwas Wahres war? Ja, sicher, manchmal hatte er einen Verdacht gehabt, aber diesen Gedanken immer sofort weit von sich gewiesen, weil es viel leichter war, nicht darüber nachzudenken. Ihm wurde auch klar, dass Victoria Olivia wahrscheinlich erzählt hatte, dass sie mit ihm lediglich eine lieblose Beziehung ohne körperliche Verpflichtungen führen müsse … und dann hatte sich alles geändert. Aber schließlich hatte es sich deshalb geändert, weil sie so sanft und lieb gewesen war und er sie so begehrt hatte. Plötzlich wurde Charles klar, dass er für Olivia etwas empfand, das er noch für keine andere Frau empfunden hatte – ob sie nun verheiratet waren oder nicht. Er dachte an die Nacht, als die Zwillinge zur Welt gekommen waren. Seltsamerweise hatte auch Victoria in jener Nacht ihren Sohn geboren. Es war alles so unglaublich kompliziert, und doch musste Charles sich eingestehen, dass er eigentlich genau wusste, welche von den Schwestern seine Frau war und welche er liebte.

Am dritten Tag der Überfahrt hielt Charles es schließlich nicht mehr aus und klopfte an die Tür von Olivias Kabine. Sie war kleiner als seine, aber Olivia hatte darauf bestanden, diese Kabine zu nehmen, und sie hatte ihm auch erklärt, sie würde ihm das Geld für die Passage zurückzahlen, sobald sie wieder zu Hause wären. Charles fand das Angebot geradezu beleidigend.

Olivia öffnete die Tür einen Spalt weit. Sie sah schrecklich aus, dünn und blass, und an ihren geröteten Augen sah er, dass sie geweint hatte.

»Darf ich hereinkommen?«, fragte er höflich. Sie zögerte kurz, öffnete die Tür aber dann ein Stück weiter.

»Das Baby schläft«, sagte sie, als sei das ein Grund, dass er nicht eintreten könne. Charles lächelte.

»Ich versuche, leise zu sprechen. Ich wollte schon seit Tagen mit dir reden, schon bevor deine Schwester gestorben ist. Aber ich bin nicht an dich herangekommen. Ich habe mit Victoria gesprochen, bevor sie … Es war ein gutes Gespräch.«

»Ja, das hat sie mir erzählt. Sie hat gesagt, du seist ihr nicht mehr böse.«

»Das stimmt. Sie hatte in gewisser Weise ja auch Recht, ich war nur zu verbohrt, um es zu sehen. Sie war viel klüger und mutiger als ich. Ich hätte an der Ehe festgehalten, auch wenn sie gescheitert wäre, aber sie hat gehandelt, obwohl es eigentlich meine Aufgabe gewesen wäre.«

»Das ist nicht immer leicht«, erwiderte Olivia leise. »Ich möchte mich bei dir entschuldigen«, fuhr sie nach einer Weile fort. »Du hattest Recht, wir hätten das nicht tun dürfen. Es war falsch ... Ich weiß nicht, wie ich auf die Idee gekommen bin, Victoria nachzugeben ... ich dachte nur ... ich weiß nicht. Wahrscheinlich glaubte ich, es sei meine einzige Chance auf ein Leben mit dir, was ja nun wirklich verrückt ist.«

»Eigentlich nicht.« Er lächelte sie an. »Sonst wären wir beide wohl nie zusammengekommen. Und Victoria und du, ihr hattet in der Tat Recht: Wir haben gut zueinander gepasst.«

»Ja?«, fragte sie traurig.

»Wir passen immer noch gut zueinander, Olivia«, erwiderte er. »Es wäre falsch, jetzt aufzugeben. Das hätte Victoria auch nicht gewollt.« Er wagte es nicht, näher zu treten. Sie sah so verängstigt aus.

»Und was willst du?«, fragte Olivia. Sie erinnerte sich noch zu gut an seinen kalten Blick, an die hässlichen Dinge, die er zu ihr gesagt hatte. Sie hatte ihn noch nie so wütend erlebt; er hatte ausgesehen, als wolle er sie im nächsten Moment umbringen. Was sie jedoch nicht wusste, war, dass er nur Angst um sie gehabt hatte.

»Ich will dich«, erwiderte Charles, »so wie es im vergangenen Jahr war, so wie es von Anfang an hätte sein können, wenn ich mutig genug gewesen wäre und mir eingestanden hätte, wie sehr ich dich liebe. Victoria hatte Recht – ich fürchtete mich davor, dich zu lieben, und stattdessen habe ich sie geheiratet. Bei ihr konnte ich mir ganz sicher sein, dass ich mich nie im Leben in sie verlieben würde.«

»Du warst ja beinahe so verrückt wie wir.« Olivia lächelte. »Das ist ein dummer Grund für eine Ehe.«

»Vielleicht verdienen wir ja einander.« Schüchtern lächelte er sie an, und sein Lächeln vertiefte sich, als sie weitersprach.

»Weißt du, ich hatte nie vor ... Victoria hat gesagt ...« Sie brach ab und errötete, aber er wusste schon, was sie hatte sagen wollen.

»Ich glaube dir kein Wort! Du hattest von Anfang an die Absicht, mich zu verführen… Ich weiß es genau…« Er nahm sie in die Arme. Er war so unglaublich grausam zu ihr gewesen. Ob sie ihm wohl verzeihen konnte? »Hat Geoff eigentlich etwas gemerkt oder Verdacht geschöpft? Er konnte euch immer so gut auseinander halten.«

»Eine Zeit lang habe ich ihn täuschen können«, erwiderte sie. »Ab und zu war ich absichtlich gemein zu ihm – und zu dir auch –, damit ihr nichts merkt. Aber als ich mir letzten Juni in Croton die Hand verletzt habe, hat er das Muttermal gesehen.«

»Er hat es also seitdem gewusst?«, fragte Charles. Olivia nickte schuldbewusst. »Das ist ja erstaunlich.« Er griff nach ihrer rechten Hand und betrachtete den kleinen Fleck auf der Handfläche. Olivia stiegen die Tränen in die Augen. Das Muttermal hatte jetzt keine Bedeutung mehr. Victoria war tot, und sie würden nie mehr zusammen über ihre Täuschungsmanöver und Verwirrspiele lachen.

Gequält wandte sie sich ab. »Sie fehlt mir so sehr«, flüsterte sie.

»Mir auch«, erwiderte er leise. »Mir fehlt das Wissen, dass sie für dich da ist, damit du glücklich bist. Mir fehlt dein Lächeln… dich zu lieben und bei dir zu sein… Verzeih mir die schrecklichen Dinge, die ich gesagt habe… Ach Olivia, ich bedaure zutiefst, dass ich so reagiert habe.« Auch ihm standen jetzt Tränen in den Augen. »Und es tut mir so Leid, dass du sie verloren hast.«

Weinend lag sie in seinen Armen. Nach einer Weile hob sie den Kopf und sagte: »Ich habe dich geliebt, Charles… Es tut mir alles so Leid.«

»Und jetzt? Könntest du mich immer noch lieben?«

Sie lächelte ihn an. Das war eine dumme Frage – sie würde ihn immer lieben. »Natürlich liebe ich dich. Das wird sich nie ändern.«

»Würdest du mich denn auch heiraten?«, fragte er schüchtern.

»Wäre das nicht schrecklich peinlich für dich, oder zumindest ein wenig seltsam? Und es gäbe doch bestimmt einen Skandal!«

»Mir ist das nicht im Mindesten peinlich. Ich finde es viel peinlicher, von Kindern umgeben zu sein, von denen kaum eines ehelich ist. Ich habe überlegt, dass uns der Kapitän bestimmt trauen könnte, sodass wir schon verheiratet wären, noch bevor wir nach Hause kommen.« Er lächelte sie an, und sie erwiderte sein Lächeln. Das war eine großartige Idee. Kurz entschlossen sank er auf die Knie und bat sie förmlich um ihre Hand. Kichernd blickte sie auf ihn herunter. »Und, willst du?«, fragte er.

»Ja.«

»Danke«, erwiderte er, stand auf und küsste sie. »Dann werde ich gleich mit dem Kapitän sprechen.« In diesem Moment erwachte das Baby und begann zu schreien. Olivia blickte lächelnd zur Wiege hinüber.

»Mit Olivier wird es so sein, als hätten wir Drillinge.«

»Vielleicht bringt er ein wenig Ausgeglichenheit in das Leben der Mädchen«, sagte Charles hoffnungsvoll. Dann küsste er Olivia noch einmal und verließ die Kabine, um den Kapitän aufzusuchen.

Bereits am Mittag des nächsten Tages wurden sie in der Kapitänskajüte getraut. Olivia trug das einzige anständige Kleid, das sie dabei hatte – ein grünes –, und ihr Brautstrauß bestand aus weißen Nelken. Der Kapitän erklärte sie zu Mann und Frau, und Charles küsste die Braut. Danach schickten sie eine Kabelnachricht an Geoff und Bertie, um ihnen mitzuteilen, dass sie sich auf dem Heimweg befänden und am Freitag ankämen. Als die *Espagne* schließlich im New Yorker Hafen einlief, stand Bertie mit Geoff und den beiden Babys wartend am Pier. Geoff entdeckte sie sofort und winkte ihnen zu. Als er das Baby auf dem Arm seines Vaters erblickte, runzelte er verwirrt die Stirn. Olivia ergriff Charles' Hand. Sie würden dem Jungen einiges erklären müssen. Sie sah, wie er Bertie etwas zuflüsterte. Dann strahlte er über das ganze Gesicht und winkte heftig. Er hatte sie erkannt. Sie war zu ihm zurückgekehrt – er hatte seine geliebte Ollie nicht verloren.

Olivia jedoch hatte den liebsten Menschen in ihrem Leben verloren, die Schwester, die ihr alles gewesen war. Sie konnte sich ein Leben ohne sie nicht vorstellen, aber sie wusste auch, dass Victoria in ihrem Herzen und ihrer Seele immer bei ihr sein würde. Olivia würde sie niemals vergessen. Victoria war der Mensch gewesen, den sie – von Charles und den Kindern abgesehen – am meisten auf der ganzen Welt geliebt hatte. Sie war die zweite Hälfte ihres Lebens und ihres Herzens gewesen – ihr Spiegelbild.